A
VISIT FROM
THE
GOON SQUAD

时间里的痴人

[美] 珍妮弗·伊根 著
何颖怡 译

JENNIFER EGAN

CNS PUBLISHING & MEDIA 湖南文艺出版社 HUNAN LITERATURE AND ART PUBLISHING HOUSE 博集天卷 CS-BOOKY

献给

Peter M

诗人宣称，如果我们踏入年轻时曾住过的房子或者花园，我们会重新抓住那个时候的自我。但这是最为危险的朝圣之旅，因为结局失败与成功的可能一样多。寻找特定的地点，倒不如伴随岁月的更迭，向内进行自我探索。

————普鲁斯特《追忆似水年华》（第三部《盖尔艺特家那边》）

他人生命里的未知要素就跟自然一样，科学家的每一样新发现都只是减少了它的未知要素，而非全然抹除。

————普鲁斯特《追忆似水年华》（第五部《女囚》）

目录

CONTENTS

B

A Visit from the Goon Squad

A Visit from
the Goon Squad

A

时间里的痴人

第一章　失物

事情发生在拉西摩饭店的洗手间，一开始，跟以前没两样，萨莎正对着镜子补她的黄色眼影，突然瞥见洗手台旁的地板上有个皮包——显然属于那个隔着紧闭的厕所门、排尿声依然模糊可闻的女士。皮包开口的边缘隐约可见一个淡绿色钱包。现在回想起来，萨莎马上就明白是那位如厕女士对旁人的愚蠢轻信激怒了她：*我们所在的这个城市啊，你只要给人半点机会，他们会连你的皮都剥了。你把东西丢在一眼就能看到的地方，以为你出来时，它还在啊？*这让萨莎产生了教训那女人的欲望，却掩饰了一直隐藏在她内心深处的另一种感觉：那个质地柔软、胀鼓鼓的钱包，简直是主动送上门来的——任由它原封不动，岂不乏味、平淡；还不如抓住机会、接受挑战、冒险一试、而后免脱、抛却谨慎、与危险共舞，拿走那个鬼东西。（她的诊疗师科兹说：“我了解。”）

“你是说偷。”

他一直想让萨莎说出“偷”这个字，比起她去年搞来的一大堆东西，钱包这玩意儿，比较难以回避“偷”的事实。根据科兹的说法，去年，她的“状况”急速恶化，总共顺手牵羊了四副钥匙、十四副太阳眼镜、一条条纹状儿童围巾、望远镜、奶酪刨丝器、小折叠刀、二十八块香皂，以及八十五支笔——有签现金卡账单的便宜圆珠笔，也有网络上要价两百六十美元的茄红色维斯康帝钢笔，那是她趁前老板的律师签约时顺手摸走的。萨莎不再偷商店里的物品，冰冷、无生命力的商品不再吸引她。她只偷有主之物。

“好吧，”她说，“我偷了它。”

萨莎与科兹将她的行为取名为“挑战自我”——譬如，萨莎拿走钱包是为了证明自己的强硬与个性。他们该努力的方向是反转萨莎的想法，让*不拿走*钱包成为她的挑战。这是可行有效的疗法，虽然科兹从来不用“治疗”一词。他毛衣有霉臭味，随便萨莎对他直呼其名。他的高深莫测完全是老派作风。萨莎无法判别他是不是同性恋、是否出版过著作，是不是越狱犯冒充外科医师（她有时真这样怀疑），然后把开刀器具留在病人的脑壳里。当然，这些问题她只要上网搜索，不到一分钟就能得到答案。不过它们是之后用得上的问题（根据科兹的说法），所以，萨莎至今还在抗拒这个念头。

她现在躺在办公室里的一张非常柔软的蓝色沙发椅上，科兹曾说他非常喜欢这张沙发椅，因为它免除了眼神交流的压力。“你不喜欢眼神交流？”萨莎问。心理咨询师说这种话，有点奇怪。

“我觉得眼神交流很累人，”他说，“现在这样，我们爱看哪里就看哪里。”

“你看哪里？”

他笑了：“你看得出我的选择有限。”

“病人躺在沙发上时，你通常看哪里？”

“看房间，”科兹说，“看天花板，看空气。”

“你曾在诊疗时睡着吗？”

“没有。”

萨莎通常会看那扇面街的窗子。今晚下着小雨，窗子上留下了水纹。她继续讲述自己的故事。她瞄了眼钱包，皮料细腻，饱满似桃子。她抽出钱包塞进自己的小皮包，在尿尿声结束前，紧紧地拉上皮包拉链。推开厕所门，她飘飘地穿过大厅，走向酒吧。她跟钱包主人始终没打过照面儿。

钱包事件前，萨莎的这个夜晚正濒临惨淡收场：又是一个差劲的约会对象，躲在黑色刘海后发呆，眼神不时飘向液晶电视，显然，看纽约喷射机队比赛要比倾听萨莎自己都觉得过度夸张的前老板本尼·萨拉查的故事更有吸引力。除了他是废材唱片公司创办人、名人外，萨莎还恰好知道他会在咖啡里撒金箔（她怀疑是壮阳用），甚至朝腋下喷杀虫剂。

钱包事件后，场面突然有了欢乐刺激的可能性。当萨莎拎着增添了秘密重量的皮包，侧身滑回座位时，她能感觉到侍者在瞄她。她坐下，啜了一口“疯狂甜瓜马丁尼”[1]，歪着头看亚历克斯，露出她似是而非的笑容，说：“嘿！”

似是而非的笑容惊人地有效。

“你看起来很开心。”亚历克斯说。

“我一向开心，”萨莎说，“只是有时会忘了这件事。”

[1] 一种混合伏特加、菠萝汁、哈密瓜甜酒的鸡尾酒。

萨莎上厕所时，亚历克斯已经把账结好了——显然是在暗示他打算提前结束约会。现在，他仔细端详着萨莎，说："你想去别的地方吗？"

他们起身。亚历克斯穿黑色灯芯绒裤子配白色全扣式衬衫。他是律师助理。在电子邮件里，他充满想象力，近乎"耍宝"，但面对面时，他焦虑又乏味。萨莎看得出他身材保持得不错，不是在健身房里练出来的，而是还年轻，依然保有高中、大学时代运动训练的印记。萨莎，三十五岁，已经过了那种阶段。但是就连科兹也不知道她的确切年龄。别人猜测她的年纪，最接近的答案是三十一岁，多数人认为她二十来岁。她每天都会健身，避免阳光下暴晒。她放在网上的个人资料全是二十八岁。

跟着亚历克斯走出酒吧区时，她忍不住拉开皮包拉链，摸了一下绿色宽钱包，只为体验心脏收缩的滋味。

"你知道偷窃给你的感觉，"科兹说，"好到让你一再回味，借此改善情绪。但是你想过对方的感受吗？"

她转头看向科兹。她偶尔得这样做，提醒科兹她不是白痴，她知道这个问题有标准答案。她跟科兹是伙伴关系，共同撰写一则结局早已注定的故事：她会好起来的。她不会再窃取有主之物，她将重新关注以往引导她生活的那些事物：音乐，她刚到纽约时建立的社交圈子，以及她写在一大张新闻纸、贴在旧公寓墙壁上的人生目标：

发掘一支乐队，担任他们的经纪人

搞懂新闻是怎么回事

学日语

练竖琴

萨莎回答："我不在乎别人。"

"这不代表你缺乏同理心，"科兹说，"你知道的，水电工那件事。"

萨莎叹了口气。一个月前，她跟科兹说了水电工的事，此后，每次心理咨询，他都想办法提一遍。那个老水电工是房东叫来检查萨莎楼下邻居的漏水问题的。他现身于萨莎的门口，头上有数撮白发，然后——砰——不到一分钟，他就躺到地上，爬进浴缸下方，像一只动物钻进自己熟悉的洞穴。他摸索浴缸后面水阀的手指脏得像雪茄屁股。伸长手臂后，他的衬衫也被向上拉起，露出了柔软白皙的背部。老人的卑微让萨莎吃惊，她转过身，急着回去做她手头上的事，但是水电工在跟她说话，问她洗澡有多频繁，一次洗多久。她倨傲地回答："我从来不用这个浴缸，都在健身房淋浴。"他点点头，没注意她的轻慢，显然习惯了。萨莎的鼻子开始发酸，她闭上眼，紧压两边太阳穴。

睁开眼，她看见水电工的工具腰带就放在她脚边的地板上。里面有一把漂亮的螺丝起子，皮腰带虽陈旧，亮橘色的螺丝起子把手却闪亮如棒棒糖，银色钻头精雕细琢，熠熠生辉。萨莎感觉她被一股单纯的欲望拉向那把螺丝起子：非握住它不可，哪怕一分钟也好。她弯下腰，无声地拔出皮腰带里的起子，没发出一点声音。她瘦削的双手干什么都像抽筋，却擅长此道——每次顺手牵羊，一拿起东西，她就忍不住想，**这双手天生就该干这个**。螺丝起子一握入手中，她马上如释重负，背脊柔软的老人趴在浴缸下摸索的景象不再让她痛苦，这感觉比如释重负还好：几乎是受上帝赐福的冷漠——她刚刚居然会为这种事心痛，简直费解。

萨莎跟科兹提到这件事时，他问："他走了之后呢？你觉得那把螺丝起子怎么样？"

短暂的静默。她回答："普普通通。"

"真的？不再特别？"

"不过就是螺丝起子。"

萨莎听见科兹在她背后挪动身体，房间的气氛变了：那把她放在赃物桌（最近她才补充了第二张桌子）上、后来几乎没再瞧上一眼的螺丝起子，似乎悬在科兹办公室的空气里，在他们之间浮游着：一个象征。

"你可怜那个老水电工，"科兹说，"拿了他的东西，感觉如何？"

感觉如何？**她感觉如何**？这问题当然有"正确"答案。有时萨莎忍不住想说谎，只为剥夺科兹的乐子。

"烂，"她说，"可以吗？我感觉烂透了。妈的，为了来你这儿看病，我都快破产了——我当然知道这种人生不怎么样。"

科兹不止一次想把水电工与萨莎的爸爸重合在一起，萨莎六岁时，老爸消失于人海。她小心避免沉溺于水电工与她老爸的联系。"我不记得我爸爸，"萨莎告诉科兹，"没什么好说的。"这是保护自己也是保护科兹，他们正在共同创作一则关于赎罪、重新开始、第二次机会的故事。朝她老爸那个方向走，只有哀伤，没别的。

萨莎与亚历克斯穿过拉西摩饭店大厅，往街上走去。萨莎夹紧挂在肩头的皮包，温热的钱包像颗球蜷伏在她的腋下。他们行经大玻璃门旁嫩芽初绽的树枝，正要踏上街头，一个女人斜切进画面。"等一下，"她说，"你有没有瞧见——我快愁死了。"

恐惧砰的一声袭击了萨莎。她马上知道这就是钱包主人——虽然不像萨莎想象中的满头黑发、漫不经心的模样。这女人有一双怯生生的棕色眼睛，棕色鬈发夹杂着许多银丝，平底尖头鞋咔咔地大声敲击在大理石地面上。

萨莎抓住亚历克斯的臂膀，拉他朝门外走。她发现肢体接触让亚历克斯心跳加快，但是他却一动不动，说："瞧见什么？"

"有人偷了我的钱包。里面有身份证，明天一早，我就得搭飞机。我完蛋了！"她用哀求的眼神盯着两人。纽约人早就学会如何遮掩这种赤裸裸的需求。萨莎畏缩了，她压根没想过这女人来自外地。

"你报警了吗？"亚历克斯问。

"柜台说他会报警。不过我也在想是不是从皮包里掉出来，掉到别处了？"她无助地望着三人脚下的大理石地板。萨莎稍稍松了一口气。显然这女人是那种会在无意间叨扰别人的人。此刻她跟着亚历克斯前往服务台，一举一动都笼罩在歉意里。萨莎跟在后面。

她听见亚历克斯问："有人协助这位女士吗？"

柜台人员很年轻，冲天的发型。他摆出防卫姿态："我们已经报警了。"

亚历克斯转头问那女人："在哪儿掉的？"

"应该是在女厕所。"

"有其他人在吗？"

"没有。"

"厕所是空的？"

"可能有人，但是我没瞧见她。"

亚历克斯转身问萨莎："你刚刚去厕所，瞧见什么人了吗？"

萨莎勉强回答："没有。"她的皮包里有阿普唑仑[1]，可是这会儿不能打开皮包。就算已经拉上拉链，她还是担心里面的钱包随时会以她无法控制的方式暴露在众人眼前。恐惧连串而至：被捕、羞耻、潦倒、死亡。

亚历克斯转头跟柜台说："为什么是由我来问这些问题，而不是你？这人在你们饭店刚刚被抢劫，你们难道没有保安之类的吗？"

"抢劫""保安"此类字眼终于戳破拉西摩饭店的安逸脉动，事实上，纽约这类饭店均是如此。大厅里泛起了小小涟漪。

"我已经叫保安了，"柜台转转脖子，"我再打一次。"

萨莎瞄瞄亚历克斯。他很愤怒，露出先前一小时闲聊中（实情是大多数时间都是她在说话）并未显现的鲜明个性——他是纽约新客，出生在小城市。他想告诉大家"人与人该如何相处"。

两名保安现身，跟电视里的没两样：身材壮硕，不知怎的，却让人觉得他们的谨慎礼貌与他们想要敲破别人脑袋的欲望成正比。他们分散开来搜索酒吧。萨莎真巴不得她没拿那个钱包，仿佛她勉强抗拒了偷窃的冲动。

她跟亚历克斯说："我去查查女厕所。"经过电梯时，她还强迫自己放慢脚步。厕所没人。萨莎打开皮包，拿出钱包，找出阿普唑仑药瓶，打开，扔一颗到嘴里。用嚼的，药效比较快。一股腐蚀味在她的口腔里弥漫开来。她环视厕所，纠结着该把钱包丢在哪里：厕所间里？水槽下？选择让她瘫软。她只有不出错，才能全身而退，如果可以，如果她能——她突然很想答应科兹做件事。

厕所门打开，那女人走了进来。狂乱的眼神与萨莎那双同样抓狂

[1] 又叫赞安诺，Xanax，一种抗焦虑药。

的绿色狭长眼睛在镜子里相逢。短暂的凝结，那瞬间，萨莎知道自己被抓个正着。那女人知道，一开始就知道。萨莎把钱包递给她。从那女人错愕的表情上，萨莎发现她猜错了。

“对不起，”萨莎连忙说，“这是我的一种病。”

女人打开钱包。她如释重负的表情像股暖流，急速穿过萨莎的身体，两人仿佛合为一体。“一样都没少，我发誓，”萨莎说，“我根本没打开。这是我的毛病，我在看医生。我只是——拜托别说出去。我现在命悬一线。”

女人抬头，温柔的棕色双眼端详着萨莎的脸庞。她看到了什么？萨莎真希望能够转身，再次瞧瞧镜中的自己，或许，某个她已经失去的东西终将显露。但是她没转身，她静止不动，让那女人看。萨莎惊讶地发现那女人跟她年纪差不多，搞不好已经有小孩了。

“好吧，”那女人垂下眼睛，“这事就你我知道。”

“谢谢你，”萨莎说，“谢谢你，谢谢你。”如释重负加上阿普唑仑带来的第一波暖流让她为之晕眩，她靠着墙壁，感觉那女人急着离开。她只想瘫软到地上。

敲门声传来，一个男人说：“找到了吗？”

萨莎与亚历克斯离开饭店，踏入荒凉又大风肆虐的翠贝卡三角区。她提议在拉西摩饭店碰面，纯粹出于习惯；它靠近废材唱片公司，萨莎在那里工作了十二年，担任本尼的助理。她讨厌少了世贸中心的翠贝卡的夜晚，以往它总是灯火闪亮如高速公路，让她充满希望。她厌倦亚历克斯了。仅仅二十分钟，他们便由共同经历某事建立起的渴欲状态，坠入彼此知之甚深而导致魅力尽失的状态。亚历克斯戴着一顶盖住额头的针织帽子，睫毛长而黑。他终于开口：“真是怪事。”

“对啊，”萨莎停顿了一下，说，“你是说找到钱包的事？”

“整件事。但是呢，”他转身问萨莎，“钱包是掉在看不见的地方吗？”

“躺在角落的地板上，有点被盆栽遮住了。”这番谎话让萨莎原本已被阿普唑仑安抚的额头冒出了小汗珠。她有点想说，*其实，厕所里没盆栽*，不过忍住了。

“简直就像是故意的，”亚历克斯说，“想要引人注目之类的。”

“她看起来不像。”

“很难说。我在纽约市学会一件事：他妈的，你永远看不清一个人。人不只是两面人，还有多重人格。”

虽然萨莎努力制止自己，但还是被他的健忘激怒，脱口而出：“她不是纽约人。你记得吗？她要去搭飞机。”

“说的也是。”亚历克斯说。他停下脚步，在昏暗的人行道上歪着头瞧萨莎。他说：“但是你知道我的意思吧？关于人？”

“我知道，”萨莎小心翼翼地回答，“我还以为你已经习惯了。”

“我真希望到别处去。”

好一会儿，萨莎才明白他的意思。她说：“没有什么别处。”

亚历克斯转头看向她，表情惊愕。然后他微笑。萨莎回以笑脸，不是那种似是而非的微笑，而是心有灵犀一点通的那种微笑。

亚历克斯说：“胡扯。”

他们搭出租车，然后爬四层楼进入萨莎位于下东城区的无电梯公寓。她在这儿住了六年了。屋里有芳香蜡烛的味道，沙发床套着丝绒罩单，一大堆枕头，彩色电视机虽老旧，画质却不错，窗台上摆着她旅行带回来的纪念品：一个白色贝壳、一对红色骰子、一小罐中国的虎标万金油（早就干得像橡胶了），还有一盆她定时浇水的小盆景。

“瞧瞧这个，”亚历克斯说，“厨房里有浴缸！我听说过——我的意思是我读过，但是不确定现在还有这种东西。淋浴设备是最近才装的吧？这就是厨房有浴缸的那种公寓，对不对？”

“没错，”萨莎说，“但是我几乎没用过。我都在健身房淋浴。”

浴缸上面覆盖着大小刚好的木板，是萨莎用来放碗盘的。亚历克斯摸着浴缸边缘，检查爪子模样的浴缸脚。萨莎点起蜡烛，从橱柜里拿出一瓶格拉巴酒，倒满两个小酒杯。

“我喜欢这个地方，”亚历克斯说，“感觉像老纽约。大家都听说过这样的公寓，但你是怎么找到的？”

萨莎靠着浴缸，与他并肩，小啜一口格拉巴酒。它的味道像阿普唑仑。她回想亚历克斯的网页个人资料，他到底多大？应该是二十八，不过他看起来不到二十八，搞不好还年轻许多。她用亚历克斯必定会有的眼光环顾自己的公寓——淡淡的本土风情，但是这个印象马上就会褪色，跟初抵纽约的其他冒险混成一团。一年或两年后，当亚历克斯努力整理模糊的回忆，她只会倏地闪现其中：**那栋有浴缸的房子是在哪里啊？那女人又是谁啊？**想到这里，萨莎不免心头一紧。

他丢下浴缸去探索公寓的其他地方。厨房的一边通往萨莎的卧室。另一边是面街的客厅兼书房与办公空间，有两张套了布垫的椅子跟一张书桌，这是她做兼职业务的地方，譬如替她欣赏的乐队做宣传，或者替《VIBE》[1]《SPIN》[2]杂志写短乐评，不过，近年这类工

[1] 创刊于1993年的音乐杂志，以报道R&B（节奏蓝调）和Hip-Hop（嘻哈）音乐等黑人音乐为主，同时也兼顾演员等其他娱乐人物的报道。

[2] 创刊于1985年的音乐杂志，早期侧重于另类摇滚的报道。

作已经大减。其实，六年前，这间公寓看起来是她往上爬的歇脚处，现在则像她的扎根处，累积着东西与重量，让她深陷其中，庆幸自己能住在这里——好像不是她没能力搬离这儿，而是不愿意。

亚历克斯倾身观察她窗台上的小收藏。他注视着罗布（萨莎的朋友，大学时溺水死了）的照片，没说什么。他没注意到萨莎堆满赃物的桌子：钢笔、望远镜、钥匙、小孩的围巾——在星巴克，一个妈妈牵着女儿的手，小女孩脖子上的围巾掉到地上，萨莎捡起来，没归还。那时，萨莎已经在看科兹，所以她知道脑海里的各式理由都是借口：冬天快过去了，小孩一下子就大了，小孩讨厌围巾，她们已经走出店门来不及还了，我不好意思还，我大可以说我并没瞧见它是从谁身上掉下来的——真的，我刚刚才瞧见：*你看，围巾！鲜黄色配粉红条纹的小朋友围巾——真是的，谁的啊？让我捡起来，暂时保管一下下*……回家后，她手洗了这条围巾，整齐地折好。这是她最喜欢的东西之一。

“这些是什么？”亚历克斯问。

现在他看见那张桌子了，正盯着那堆东西。它简直像小河狸的杰作：看似无可辨认，却绝非胡乱堆砌。对萨莎而言，这堆东西因为承载了太多的羞耻、侥幸、小胜利，以及纯粹亢奋狂喜的片刻，几乎颤巍巍的了。这是她压缩过的数年生命。螺丝起子放在最外边。看到亚历克斯仔细端详每样东西，萨莎忍不住靠了过去。

“你跟亚历克斯并肩站在偷来的东西前，有什么感觉？”科兹问。

萨莎转头面向蓝色沙发椅，两颊发红，她讨厌这样。她不想跟科兹解释她与亚历克斯并肩站在那里的复杂感受：注视这些东西时，她极为骄傲，不告而取的羞愧衬托了这股感觉中的柔情。她冒了极大风险，这些是成果：这就是她粗鄙又扭曲的生活核心。看着亚历克斯的眼神上下端详，萨莎的内心一阵激动。她从后面抱住他，亚历克斯转身，吃惊却很配合。她深吻他，拉开他的裤子拉链，踢掉自己的靴子。亚历克斯想带她到另一个房间，可以躺在沙发床上，但是萨莎跪倒在桌旁，拉他趴下，波斯地毯搔刺着她的背部，街灯的光芒透进窗户，照亮他充满饥渴与希望的脸庞，还有赤裸雪白的大腿。

之后，他们在地毯上躺了许久。蜡烛开始溅油。萨莎看到枝梗伸张着的盆景剪影投射在她头顶上方的窗户上。她的兴奋已经退去，只留下可厌的哀伤，以及近乎粗暴的空洞感，仿佛被掏空了。她蹒跚地起身，希望亚历克斯早早闪人。他还穿着衬衫。

“你知道我想做什么吗？”他站起身说，“在你的浴缸里洗个澡。”

萨莎闷闷地回答：“可以。那浴缸可以用。水电工刚弄过。”

她拉起牛仔裤，颓倒在椅子上。亚历克斯走向浴缸，小心翼翼地拿起木板上的碗盘，掀起木板。水龙头隆隆注水，萨莎用过几次这个浴缸，总是吃惊它水量之猛。

亚历克斯的黑色长裤皱皱地堆在萨莎脚边的地板上。四方形的钱包磨破了灯芯绒裤子的后口袋。大概是因为常穿这条裤子，而钱包总放在那个位置。萨莎回头看，他正弯腰试水温，水汽蒸腾。然后他转身回到桌前，靠近端详那堆东西，好像在寻找某个特定之物。萨莎看着他，盼望再度感受先前的那种兴奋与颤抖，但是它一去不回了。

“我能拿这个放水里吗？”他拿起一排浴盐，那是萨莎从最要好的朋友莉齐那儿摸来的，几年前的事了，那时她们还没绝交。浴盐仍裹在圆点包装纸里，深埋在赃物最中间，抽拿出来后，整堆东西微微塌陷。亚历克斯是怎么瞧见它的？

萨莎有点迟疑。她跟科兹曾长篇大论她如何彻底分离赃物与自己的生活：使用它们，代表贪婪或者纯粹私利；放着不碰，代表有一天她还有可能物归原主；堆成一堆，是防止它们的魅力流失。

“我想，”萨莎说，“这样应该可以。”她自觉在她与科兹共同撰写的故事里，踏出了一步，还是象征性的一步。只是，是走向快乐结局，还是正好相反？

她感觉亚历克斯的手在她的后脑勺抚摸着她的头发。他问：“你喜欢洗澡水热一点，还是温一点。”

“烫，”她说，“我喜欢很烫，很烫。”

“我也是。”他回到浴缸旁，扭转水龙头，撒点浴盐，屋里马上水汽蒸腾，萨莎非常熟悉的木头气味弥漫开来：那是莉齐浴室的味道。当年，她跟莉齐去中央公园跑步后，常在她的浴室冲澡。

“毛巾放在哪儿？”亚历克斯问。

萨莎的毛巾放在浴室的篮子里。亚历克斯拿了毛巾，关上浴室门。萨莎听见他开始尿尿。她跪在地板上，抽出他裤袋里的钱包，打开，突如其来的紧张、压力让她的胸口有如火灼。那只是一般的黑钱包，老旧到边缘都磨成灰色。她迅速翻看里面的东西：一张现金卡、工作识别证、健身房会员证。侧袋里有一张褪色照片，两个男孩跟一个戴牙齿矫正器的女孩在海滩上眯着眼看镜头。一张球队照片，鲜黄色的球衣，每颗脑袋都很小，无法分辨亚历克斯是否在其中。从这些有褶子的照片里，掉出一小张活页纸，落在萨莎的膝盖上。它看起来非常老旧，边缘破裂，淡蓝行线也褪色了。萨莎打开它，上面用粗铅笔写着*我相信你*。萨莎僵住了，呆呆地看着这四个字。它们似乎通过这张破烂小纸片直冲她而来，她为亚历克斯感到难堪，因为他将这么一张写着破烂赞词的字条放在这么破烂的钱包里，接着，她为自己羞愧，因为她窥探了字条的内容。她微微听见水龙头转开的声响，动作得快点。她以急促的机械化动作把钱包内的东西归位，留下了那张小纸片。她把钱包塞回亚历克斯的裤袋时，仿佛还听见自己说，我只是保留一下，我会还的，搞不好，他自己都不记得钱包里有这张字条。其实，我是为他好，省得别人瞧见。我会说，*嘿，这东西掉在地毯上了，你的吗*？他会说，*那个？从没见过，应该是你的，萨莎*。或许没错。或许好多年前人家给我的，我全忘了。

“你呢？放回去了吗？”科兹问。

“没机会了，他已经从浴室出来了。”

“之后呢？他洗完澡，你还给他了吗？或者第二次见面时？”

“他洗完澡，穿上裤子就走人了。到现在，我们都没说上话。”

一阵沉寂，萨莎清楚地感觉到科兹在她的背后，等待着。她很想让他开心，讲些诸如这真是转折点，之后凡事都不一样了，或者，我打电话给莉齐，我们终于和好了，或者，我又开始练竖琴了，或者，*我正在改变，我正在改变，我正在改变，我已经改变了！*忏悔，蜕变——天哪，她真的想改变。每一天，每一分钟都想。人人皆如此，不是吗？

“拜托你，”她对科兹说，“不要问我是怎么想的。”

他平静地回答：“好的。”

他们沉默而坐，这是他们最长的一次无言。萨莎看着窗玻璃，雨滴继续刷洗着它，模糊了外面的暮色和灯光。她全身紧绷地躺在沙发上，占领属于她的位置、她的窗景与墙壁，以及她每次专注时都能听见的细微鸣响，还有属于科兹的看病时间：一分钟，一分钟，又一分钟。

第二章　黄金疗法

令本尼感到丢脸的回忆那天一早便涌现了。一切始于晨间会议，他的资深执行制作提议砍掉“断续”乐队，这是本尼好几年前签的一对姐妹档，三张片约。当时，“断续”看起来很值得一搏。她们年轻可爱，音乐朴素生猛，朗朗上口（当时本尼形容她们是辛迪·劳帕加上克里希·海德[1]），令人喘不过气的贝斯声，搭配有趣的打击乐器（印象中好像是牛铃）。此外，她们还自己写歌，作品不俗；在本尼还没看过她们表演之前，她们就已经可以在演唱会上卖掉一万两千张自制CD了。只要花点时间打造出几首有潜力的单曲，几个聪明的市场策略，再搭配一支像样的音乐录像带，就可以把她们推向高峰。

[1] 辛迪·劳帕，美国MTV时代早期的流行音乐畅销歌手，当时与麦当娜齐名。克里希·海德，美国摇滚、朋克、新浪潮乐队伪装者（The Pretenders）的队长，兼主唱、主吉他手、词曲创作。

但是执行制作科莱特现在告诉他，这对姐妹已经年近三十，称不上刚刚踏出高中校门的女学生，尤其是其中一人连女儿都九岁了，而且当初乐队的人都上法学院去了。她们开除了两任制作人，第三位也递了辞呈。专辑还是连影子都没有。

“经纪人是谁？”本尼问。

“她们的老爸。我拿到她们最新的初步混音了，”科莱特说，“歌声被堆砌了七层的吉他声盖住了。”

就在这时，那个记忆淹没了本尼（是“姐妹”这两个字召唤出来的？[1]）。当时，通宵派对后的晨曦中，他蹲在韦斯特切斯特的一个修道院后面。这事有二十年了吧？还是不止？他听到一阵阵纯净、银铃般异样甜蜜的歌声飘向苍白的天空：那是守着沉默戒律，除了彼此，不跟任何人交流的修女们正在唱弥撒。本尼跪在湿草地上，草叶上的七彩光在他疲惫的眼球上跳动。直到今日，本尼仍可听到那群修女的超凡甜蜜的歌声在他耳内深处回荡。

他安排了跟修道院院长的会面——整个修道院，你只准跟她说话——带了几个办公室女职员做掩护，在类似一个候见室的房间等候。院长在墙上一个方形的洞后现身（它看起来就像一扇没有玻璃的窗子），一身雪白，一块布圈住她的脸。本尼记得她很爱笑，红色的两颊一上扬，便牵起两坨下垂的肉，或许是想到能将上帝唱进数百万人家，很开心，也可能是唱片公司的艺人版权部的头儿穿着一身紫色灯芯绒，在那里用力推销，很新奇。几分钟内，他们便敲定了合作。

[1] 原文中使用的sister一词也可译作修女，这个回忆跟某个修道院有关。

他都已经走到墙上的那个方洞处，准备告别（回想至此，本尼忍不住往会议室的椅子上一倒，知道一步接一步，结局必将到来）。院长微倾身体，歪着头，那模样铁定激发了本尼心里的什么东西，因为他居然倾身越过窗台，朝院长的嘴亲了下去。那半秒钟内，他感觉到院长柔软的皮肤与汗毛，贴身才可闻到的婴儿爽身粉味，接着，院长惊叫出声，立即闪开。本尼连忙向后仰，因恐惧而龇牙咧嘴，看到了院长惊骇又受伤的脸庞。

“本尼？”科莱特站在录音控制台前，拿着“断续”乐队的CD。似乎大家都在等待。“你要听吗？”

但是本尼正陷在二十年前的无限循环里：倾身越过窗台，像那种时钟门一打开就冒出来的疯狂人偶，不断、不断、不断朝院长啄过去。

“不要。”他呻吟道。汗湿的脸转向朝着河面的那扇不时有微风吹入的窗户。六年前，“废材唱片”公司搬进这栋翠贝卡三角区的老旧咖啡工厂，现在占据了两层。他没录成那些修女的歌声。他刚从修道院返回公司，就收到了留言。

“我不想，”他对科莱特说，“我不想听这个混音版。”他感觉自己在冷战，被这个词玷污了。本尼一天到晚跟歌手解约，有时一星期就炒掉三个，现在，他个人的耻辱与“断续”乐队的失败渲染在一起，仿佛这个也该由他负责。紧跟着是完全相反的躁动欲求，必须重访当初这对姐妹令他兴奋的地方——再次感受。他突然说：“要不，我去拜访她们一趟吧？”

科莱特先是吃惊，而后怀疑，接着担忧，要不是本尼过于慌乱，应该会觉得她这一连串的表情很有趣。她说：“真的？”

“当然，就今天，等我跟孩子碰完面后。”

本尼的助理萨莎帮他端来咖啡：配奶精跟两粒方糖。他从口袋里摸索出一个红釉小盒子，弹开巧妙的扣环，颤抖的手指捏出几片金箔，丢入咖啡内。他读了一本有关阿兹特克印第安人医学的书，两个月前开始这种养生法，据说咖啡加金箔可以确保你在房事方面生龙活虎。本尼的目标比较基本：**性冲动**，因为它似乎消失了。他不确定这是何时或如何发生的：跟斯蒂芬妮的离婚？争夺克里斯托弗的抚养权？刚刚迈入四十四岁？还是左前臂一碰就痛的圆形烧伤疤痕——这一切要拜不久前的那场灾难派对所赐，派对主办人恰好就是斯蒂芬妮的前任老板，正在蹲牢房。

金箔落在奶色咖啡的表面上，疯狂打着旋儿。本尼看得入迷，认定这是咖啡加金箔后所具有的爆炸性化合作用的铁证。金箔的激烈动作常让本尼晕头转向：这难道不是性欲的精确描述？有时，本尼根本不在乎没有性欲，不会一天到晚“想干”，其实是解脱。少了他十三岁以来就经常碰到的“举而不坚”，这个世界无疑会更平和，但是本尼想活在这样的世界吗？他啜饮着金箔已经弯曲沉没的咖啡，一面瞄萨莎的胸部，那儿已经成为他的试金石，检测自己的进步程度。从萨莎做实习生开始，到成为接待，再到担任他的助理（奇怪的是，她有资格胜任主管，却不愿意，一直待在助理职位），这些年来，他一直垂涎她，她却总有办法不拒绝、不伤害，也不惹他生气地巧妙闪躲。现在，萨莎的乳房躲在薄薄的黄色运动衫下，本尼却一点感觉都没有。连一丁点无害的兴奋都没有。就算他想，他还举得起来吗？

开车去接儿子时，本尼轮流听“沉睡者”乐队与“死去的肯尼迪”乐队[1]，这是伴随他成长的旧金山乐队。他要听浑浊的音色，真正的乐手在真正的房间里弹奏真正的乐器的感觉。现在，这种音色（如果还有人在玩的话）多半是通过模拟器做出来的效果，而不是真正录音带的感觉。本尼与他的同行炮制的都是这种无血无肉的效果。他孜孜不倦、狂热工作，搞出“对”的玩意儿，不让自己从顶峰跌落，炮制人们会喜欢、会购买、会下载成手机铃声（自然还有盗版）的东西，最重要的是要能取悦五年前买下他厂牌的跨国原油勘探公司。但是本尼心知肚明，他丢到市场上的东西根本就是狗屁。音色太犀利、太干净。问题就出在精确与完美上，出在**数字化**上。细之又细的筛选，吸干了所有浑浊音色应有的生命力。电影、摄影、音乐：全挂了。**根本就是美学大浩劫！**但是本尼知道这些话不能说。

对本尼来说，这些老歌的深层刺激能引发一种迷醉狂潮，让他回到十六岁，斯科蒂、艾丽斯、乔斯林、雷亚这些高中死党，虽然几十年没见过面（除了几年前，斯科蒂出现在他办公室的那一次，让他颇感困扰），不过心里，他多少相信如果哪个星期六他出现在马布海花园[2]（现已废弃），还是会看到他们顶着一头绿发，身上别着安全别针，站在排队的人群里。

现在杰罗·比阿弗拉[3]的歌《醉到无法打炮》狂暴推进，本尼神

[1] 沉睡者（The Sleepers），旧金山最早的朋克乐队，被视为最早推进“后朋克”曲风的先锋之一。
死去的肯尼迪（Dead Kennedys），美国著名的硬核朋克乐队。

[2] 旧金山著名的表演场，在20世纪70年代和80年代是当地的朋克乐队与新浪潮乐队的圣地，也是朋克乐队全国巡演时的重要一站。

[3] 死去的肯尼迪乐队主唱。

游到几年前的一次颁奖典礼，他想用“无与伦比”介绍某个爵士钢琴手，却当着两千五百名来宾的面把她讲成“无法胜任”[1]。他不该用“无与伦比”——这不是他的用语，太华丽了。他跟斯蒂芬妮每次练习讲到这个词的时候都会卡住。不过“无与伦比”完全适用这位爵士钢琴手，她不但有一头超长的金色头发，还是哈佛毕业生（故意说漏嘴）。本尼非常珍视对她的那种急切的幻想，想把她弄上床，让她的长发覆盖他的肩膀与胸口。

他停在克里斯托弗的校门口，没关引擎，静等回忆狂潮退去。开进学校，他看到儿子正跟几个朋友穿过操场。克里斯边走边跳（真的跳），把篮球抛上半空，一进到本尼的黄色保时捷里，轻松的表情就一丝不剩了。为什么？难道克里斯知道了那次搞砸了的颁奖典礼？本尼骂自己神经病，却很想跟还在读小学四年级的儿子坦白那次都是“无”字开头的口误。比特医生称这个为“倾吐的意图”，劝本尼把他想告白的事全部写下来，而不是变成儿子的负担。本尼现在就照办，在他前一天收到的违规停车罚单背面涂写“无法胜任”。然后，他想起稍早的耻辱，又补上“亲吻修道院院长”。

“呃，老大，”他说，“想干点什么？”

“不知道。”

“有特别想干什么吗？”

“并没有。”

本尼无助地看向窗外。几个月以前，克里斯问他们能不能不要每

[1] 在原文中，“无与伦比”对应的是“incomparable”，“无法胜任”对应的是“incompetent”。

星期见一次比特医生，把那个下午改为跟老爸“随便干点什么”。此后，他们就没再见过比特医生，这个决定现在让本尼后悔万分，“随便干点什么”往往变成一下午的“散漫鬼混”，然后克里斯会宣布他要做作业，提早结束。

“去喝咖啡吧？”本尼建议。

克里斯露出一丝笑意：“我可以点星冰乐吗？”

“别告诉你妈。”

斯蒂芬妮不赞成克里斯喝咖啡——完全合理，这孩子才九岁——但是本尼无法抗拒父子联手对抗前妻的微妙联系感。对此，比特医生有个名词叫“背叛的联结”，跟“倾吐的意图”一样，都在“千万不可”的名单上。

他们买了咖啡，回到保时捷上喝。克里斯贪婪地喝着星冰乐。本尼拿出红釉盒子，捏起几片金箔，从塑料杯盖下丢进去。

“那是什么？”克里斯问。

本尼吓了一跳。咖啡加金箔已经变成习惯，他都忘了要偷偷摸摸。他愣了一下后说：“药。”

“治什么的？”

“我的一些毛病。”心里却在自言自语：*还是该有却没有的什么病？*

“什么样的毛病？”

星冰乐让他兴奋了吗？克里斯原本瘫在椅上，现在坐直身体，一双坦诚的、漂亮的黑色大眼睛凝视着他。本尼说：“头痛。”

“我可以看看吗？”克里斯说，“那个药？红色东西里的？”

本尼递出小盒子。不到几秒钟，这孩子就破解了难缠的扣环，啪一声掀开。“哇，老爸，”他说，“这玩意儿是什么？”

“跟你说过了。”

“看起来像金子，金箔片。”

“它的确是一片一片的。”

“我可以吃一片吗？”

“孩子，你不——”

“一片就好？”

本尼叹气：“就一片。”

这孩子小心翼翼拿出一片，放到舌头上。本尼忍不住问：“吃起来什么味道？”他只搭配咖啡吃，感觉不出特殊的味道。

“像金属，”克里斯说，“棒极了！可以再来一片吗？”

本尼发动车子，“药”这个说辞有点蠢吗？克里斯显然不买单。“再一片，”他说，“到此为止。”

他的儿子捏起一大撮金箔片，放到舌头上。本尼尽量不去想他的损失有多惨重。事实是，两个月来，他已经花了八千美元买金箔。可卡因成瘾都花不了这么多钱。

克里斯吸舔着金箔，闭上双眼。“爸，”他说，“我好像被从身体深处唤醒了。”

“有意思，”本尼说，“它的作用应该就是这样。”

“有用吗？”

“听起来是。”

“对你有没有用呢？”克里斯说。

本尼跟斯蒂芬妮离婚一年半来，克里斯前前后后的发问加起来都没刚刚那十分钟多。会是金箔的副作用吗？让人产生好奇心？

“我还是会头痛。”本尼说。

他在克兰黛儿豪宅区转来转去（“随便干些什么”有一大部分是开车乱逛），每户豪宅前几乎都有四五个穿着拉尔夫·劳伦牌服装的金发孩子在玩耍。看到这些孩子，本尼就比以前更加明白他在这区根本撑不下去。他就算刚刚洗完澡，刮了胡子，还是个肤色淡黑的邋遢鬼。但是斯蒂芬妮就有本事往上爬，已经成为此地俱乐部的首席双打成员。

“克里斯，”本尼说，“我得去看一支乐队，一对年轻姐妹花。哦，还算年轻的姐妹花。本来打算晚点再去，不过如果你有兴趣，我们可以——”

“好啊。”

“真的？”

“是呀。”

“好啊”与“是呀”这种语气是否代表克里斯在试图取悦他，就比特医生的观察，他经常如此。还是金箔引出的好奇心让他对老爸的工作有了全新的兴趣？克里斯当然是在摇滚圈中长大的，不过，他是所谓的后盗版时代，对他们来说，根本没有“版权”与“知识产权”这回事。当然，本尼不能怪罪儿子，那些拆解并谋杀了音乐工业的人比他的儿子足足大了一个年代，已经成人。不过，他还是记得比特医生的劝告，不要恫吓（这是比特的用语）克里斯。音乐产业要崩颓了，应该专注于他与克里斯共同喜欢的音乐——譬如珍珠酱乐队[1]，这是他们去弗农山一路上大声放着的音乐。

[1] 珍珠酱乐队（Pearl Jam），20世纪90年代美国最红的摇滚乐队之一。

“断续”姐妹花还是跟父母住在被浓密树木遮掩的破旧、不规则延伸的郊区房子里。两三年前，本尼刚发掘她们时来过一次，之后，他将这对姐妹花交给第一个执行制作人，后来又换了几个制作人，都没能开花结果。当他跟克里斯下车，上次来访的回忆让本尼怒气狂涌，热血直冲脑门——都这么久了，为什么还没弄出个屁玩意儿？

萨莎已经等在门口。她接到本尼的电话就从中央车站乘火车过来了，居然比本尼还早到。

“你好，克里斯可。”[1]萨莎说，摸摸他的头发。克里斯出生时，萨莎就认识他了，还曾经去杜恩雷德药妆店帮他买奶嘴跟尿片。本尼偷瞄她的乳房，什么感觉也没有。或者该说与性无关——相较于他气得想杀掉其他同事，这位助理实在值得欣赏与感激。

短暂的静默。金色阳光穿过树叶洒下。本尼的视线从萨莎的胸部移向脸蛋。她的颧骨很高，绿色双眼相当狭长，鬈发有时红有时紫，视月份而定。今天是红色。她对克里斯展开笑颜，本尼却觉得那笑容里隐藏着一丝忧虑。本尼很少把萨莎想成独立个体，只隐约知道她的男友换了一个又一个（初时，是尊重她的隐私，后来，是漠不关心），她的生活，本尼只知一二。但是看到萨莎站在寻常人家门口，本尼突然好奇心大作：他是在金字塔俱乐部看“导电乐队”表演时认识她的，那时她还在纽约大学念书。因此，她现在快三十了吧。她干吗不结婚？她想要小孩吗？萨莎突然看起来老了些，还是本尼以前都很少直视她的脸？

“怎么了？”萨莎察觉到他的注视。

[1] 此处原用西班牙文“Hiya, Crisco”。

“没事。”

“你还好吧？”

“比还好还好。”本尼回答，然后用力敲门。

姐妹花模样很好——说高中刚毕业太勉强，刚踏出大学校门绝对说得过去，尤其是中间还转过几次校，或者休学了一两年。她们的黑发朝后梳，双眼晶亮，还写了很多新歌，妈的，整整一大本——**你瞧瞧！**本尼对同事的怒气更盛了，不过是让人充满动力的那种愉悦的怒气。姐妹花的紧张兴奋搅动了整个房子，她们深知本尼的这次探访是她们最后也是最好的机会。钱德拉是姐姐，路易莎是妹妹，上次本尼来访时，路易莎的女儿奥利维娅还在车道上骑三轮脚踏车，现在呢，穿了紧身牛仔裤，戴着珠光宝气的头饰——应该是赶流行，不是表演道具。本尼感觉奥利维娅一走进房间，就把克里斯的注意力全部吸引了过去，宛如体内的响尾蛇被催眠，从篮子里探出头来。

他们纵列鱼贯爬下狭窄的楼梯，到姐妹花的地下录音室。这是好几年前她们的老爸盖的。地方很小，墙壁、地板、天花板全铺着橘色粗毛绒。本尼一屁股坐到室内唯一的一把椅子上，深表赞许地望着键盘乐器上的牛铃[1]。

萨莎问他：“咖啡？”钱德拉领她上楼倒咖啡。路易莎坐到键盘前玩音乐，弹出旋律。奥利维娅拿起一组邦加鼓，开始随意配合母亲。她递了手铃鼓给克里斯，出乎本尼意料，他儿子居然有板有眼合

[1] 这里是作者在讽刺行内现象，20世纪70年代的摇滚乐队大量使用牛铃这种打击乐器，几近泛滥。

起拍来。很好，他想，非常好。今天突然来了一个急转弯，意外地变得美好起来。本尼想，即将迈入青春期的女儿不成问题，她可以是最年幼的妹妹，或者表亲，加入乐队，强化“小萝莉”的元素。或许克里斯也能成为其中一员，虽然他跟奥利维娅应该交换乐器。男生摇手铃鼓总是……

萨莎端来他的咖啡，本尼拿出红釉小盒子，丢进一小撮金箔。啜饮后，一股愉悦的感觉弥漫整个身体，就像雪花飘满空中。天，他感觉棒极了。他太常把音乐制作的事交给属下了。亲耳听见“做”音乐，这才应该是重点啊：人、乐器、破烂的配备，加乘起来，突然变成一个有结构的声音，既有弹性又富有生气。姐妹花站在乐器前编排音乐，本尼突然涌上期待之情：某个好东西即将在此诞生。他确知，那感觉正在撩拨他的手臂与胸膛。

“那是Pro Tools[1]，是吧？”他指着摆在乐器中的一张桌子，上面放着笔记本电脑。他问：“麦克风都接了吧？能弄几首来听听吗？”

姐妹花点点头，检查电脑，确认可以录音了。钱德拉问：“要搭和声吗？”

“当然，”本尼说，“统统都来，轰掉他妈的你们家的屋顶。”

萨莎站在本尼的右边。这么多人的体热让小房间的空气蒸腾，她使用多年的香水（还是乳液？）从皮肤散发到空气里，闻起来像牛油果，不只是甜味，还混合了腋窝的淡淡酸味。本尼嗅着萨莎的乳液味道，突然间，他的下体就像被踢了一脚的老猎犬，翘了起来。他差点

[1] 一款音频制作软件。

没惊喜得从椅子上弹起来，但是他力持冷静。别操之过急，让它自然发生。别吓跑了它。

姐妹花开始唱歌。哇，歌声粗糙生猛，几乎只剩主干，加上乐器的互相碰撞——它超越了所谓的评价或者愉悦感，和他体内更深层的一种感受相撞，直接与他的身体对话，震颤与爆冲的身体反应让他为之昏眩。这是他好几个月来第一次勃起——因萨莎而起。这些年来，这女人一直靠得太近，以至他无法真正瞧见她，就像那些19世纪的小说，他只能偷偷读，因为理论上，它们是女孩才喜欢的读物。他抓起牛铃与槌杆，开始狂热敲击。音乐灌注进他的嘴、耳朵与肋骨——还是他自己的脉搏？他觉得整个人燃烧了起来！

在强烈到几乎要吞噬他的快乐顶点上，他忆起有次两个同事不小心把邮件误抄送给他，他打开那封邮件，发现他们在背后叫他“毛球”。天哪，阅读那封邮件时，羞耻感像大水淹没了他。他不确定毛球代表什么？他毛发旺盛？（对。）他不干净？（错！）或者就是字面的意思，他就像卡在同事喉咙里的毛球，他们会因为他而作呕，跟斯蒂芬妮的家猫精灵一样，偶尔会把毛球吐在地毯上？当天，本尼就跑去理发，甚至想给背部与上手臂除毛，还是斯蒂芬妮劝阻他的，那晚在床上，她冰凉的手指抚摸过本尼的肩头，说她就喜欢他毛茸茸的样子——这个世界最不需要的就是另一个除过毛的男子。

音乐。本尼正在听音乐。姐妹花全力呐喊，她们的声音让这个小房间险些爆炸，本尼试图找回一分钟前的深刻满足，“毛球”两字却让他坐立难安。房间局促到令人难过。本尼放下牛铃，摸出口袋里的罚单，在背面写上“毛球”，希望洗净这个回忆。他深呼吸，眼神飘向克里斯，他正在猛摇手铃鼓，企图跟上姐妹花的狂乱拍子，马上，回忆又来了：好几年前，他带克里斯去理头发，为他剪头发多年的理发师斯图放下剪刀，把他拉到一边说："你儿子的头发有问题。"

"问题！"

斯图跟本尼走到克里斯的椅子旁，分开他的头发，瞧见小小如罂粟籽的棕色东西在他的头皮上爬来爬去。本尼快昏过去了。理发师小声说："头虱，在学校染上的。"

"他上的可是私立小学啊，"本尼说道，"纽约市克兰黛儿区啊！"

克里斯因恐惧而双眼睁得老大。"老爸，发生了什么事？"其他人都在瞪着他，本尼认为这是自己的错，都因为他自己就有一头狂乱的头发，直到今天，他每天早晨都还朝腋下喷"驱虫剂"，办公室也摆了一罐——太疯狂了！他知道！父子俩在众人注视之下，拿着外套朝外走，满脸通红。天哪，直到今天，他还是一想到此事就痛苦万分，那是一种扎实的切肤之痛，回忆耙过他的身体，让他皮开肉绽。他把头埋进手里，想要遮住耳朵，挡开"断续"姐妹花的不和谐的节奏，集中注意力在右边的萨莎身上，那股酸甜的味道却又勾起他另一段回忆。那时他刚到纽约，在下东城区卖唱片，几百年前的事了，在派对上勾搭了一个漂亮的金发妞阿比，应该是叫阿比吧？勾搭过程中，他吸了好几条可卡因，突然间非得清出体内的大便不可。他在上厕所时（一回想脑袋就阵阵发疼），那股冲天臭气只能用"致命"形容。当无法上锁的门被突然打开，阿比站在门口，目光向下，两人四目相对的那一刹那，简直恐怖至极，似乎没有尽头。然后阿比关上了门。

那晚，本尼是跟另一个女孩离开派对的。天涯总是何处无芳草。他们过了很棒的一夜，让本尼得以轻松假想与阿比尴尬面对面时的记忆已经被抹去。可是它回来了——哦，再度回来了，耻辱如大浪席卷，吞噬了本尼的全部生活，卷得远远的，包括他的功成名就与光耀时刻，全被夷为无物——他什么也不是——只是一个如厕男子，抬头瞧见了他想打动的女子，而她却一脸恶心想吐的表情。

本尼从椅子上起身，一脚踩到牛铃。汗水刺痛他的眼睛。他的头发蹭到了粗毛绒呢的天花板。

萨莎吃惊地问："你还好吧？"

"抱歉，"本尼喘着气，擦掉额头上的汗，"对不起。对不起。对不起。"

回到楼上，他站在前门外，大口呼吸着新鲜空气。"断续"姐妹花跟女儿包围着他，为录音室通风不良频频道歉，她们的老爸一直没能搞定这件事。她们故作活泼地说，好多次在录音室工作，差点就昏倒了。

"我们可以哼给你听。"然后她们齐声哼唱，包括奥利维娅。她们站得离本尼不远，脸上挂着颤巍巍的绝望笑容。一只灰猫呈八字盘住本尼的小腿，瘦巴巴的脑袋痴迷地磨蹭着。回到车上，本尼还真是如释重负。

他开车载萨莎回城，当然得先送克里斯回家。他的儿子在后座弓着身体，面对着敞开的车窗。看来，本尼设想的欢乐下午全盘毁掉了。他努力控制自己不去瞧萨莎的胸部，让自己冷静，恢复平静，才能面对这个考验。终于，等红灯时，他以不经意的态度朝萨莎的方向打量，一开始，并没聚焦在乳房上，或刻意凝视。什么也没发生。失落感痛击他，严重到他必须全力压制自己的身体，才不至于哀号出声。他得而复失，得而复失！去哪里了？

“老爸，绿灯了。”克里斯说。

本尼继续开车，勉强自己问儿子：“老大，你觉得如何？”

克里斯没回答。可能是假装没听见，也可能是扑到他脸上的风声太大。本尼转头问萨莎：“你的看法呢？”

“哦，”萨莎说，“烂透了。”

本尼吃惊地眨了眨眼。突然怒火冲天，但几秒钟后就消失了，只剩下诡异的轻松感。一点没错，她们烂透了。这正是问题所在。

萨莎继续说：“听不下去。难怪你心脏病要发作了。”

本尼说：“我不明白。”

“哪一点？”

“两年前，她们听起来……不一样。”

萨莎狐疑地看他。“不是两年，”她说，“五年了。”

“你这么有把握？”

“因为上一次我来她们家，还是在‘世界之窗’[1]开完会后。”

本尼好一会儿才想明白。“哦，”他终于说，“差几天？”

“四天。”

“哦。我不知道。”他停顿一会儿，以示尊重，然后说，“尽管如此，两年，五年——”

萨莎转过头瞪他，生气了。“我这是在跟谁说话？”她问，“你

[1] 美国世贸大厦北塔顶层（106与107楼）的一个复合式中心，包括餐厅、酒吧，以及供私人使用的小房间。

是本尼·萨拉查！这是唱片界。你自己说过——这一行，五年等于五百年。”

本尼没回答。快到他以前的住处了。他不会说这是他的“旧宅”，连“住处”两字都说不出口，虽然是他付钱买的没错。他以前的住处远离街巷，位于草坡上，亮眼的白色殖民时代风格建筑，漂亮到每次他掏出钥匙打开前门都觉得敬畏。本尼把车子停在路边，关掉引擎。他没勇气开上车道。

克里斯从后座探头，插在本尼与萨莎之间。本尼不确定克里斯的脑袋在那里多久了。克里斯说：“老爸，我想你需要吃点那个药。”

“好主意。”本尼说。他开始摸索口袋，但是红釉小盒子不见了。

“喏，我帮你拿了，”萨莎说，“你从录音室出来时掉了。”

萨莎帮忙的范围越来越大，寻找他四处乱放的东西——有时，本尼都还没发现它们不见了。他对萨莎的依赖本来就近乎“入魔”，现在更厉害了。他说：“谢谢你，萨莎。”

他打开盒子。天哪，金箔多么闪亮。简单一句话，金子不会失去光泽。五年后，这些金箔依然会像现在这样熠熠生辉。

他问儿子：“该学你一样摆几片在舌头上吗？”

“对啊。我也要几片。”

“萨莎，你要试试这个药吗？”本尼问。

“哦，好啊，”她说，“效用是什么？”

“解决你的问题，”本尼说，“我是说头痛。这不代表你会头痛。”

“从来不会。”萨莎说，依然挂着那个谨慎的笑容。

他们各拿一小撮金箔，放在舌头上。本尼尽量不去想他们嘴巴里的玩意儿共值多少钱。他专注于滋味：是金属味，还只是他认为应该如此？是咖啡味，还是方才残余的味道？他紧紧卷起舌头，慢慢吸吮其中的汁液。应该是酸味？苦？甜？这些味道都对，但都只维持一两秒，最后，本尼判定它的味道像某种矿物、石头，甚至泥土。接着，金箔融化了。

“老爸，我该走了。”克里斯说。本尼让他下车，紧紧地拥抱了他。跟往常一样，克里斯在他的怀抱里是僵直的，这是享受还是忍受，本尼始终搞不清楚。

他往后退，凝视儿子。他跟斯蒂芬妮一度喜爱磨蹭亲吻的小宝贝，现在变成如此神秘、痛苦的存在。本尼差点要说，*别跟你老妈提那个药*，他渴望在克里斯进屋前，还能迅速再建立一次亲密的联结。他迟疑了，在脑海里盘算比特医生教他的事情：他真的认为克里斯会跟斯蒂芬妮说金箔的事？不会。警报响起：那么，这是背叛的联结。本尼闭上嘴。

他回到车上，并未发动车子。他看着克里斯爬上起伏的草坪，朝他以前的房子前进。草地是亮绿色的。巨大的背包几乎压垮了克里斯。里面都装了些什么啊？专业摄影师的背包都没他的大。克里斯越靠近房子，身影就越模糊，还是本尼的眼睛有了泪水？看着儿子进入家门，对本尼来说，是折磨人的漫长旅程。他很担心萨莎会开口说些*他是个好孩子，今天玩得很愉快*之类的话，迫使他必须回头看她。但是萨莎太懂事了，她知道一切。她跟本尼一起默默地坐在车上，注视克里斯爬上鲜亮茂盛的草坪，打开前门，没回头，直接进去了。

一直到穿过亨利·赫德逊公路，进入西城高速公路，直驶下曼哈顿区前，他们都没讲话。本尼播放了一些谁人乐队、傀儡乐队[1]的早年作品，都是他还不够参加演唱会岁数前常听的东西。他又放了鳍乐队、变种乐队、护眼乐队[2]，全是20世纪70年代湾区的乐队，当年，如果他们自己的烂团“燃烧的假阳具”没有排练，他们就会跑去马布海花园，随着上述乐队的歌声大跳碰撞舞[3]。他感觉萨莎在注意他，他思索要不要跟她坦白自己的迷惑——他痛恨自己奉献了一辈子的音乐行业。他开始就歌论歌，辩证自己的音乐选择——从帕蒂·史密斯

[1] 谁人乐队（The Who），成立于1964年的英国摇滚团体，20世纪60年代英伦音乐入侵时期登陆美国，以破坏性极强的舞台表演闻名，影响了无数后来的乐队，在1990年被列入摇滚名人堂。

傀儡乐队（Lggy Pop & The Stooges，又名The Stooges），美国密歇根州的乐队，虽然崛起于朋克时代，却被视为有真正乐器演奏能力的团体，对后来的另类摇滚、重金属摇滚都有极大的影响力，2010年被列入摇滚名人堂。

[2] 鳍乐队（Flipper）是成立于1979年的旧金山湾区朋克乐队，由早期的沉睡者（The Sleepers）跟逆潮（Negative Trend）队员组成，分分合合，20世纪90年代中期解散，2005年复合。

变种乐队（The Mutants）是旧金山朋克与新浪潮音乐的重要团体，表演极富戏剧性，使用各式道具、投影，甚至喜剧材料，在20世纪70年代到80年代间是旧金山最受欢迎的朋克乐队，也被视为“艺术朋克”的先锋。

护眼乐队（Eye Protection）将20世纪70年代的旧金山湾区朋克乐队与新浪潮乐队结合到一起，后来部分成员改组为较具知名度的巫毒音墙（Wall of Voodoo）。

[3] 兴起于20世纪70年代朋克浪潮时期的一种舞蹈。摇滚区（pit或者mosh pit）的观众上下跳动，互相撞击身体，表现较为激烈时会双手甩风车、从台上跳入观众群，是狂舞（MOSH）的前身。

不合规则的诗词写作（她为什么放弃了？）到黑旗乐队、马戏团小丑这类金刚硬核朋克，再到对另类音乐竖白旗[1]，做出巨大的折中让步，而后便一直沉沦、沉沦、沉沦，沦落到制作那些他还得去拜托电

[1] 帕蒂·史密斯是美国女诗人、词曲创作者、歌手，作品以融合诗作与音乐闻名，1975年的首张专辑《群马》对朋克运动影响甚深，被誉为“朋克教母”，2007年被列入摇滚名人堂。
黑旗乐队（Black Flag）成立于1976年，美国加州的硬核朋克乐队，率先将重金属元素融入硬核朋克曲中，后期还接受了自由爵士、碎拍与当代古典乐，但是他们坚守朋克的DIY精神，颇受后辈推崇。
马戏团小丑（Circle Jerks）是最早的黑旗乐队成员基斯·莫里斯脱团后，于1980年另组的硬核朋克乐队，数度解散、复合，历经团员变更。
此处，本尼是在回顾自己的音乐历程，从最早崇拜朋克先锋帕蒂·史密斯开始，到硬核朋克，再到另类音乐。结果最后，却是在炮制毫无情感与内涵的歌曲。
朋克摇滚是在1974年崛起于美国、英国、澳洲的音乐运动，它反对过度强调技术、大排场的艺术摇滚，主张只要学会基本三和弦就可以组乐队，并以DIY精神对抗音乐工业的商业建制，许多乐队会自己录音、压片，在演唱会现场贩卖。音乐表现上其实是回归摇滚的基本面——基础三和弦、简单的旋律；有异于传统摇滚的是它的速度快、音色刚硬、主题经常为反建制。
朋克摇滚的全盛时期只维持了三年，承续此精神的是20世纪80年代初期演化出来的硬核朋克，它非常类似朋克摇滚，只是速度更快、分贝更大、音色更刚硬、即兴重复段部分简单不复杂、曲子更短、唱腔经常是呐喊。它主要分布在美国洛杉矶、旧金山、华盛顿等地区。本尼所谓的“金刚硬核”并不是音乐分类，而是指黑旗、马戏团小丑这类硬核朋克乐队，队员都非常魁梧，像沉迷重量训练的运动员。
另类摇滚则是一个广泛的标签，用来形容20世纪80年代中期到90年代中期、后朋克时代各类有异于主流音乐美学品位的音乐风格，通常是在独立唱片公司旗下，透过独立发行网运作。音乐风格则有各种形态。

台加入轮播单的烂单曲，都是一些徒有空壳、没有生命的东西，冰冷如切入微蓝暮色的办公大楼方形霓虹灯。

“不可思议，”萨莎说，“就是这么空空如也。”

本尼大惊，回头看她。她有可能听见他那番针对音乐的怒吼与惨淡结论吗？但是萨莎在眺望闹区，本尼顺着她的视线看过去，瞧见了原先世贸双子星大楼所在的空地。“你知道，那里应该放点东西，”萨莎没看本尼，继续说，“让它成为一种回响，或者勾勒当年的轮廓。”

本尼叹气。“他们会的，”他说，“等他们吵完后。”

“我知道。”萨莎继续朝南望，仿佛心中有件事无法解决。本尼大大松了一口气，因为萨莎并不明白他刚刚的思绪。他还记得20世纪90年代时，他的入门导师洛乌·克兰曾说，摇滚在蒙特利国际流行音乐节[1]已达巅峰。洛乌说这句话时，人在自家的洛杉矶豪宅，庭园里有喷泉瀑布，还有一向环绕他的美女，以及停在豪宅前庭的汽车收藏。本尼注视着偶像那张知名的脸，心想，**你没搞头了**。人人皆知缅怀就是死路。洛乌在三个月前病逝了，之前，他已经中风瘫痪。

等红灯时，本尼想起那张字条。他拿出罚单，继续完成。

萨莎问：“你干吗一直涂写那张罚单啊？”本尼递给她。半秒钟后，他才惊觉自己非常、非常不想让别人看到这张东西。令他大惊的是萨莎开始大声朗诵：

[1] 1967年6月16日至18日在美国加利福尼亚蒙特利连续举行三天的世界上首个大型摇滚音乐节，估计约有九万观众。许多有名的歌手都是在那次音乐节初次登上全国性的大舞台，包括吉米·亨德里克斯、谁人乐队、詹尼斯·乔普林与奥蒂斯·雷丁等，也标示出加州是当时美国反主流文化的重镇，萌发了所谓1967年的“爱之夏”的嬉皮士运动，并为后来的大型音乐节设下范例。

“亲吻修道院院长，无法胜任，毛球，罂粟籽，马桶上。”

本尼痛苦地聆听着，好像这些字眼可能启动灾难。但是一听到萨莎沙哑的声音，痛苦的感觉马上被中和了。

“不赖，”她说，“这些是歌名吧？”

“当然，”本尼说，“你能再念一次吗？”萨莎照办，现在，听起来果然像歌名。他感觉自己被涤清了，平静了下来。

“我最喜欢‘亲吻修道院院长’，”萨莎说，“一定得想办法用上。”

他们停在萨莎位于佛赛夫街的公寓外。街头昏暗又荒凉。本尼真希望她能住到较好的地方。萨莎拿起她随身必带的黑皮包，它就像个形状无以名之的许愿池，过去十二年来，她总能从中抓出本尼所需要的档案夹、电话号码、小纸条。本尼抓住她纤细苍白的手。“我说啊，”本尼说，“萨莎，你听我说啊。”

萨莎抬起头。本尼其实一点色欲都没有——根本没勃起。他对萨莎的感情是爱，是安全感，是亲近。就像当年他对斯蒂芬妮的感情一样，直到他令她一次又一次失望，她再也控制不住愤怒。“我为你痴狂，萨莎，”他说，“痴狂。”

萨莎温和地斥责道：“别这样，本尼，别来这个。”

他紧握住萨莎的一只手。她的手指微颤又冰凉。她的另一只手已经在开车门。

“等一下，”本尼说，“拜托。”

萨莎转身，脸色转为阴沉。“不可能的，”她说，“我们彼此需要。”

暗淡的光线下，他们四目凝视。萨莎骨架纤细的脸庞有着淡淡的雀斑——那还是一张女孩的脸，虽然不知何时，在他没有注意的时候，萨莎早就不是女孩了。

萨莎倾过身，亲吻本尼的脸颊：这是贞洁的吻，兄妹的吻，母子的吻，但是本尼能感觉她的柔软肌肤，呼吸的温暖起伏。然后她跨出车子，隔着车窗朝他挥手，喃喃了几句，本尼没听见。他侧身越过邻座，脸紧贴车窗，紧盯着她，她又说了一遍，本尼还是没听见。当他忙着开车门，萨莎又说了一次，这次用特别慢的速度默声说道：

“明，天，见。”

第三章　你以为我在乎啊

深夜，没地方可混时，我们就去艾丽斯家。斯科蒂开敞篷小货车，我们两个跟他挤前座，大声播放盗版的行刑者、修女乐队与逆潮乐队[1]的歌曲，另外两个坐在一年到头都冷得要命的敞篷货车厢里，攀到山丘顶时，整个人都会被抛入空中。尽管如此，如果是本尼跟我，我就希望能坐到后面，在冷风中紧靠他的肩膀，颠簸时，还能抱住他一两秒。

第一次去艾丽斯位于海崖的家，她指着隐藏在大雾里的桉树丛后

[1] 行刑者（The Stranglers），成立于1974年的英国朋克乐队，非常受欢迎，后来音乐风格转向流行乐、新浪潮，甚至摇滚舞曲，拥有许多畅销单曲，至今仍未解散。
修女乐队（The Nuns）成立于1975年，是加州最早的朋克乐队之一，历经数度解散又重组，风格横跨朋克、新浪潮、另类与流行。
逆潮乐队（Negative Trend）是旧金山早期朋克乐队，成立于1977年，1979年解散。部分团员后来组成鳍乐队（Flipper）。

面的山丘，说她以前就在那里念书——一所女校，她的妹妹们也在那里上学。从幼儿园到小学六年级，制服是绿色格子无袖罩裙，棕色鞋子，之后换蓝色裙子搭白色水手服，鞋子颜色随意。斯科蒂说，我们能瞧瞧吗？艾丽斯说，我的制服？斯科蒂就说，不，是你提到的妹妹们。

她带我们上楼，斯科蒂、本尼跟在她后面。他们都对艾丽斯着迷，本尼是爱到入骨。艾丽斯呢，爱的当然是斯科蒂。

本尼脱掉鞋子，我瞧见他的棕色脚后跟陷入白棉花糖色的地毯，超厚的地毯遮盖了每一次脚步声。我跟乔斯林走在最后面。她紧靠着我，在她的低语里，我闻到樱桃口香糖的味道，用来掩盖我们抽过的几万根臭烟。倒是没闻到稍早我们偷喝的杜松子酒，那是我老爸的秘藏，我们把它倒在可乐罐里，就可以当街喝。

乔斯林说，雷亚，你等着瞧。她们一定是金发，她的妹妹。

我就说，根据什么？

乔斯林说，有钱人家的小孩都是金发。跟维生素有关。

相信我，我不会把乔斯林的话奉为课本。她认识的人，我都认识。

卧室只点了一盏粉红色夜灯，特别暗。我站在门口，本尼也没进去，那三个人在两张床之间挤来挤去。艾丽斯的两个小妹妹侧着身睡，被子紧紧塞在肩头下。其中一个像艾丽斯，淡金色鬈发，另外一个跟乔斯林一样，黑发。我很担心她们会醒来，突然看见我们这群脖子上挂了狗链、穿着撕烂的T恤、衣服上还夹了安全别针的人会吓坏的。我们不该在这里，斯科蒂不该要求，艾丽斯也不该答应，问题是，她对斯科蒂有求必应。我心想：我要躺上其中一张床，睡上一觉。

离开房间前，我对乔斯林低语，哼哼，黑发。

她低声回应，异类呗。

谢天谢地，1980年就快来临。嬉皮老了，吸食了太多迷幻药，脑袋爆浆，现在只能在旧金山各个街角乞讨。他们长发缠绕，脚底板活像皮鞋底，又厚又灰。看了就恶心。

上学时，只要有空，我们都在摇滚区会合[1]。其实它称不上摇滚区，只是操场上方一小条铺过的路。我们从去年已毕业的“摇滚区帮”继承了这个地盘，不过如果有其他混这区的人已经在那里，我就会紧张，譬如每天换一件不同颜色的Danskin[2]运动上衣的塔特姆，或者真的在房间衣橱里种植精育无籽大麻的韦恩，还有自从全家去上爱海德课程[3]后见人就拥抱的“大喇叭”。我如果没瞧见乔斯林，就会有点忐忑该不该一个人进去，乔斯林也一样。我们是彼此的替身。

天气暖和时，斯科蒂会在那儿弹吉他。不是“燃烧的假阳具”表演时的那把电吉他，而是放在膝盖上弹的钢弦吉他，握法不同。那把吉他几乎全部自制：他自己曲木、装合、上虫胶漆。每当斯科蒂弹吉他时，就会人人围观，无法抗拒。有一次，学校的足球二军整队人马从操场爬上来，听斯科蒂弹吉他，他们穿运动衫配红色长筒袜，脸上一副搞不清楚自己为何在此的模样。斯科蒂就像磁铁。这是我对他的评语，而我却一点都不爱他。

“燃烧的假阳具”换过许多团名：螃蟹、大屌、束缚、吱嘎、

[1] 此处原文用pit，就是mosh pit的简称，详见本书第35页注释部分。

[2] 美国纽约的女性时尚生活运动品牌。

[3] 简称EST，20世纪70年代大受欢迎的心灵成长课程。

嘎吱、笨货、唾沫、燃烧的蜘蛛、黑寡妇。斯科蒂与本尼每换一次团名，斯科蒂就在他的吉他盒与本尼的贝斯盒上喷黑漆，再为新团名做模版，喷上去。我们不知道团名的决定过程如何，因为这两人几乎不讲话，却凡事都是相同立场，或许有心电感应。乔斯林跟我撰写所有歌词，跟他们一起写曲。排练时一起合唱，但是我们不喜欢登台。艾丽斯也一样，这是我们跟她的唯一的共同点。

本尼去年才从戴利城的高中转校过来。我们不知道他住哪里，有时就去克莱门特街，到他打工的左轮枪唱片行找他。如果艾丽斯跟着来，本尼就会休息，一起到隔壁的中国面包店分享一个猪堡包，看着雾气从窗户外滚过。本尼肤色淡棕，眼睛漂亮，硬邦邦的冲天朋克头黑亮如处女胶唱片[1]。通常他的视线会停驻在艾丽斯身上，因此我可以尽情瞧他。

从摇滚区往下走，就是西班牙裔帮鬼混的地方，这帮人穿黑色皮夹克、嘎嘎响的皮鞋，以及用几近隐形的发网压住的黑色头发。有时，他们会跟本尼说西班牙语，本尼笑而不答。我就问乔斯林，他们为什么总是跟他说西班牙语？她瞪着我说，雷亚，本尼是个拉美佬啊。不是很明显吗？

我涨红脸，说，胡扯，他梳朋克头，而且他们根本不是朋友。

乔斯林说，不是西班牙裔的就得做朋友。然后她说，好消息是有钱女孩不会跟西班牙裔男孩出去。一句话——他永远追不到艾丽斯。

乔斯林知道我在等本尼。本尼等的是艾丽斯，而艾丽斯在等斯科蒂，斯科蒂等的则是乔斯林，大约是他们认识最久，她让斯科蒂很有

[1] 以百分百原塑料，未添增任何回收再制胶的唱片。

安全感。因为斯科蒂虽然像磁铁一般吸引人，他有一头染成金色的头发，以及每逢太阳露脸就喜欢拿出来秀的六块腹肌，但他母亲却在三年前服安眠药自杀了。从此，斯科蒂变得沉默，天冷时还会哆嗦个不停，好像有人在猛力摇他。

乔斯林接受斯科蒂的爱，但是并未爱上他。她等的是洛乌，一个她搭便车时遇上的大叔。洛乌住在洛杉矶，他说下次到旧金山时会打电话给她。已经几个星期过去了。

没人等我。在这则故事里，我是没人等待的女孩。通常这种女孩很胖，但我的问题比较罕见，是雀斑：我看起来像被人扔了满脸泥巴。小时候，妈妈说我的雀斑很特别。感谢老天，我长大存够钱就可以除斑。在这之前，我会继续戴狗链、染绿色头发，因为当我一头绿发，谁还会叫我“那个满脸雀斑的女孩”？

乔斯林留黑色薄发，看起来永远湿漉漉的，那十二个耳洞是我用耳环尖钩替她扎的，没用冰敷。她有一张混血中国人的漂亮脸蛋。哦，天壤之别。

乔斯林和我从四年级起就形影不离：跳房子、跳绳、戴避邪手链、寻宝、玩超级大间谍、歃血为盟、打恶作剧电话、吸大麻、吸可卡因、吃甲喹酮。她看过我老爸在我家屋外的树篱大吐特吐的模样，而我们一起逛波克街时，我也看到那个在白燕子酒吧外面跟男孩拥抱的皮衣男子就是号称“出差去了”的乔斯林老爸，当时，他还没从家搬走。直到现在，我都不敢相信我错过了她认识洛乌的那一天。她正准备拦便车从闹区回家，他的红色奔驰车靠边停下，载她去他在旧金山的公寓。他出差的时候都住那里。他旋开“右后卫”体香剂瓶底，掉出一包可卡因，把可卡因放在乔斯林光溜溜的屁股上，切成几条来吸，然后他们全套干了两次，还不包括乔斯林给他口交的次数。我逼乔斯林一遍又一遍交代所有细节，直到我知道的跟她一样多，这样才算扯平了。

洛乌是音乐制作人，真的认识比尔·格雷厄姆[1]。他家的墙上挂满金唱片与白金唱片，还有上千把电吉他。

“燃烧的假阳具”每个星期六在斯科蒂家的车库里排练。当我跟乔斯林抵达时，艾丽斯已经搞定继父买给她的录音机，还配了麦克风。她是那种喜欢搞机器的女孩，本尼又多了一项爱她的理由。接着和我们固定搭配的鼓手乔尔也到了。他老爸开客货两用车载他来，然后在车上阅读关于“二战”的书，等他排练结束。乔尔几乎每个科目都在上大学预修课，已经向哈佛大学递出申请，他老爸大概不想冒险。

我们住在日落大道区，转头就能看见海，住所色彩缤纷如复活节彩蛋。但是只要斯科蒂拉下车库门，我们就突然集体变成愤青。本尼的贝斯对生命发出揶揄，紧接着，我们齐声呐喊，唱《宠物摇滚》《你自己想吧》《把酷爱递给我》这些歌曲，但是当我们在车库呐喊，你大可说我们唱的歌词是：fuck fuck fuck fuck fuck fuck fuck。偶尔学校乐队或管乐队小鬼会来拍打车库门，想来搭团试试（都是本尼邀来的），而当斯科蒂一拉开车库门，我们就怒目注视仿佛正在对我们摇头的爆亮太阳。

今天共有一个萨克斯风手、一个班卓琴手、一个低音号手来面试。但是萨克斯风手与班卓琴手一上台，就活像乱流，低音号手呢，一听到我们演奏，就捂住她的双耳。排练快结束时，有人来敲门，斯

[1] 美国著名乐队经纪人与演唱会筹办人。

科蒂拉起车库门，是一个身穿AC/DC乐队[1]T恤、满脸青春痘、块头超大的男孩，拿着小提琴盒。他说要找本尼·萨拉查。

乔斯林、艾丽斯跟我错愕互视，那一瞬间，好像我们三人是朋友，艾丽斯也算一份。

“嘿，老兄，”本尼说，“来得正好。各位，这是马蒂。”

尽管满面笑容，但马蒂那张脸就是无药可救。不过我担心他对我有相同看法，所以我没有回报以笑容。

马蒂给小提琴插电，我们开始练我们最好的一首作品《搞什么搞？》

你说你是仙女般的公主，
你说你是颗流星，
你说我们要去波拉波拉岛，
瞧瞧我们现在在什么鸟地方……

波拉波拉岛是艾丽斯的点子——我们连听都没听过。当大家一起大声合唱（搞什么搞？搞什么搞？搞什么搞？），我注意到本尼闭目聆听，朋克头发像头上长出百万根天线。歌曲结束时，他睁开眼睛，微笑着说：“我希望你录进去了，小艾。”艾丽斯马上倒带播放，确定录进去了。

艾丽斯把所有带子剪辑成一卷精选辑，本尼跟斯科蒂就一家家拜访夜店，希望有人给我们表演机会。我们最想去的当然是马布，就

[1] AC/DC乐队，澳大利亚重金属与硬摇滚乐队。

是百老汇街的马布海花园，朋克乐队都在那里表演。斯科蒂在卡车里等，本尼去对付夜店的粗鲁浑蛋。我们对斯科蒂得特别小心。五年级时，他老妈第一次跑掉，他在家门口的草地上坐了一整天，瞪着太阳看，拒绝上学，也不进屋。他老爸陪他一起坐，想法遮住他的眼睛。放学后，乔斯林也来陪他坐。现在，斯科蒂的眼睛看东西永远有灰点。他说他喜欢——确切说法是："我认为它改进了我的视力。"我们认为这让他联想到他母亲。

每个星期六晚排练完后，我们就去马布。在那里听过罪行乐队、复仇者乐队、细菌乐队[1]，以及上兆个其他乐队的表演。那里的酒吧贵死了，于是大家先偷喝了我老爸的私藏酒才去。乔斯林酒量比我好，得多喝几杯才会飘飘然，酒精的刺激上来后，她会大口深呼吸，好像她的本色终于显现了。

在画满涂鸦的马布厕所里，我们偷听谈话：里基·斯利珀[2]表演时从台上摔下来，目标影像公司的乔·里斯[3]打算拍一部以朋克摇滚

[1] 罪行乐队（Crime），虽然他们讨厌朋克这个标签，自称旧金山第一支真正的摇滚乐队，却是扎扎实实的西海岸朋克先锋，1976年成立，1982年解散，2006年重组。
复仇者乐队（Avengers），成立于1977年，旧金山朋克先锋之一。
细菌乐队（Germs），1976到1980年间活跃于洛杉矶的朋克乐队，2005年重组。

[2] 旧金山朋克乐队沉睡者（The Sleepers）中的一员。

[3] 影像艺术家与老师，他很早便预见音乐与影像结合的必然性，遂成立目标影像公司，广邀表演艺术家到他占地一万两千平方英尺的摄影棚拍摄录像带，特别侧重朋克乐队与富有DIY精神的艺人，不仅在棚内摄影，他也会到表演场、派对、街头记录乐手的表演，整体概念远远领先20世纪80年代才出现的音乐电视网。

为主题的电影，常在马布看到的那对姐妹因为海洛因瘾，开始卖肉了。诸此种种，让我们觉得似乎更靠近了这个圈子一步，又不完全是。何时，纯粹耍帅的朋克会被认可是真正的朋克？谁来决定？怎样才知道？

表演时，我们就挤在台前跳碰撞舞，又推又打，倒在地上，再被人拉起来。一直跳到我们的汗珠和真正朋克的汗水混合在一起，我们的皮肤贴上他们的皮肤。本尼比较不会这样。我想他真的是去听音乐的。

我注意到一件事：朋克乐手没人满脸雀斑。没有雀斑朋克这回事。

一天晚上，乔斯林接到电话，是洛乌，他说："你好，美女。"他连着好几个白天打电话找她，都是响了半天没人接。乔斯林跟我复述这件事时，我就问，他干吗不晚上打？

那个星期六排练结束后，她去找洛乌，没跟我们一起。我们混完马布，回到艾丽斯家。现在，我们已经把它当作自己的家：坐在暖气管上吃她老妈用玻璃杯装的自制酸奶，躺在客厅的沙发上，袜子都没脱就跷在扶手上。有天晚上，她老妈还做热巧克力，放在金托盘上端到客厅请我们喝。她的眼睛大而疲惫，脖上青筋暴现。乔斯林在我耳边说，有钱人喜欢招待客人，这样才有机会炫耀他们的好东西。

今晚，乔斯林不在，我问艾丽斯是否还保留着她许久以前提过的那些制服。她面露惊奇，说，哦，有啊。

我跟在她身后，踩着毛茸茸的楼梯去她的房间，之前，我都没见过这房间，比她双胞胎妹妹的房间小一点，蓝色粗毛地毯，蓝白斜线交错的壁纸。她的床堆满毛绒玩具，全是青蛙：鲜绿、淡绿、荧光绿，有的舌头上还粘了苍蝇。床头灯是青蛙造型，枕头也是。

我就说，我都不知道你喜欢青蛙。艾丽斯回说，你怎么可能知道？

我从未跟艾丽斯单独相处过。少了乔斯林，她显得不太友善。

她打开橱柜，站上椅子，拿下一个盒子，里面装着制服：低年级时穿的绿色格子连身裙，稍大后穿的两件式水手服。我就说，你比较喜欢哪一件？

她回说，都不喜欢。谁想穿制服？

我说，我就会。

你是开玩笑吧？

这算什么笑话？

就是我听不懂，然后你跟乔斯林就会嘲笑我的那一类笑话。

我突然喉咙发干。我说，我不会这样，跟乔斯林一起嘲笑别人。

艾丽斯耸耸肩说，你以为我在乎啊。

我们坐在地毯上，制服横在腿上。艾丽斯穿着破烂的牛仔裤，脸上是快要滴下来的黑眼影，头发又长又金。她也不是一个真朋克。

过一会儿，我问，你父母为什么肯让我们进门？

他们不是我的父母，他们是我的生母与继父。

好吧。

我猜，这样才能盯住你们。

海崖这里的雾号特别响亮，好像我们两个正单独坐船穿越浓到不行的雾。我抱住膝头，真希望乔斯林也在。

我低声说，他们现在就是这样？盯着我们？

艾丽斯深吸一口气，又吐出来。她说，不，他们在睡觉。

小提琴手马蒂早就高中毕业了，是旧金山州立大学二年级生，也是我、乔斯林、斯科蒂（假设他的代数二能考过的话）明年要去上的学校。乔斯林跟本尼说，你如果把那个书呆子弄上台，麻烦就大了。

本尼回说，到时就知道了，然后他注视着手表，仿佛陷入深思，足足两星期又四天又六小时跟他妈的不知道几分钟。

我们瞪着他，摸不着头脑。然后他告诉我们：马布的德克·德克森[1]打电话来了。乔斯林和我一起尖叫着拥抱他，这体验对我而言有如触电。每次拥抱，我都有新体验：知道他的肌肤多温暖，知道他虽然从来不脱下上衣，肌肉却和斯科蒂一样结实。这一次我感觉他的心跳，透过后背，直压我的掌心。

乔斯林说，还有谁知道？

斯科蒂，当然。艾丽斯也知道。事后，我们才觉得这有点令人不爽。

我有表亲住洛杉矶，所以乔斯林用我家的电话打给洛乌，账单才不会太夸张。她在用黑色长指甲拨号，我坐在我爸妈卧室的花色罩单上，离她不到两英寸远。我听到男人的声音回答，这才震惊地发现他是真的，不是乔斯林在胡扯，虽然我从未这么想过。不过，他的回应不是**你好，大美女**，而是“我说过由我打电话给你”。

乔斯林用空洞的嗓音细声说，对不起。我一把抢过电话说，这算哪门子的打招呼？洛乌说，天，我这是在跟谁说话？我说雷亚。洛乌用比较平静的声音说，有幸认识你，雷亚。现在，可以把电话交还给

[1] 有“朋克教主”之称，朋克摇滚俱乐部马布海花园的主持人，也是演唱会筹办人。

乔斯林吗?

这一次她连电话线一起拉走了。感觉都是洛乌在讲话。一两分钟后，乔斯林对我嘘说，你得走开。走啊!

我离开爸妈的卧室，去厨房。厨房里有一盆从天花板用铁链垂挂下来的羊齿植物，它的棕色小落叶掉入水槽。窗帘是菠萝图案。我的两个哥哥在露台帮弟弟的科学作业做豆苗嫁接。我出去加入他们，阳光直戳我的眼睛。我想强迫自己直视太阳，跟斯科蒂一样。

过一会儿，乔斯林也出来了。头发和肌肤都浮现出幸福的光彩。我心想，你以为我在乎啊。

稍后，她告诉我洛乌答应到马布看“燃烧的假阳具”表演，或许还会给我们一纸合约。洛乌说，我丑话说在前，不打包票哦。不过，我们还是会好好乐一番，你说对不对，大美人?我们不是一向如此?

开唱的那天晚上，我与乔斯林去百老汇区的梵纳希餐厅跟洛乌碰头，就在恩瑞可餐厅旁，有钱的观光客坐在人行道上喝爱尔兰咖啡，睁大眼睛对我们行注目礼。我们可以邀请艾丽斯一道的，乔斯林却说，她父母搞不好一天到晚带她吃梵纳希。我回说，你是指她的生母与继父。

一个男人坐在角落的圆形卡座上，对我们露齿而笑，那是洛乌。他看起来跟我爸一样老，四十三岁，一头茂盛的金发，还算英俊，就是偶尔某些老爸会有的那种帅气。

这次洛乌可是说了，大美女，过来，伸手揽住乔斯林。他穿淡蓝色牛仔布上衣，手环可能是铜制的。乔斯林绕到桌子那一头，窝在他的手臂下。洛乌说，雷亚，然后伸出另一只手，我原本要坐到乔斯林旁边，现在却变成让他左拥右抱。他揽着我的肩膀，就这样，我们成了洛乌的妞儿。

一个星期前，我站在梵纳希餐馆外面看菜单，看到蛤蜊扁面。一整个星期我都在盘算点这道。乔斯林跟我选同样的。点完菜后，洛乌在桌子下偷偷递东西给她，我们溜出卡座去女厕所。那是装满可卡因的棕色小瓶、一支系在链子上的迷你汤匙。乔斯林挖了两匙，一鼻孔一匙。她用力吸，发出细声，闭上双眼。然后她又倒满汤匙，拿给我吸。回到座位时，我的脑袋好像全是眼睛在眨啊眨，一眼就能瞧尽餐馆里的一切。看来，我们以前吸的可卡因不是真货。我们坐下来，讲我们听到的新乐队鳍，洛乌则聊他曾搭过非洲火车，火车不会靠站停，只会缓缓驶过，让乘客用跳的方式上下车。我说，好想去非洲看看！洛乌说，或许我们可以一起去，我们三个，听起来颇可行。他又说，那里山丘边的土壤非常肥沃，是红色的。我则说，我两个哥哥在给豆苗嫁接，使用普通的棕色土。然后，乔斯林说，那里的蚊子呢？洛乌说，我从未见过比那里更黑的天空、更亮的月亮。然后我突然明白我迈入成年了，就在这一刻，这个晚上。

当侍者端来蛤蜊扁面，我一口也没吃。我们三个，只有洛乌在吃：一块几乎全生的牛排，一份恺撒沙拉，配红酒。他是那种停不下来的人。前后共有三拨人跑来跟他打招呼，他没介绍我们是谁。我们讲讲讲，讲到食物都凉了，洛乌吃饱后，我们就离开了梵纳希。

走在百老汇街上，他一手搂一个。沿途是平日常见的景象：一个戴土耳其毡帽的肮脏男子，给“卡斯巴俱乐部”拉客，脱衣舞娘懒洋洋地靠在“兀鹰”跟“大艾尔”门前。搞朋克摇滚的乐手成群你推我挤，大笑着。百老汇街上车流缓慢，乘客从车里跟我们挥手，好似我们统统参与了一个巨大的派对。透过我的千只眼睛，一切都不同了，我变成另一个人在观看这一切。我暗想，等我脸上的雀斑都消失了，我未来的人生就会是这样。

马布门口的保镖认识洛乌，挥手叫我们快步穿过蛇般蜿蜒、排队等着进场的人们，他们都是来看晚点才登场的痉挛乐队[1]与变种乐队的。马布里面，本尼、斯科蒂、艾丽斯正在架设器材。我跟乔斯林到厕所戴上狗链，给衣服扎上安全别针。出来时，洛乌已经跟乐队成员介绍过自己了。本尼跟洛乌握手，说，先生，真是荣幸。

在德克·德克森标准的嘲弄开场后，"燃烧的假阳具"上场，演唱《草地里的蛇》，不但没人跳舞，根本没人在听；观众陆续进来，纯粹是消磨时间，直到他们要看的乐队上场为止。以前，我跟乔斯林会凑在台前，今晚我们却站在场子后方，跟洛乌一起背靠着墙。他点了金汤力酒给我们。我没法判断"燃烧的假阳具"究竟是好还是烂，根本就听不见，我的心脏跳得太大声，我的千只眼环顾场内的一切。从洛乌的脸侧肌肉判断，他应该在咬牙。

第二首歌曲，马蒂上场了，但是他一阵紧张失控，小提琴掉到了地上。他弯腰重新给小提琴插电，露出了股沟，原本漠不关心的观众现在至少有了笑骂侮辱的兴趣。我根本不敢看本尼，这场演出太重要了。

当他们开始演奏《你自己想吧》。洛乌对着我耳朵大声问，小提琴是谁的点子？

[1] 痉挛乐队（The Cramps）是1976年成立的美国东岸朋克乐队，一直维持到2009年，是纽约CGBG俱乐部的重要一员，在朋克浪潮中极具影响力，不仅是第一个将山区乡村摇滚音乐与朋克音乐结合的乐队，也公认是迷幻摇滚与哥特摇滚的启蒙者。

我说，本尼。

弹贝斯的那个？

我点点头，洛乌瞪着本尼好一会儿，我则瞪着洛乌。洛乌说，弹得不怎么样。

但是他——，我企图解释，这全是他——

某个东西砸向舞台，好像是玻璃，它正中斯科蒂的脸，幸好只是饮料里的冰块。斯科蒂缩了一下，继续演奏，接着，一个百威啤酒罐飞上台，正中马蒂的额头。我跟乔斯林惊恐对望，正想往前走，洛乌拉住我们。“燃烧的假阳具”继续演奏《搞什么搞啊？》，现在是垃圾飞上台，扔东西的是四个男生，戴安全别针串起的链子，从鼻孔连到耳垂。每隔几秒钟，就有饮料飞到斯科蒂的脸上。最后他只好闭着眼睛演奏。我不知道他还能看见灰点吗？艾丽斯企图阻拦那几个丢垃圾的人，突然间，人们开始猛力地跳碰撞舞，基本上是在干架的那种舞。乔尔用力敲鼓，斯科蒂扯下汗湿的T恤，朝某个丢垃圾的人挥过去，啪的一声打到他脸上，然后再挥向另一个人的脸——啪——就像我家那些男孩拿湿毛巾对打，只是用力更猛。人们瞧见他赤裸的肌肉闪亮着汗珠与啤酒，斯科蒂磁铁开始发挥作用。一个丢垃圾的冲上台，斯科蒂抬起腿，靴子底扎实地踢在那人的胸口上，那家伙呼地飞回台下，你可以听见观众倒吸气的声音。斯科蒂笑了，那是我从未见过的笑容，狼牙闪亮，现在我才发现我们当中，斯科蒂才是最愤怒的一个。

我转头看乔斯林，她不见了。或许是我的千只眼叫我往下看。我看见洛乌的手指像叉子般伸入乔斯林的黑发，她正跪在地上给洛乌口交，好像音乐是她的掩饰，没人能看见他们。或许真的没人瞧见。洛乌的一只手揽着我，可能因为如此，我没有转身逃开，重点是，我能逃的。但是我就站在那儿。我强迫自己去看舞台上的表演，斯科蒂用湿T恤拍击观众的眼睛，抬腿踢翻他们，洛乌抓紧我的肩膀，越抓越紧，转头对着我的脖子吐出火热且断续的呻吟，连音乐都遮盖不住。他靠得如此之近。我的身体迸出一声啜泣。眼泪奔流而下，但只是脸上的那双眼，我另外的千只眼睛是闭上的。

洛乌的公寓果真如乔斯林说的，墙壁上挂满电吉他、金唱片与银唱片。她却忘了说公寓是在三十五楼，离马布只有六条街，电梯墙上贴了绿色大理石片。她忘了说的东西可多了。

到了厨房，乔斯林把芙乐多薯片倒进盘里，从冰箱里拿出装满青苹果的水果盆。她开始分发甲喹酮，人人都有，除了我。我猜她是不敢看我。我只想问，*现在又是谁在扮演女主人招待客人啊？*

客厅里，艾丽斯坐在斯科蒂的旁边，斯科蒂穿着从洛乌的衣橱里找出来的彭得顿牌衬衫，脸色苍白，颤抖着，或许是因为被观众扔东西，或许是因为真正明白乔斯林有男友了，而男友不是他，永远不会是。马蒂也来了，脸颊上有割伤，眼窝一圈黑，不停地说场面够紧张，够紧张，也不知道是在对谁说。乔尔当然早被载回家了。大家公认这次演出很成功。

洛乌带着本尼，爬上螺旋状楼梯去录音间，我也跟着去了。洛乌称呼本尼为“小鬼”，跟他解释各种器材。房间很小，暖和，四壁都贴上尖凸状的泡绵。洛乌的腿抖动不停，他大声咀嚼着青苹果，像在啃石头。本尼探出头，偷瞄可以俯瞰整个客厅的栏杆，想看艾丽斯一眼。我一直想哭，很担心马布里的那一幕构成性交，而我掺了一脚。

最后我下了楼，看见客厅旁的门半掩着，里面有一张大床。我进去脸朝下趴在天鹅绒床上。一股辛辣的熏香味撩拨着我的全身。房间阴暗凉爽，两边床头柜都放了相框。我浑身发疼。几分钟后，有人走进来躺在我身旁，我知道是乔斯林。我们没开口，只是并排躺在黑暗里。终于，我说，你该告诉我的。

告诉你什么？她问。我自己都不知道。接着她又说，要讲的可多了。那一刹那，我觉得某个东西断了。

过了一会儿，乔斯林扭开床头灯，然后说，你瞧。她手上拿着相框，照片里，洛乌站在游泳池边，被小孩团团围住，两个小的根本还是婴儿。我数了数，共六个。乔斯林说，他们是洛乌的孩子，这个金发女孩，大家叫她查莉，二十岁。这个跟我们同年的男孩叫罗尔夫。他们跟洛乌一起去的非洲。

我贴近看。洛乌似乎很快乐，孩子围绕身旁，像个普通父亲，不敢相信现在跟我们在一起的就是这个洛乌。然后我注意到他的儿子罗尔夫。蓝眼黑发，甜蜜又灿烂的笑容。我感觉肚子一阵骚动。我说，罗尔夫还挺帅的，乔斯林笑着回说，我也觉得，你可别跟洛乌说。

一分钟后，洛乌进了房间，继续大声啃另一颗苹果。我现在才明白那整盆苹果都是为他准备的，因为他在不停地吃苹果。我溜下床，没跟他眼神接触。我一踏出房间，他便关上了门。

大约花了一秒钟，我才搞清楚客厅是个什么状态。斯科蒂盘腿坐着，正在拨弹一把状似火焰的金色吉他。艾丽斯站在他背后，搂着他的脖子，脸蛋贴近他，头发垂到他的大腿上，双眼紧闭，一脸开心。那一刹那，我忘了我是谁——只担心本尼看到这一幕会有什么感受。

我看不到本尼的人影，只瞧见马蒂猛盯着墙上的唱片，想让自己不那么碍眼。然后我注意到音乐声从公寓的每一个角落流泻出来——沙发、墙壁、甚至地板——我知道那是本尼，一个人待在录音间里，放音乐包围我们。上一分钟是《别让我失望》，下一分钟就是“金发女郎”[1]的《玻璃心》，现在是伊基·波普[2]的《过客》。

我是个过客
我走啊走
穿过城市的那一头
看到星星从天而降

我边听边想，你永远不会知道我有多了解你。

我发现马蒂迟疑地看着我，我明白其中的盘算：我是个丑女孩，所以我很配马蒂。我拉开玻璃门到露台。我从没在这么高的地方俯瞰过旧金山：夜是温和的蓝黑色，彩色灯光，雾气有如灰色烟霾。长长的码头深入平坦的黑色海湾。一阵冷冽的大风吹过，我跑进去拿夹克，回到露台，窝在一张白色塑料椅上。我看着眼前的景色，直到平静下来。我想着这个世界真的很大。大到没有人能解释。

过了一会儿，有人拉开门。我没抬头，认定是马蒂，谁知是洛

[1] 金发女郎乐队（Blondie）是由女主唱黛比·哈利领军的美国摇滚团体，20世纪70年代中期是美国朋克与新浪潮风格的先锋，连续拥有好几首畅销单曲，是知名的另类摇滚乐队。

[2] 美国摇滚歌手，组过傀儡乐队，在朋克摇滚、硬核摇滚界极具影响力，也以生猛诡异的舞台表演闻名。

乌。他赤着脚只穿内裤。即使在夜色中，仍看得出他双腿晒成了古铜色。我说，乔斯林呢?

洛乌说，在睡觉。他倚着栏杆眺望。我总算第一次看到他静了下来。

我说，你还记得你在我们这个年纪是什么样吗?

洛乌对着椅子上的我微笑，和晚餐时的笑容一模一样。他说，我跟你们同年纪啊。

我说，嗯！可你有六个小孩。

他说，的确是。他转身背对我，等我自动消失。我想，我可没跟这个男人做过爱。我根本不认识他。这时他说，我永远不会老。

我告诉他，你已经老了。

他忽地转身，凝视窝在椅子上的我，说，你很恐怖。你知道吧?

是因为我的雀斑。

不是雀斑，是你这个人。他继续凝视我，然后表情变了，说，我喜欢。

才没。

真的。雷亚，你要一直对我说实话哦。

我很讶异他记得我的名字。我说，来不及了，洛乌。

这下他笑了，是真正的笑，就算我讨厌他（我是真的讨厌他），洛乌跟我现在是朋友了。我从椅子上起身，走到他站的栏杆旁。

洛乌说，人们会想改变你，雷亚，别让他们得逞。

但是我也想改变。

他说，不，说真的，你是个美人。就保持这个样子。

我回道，可是我的雀斑。喉头一阵发疼。

洛乌说，雀斑是你最棒的地方。将来，某个男人会为它们疯狂，吻遍每一颗。

我开始啜泣。不加掩饰。

洛乌说，别这样。他弯腰，我们的脸相碰，他直视我的眼睛。他看起来很疲倦，很像有人踩上了他的皮囊，留下脚印。他说，雷亚，这世界到处是浑蛋。你别听他们的——你听我的。

因此我知道洛乌也是浑蛋之一。不过，我还是听他的。

两个星期后，乔斯林离家出走了。我是跟其他人同一时间知道的。

她老妈直奔我们的公寓。她、我老爸、老妈、哥哥们要我坐下：这事你知道多少？谁是她的新男友？我说洛乌。他住在洛杉矶，有六个小孩。他认识比尔·格雷厄姆。洛乌的真正来头，我想本尼知道。乔斯林的老妈跑到学校找本尼问话。但是他不好找。现在艾丽斯跟斯科蒂成了一对，本尼不再现身摇滚区。他跟斯科蒂还是不说话，不过之前，他们有如一体，现在却像互不相识。

我忍不住想：那天，如果我挣脱洛乌，去狂揍那几个扔垃圾的，本尼会不会退而求其次，跟我凑一对呢？就像斯科蒂跟艾丽斯那样？有可能因为一件事的改变就造成很大不同吗？

他们几天内就找到了洛乌。他跟乔斯林的老妈说，乔斯林一路搭便车到他家，事前并未告知。他说乔斯林很安全，他会照顾她，总比让她流浪街头好。洛乌保证下星期他来旧金山时就把她带回来。我心想，为什么不是这星期？

等待乔斯林回来这期间，艾丽斯邀我去她家玩。我们从学校搭巴士去，海崖离这儿特别远。白天，她家看起来很小。我们到厨房拿她老妈做的奶酪拌蜂蜜吃，各吃了两杯。接着上楼到她的卧室，就是摆满青蛙玩具的那间，坐在沿着窗台搭建的椅子上。艾丽斯告诉我，她打算养真青蛙，放在玻璃养殖箱里。她现在幸福又沉静，因为斯科蒂爱她。我没法辨别这是她的真我，还是她根本不再在乎自己是真是假，又或者不在乎是哪些东西构成了一个人的真我。

不知道洛乌的房子靠不靠海？乔斯林会看到浪吗？还是他们一直窝在卧室里？罗尔夫也在吗？我想得出神了。然后我听见嬉笑声与碰撞声。我说，谁啊？

艾丽斯说，我妹妹。她们在玩绳球。

我们下楼去后院。以前我只摸黑看过这里，现在阳光耀眼，我看到院子里的花朵依图案种植，还有一颗结了柠檬的树。后院一边的角落里，两个女孩围着银色柱子拍击鲜黄色的球。她们身穿绿色制服，转身对我们笑。

第四章　狩猎观光行

1. 绿草

“查莉，你记得吗？在夏威夷的那次？晚上我们去海滩，然后就下雨了？”

罗尔夫在跟老姐“查莉”讲话。（查莉之所以叫“查莉”是因为她鄙视自己的真名查伦。）虽然这只是他们的私人话题，但他们周围的人都在侧耳倾听罗尔夫要说些什么，因为这对姐弟此刻正在篝火前拿树枝画沙画，而篝火旁还有其他狩猎观光之旅的团员；也因为罗尔夫平日不爱说话；更因为坐在他们背后露营椅上的老爸是著名的唱片制作人，他的私生活总会引起众人的兴趣。

“记得吗？老妈跟老爸坐在那张桌子那儿，还想再喝一杯——”

“不可能。”老爸插话了，朝左边正在赏鸟的女士们眨眨眼。黑夜里，这两个女人脖子上也挂着望远镜，好像期待篝火照亮的枝头有鸟可看。

“查莉，你记得吗？沙滩还很暖和，风吹得很大。”

但是查莉专心注意着老爸的腿，正在她的背后跟女友明迪的腿交缠在一起。再过一会儿，他们就会跟大家道晚安，回帐篷，在窄窄的行军床上或者地上做爱。查莉与罗尔夫的帐篷就在旁边，她能听见——不是做爱的声音，而是震动。罗尔夫还小，不会注意。

查莉的头往后一仰，吓了她老爸一跳。洛乌年近四十，国字脸像冲浪客，不敌岁月，已有小小的眼袋。她说："那次旅行，你跟老妈还没离婚。"她的声音因仰头而扭曲，脖子上戴着普卡海滩的项链。

"是的，查莉，"洛乌说，"我清楚得很。"

赏鸟老太太交换怜悯的笑容。洛乌那种静不下来的魅力，让他的生活风波迭起：两次失败的婚姻，两个待在洛杉矶家中没跟来的孩子，太小了，不宜参加为期三个星期的狩猎观光之旅。狩猎观光是洛乌昔日好友拉姆齐的新事业，他们是酒肉朋友，二十年前差点没熬过朝鲜战争。

罗尔夫拉扯着老姐的肩膀。他要她回忆当年，重新感受一切：狂风、看不见尽头的黑色大海，还有他们眺望着黑色大海，似乎在等待遥远未来的成人生活跟他们打信号。"你记得吗，查莉？"

"记得，"查莉眯着眼说，"我记得。"

桑布鲁[1]战士已经抵达——共四个，两个拿鼓，还有一个小孩在暗处照顾一头黄色长角牛。昨天上午他们观赏完动物后，这批战士也来了，那时洛乌与明迪正在"小憩"，查莉则与最英俊的那个战士害羞地交换眼神。他肌肉架构结实完美的前胸、肩膀、背部都有漂亮的

[1] 桑布鲁人，肯尼亚中北部地区的半游牧民族。

留疤设计[1]，图案蜷曲如铁轨。

查莉站起身，朝战士走去。她还是个小女孩，身材瘦削，身着短裤以及有圆形木质小纽扣的粗棉衬衫，牙齿略微不齐。鼓手开始击鼓，查莉的战士跟另一个战士开始唱歌。那是由腹部发声的浓重喉声。她在战士面前摇摆身体。来非洲才十天，她就变成了另一种女孩——那种她在美国时会倍觉受到恫吓的少女。几天前，他们走访过一个用煤渣砖盖成的小村落，她在酒吧喝了颜色混浊的调酒，结果到了某个年轻妇女的小茅屋，她居然把银制蝴蝶耳环（老爸给她的生日礼物）送给了那个乳房还在滴奶的女人。她错过了回吉普车的时间，拉姆齐的助手艾伯特必须四处找她。他警告说："小心点。你爸要疯了。"查莉当时毫不在乎，现在也是。她站在火边独自跳舞，用这个方法主宰老爸异变无常的注意力，一想到他会因此不安，她的身体就仿佛注入电流一般。

洛乌放开明迪的手，坐直身体。他想抓住女儿瘦巴巴的手，拉她远离那些黑人，但当然，他不会这么做。因为那代表她赢了。

战士对查莉微笑。他十九岁，只比她大五岁，十岁起就远离自己出生的村落。不过，他给美国游客唱歌的经验丰富，知道在查莉所属的世界里，她还只是个孩子。三十五年后，他将死于基库尤人与卢奥人2008年那次暴力冲突引发的大火。那时，他有四个老婆，六十三个孙子孙女，其中一个叫乔尔的孙子将继承此刻放在他腰间皮鞘里的铁

[1] 原文为scar tissue design，是指在皮肤上切割所留下的疤痕，可作为身份的证明，也用来修饰身体。部分民族因为肤色较黑，刺青着色不明显，也缺少白色涂料，就割裂肌肤，在伤口擦上刺激物，让伤口长出一连串的小突起，构成图案。在人类学中叫"装饰性留疤"。

制狩猎短匕首。乔尔将到哥伦比亚大学攻读工程学，成为视觉机器人技术的顶尖专家。这个技术可以侦测极微小的异常动作，乔尔的禀赋必须归功于小时候观测草丛里的狮子。他将娶美国妻子露露，留在纽约，发明一种扫描仪器，成为大型集会安检的标准配备。他跟露露将在翠贝卡三角区买下一个阁楼，祖父的狩猎匕首将放在树脂玻璃做成的盒子里，在天窗洒落的阳光下展示。

“儿子啊，”洛乌在罗尔夫耳边说，“咱们去逛逛。”

罗尔夫从沙地起身，跟老爸离开篝火去散步。十二个帐篷围着篝火绕成一圈，每个帐篷睡两名狩猎观光客，还有三间户外厕所与淋浴间，篝火烧热的水，只要用绳一拉，就可从储水袋哗啦而下。远处靠近厨房的地方，还有几个小帐篷是给员工住的，但是在篝火区看不见。再过去就是墨黑又充满细鸣声的广袤丛林，他们已被警告不要过去。

“你老姐在发疯。”洛乌大步走入暗处，对罗尔夫说。

“为什么？”罗尔夫问。他并未注意到姐姐有何调皮举动。听在洛乌的耳里，却不是这么一回事。

“因为女人本来就是疯子，”他说，“你一辈子都搞不清楚原因。”

“妈妈不疯。”

“没错，”洛乌回想着，现在他平静多了，“其实你老妈只是不够疯。”

歌声与击鼓声突然显得很远，只留洛乌与罗尔夫孤独伫立于明亮的月光下。

“明迪呢？”罗尔夫问，“她也疯吗？”

“好问题，”洛乌说，“你认为呢？”

“她喜欢阅读，带了很多书。”

“没错。”

“我喜欢她，”罗尔夫说，“但是我不知道她疯不疯。或者疯到哪个程度才叫疯。”

洛乌搂着罗尔夫的肩头。如果他是个懂得内省的人，几年前就该明白罗尔夫是这世上唯一能让他平静下来的人。虽然他期待罗尔夫应该像他，但是他最喜欢罗尔夫跟他完全相反的特质：安静、沉思，能够与自然合拍，体会他人的痛苦。

“谁在乎？”洛乌说，“对吧？”

“对。”罗尔夫同意，然后，那些女人也跟击鼓声一样遥远了，只剩他与老爸这对无可匹敌的搭档。罗尔夫十一岁，对他而言，有两件事很清楚：他属于父亲，父亲属于他。

他们静静地站着，被低语的丛林包围。天上挤满星星，罗尔夫闭上眼，再睁开，心想，我将永远记住这个夜晚。后来的确如此。

当他们终于回到营地，战士已经走了。只有几个死忠的凤凰城教派（这是洛乌给几位狩猎观光团员的封号，因为他们来自那个鸟地方）还死守在篝火边，在那儿比较今日观测动物的心得。罗尔夫钻进帐篷，脱掉裤子，只穿T恤与内裤爬上帆布床。他还以为查莉已经睡了。查莉开口，他才听出她哭过。

“你们去哪里了？”她问。

2. 山丘

“你背包里都装了什么啊？”

说话的是科拉，专门替洛乌安排长途旅行的员工。她讨厌明迪，明迪不认为这是针对她，而是“结构性仇恨”。这是她的自创词汇，她突然发现非常适合描述这次行程。一个年逾四十依然单身、用高领衬衫遮掩脖子青筋的女人，对她这种年仅二十三、男友是钻石王老五的女孩，当然会有结构性的蔑视，尤其这位大人物不仅是科拉的雇主，还支付她此行的费用。

“人类学的书，”她跟科拉说，“我在伯克利修人类学博士。”

“你干吗带来不读？”

“晕车。”明迪回答。此话不实，但是上天为证，车子真的颠簸得要人命，听起来还算合理。她不确定自己为什么不打开博阿兹、马林诺斯基和穆拉的书[1]，却假设应该能从其他途径学习，收获一样丰硕。每天早上，她在帐篷餐厅喝了黑咖啡“加油”后，难免狂妄起来，甚至揣想自己对社会结构与情绪反应相关性的洞见，应该不只是将列维-斯特劳斯的理论“修缮完美”，而是能实际运用于现代社会。她现在还只是个博士班二年级生。

他们坐的车是五辆吉普车中的最后一辆，沿着泥巴路穿越乍看是一大片棕黄的草原，其实掩盖在下面的是一整个色谱的缤纷多彩——紫色、绿色、红色。他们的司机是拉姆齐的左右手、臭脾气的英国人艾伯特。明迪已经好几天躲着不坐艾伯特的吉普车，但是几天下来，众人皆知跟着他，最容易观测到最棒的动物。今天不去看动物，是要

[1] 弗朗兹·博阿兹，德裔美国人类学者，人称人类学之父。
马林诺斯基，波兰裔英国人类学者，功能学派之父。
穆拉，原籍乌克兰，后移民美国，专门研究印加帝国的人类学者。

撤营到山丘，晚上，大家去住旅馆，这是此行的第一次，尽管如此，两个小鬼还是哀求要跟艾伯特同车。让洛乌的小孩快乐开心是明迪的责任，至少，要接近“结构性快乐”。

结构性恨意：两度离婚男子的青春期女儿自然无法容忍父亲的新女友，会使尽自己有限的力量来转移父亲对上述女友的注意力，主要武器为她刚刚萌发的性特征。

结构性好感：两度离婚男子的前青春期儿子（也是最受宠爱的孩子）会拥抱接纳父亲的新女友，因为他尚未学会区分父亲的爱与欲望并不是他自己的爱与欲望。某个程度来说，他也会爱上且渴欲父亲的女友，她对他也会有母爱之情，虽然她尚年轻，不配做他妈妈。

洛乌打开一个大铝箱，里面有他新买的相机，用气泡纸分格放好，很像拆成组件的来复枪。洛乌买相机纯粹为了万一没有聚会可去，至少可以缓解无聊。他还配备了一个小卡带机，用套了海绵套的耳机听试听带或者初步混音带[1]。偶尔他会把耳机递给明迪，想知道她的意见，毫无例外，每次乐声灌进她的耳膜，只有她一个人听见，这种经验总让她震撼，那种私密感，那种周遭环境瞬间转为金色蒙太奇的方式，让她几乎盈泪。她仿佛是跟洛乌一起站在遥远的未来，回首眺望此次的非洲嬉游。

结构性不和：一个两度离婚的有权有势的男子无法体会更不会

[1] 试听带是指乐手或乐队用来投石问路的录音带，通常是在自家录，或者是到小录音室用简单的配器与机器录的。乐曲各部录音初步混合，唱片收音完成后，要将各轨的收音以及Midi编程的部分混在一起，这叫混音。混音是精细工程，通常是混音师来操盘，制作人在后面监督，可能会不断混，直到出现制作人、唱片公司都觉得最好的版本为止。

期许比他年轻许多的伴侣怀抱野心。遵此定义，他们的关系将会是短暂的。

结构性欲望：一个权势男子的露水姻缘年轻女伴将不可避免受到下列男子的吸引：近在眼前的、单身的、瞧不起她的大人物男友的有权有势的男子。

艾伯特开着车，一只手肘横到车窗外。此次观光行，他多数时间都很沉默，在帐篷餐厅总是快速扒饭，碰到问题，只有简洁答案。（“你住哪里？”“蒙巴萨。”“你在非洲多久了？”“八年。”“为什么会来？”“由于这，由于那。”）晚饭后，他也很少参与众人的篝火集会。有一次夜里上厕所，明迪瞧见艾伯特在靠近工作人员帐篷的篝火旁喝啤酒，跟基库尤人司机谈笑。带队时，他很少笑。每当他的眼神掠过明迪身上，她就自惭形秽：因为她长得漂亮，因为她跟洛乌睡觉，因为她不断告诉自己此行够得上是人类学研究，算是团体动力学与人种志学的飞地研究[1]。事实上她只是追求奢华、冒险，以及短暂逃脱她四个永远不睡觉的室友。

坐在艾伯特驾驶座旁的柯罗诺斯正在乱扯动物的事，他是“疯狂帽子先生”乐队的贝斯手，这次与该乐队吉他手各携女伴，接受洛乌的招待。这四人间正进行狂热比赛——谁能看到最多的动物。（**结构性执迷**：一种因情境脉络而引发的短暂性集体执迷，是贪婪、竞争、羡妒之渊薮。）每天晚上，他们比较谁看到的动物最多，距离有多

[1] 飞地是指本国境内隶属另一国的土地。放在都市人类学里，有时是指新移民形成的聚落。此处是指一群西方人跑到非洲，自成“飞地”，明迪认为在这个“飞地”里的人与人的互动状态构成人类学里的动力学研究。

近，要同车乘客做证，发誓回到家就会冲洗照片为证。

艾伯特后方坐的是的科拉，坐在她身旁朝窗外望的是金发演员狄恩，擅长讲显而易见的废话——“天气好热啊”“太阳下山了”“这里树木不多”。他是明迪的快乐源泉。狄恩正在演一部电影，洛乌帮忙做电影原声带，众人似乎认定电影一上市，狄恩就会暴得盛名，红到爆炸。罗尔夫跟查莉坐在狄恩的后面，正在秀《疯狂》[1]杂志给米尔德丽德看，她跟另一个赏鸟女士费欧娜经常围在洛乌的身边，因为他总是跟她们打情骂俏，挑逗她们带他去赏鸟。他对这两位年逾七十、此行之前素未谋面的老女人如此溺宠，总是让明迪很好奇：她找不到任何结构性的原因。

明迪跟洛乌坐在最后一排，洛乌不理会行车时应坐下的警告，上半身探到车顶外。艾伯特突然大转弯，洛乌猛地摔回座位，相机砸中额头。他咒骂艾伯特，但是被车子穿梭于高草间的声音淹没了。他们已经偏离道路。柯罗诺斯探出车窗外，明迪明白艾伯特一定是故意绕道，让柯罗诺斯有机会超越对手。还是把洛乌撞回座位的诱惑实在甜蜜得难以抗拒?

经过一两分钟的疯狂疾驶，吉普车突然离一群狮子不到数英尺远。鸦雀无声中，众人瞠目结舌——这是他们此行最接近动物的一次。引擎仍在动，艾伯特的手不敢轻离驾驶盘，但是那群狮子看起来如此惬意、淡漠，他就关掉引擎。除了引擎残留下来的几声嘀嘀声，一片安静，就连狮子的呼吸声都能听到：一头公狮、两头母狮、三只幼狮。一头母狮带着幼狮正在吞食、啃咬血迹斑斑的斑马尸骨。其他

[1] 著名的漫画杂志。

狮子在打瞌睡。

“它们正吃着呢。”狄恩说。

柯罗诺斯卷底片的手发着抖，不断低声咒骂：“他妈的！他妈的！”

艾伯特燃起香烟，等待，其实丛林是禁止抽烟的。他对眼前的场景十分漠然，好像是停车让大家上厕所。

“我们可以站起来看吗？”小孩们问，“安全吗？”

“管他的，我可要站起来。”洛乌说。

洛乌、查莉、罗尔夫、柯罗诺斯、狄恩全站到座位上，上半身探出车顶外。基本上，明迪现在是孤独一人，跟艾伯特、科拉、米尔德丽德在车内相处，米尔德丽德正拿着赏鸟望远镜看狮子。

沉默一会儿后，明迪问：“你怎么知道？”

艾伯特转身，隔着一整个车身距离看着明迪。他有一头棕色乱发与细柔胡子，露出幽默的神情说：“我猜的。”

“半英里外就知道？”

“他搞不好有第六感，”科拉说，“毕竟在这里待了那么多年。”

艾伯特转回身，朝车外喷烟。

“你是瞧见了什么吗？”明迪不死心。

她没想到艾伯特会再转过身来，但是他转身趴到椅背上，目光越过小孩们的腿，跟她交会。一股强大的吸引力冲击而至，好像有人抓住了明迪的内脏，扭转。现在她明白这感觉是互相的，从艾伯特的神色即可判断。

“断草，”艾伯特紧盯着明迪说，“看起来是追逐的痕迹。也可能什么都不是。”

科拉感觉被排除在外，疲倦叹气，朝车顶方向说：“哪个人坐下来，换我看啊？”

“马上。”洛乌说。但是柯罗诺斯动作更快，他弯身回前座，探出车窗看。穿着大印花裙的科拉站起身。明迪脸蛋通红。她跟艾伯特的窗子都在左边，看不到狮群。明迪看见他舔湿手指，捻熄香烟。两人沉默静坐，各自的手臂在窗外晃荡，温暖的风吹动手上的汗毛，完全忽视了此行最壮观的赏兽一景。

“你让我疯狂。”艾伯特说，非常轻声。声音仿佛从他的窗户飘到车外，再飘进明迪的车窗，像那种用来低语传声的管状玩具。“你应该知道。”

“我不知道。”明迪低声回答。

“哦，你知道的。”

“我并非自由身。”

“永远？”

她微笑：“拜托，当然是插曲。”

“之后呢？”

“念研究所，在伯克利大学。”

艾伯特轻笑。明迪不确定那声轻笑代表什么——她念研究所很可笑吗？还是伯克利与他住的蒙巴萨，两者之间毫无折中？

“柯罗诺斯，你这个浑蛋疯子，给我回来。”

洛乌的声音从车顶传来。明迪却像被下了药般迟钝，直到听见艾伯特声音有异，才反应过来。他嘘声说：“不可以，不可以！回车上来。”

明迪连忙转向面对狮子的车窗。柯罗诺斯正在狮群间潜行，相机对准正在睡觉的母狮与雄狮，拍照。

“倒退走，”艾伯特的声音虽小，却很急迫，“倒退走，柯罗诺斯，脚步轻一点。”

行动来自大家想象不到的地方：正在啃斑马的母狮扑向柯罗诺斯，挑战地心引力的矫捷的跳跃动作，养过家猫的人都认得。母狮压在柯罗诺斯头上，他瞬间被扑倒。众人惊叫，一声枪响传来，本来探身车顶外的乘客全部跌回座位，动作之猛，明迪还以为是他们中枪了，结果是母狮。艾伯特用不知藏在哪里（或许是座位下）的来复枪射杀了它。其他狮子窜逃，只剩下斑马的尸骨、母狮的尸体，还有被母狮压住身体、双腿朝外伸的柯罗诺斯。

艾伯特、洛乌、狄恩、科拉奔出吉普车外。明迪本想跟着去，洛乌一把将她推了回去，她明白洛乌要她陪着小孩。她弯身到他们的椅背后，一手抱住一个。当他们瞪视着窗外，一股晕眩冲过明迪的身体。她快昏过去了。因为米尔德丽德仍坐在小孩身旁，这时明迪才隐隐想起，她跟艾伯特的整个对话期间，这位赏鸟的老女人一直都待在吉普车里。

“柯罗诺斯死了吗？”罗尔夫坦率地质问。

“我确信他没死。”明迪说。

“那他为什么不动？”

“母狮躺在他身上。你瞧，他们正合力把母狮拉开。他躺在下面，可能一点伤都没有。”

“母狮嘴巴上有血。”查莉说。

“那是斑马的血。当时它正在啃斑马，你记得吧？”明迪努力不让牙齿打战，她明白不能在孩子面前暴露自己的恐惧——那就是不管刚刚发生何事，都是她的错。

在炙热的阳光下，他们孤坐于车内，心脏狂跳。米尔德丽德静脉暴凸的手放在明迪的肩头，明迪感觉热泪涌了上来。

“他没事的，”老太婆说，“你等着看吧。”

等到整团人吃过晚饭蜂拥回山区旅馆的酒吧时，人人似乎都有收获。柯罗诺斯赢得悲惨的胜利，压过他同队乐手以及两人的女友，代价是左脸颊缝了三十二针，这也算是收获，毕竟他是个摇滚明星。眼皮下垂、满嘴啤酒味的英国医生开了一大堆抗生素给他服用。这医生是艾伯特的老朋友，他到煤砖屋镇上把他挖来，离出意外的地点约莫一小时车程。

艾伯特赢得英雄地位，但是看他的脸，丝毫没有这种感觉。他大口喝下波本威士忌，喃喃地回答“凤凰城教派”的混乱提问。还没有人质问他以下几个基本问题：*为什么你们会在丛林？为什么你们那么接近狮子？为什么不阻止柯罗诺斯离开车子？*但是艾伯特知道他的老板拉姆齐会问，很有可能炒他鱿鱼，让他的连串失败添上最新一笔，这些失败，照他仍住在英国麦海德的母亲的说法是“导因于自我毁灭的倾向”。

拉姆齐狩猎观光之旅的成员得到一则可以讲上一辈子的故事。这还促使某些团员在许多年后利用脸书跟谷歌来寻找其他成员。他们无法抗拒那些网站首页所标榜的心愿成真的幻想：*你想知道他们现在在干什么吗……*某些人甚至相约见面、回忆，并吃惊于彼此的外貌都有了偌大改变，但是几分钟后就不在意了。狄恩是直到中年，在一个颇受欢迎的情景喜剧中扮演大腹便便、讲话直率的水电工后，才出了名。现在才十二岁的路易丝是个胖女孩，凤凰城那伙的。在她长大、离婚后，她将会上谷歌寻找狄恩，他们将相约出来喝杯意大利浓缩咖啡。喝完咖啡后，他们会去圣维森特的戴斯汽车旅馆翻云覆雨，性事意外感人，之后他们又去棕榈滩度周末打高尔夫，再之后，他们在狄恩的四个成人孩子、路易丝的三个青春期小孩的见证下，步入婚礼殿堂。不过这显然是个特例，多数团员重逢后只会发现，三十五年前的一趟非洲狩猎观光行不代表他们有许多共同点。分开后，他们不禁怀疑自己到底期望此次见面能得到什么。

艾伯特那辆吉普车的乘客荣登“目击证人”宝座，不断被问看见什么、听见什么、感觉如何。罗尔夫、查莉、凤凰城教派的八岁双胞胎，加上十二岁胖妞路易丝，一群小孩沿着石板路奔跑，到水坑附近的猎人埋伏地，那里有一栋木屋，里面有长板凳，还有一条狭槽，看得见外面，动物却瞧不见你。木屋里黑漆漆的，他们全挤到狭槽那里，但是此刻没有动物过来喝水。

“你们真的看到狮子了？”路易丝惊叹问。

“母狮，”罗尔夫说，“两头母狮、一头公狮，加三只幼兽。”

“她是在问被枪杀的那只啦，”查莉不耐烦地说，“我们当然看见了。几英寸远而已！”

“英尺。”罗尔夫纠正。

“英尺是由英寸构成的，”查莉说，“我们什么都看见了。”

罗尔夫已经开始厌恶这种对话——询问者喘不上气般的兴奋，以及查莉的陶醉其中。有件事让他烦恼：“不知道那些幼兽怎么样了，那只母狮一定是它们的妈妈——它跟两只小狮子一起吃的。”

“不一定。”查莉说。

“可是，要是它是……”

“或许它们的爸爸会照顾它们。”查莉犹豫地说。其他小孩也安静了，思索这个问题。

“狮群是一起抚养幼兽的。”声音是从猎人埋伏地的那头传来的。米尔德丽德与费欧娜可能早就躲在那里，或者刚溜进来，她们经常被忽略。“狮群会照顾它们，”费欧娜说，“就算死掉的那只母狮是它们的妈妈。”

“有可能不是。”查莉说。

“有可能不是。”米尔德丽德同意。

小孩们却没想到要问同车的米尔德丽德当时看见什么。

“我要回去了。”罗尔夫跟姐姐说。

他沿着石板路回到旅馆。老爸跟明迪还在烟雾弥漫的酒吧里。奇异的欢庆气氛让罗尔夫很丧气。他的思绪不断跳回吉普车，回忆却模糊了：母狮弹身跃起，枪支射击时的震动，去找医生时柯罗诺斯一路上的呻吟声。他脑袋上的血还真在吉普车的地板上积成一摊，跟漫画一样。回忆中还充满明迪从后面抱住他的感觉，她的脸颊贴着他的头，她散发的气味，不是他老妈的那种面包味，而是咸咸的，近乎苦味，几乎像狮子的味道。

他站在老爸身旁，洛乌正跟拉姆齐聊军中故事聊到一半。“儿子，你累了吗？”

明迪问：“要我陪你上楼吗？”罗尔夫点点头，他真的想要。

蚊子肆虐的蓝色夜晚从旅馆窗外向内推进。一踏出酒吧，罗尔夫突然不那么累了。明迪到柜台拿他房间的钥匙，然后说：“我们上露台去吧。”

踏出旅馆，夜色虽黑，但映着夜空的山影更黑。罗尔夫隐约还能听见猎人埋伏地那里的小孩的声音。能够脱离他们，真是让他松了一口气。他跟明迪站在露台的边缘，远眺群山。她身上的刺鼻咸味包围着他。罗尔夫感觉明迪似乎在等待什么，所以他也等着不开口，心脏怦怦地跳。

露台下方有人咳嗽。罗尔夫瞧见橘色烟头在暗处移动，然后艾伯特的皮靴嘎嘎地响，朝他们走来。“你好。”他跟罗尔夫打招呼，没跟明迪说话，因此，罗尔夫认定这声招呼是两人份的。

“嘿。”他跟艾伯特打招呼。

“你们在干什么？”艾伯特问。

罗尔夫转身问明迪：“我们在干什么？”

“享受夜晚。”她说，依然面对群山，不过，她的声音紧绷。“我们该上楼了。”她跟罗尔夫说，突然转身回了旅馆。粗鲁的态度让罗尔夫困惑，他问艾伯特：“你要一起来吗？”

“有何不可？”

三人爬上楼梯，酒吧里传来觥筹交错的欢乐声。罗尔夫突然有一种必须维持话题的奇怪压力：“你的房间也在楼上吗？”

“过道尽头，”艾伯特说，“三号。”

明迪打开罗尔夫的房间，走进去，把艾伯特扔在过道上。罗尔夫突然很气明迪。

“你要看我的房间吗？”他问艾伯特，“我跟查莉的房间？”

明迪发出短促的笑声——罗尔夫的老妈遇见烦人到近乎荒谬的事时，也会这样笑。艾伯特走进房间。屋内配备简单，有木头家具与积灰的大花窗帘。睡了十天帐篷后，这里简直可以称得上豪华。

“很棒啊。”艾伯特说。罗尔夫认为他的一头棕色长发加上胡子，让他看起来像真的探险者。明迪双手交叉抱胸朝窗外望。房里有一股罗尔夫无法明确指称的气氛。他很气明迪，艾伯特想必也一样。*女人都是疯子*。明迪的身体纤细柔软，简直可以穿过门缝或钥匙孔。她的粉红色薄运动衫随着呼吸急速上下浮动。罗尔夫超讶异于自己真是气疯了。

艾伯特从口袋里掏出一根烟，没点燃。那是没滤嘴的烟，烟丝从两头露了出来。“那么，”他说，“两位晚安。”

罗尔夫原本想象明迪会帮他盖被，揽住他，跟在吉普车上时一样。现在看来根本不可能。明迪站在那里，他没法换睡衣，他不想让她看见自己印满蓝精灵的睡衣。“我没事，”他听得见自己声音里的冷淡，“你可以回去了。”

“好的。”明迪说。她拉下罗尔夫的床，帮他拍松枕头，调整一下敞开的窗户。罗尔夫感觉她在拖延离开房间的时间。

“我跟你爸就在隔壁房，”明迪说，“你知道吧？”

“嗯，”他喃喃道，然后简短回答，“我知道。”

3. 砂

五天后，他们搭了一辆非常老旧的夜车，开了许久才进入蒙巴萨。每隔几分钟，火车就减速一下，好让乘客可以抱着包袱跳车，也让另一批乘客可以连滚带爬地上火车。洛乌这伙人跟凤凰城教派的都选择把自己塞在拥挤的酒吧车厢，跟一群穿西装、戴圆顶礼帽的非洲男士共处。洛乌允许查莉喝一杯啤酒，不过靠着英俊的狄恩帮忙，她又喝了两杯。狄恩站在查莉所坐的狭窄酒吧凳旁，说：“你晒伤了。”他边说边用手指按查莉的脸颊：“非洲太阳很强。”

“没错。”查莉牛饮着啤酒，笑着说。自从明迪指出狄恩专爱说废话后，查莉觉得他滑稽极了。

“你得擦防晒油。”他说。

“我知道，我擦了。”

“一次不够。你得不时补充。”

查莉与明迪眼神交会，忍不住咯咯笑。她的老爸靠过来问：“什么事那么好笑？”

查莉紧靠父亲，说：“人生。”

“人生！”洛乌嗤鼻，“你才几岁？”

他把查莉揽进怀里。查莉小的时候，洛乌常常这样抱她，日渐长大后，次数就减少了。她老爸身体温暖，几乎是热的，心跳声大得像有人在捶一扇厚门。

“哦，”洛乌说，“你的尾巴刺痛我了。”那是查莉在山丘捡到的黑白混杂的刺猬刺，她拿来固定盘上去的长发。洛乌把刺拿开，一头纠缠的金色长发就像碎裂的窗子，垂落在查莉的肩头。她注意到狄恩在看她。

“我喜欢这样，”洛乌眯着眼看半透明的刺猬刺尖，“这可是危险武器。”

狄恩说：“武器是必要的。”

第二天下午，狩猎观光团团员住进距离蒙巴萨三十分钟车程的滨海旅馆。胸口满是疙瘩的男人穿梭在白色沙滩上，贩卖串珠与葫芦。米尔德丽德跟费欧娜穿了花朵图案的泳装，开心地现身于海滩，望远镜仍挂在脖子上。柯罗诺斯胸膛上的青紫色美杜莎刺青，还不及他的微凸小腹来得震撼——不少男人都有此令人幻灭的特征，尤其是已为人父者。洛乌不一样，他虽显瘦削，却很结实，他偶尔会去冲浪，因此拥有古铜色肤色。他搂着明迪踏入奶油色的大海，后者穿着闪亮的蓝色比基尼。众人对她的身材预期十分高，她却比预期还要高。

查莉与罗尔夫躺在棕榈树下。查莉很讨厌此行前老妈帮她挑的红色连身Danskin泳衣，于是，她跟柜台借了一把锐利的剪刀，把它剪成了比基尼。

“我不想回家了，永远。”查莉困倦地说。

“我想念老妈。”罗尔夫说。老爸跟明迪在游泳，他能看见透明海水下她的闪亮泳衣。

“要是老妈也能来就好了。”

“老爸不爱她了，”罗尔夫说，“她不够疯狂。”

“什么意思？”

罗尔夫耸耸肩。“你认为他爱明迪？”

“不可能。他早腻了。”

“要是明迪爱他呢？”

“谁在乎啊？”查莉说，“老爸人人都爱。”

游完泳后，虽然明迪很想跟他回房间，但洛乌努力抗拒这个念头，跑去找鱼叉与浮潜装备。自从他们不住帐篷后（女人常觉得帐篷怪怪的），明迪在床上简直疯了，极度饥渴，有时不管时机，就想扒下洛乌的衣服，或者才刚做完爱又要来一次。他对明迪颇为心软，尤其是这趟旅行快接近尾声了。她好像在伯克利读什么东西来着的，而他不是那种会为了女人长途奔波的人。以后应该不会再见面了吧。

洛乌拿着浮潜装备来到沙滩，罗尔夫正在看书，一句都没抗议，就扔掉《霍比特人》，马上起身。查莉没理他们，洛乌想过要不要叫查莉一起来，不过，念头一闪而过。他跟罗尔夫走到海边，戴上潜水镜，套上蛙鞋，鱼叉放在腰带里。罗尔夫看起来很瘦，他需要运动，又怕水。他老妈爱看书，爱园艺，洛乌得不断去除她的影响力。他真希望罗尔夫能跟他住，但是只要跟律师提起这件事，他们就摇头。

这儿的鱼华丽肥美，在珊瑚礁啄食，简直是瓮中捉鳖。洛乌刺中了七尾，才发现罗尔夫一尾都没刺着。

浮出水面后，洛乌问："儿子，怎么啦？"

罗尔夫说："我只喜欢看鱼。"

他们顺流漂至有一小块岩石深入海里的地方，小心地举步离开大海。这里是挤满海星、海胆与海参的满潮池。罗尔夫弯腰细瞧，洛乌的鱼则放在挂在腰间的网里。明迪在海滩上拿着费欧娜的望远镜观察他们，挥手致意，洛乌与罗尔夫也向她挥手。

"爸，"罗尔夫从满潮池里抓起一只绿色的小螃蟹，说，"你觉得明迪怎样？"

"明迪很棒，怎么了？"

螃蟹奋力地伸展着小螯爪。看见罗尔夫懂得如何安全抓螃蟹，洛乌露出赞许的表情。罗尔夫眯着眼对他说："你知道的。就是她够不够疯啊？"

洛乌发出轻蔑的笑声。他早就忘记先前的谈话了，但是罗尔夫什么都不会忘记——洛乌很喜欢他这一点。"她够疯。但是，疯不是唯一条件。"

罗尔夫说："我觉得她很粗鲁。"

"对你粗鲁？"

"不是，是对艾伯特。"

洛乌转身面向儿子，歪头问："艾伯特？"

罗尔夫放走螃蟹，开始讲那晚的事。他记得所有细节——露台，楼梯，三号房——讲着讲着，才发现自己多想讲这件事，只为惩罚明迪。他老爸专心听着，没打断。罗尔夫继续讲，心头却越来越沉重，虽然他不明白为什么。

当他讲完，他老爸深吸了一口气。他回头看海滩，此时已近黄昏，大家开始拿起浴巾抖落白沙，准备结束。旅馆有舞厅，饭后大家打算去跳舞。

"这事什么时候发生的？"洛乌问。

"就是射杀狮子的那天——那个晚上，"罗尔夫迟疑了一下，然后问，"你知道她为什么那么粗鲁吗？"

"因为啊，"他老爸说，"女人都是贱货。"

罗尔夫大为吃惊。他老爸生气了，下颌肌肉跳动，毫无征兆。罗尔夫也开始生气了：深沉的怒气直冲上来，几乎令他作恶——他偶尔就会有这种怒气，通常是他跟查莉去老爸家度周末时，那里，游泳池旁永远骚闹，屋顶上挤满摇滚明星，大盆的牛油果沙拉配大盆的墨西哥辣菜。返家后，看见老妈独自坐在阳台上喝薄荷茶，这股愤怒就会涌上来。气愤的是，这个男人对人总是"用过即丢"。

"她们才不是——"他连那两个字都无法出口。

"她们是的，"洛乌肯定地说，"你很快就会知道。"

罗尔夫转身背对老爸，无处可去，只好跳进海中，慢慢划向沙滩。阳光暗淡下来，海水起伏，处处是阴影。罗尔夫幻想脚下就是鲨鱼，但是他没回头也没转身。他拼命往白色沙滩边划，凭直觉知道自己努力挣扎不被灭顶，是他能够想到的最能折磨他老爸的精心处罚，他也凭直觉相信，如果他沉了，父亲一定会马上跳入海里拯救他。

那天晚上，洛乌允许罗尔夫跟查莉喝葡萄酒。罗尔夫不喜欢那股酸味，却喜欢喝酒后周遭一切看起来都模糊了的感觉：餐厅里到处是花，朵朵像张着大嘴的喙。老爸把刺到的鱼交给厨师，把它们做成了搭配橄榄与西红柿的料理。明迪身着闪亮绿洋装。老爸搂着她。他不生气了，罗尔夫也是。

刚刚的一小时，洛乌都待在床上，狠狠地干了明迪一顿。现在他一只手搁在明迪苗条的大腿上，在裙摆下摸索，等着看她双眼迷蒙。洛乌不能忍受挫败——应该说他**看不到**失败，只会视它为必定获得胜利的“激励”。他非赢不可。艾伯特是个什么东西——艾伯特是隐形人，艾伯特算哪根葱（事实上，艾伯特已经离团，回了蒙巴萨的公寓）。此刻的重点是，**明迪**必须明白。

他不断为米尔德丽德与费欧娜添酒，直到她们脸上出现了一块块的红斑。他责备说：“到现在你们都没带我去赏鸟。我一直求你们，你们却一直没实现承诺。”

“明天可以去，”米尔德丽德说，“我们想去瞧瞧某些沿海鸟类。”

“说定喽？”

“郑重许诺。”

“来吧，”查莉对罗尔夫低语，“咱们出去。”

他们溜出拥挤的餐厅，飞奔到银色海滩。棕榈树叶的拍击声像下雨，但是空气很干燥。

“真像夏威夷那一次。”罗尔夫说，盼望它成真。所有要素都在：暗夜、海滩、老姐。但是感觉不一样。

“少了雨。”查莉说。

“少了老妈。”罗尔夫说。

“我想他会娶明迪。”查莉说。

“不可能！你说过他不爱她。”

“那又怎样？还是可以结婚。”

他们一屁股坐下，沙滩仍有余温，反射出迷蒙的月光。鬼魅一样的大海不断拍击着沙滩。

“她不是很差。”查莉说。

“我不喜欢她。干吗？你又变成世界级专家了？”

查莉耸耸肩说：“我了解老爸。”

但是查莉不了解自己。四年后，她十八岁，将加入墨西哥边界再过去一点的一个秘密教派，颇具魅力的领袖鼓吹吃生鸡蛋，她染上沙门氏杆菌差点死掉，还好洛乌救了她。严重的可卡因瘾让她得整形重塑部分鼻子，改变了相貌。一个又一个主宰欲强烈又不负责任的男人让她快三十岁时还是孤独一人，并且企图为已经不说话的洛乌与罗尔夫当和事佬。

不过查莉**的确**了解她老爸。他会娶明迪，因为这代表“赢”，也因为明迪急着结束此段奇怪的插曲。回去念书的念头只维持到她回到伯克利，打开门，踏入满屋都是熟悉的小火熬扁豆气味的住处为止。那是她与室友赖以为生的便宜炖菜之一。她一屁股倒在她们从人行道上捡来的、靠背摇摇晃晃的沙发上，打开她的书，发现虽然连续数星期扛着这堆书游走非洲，但她几乎一字未读。电话响时，她心跳剧烈。

结构性不满：经过一段较为刺激与丰饶的生活后，回到一度曾经让你愉悦的环境，却发现再也不能忍受了。

不过，我们离题了。

罗尔夫与查莉从海滩起身，被露天迪斯科舞厅的灯光与律动音乐吸引，小跑回去，赤脚冲入人群，细如粉的沙子抖落铺满了艳色菱形块状的透明舞池。

“来吧，”查莉说，“我们去跳舞。”

她开始在罗尔夫面前放荡扭动——“新”查莉决定返家后跳舞都要这样。罗尔夫觉得难堪，他没法这样跳。其他团员簇拥在他们身旁，比他大一岁的胖妞路易丝跟演员狄恩跳舞，拉姆齐双手拥抱着凤凰城派的某个妈妈，洛乌跟明迪跳着三贴舞，明迪想的却是艾伯特，后来在与洛乌的短暂婚姻里（她火速连生两个女孩，洛乌的老五与老六），她偶尔也会想起艾伯特，似乎是在用这个方式猛力地对抗洛乌那种不可避免的疏离。理论上，艾伯特当然是穷无分文，而她得做导游来养活女儿。有段时间，她活得了无生趣：两个女孩太爱哭，她会不断怀想那次非洲行，她的最后一段快意生活，那时她还有选择，那时她还自由，那时她还没有拖油瓶。她会做无用愚蠢的白日梦，想象艾伯特在某个特定时间里干些什么事，那天她跟着艾伯特到三号房，他半开玩笑地说：“跟我走吧。”她如果真的跟他跑了，人生又会如何？后来，她领悟到“艾伯特”代表的是悔恨，后悔她年轻时不成熟又悲惨的选择。当她两个女儿进了高中，她终于重拾课本，在洛杉矶加州大学完成了博士学位，四十五岁才开始教书，后三十年的大部分时间在巴西雨林做社会结构的田野研究。她的小女儿会替洛乌做事，跟他学习，最后继承了他的音乐事业。

“你瞧，”隔着音乐声，查莉对罗尔夫说，“赏鸟女士在看我们。”

米尔德丽德跟费欧娜坐在舞池旁的椅子上，穿着长长的印花洋装，对罗尔夫跟查莉挥手。这是第一次她们没挂着望远镜。

“她们大概跳不动，太老了。”罗尔夫说。

“或许我们让她们联想到鸟。”查莉说。

“或许没鸟的时候，她们就看人。”罗尔夫说。

“来吧，罗尔夫斯[1]，”查莉说，“跟我跳舞。”

她抓住罗尔夫的手。当他们一起舞动，罗尔夫突然发现自己的扭捏神奇地消失了，就在那个舞池，那个当下，他长大了，成为一个可以跟他老姐那种女孩跳舞的男孩。查莉也感觉到了。事实上，当罗尔夫二十八岁那年在老爸的房子里举枪射头身亡后，究其一生，此情此景仍是她最常想起的回忆：那时，她的弟弟还是个孩子，头发服帖平顺、双眼晶亮，害羞地学跳舞。但是那个追忆罗尔夫的女人不再是“查莉”。罗尔夫死后，她会恢复本名查伦，永远地切割掉那个曾和弟弟在非洲跳舞的女孩。查伦会剪短发，上法学院。然后她会生个儿子，她想取名叫罗尔夫，但是担心父母仍未从心碎中恢复，所以，她只会在心中默默地叫他罗尔夫。几年后，她会跟母亲一起站在操场旁，跟群众一起大声喝彩，看他打球，凝视他遥望天空时的梦幻眼神。

“查莉，”罗尔夫说，“你猜我发现了什么。”

查莉靠近弟弟，他因为新发现而满面笑容，为了隔绝砰砰响的节拍，他两手拢住嘴靠近她的头发，对着她的耳朵低语，温暖甜蜜的气息注满她的耳膜。

罗尔夫说：“我想啊，从头到尾，她们都没在赏鸟。”

[1] 此处用Rolphus，是罗尔夫（Rolph）原名的变体。

第五章　你们

一切依旧：铺了葡萄牙进口蓝、黄瓷砖的游泳池，沿着黑色石墙轻声欢欣地流淌的水。房子也没变，只是安静了。我们随着女佣穿过一间间铺了地毯、以圆弧状环绕着泳池的房间，泳池在每一扇窗外对我们眨眼。这里安静得没道理，是被施放了神经毒气？服药过量？还是大规模逮捕？否则，什么能阻止这个永远停不下来的派对？

以上皆非。是二十年岁月已过。

他在卧室里，躺在一张医院病床上，鼻子里插着管。第一次中风并不严重，只是让他一条腿微微颤抖。第二次中风彻底击垮了他。这是本尼在电话里说的。我的高中同学本尼，我们的老友，洛乌的爱徒。他一路追踪到我老妈家，虽然我老妈早就搬离旧金山，跟我一起住到洛杉矶。本尼负责筹划，召集昔日朋友来见洛乌最后一面。通过电脑，好像什么人都找得到。就连搬到西雅图、冠上夫姓的雷亚，他都有办法找到。

老班底中只有斯科蒂失踪了。没有电脑能找到他。

雷亚跟我站在洛乌的床边，不知道该做什么。在我们认识他的那个年纪，还没见过正常人的死亡。

不过，当年的某些迹象隐约显示出，人除了“活着”，还有其他烂选择。（这是我跟雷亚来见洛乌之前，一起喝咖啡时想到的事。我们隔着塑料桌子瞪视彼此的新面貌，在那张诡异的成人面孔下，有昔日熟悉的五官，只是被岁月冲刷过了。）譬如斯科蒂的妈妈在我们读高中时就服药过量自杀了，不过，她不算正常人。譬如我老爸死于艾滋病，不过那时，我已经很少看到他。总之，那种死亡是惨烈的。不像这样：床头摆着处方药，吸过尘的地毯配上药味，散发着阴郁的气息，很像置身于医院。不是气味（医院不铺地毯），而是死气沉沉、远离一切的那种氛围。

我们站在那里，沉默着。我想问的问题似乎都不对：你怎么变得这么老？是一下子老的，一天之内，还是一点一点变老的？你何时不再办派对的？其他人也老了吗？还是只有你？他们是否还在这儿，躲在棕榈树后面，或者屏住呼吸潜在泳池底？你最后一次游泳是什么时候？你的骨头会痛吗？你是否早知道会有这么一天，故意隐瞒，还是“老”突袭而至？

我没问，反而说：“嘿，洛乌。”几乎同一时间，雷亚说：“哇，什么都没变呢！”我们两个都笑了。

洛乌也笑了，虽然牙齿是吓死人的斑黄，笑容的形状却很熟悉，我的内脏像被温热的手指戳了一下。在这么奇怪的地方，他绽放了笑容。

“姑娘们，还是很漂亮啊。”他喘着气说。

他在说谎。我已经四十三岁，雷亚也是，她结婚了，有三个孩子，住在西雅图。在这点上，我真不能不介怀：三个孩子。我呢，再度搬回去跟老妈住，我的人生经过漫长困惑的绕道，现在还在洛杉矶加州大学推广教育部修文学士课程。老妈称我失去的那些岁月为“混乱的二十到三十岁”，这让它听起来合理，甚至有趣。但是我的混乱在二十岁以前就开始，持续到三十岁以后许久。我祈求上天，混乱到此为止吧。有时候，某个早晨，窗外的太阳显得异样。我坐在厨房餐桌，朝我的手毛倒盐巴，某种感觉在我体内直冲：结束了。世界从我身边走过，我错过一切。想当年，我知道不能合眼太久，否则乐子开始，你却没份。

“哦，洛乌，你老实说吧——我们是两个老太婆了。”雷亚说，用力拍他脆弱的肩膀。

她让洛乌看孩子的照片，靠近他的脸。

“她很可爱。”洛乌说的是老大娜丁，十六岁。洛乌好像眨了眨眼，还是眼皮在抽搐？

“你啊，少来了。”雷亚说。

我什么都没说。我又感觉到那根手指，在胃里。

“你的孩子呢？”雷亚问洛乌，“常见面吗？”

“有几个是。”洛乌的新嗓音活像被勒喉。

他共有六个小孩，来自他忍耐过后一脚踢开的三次婚姻。第二个小孩罗尔夫是他的最爱。罗尔夫也住在这栋房子里，温柔的男孩，蓝色眼珠每次凝视父亲时就微露心碎的神情。罗尔夫和我年纪一样，还同年同月同日生。我以前常想象我们是两个小婴儿，在不同医院，同时啼哭。有一次，我们裸身并肩站在镜子前，想看看同年同月同日生会不会在我们身上留下什么线索，试图找到某些印记。

到后来，罗尔夫不肯跟我说话，只要我一踏进房间，他转身就走。

洛乌那张铺了葡萄紫罩单的大床已经移走，谢天谢地。长长的平板液晶电视倒是新的，屏幕上的篮球比赛颜色鲜亮刺眼，显得整个房间甚至我们的脸都模糊了。一个穿了一身黑、戴了一颗钻石耳环的男子走进来，弄弄洛乌的管子，量他的血压。被单下还有其他管子从洛乌的身体弯曲伸入透明塑料袋。我尽力避开不看。

狗在吠叫。洛乌双眼紧闭，发出鼾声。时髦的护士兼管家看看腕表，走人了。

就是这样——我就是为他们枉耗了岁月—— 一个后来变得老朽的男人，一栋后来变得空荡荡的房子。我忍不住啜泣。雷亚抱住我的肩头。尽管多年不见，她仍毫不犹豫。她的肌肤松垮。洛乌曾跟我说，有雀斑的皮肤容易老，雷亚全是雀斑。洛乌说：“我们的朋友雷亚啊，没救了。”

“你有三个小孩。”我的泪水流进她的头发。

“嘘。”

“我有什么？”

我高中时代认识的孩子，有人在拍电影，有人在搞电脑，有人在用电脑做电影。我总听人说电脑是革命。我呢，开始学西班牙语。每天晚上，老妈帮我做单词卡片的测验。

三个孩子。老大娜丁的年纪跟我当年认识洛乌时差不多。那年我十七岁，在路上拦便车。他开了一辆红色奔驰。1979年，这该是一则多么令人兴奋的故事开端，一则什么都可能发生的故事。现在，关键句来了，我说：“这一切毫无意义。”

“这话不对，”雷亚说，“你只是还没找到而已。”

雷亚一直都知道自己在干什么。不管是跳舞、哭泣，或者在手臂上注射毒品，她都是半真半假。我可不是。

“我迷失了。”我说。

今天变成最糟糕的一天，那种阳光锐如牙齿的日子。今晚，当我妈下班回家，看到我，她会说“甭管西班牙文”了，然后调两杯血腥玛丽，上面放了小雨伞。伴随戴夫·布鲁贝克[1]的音乐，我们会玩骨牌或者金拉米牌[2]。当我看向我妈，她每次都会露出笑容。但是倦意深深蚀刻在她整张脸上。

这种静默有股心照不宣的味道，洛乌在注视我们。他的眼神是如此空洞，几乎算是死人了。“好几个星期，都没，出去了，”洛乌咳了两下说，“也不想出去。”

雷亚推病床，我在后面一步，拔起输液架上的输液瓶。穿过房间时，我突然害怕了，好像阳光加上医院病床会立刻导致爆炸。我担心真正的洛乌其实就在游泳池畔，因为他等于住在那里，只要有一部线很长的红色电话跟一盆青苹果。然后，真正的洛乌会跟这个老朽的洛乌吵架。**好大的胆子啊？我这个屋里从来没有老人，也不打算现在开先例**。老年与丑陋——在这里均无立足之地。没机会进门。

“那儿。”他的意思是到游泳池畔，跟以前一样。

电话还在，换成了黑色无线的，搁在小玻璃桌上，旁边是一杯水果冰沙。不知道是那位护士兼管家，还是其他帮手，正呈大字形趴在

[1] 美国爵士钢琴演奏家。

[2] 一种两人玩的纸牌游戏。

空地上。

或者是罗尔夫？罗尔夫有可能还在这里吗？照顾老爸？罗尔夫在屋内？我开始用感觉摸索他的踪迹，就像以前，我不必抬头，光凭空气的流动，就知道是他进了房间。有一次演唱会结束，我跟他躲在游泳池旁的小屋里，洛乌大声呼叫，找我："乔——斯林，乔——斯林！"我跟罗尔夫咯咯地笑，发电机的声音在我们的胸膛里回荡。事后我想：这才是我的初吻。疯了。这领域该经历的事，在那之前，我全经历过了。

镜子里，罗尔夫的胸膛很平滑，没有印记，却处处是青春的痕迹。

事情发生在罗尔夫的小卧室，阳光透过百叶窗一条条溜进来，我假装性事于我是新鲜的。他深深地望着我的双眼，我明白我也可以成为"正常人"。那是柔和的性爱。我跟他都是。

"在哪里？那玩意儿。"洛乌是在问把床摇起来的按钮。他想跟以前一样坐起身，穿红色泳裤，晒成古铜色的双腿飘散着氯的气味，而我埋在他的双腿间，他一手拿电话，另一只手掌压住我的脑袋。那时显然也有鸟声，但被音乐淹没了，我们没听见，还是现在鸟变多了？

床摇起来时吱嘎作响。洛乌朝远处望，眼睛好像在搜索着什么。他说："我老了。"

狗又叫了。池水摇晃，好像是有人刚进去，还是刚爬出来。

"罗尔夫呢？"我问。这是我开口说"嘿"之后的第一句话。

"罗尔夫。"洛乌眨眨眼说道。

"你儿子啊？罗尔夫？"

雷亚对我摇摇头——我嗓门太大了。有时一股怒气会直冲我的脑门，像粉笔一样涂掉了我的思想。我面前这个垂死老者是谁？我要另一个洛乌，那个自私贪婪的吞噬者，那个在大庭广众之下要我在他两腿间侍弄的男人，那个边讲电话边笑边把我的脑袋压下去的男人——毫不在乎这里每个房间都面向泳池，他儿子的房间就是其中之一。针对这件事，我有话要说。

洛乌有话要说。我们倾身向前，聆听。习惯使然。

“罗尔夫没能活下去。”他说。

“你说什么？”我说。

现在这老头哭了。眼泪滑下脸庞。

“你这是在干吗，乔斯林？”雷亚问我。那一瞬间，我的左右脑又贯通了，我意识到我早知道罗尔夫的结局。雷亚也知道——大家都知道。陈年悲剧了。

“那年，他二十八岁。”洛乌说。

我闭上眼睛。

“不过，”气喘吁吁的胸膛让话语撕裂，他说，“那是很久以前的事了。”

是的。没错。二十八岁。那是上辈子的事了。太阳刺痛我的眼睛，所以我继续闭着眼。

“失去孩子，”雷亚喃喃说，“我无法想象。”

怒气挤压着我，由内碾碎着我。我两臂发疼。我伸手到洛乌的病床下，用力抬起它，洛乌整个人滑进青绿色的泳池，输液针头扯破手臂，血液在水里急旋，微波般散开，变成黄色。即便经历过那么多事情，我还是强健无比，我跟着他跳进泳池，雷亚尖叫着，我把他压到水里，用膝盖紧紧锁住他的头，直到他的身体变软，然后我们等待，洛乌跟我都在等待，他颤抖了几下，在我两腿间挣扎，抽搐，仿佛生命在流逝。然后他完全静下来，我让他漂浮到水面上。

我睁开眼，没人动。洛乌还在哭，空洞的眼神来回看着池水。雷亚隔着被单抚摸他的胸膛。

糟糕的一天。太阳让我脑袋发疼。

我直视洛乌的眼睛说："我真该杀了你，你活该死掉。"

"够了。"雷亚用那种母亲的尖锐语气说道。

突然，洛乌看着我的眼睛。好像是今天的第一次。终于我瞧见了昔日那个男人，那个人对我说：*你是我生命里最美好的东西，我们将一起踏遍这个他妈的世界，为什么我这么需要你？小女孩，你要搭便车吗？*他在艳阳下微笑，笑容映照在闪亮的红色轿车身上。*告诉我你要去哪里*。

他面露恐惧，还是笑了。昔日的笑容重回脸上。他说："你晚了一步。"

为时已晚。我仰头看向屋顶。罗尔夫跟我有一次在上面坐了一整晚，窥视洛乌为他旗下的乐队举行的派对。热闹结束后，我们仍待在屋顶，背靠着冰凉的瓷砖，等待日出。它一下子跳了出来，小而圆，又亮眼。罗尔夫说："真像个小婴儿。"我哭了起来。脆弱的新日就在我们的臂弯里。

每天晚上，我妈就会标注我又戒毒了一天。这是我戒毒最久的一次，超过一年。我妈说："乔斯林，还有很丰富的人生在等着你。"当我相信她的话时，有那么短短的一刹那，我的眼睛清明了，好像刚刚走出黑暗的房间。

洛乌又说话了。他挣扎着说道：“你们各站一边。站在我旁边。好吗，姑娘们？”

雷亚握住他的手，我握住另一只。他的手跟以前不一样，又干又重，像球根。雷亚与我隔着他的身体互相看着。仿佛回到昔日，我跟她还有他，我们三人。回到一切的开始。

洛乌停止哭泣，环顾他的世界，他的游泳池与瓷砖。我们终究没去非洲，哪儿都没去。根本就很少离开这房子。

洛乌挣扎着呼吸，说：“能跟你们，在一起，真的好。”

他紧紧抓住我们的手，生怕我们溜走。但是我们不会。我们看着泳池，聆听鸟鸣。

“再一分钟，”洛乌说，“谢谢，姑娘们。像这样，再一分钟就好。”

第六章　基本要素

事情是这样开始的：我坐在汤普金斯广场公园的长椅上，阅读我从哈得孙连锁报摊偷来的《SPIN》杂志，一边观察下班回家的东村女性穿过公园，一边猜想（我经常如此）我的前妻为什么能跟成千上万与她没有一丝丝相似点的女性共居纽约，而且她们还拿她当回事，就在那时，我发现了：我的老友本尼·萨拉查是唱片制作人！喏，就登在《SPIN》杂志上，一整篇文章描述他如何靠着“导电乐队”成名，在三四年前创造了超白金的销售量。文内附了一张本尼领奖时的照片，开心得喘不过气，微微有点斗鸡眼——就是那种在兴奋冻结的瞬间，你直觉知道美好的一生即将尾随而至。我看那张照片不到一秒，就合上了杂志。我决定不去想本尼。在“想某人”与“想着自己不要再想某人”之间只有细细的界线，但是我有耐心也有自制力，可以在这条细线上走个数小时，如有必要，数天都可以。

经过一星期的“不去想本尼”——花那么大的力气去想“不去想本尼”，让我的脑袋几乎没有空间容纳别的想法——我决定给他写封信，送去他的唱片公司。原来他的公司位于公园大道与五十二街交叉口的一栋绿色玻璃大楼里。我搭地铁到那儿，站在大楼外，仰头，朝上看，再往上看，不知道本尼的办公室在多高的楼层。我把信丢进大楼前的邮筒时，眼睛还一直看着大楼。我在信上写，嘿，斑鸠（以前我都是这样叫他的），好久不见。我听说你现在发达了，祝贺你。再也没有人比你更幸运。祝福。斯科蒂·豪斯曼。

他居然回信了！约莫五天后寄到了我在东六街的那个破烂信箱里，打印的，这代表是秘书帮他打的，不过确确实实是本尼的话。

斯科蒂宝贝——谢谢你的短笺。你到底躲到哪儿去了？我有时还会想起“假阳具”的那段日子。希望你还在弹滑棒吉他。你的本尼。打印出来的名字上方是他扭曲的小小签名。

本尼的信给我带来了很大的感触。最近我的状况——怎么说呢？乏味。对，有点乏味。我替市政府工作，在邻近的一所小学做清洁工，夏天，我就在东河靠近威廉斯堡大桥的公园捡垃圾。干这种活，我并不觉得丢脸，因为我知道别人都无法理解的事实：那就是在公园大道的绿色玻璃大楼里上班，跟在公园捡垃圾相比，其实只有极微小的差异，微小到几乎不存在，只存在于人们的想象和臆测里。事实上，很有可能两者根本没差异。

第二天我正好休假——就是收到本尼来信的隔天——所以我一大早就去东河钓鱼。我常去东河钓鱼，也吃钓来的鱼。水里有污染，当然，不过，这也正是美妙之处，因为你我都知道那里的水被污染了，总胜过你每日在毫不知情的情况下把各式毒素吞下肚。我开始钓鱼，上帝今天一定跟我同在，也可能是我沾到本尼的好运，因为我从河里拉上来了这辈子钓到过的最棒的鱼：一条巨大的银花鲈！钓友萨米跟戴夫看到我钓到这样一条超棒的鱼，吓呆了。我先弄昏它，然后用报纸包起来，装袋，夹在胳膊下回家去了。换上一套最接近西装的衣服，卡其裤搭配我经常送去干洗的夹克。上星期，我才把这件夹克拿去洗，它根本还原封不动地放在洗衣店套袋里。柜台小姐崩溃了——“你干吗还送来洗？已经洗过了，袋子都没打开，你这是浪费钱。”我知道我离题了，不过让我说完，我用力把夹克从塑料套袋里抽出来，小姐安静了，我把夹克小心翼翼地放在干洗店柜台上，说：“女士，感谢您的关心。”[1]她默默收下衣服，没再说话。因此我敢说啊，今早我穿去见本尼的夹克是件干净的衣服。

本尼上班的地方是那种如果有需要，安保措施可以很严格的大楼，不过我猜今天不需要。本尼的好运简直像蜂蜜一样淋遍我的全身。并不是说我平日运气很烂——该说是不好也不烂，偶尔偏烂。譬如，我明明钓鱼次数比萨米多，钓竿也比较好，钓到的鱼就是比他少。如果说今天的好运是本尼带给我的，那这是不是也代表我的好运也会传给本尼？我这样出其不意来见他是他的好运？还是我不知怎么搞的扭转了他的好运，一口气被我吸光，今天，他就一点好运也不剩了？还有，如果真是这样，我是怎么办到的？最重要的是，要怎样才能永远如此？

我查了一下大楼索引牌，废材唱片公司在四十五楼，便搭电梯上去，轻松通过两扇米色玻璃门，进入等候室，里面相当气派豪华。整体装潢让我联想到20世纪70年代的男子单身公寓：黑色皮沙发，厚厚的粗毛地毯，铬黄金边的厚玻璃茶几，上面摆满《VIBE》《滚石》之

[1] 此处作者用的是法文“Merci por vous consideración, madame”。

类的杂志。细心调整过的昏黄照明。我知道这是出于必要，这样坐在这里等候的乐手才不会暴露他们充血的双眼和注射过毒品的针孔。

我把那条鱼甩在大理石的接待柜台上。啪的一声，沉重又潮湿——我对天发誓，听起来没一丁点像鱼。她（红发、碧眼、花瓣般的嘴唇，是那种妞儿，让你想倾身甜蜜地跟她说，你一定很聪明哦，否则怎能搞到这个位置？）抬头，说："嘿，嘿。"

"我来见本尼，"我说，"本尼·萨拉查。"

"您预约了吗？"

"没有。"

"您的名字是？"

"斯科蒂。"

她戴的耳机上有一个小设备延伸到她的嘴巴前，我这才发现那是电话。她报了我的名字之后，我瞧见她的嘴角微微上扬，似乎在掩藏笑意。"他在开会，"她跟我说，"您可以留言——"

"我等。"

我把鱼放到玻璃茶几上的杂志旁，一屁股坐到黑色皮椅上。坐垫散发出最细腻的皮革味。深切的舒适感渗透我的身体。我开始昏昏欲睡。真希望永远坐在这里，抛开我在东六街的公寓，后半生都活在本尼的等候室里。

没错，我已经有段时间没在公共场所里待这么久了。不过这个事实在这个"信息时代"有什么重大意义？这个时代，你不用离开位于东六街公寓里那张从垃圾场里捡回来的、目前成为屋内视觉焦点的绿色丝绒沙发，就能穿梭于地球这颗行星之中与整个宇宙之外。我的每一个夜晚都从叫干煸四季豆的外卖开始，搭配德国圣鹿利口酒，一起吞下肚。我到底能吃多少份干煸四季豆，说出来真是吓死人：四份、五份，有时更多。从送来的酱油包与卫生筷的数量上来看，我猜丰裕餐厅以为我在办晚宴，请八九个吃素的人吃饭。是因为圣鹿利口酒的化学成分会让你渴望四季豆？还是四季豆有什么成分，当它很罕见地跟圣鹿利口酒一起下肚时，就会造成上瘾？我一边用叉子叉起满满的四季豆塞进嘴里，一边思索这些问题，同时看电视——各式诡异的有线电视秀，多数节目我无法认同，也不是很常看。你可以说，我从这些电视节目里创造了我自己的节目，甚至猜想我的节目是不是比它们好。事实上，我很确定，是的。

基本上，我要说的是：如果我们人类是**信息处理器**，能够通过阅读各种基本要素，将这些信息转译成人们敬称为“经验”的东西，而如果我从有线电视，或者休假日我就跑去哈得孙连锁报摊，从免费一看就是四五个小时的书报杂志里取得相同的信息，又或者我不仅能取得信息，还有才气能用脑袋里的电脑（我怕真的电脑，你能找到**它们**，**它**们就能找到你，而我不想被找到。）将它们**整理成形**，那么，从技术上来说，我是不是就拥有了跟这些人一模一样的经验？（讲到免费看书报杂志，我的最高纪录是八小时，包括午餐时，一个年轻的工作人员以为我是同事，请我代为看守收款机的半小时）。

我将这套理论付诸实践，站在第五大道与四十二街口的图书馆外观察“心脏病慈善晚会”。这个实验对象是随机选取的：当天图书馆快关门时，我正打算离开期刊室，突然瞧见不少衣冠楚楚的人在大楼门厅铺桌巾，摆置大盆兰花，我问一个拿着便签本的金发女孩这是在干什么，她说是为心脏病慈善募款的晚宴。我回家，吃我的四季豆，不过我没打开电视，而是搭地铁回图书馆，那时慈善晚宴正热闹。我听到里面在演奏《丝缎娃娃》，我听到咯咯的笑声、欢呼声、喝彩声与大笑声，至少有一百辆黑色加长型礼车与短一点的黑色大型房车停在路边，没熄火，于是我思索，图书馆内那群伴随着管乐声（次中音和萨克斯吹得超烂）跳舞的人，跟我之间所隔的**那堵石墙**，不过是连串的原子与分子依某种特定方式组合而成的罢了。但是听着听着居然发生了怪事：我感觉到痛。不是脑袋，不是手臂，不是双腿，而是浑身一起发痛。我告诉自己“在里面”与“在外面”并无不同，剖析开来都是一些基本要素，你可以透过许多渠道获得它们，但是痛感不断增加，我觉得自己快要昏倒了，便拖着双腿离开了。

跟所有失败的实验一样，它也带来了料想不到的教训：所谓的经验有一个关键要素，那就是人们对它有种错觉，相信它是独一无二、特别的，能享有这种经验的是幸运者，排除在外者就要失之交臂。而我就像个科学家，不小心吸进从我的实验室烧杯中冒出的有毒气体，**纯粹因为位置的接近**而感染上如此错觉，我当时的状态有如被下药，认定自己是被“排除在外”：命中注定只能站在第五大道与四十二街口的图书馆外颤抖，揣测里面的诸种美妙。

我走向那位有着赤褐色头发的接待，站在她的桌前，捧着鱼，尽力让它维持平衡，水已经渗透报纸滴了下来。我说：“这是鱼。”

她微微歪着头，露出那种“哦，是你啊”的表情，说：“啊。”

“跟本尼说，这鱼很快要发臭了。”

我坐回沙发椅。我的“邻座”是一男一女，一看就是大公司来的职员。我感觉他们移动身体，坐得离我远了一点。我自我介绍说：“我是乐手，滑棒吉他。”

他们没回话。

好不容易，本尼现身了。他看起来保养得宜，状态良好。黑长裤配全扣式白衬衫，没打领带。看见那件衬衫后，我这才明白一件事（生平第一次）：名贵衬衫胜过便宜货。它的质地并不闪亮，不——闪亮就显得廉价了。但是它有一股光华，仿佛来自内里。我的意思是说，这真是一件他妈的漂亮的衬衫。

“斯科蒂，老兄，怎么样啊？”本尼跟我握手，热情地拍我的背。“很抱歉让你久等。希望萨莎有好好招呼你。”他指指刚刚跟我交涉的那个女孩。她的自在笑容可以粗略解释为：**现在正式宣告他不再是我的烫手山芋**。我眨眨眼回应她，正确解释为：**亲爱的，别那么有把握**。

“来吧，到我的办公室。”本尼说。他抱着我的肩头，推我走向走廊。

“等等，我忘了。”我大声说道，奔回去拿鱼。当我从茶几上一把拿起那包东西，小小的水滴从纸包的角落飞溅而出，那两个大公司的白领立马跳了起来，好像那是核废料。我看了眼萨莎，以为她也会畏缩，没想到她居然冷静旁观，表情只能称之为“兴味盎然”。

本尼在走廊等我。我欣慰地发现他的皮肤比高中时代更显棕色了。我读过：经年累月的日晒会让你的皮肤逐渐变黑。本尼的皮肤已经黑到不再适用“白人”一词。

“逛街？”他看向我的包裹。

“钓鱼。”我告诉他。

本尼的办公室真是“超棒”，这不是滑板男孩所使用的赞美语——而是老派用法，就是字面的意思。巨大的椭圆形办公桌像墨水般那么黑，桌面还有一种晕润的感觉，就像最贵的那种钢琴。它让我想起黑色的滑冰场。办公桌后面什么都没有，就是一片美景——就像街头小贩抖开包袱，一堆便宜又金闪闪的手表与腰带跃入眼帘，整个纽约市此刻也呈现于窗外。原来这就是纽约的模样：美好，易得，就连我也唾手可得。我站在办公室门边，拎着鱼。本尼绕到黑色温润的椭圆形办公桌的另一头。它看起来毫无缝隙，铜板可以轻松滑过整个桌面，再从边缘落到地板上。他说："斯科蒂，来，坐下。"

"等等，"我说，"这是送你的。"我走向前，轻轻把鱼放在他的办公桌上，好像是在日本最高山的神道殿堂敬奉供品。美景让我恍惚。

"你送我鱼？"本尼说，"这是鱼？"

"银花鲈鱼。我今早在东河抓到的。"

本尼看着我，似乎在等待笑话的笑点。

"东河污染没有大家想象的那么严重。"我说。本尼办公桌对面只有两把黑色小椅子，我坐在其中一把上。

他站起身，拿起鱼，绕过办公桌，还给我。"谢谢，斯科蒂，"他说，"感激你的心意，真的。但是鱼放在我的办公室，铁定要坏掉的。"

"拿回家，吃掉啊！"我说。

本尼挂上他那种平和的笑容，却没有一丝要拿回鱼的意思。我心想，算了，我自己吃。

我的黑色椅子看起来很不舒服——当我一屁股坐下时，还想这鬼玩意儿待会铁定就会让我屁股发疼，然后发麻。谁知，毫无疑问，这是我坐过的最舒服的椅子，胜过等候室的沙发。沙发让我瞌睡，而这张椅子让我漂浮起来。

“告诉我，斯科蒂，”本尼说，“你有试听带要给我听？你做了一张专辑，组了新乐队？还是有曲子等着找制作公司？是哪一种？”

他靠近黑色办公桌的菱形凹处，脚踝交叉——那种乍看非常轻松，其实非常紧张的姿势。我抬头看他，一连串的顿悟如瀑布般冲刷而至：（1）本尼跟我不再是朋友，以后也不会。（2）他希望能用最不麻烦的方式尽快打发我。（3）我早就知道结果会是如此。来之前就知道了。（4）这正是我来见他的原因。

“斯科蒂？你还在听吗？”

“所以，”我说，“你是大人物了，人人都有求于你。”

本尼往后靠回他的椅子，两手交叉于胸前望着我，这个姿势乍看比上一个姿势紧张，其实比较放松。“少来，斯科蒂，”他说，“你没来由地写了一封信给我，现在又出现在我的办公室——我猜你不是专程拿鱼给我的。”

“不是，那是礼物，”我说，“我来的理由是：我想知道A到B之间发生了什么事？”

本尼等着更进一步的解释。

“A是我们都还在同一个乐队，追同一个女孩。B是现在。”

我马上就知道提及艾丽斯是一步正确的棋。表面上是这样说，隐藏在下的却是另一番意思：我们原本是两个大糗蛋，现在却只剩我一个，为什么会这样？更往下一层的意思是：一日是糗蛋，终生是糗蛋。最深一层的意思是：你才是那个追艾丽斯的人，但是她选择了我。

“我干活累得要死要活的啊，”本尼说，“就是这样。”

“我也是。”

我们隔着象征本尼权力宝座的黑色办公桌对看。我们的对话出现了奇怪的停顿，在那个颇长的暂停里，我似乎将本尼拉回了（还是他把拉我回去）旧金山，我们是四人团“燃烧的假阳具”中的两名，本尼和你常听的贝斯手比，弹得要烂一些，肤色棕黑，手臂有毛，但他是我最要好的朋友。我感觉一股怒气冲了上来，力道之猛，让我一阵晕眩。我闭上眼睛，想象自己绕过办公室，掐住本尼的脖子，扭断他的脑袋，一把将它从那件漂亮的衬衫领子里扯了出来，像疙疙瘩瘩的草还带着长长的纠缠在一起的根。我想象自己抓住他茂盛的头发，拎着他的脑袋穿过气派的等候室，扔在萨莎的接待柜台上。

我从椅子上起身，本尼几乎在同一时间起身——应该说是弹起来，因为我瞧见他时，他已经站着了。

“我可以站在窗边看看吗？”我问。

“当然可以。”他的声音听起来并不害怕，但是我能闻到恐惧。恐惧的味道像醋。

我走向窗户，假装欣赏景色，眼睛却是闭着的。

过了一会儿，我感觉本尼靠近我。“你还在搞音乐吗，斯科蒂？”他的语气轻柔。

“试过，”我说，“自己搞，纯粹为了放松心情。”我现在终于能够睁开眼睛，但是没看他。

“你的吉他弹得超棒，”他说，接着问，“结婚没？”

“离婚了，跟艾丽斯。”

“我知道，”他说，“我是问有没有再婚？”

“维持了四年。”

“老兄，我很遗憾。”

“这样比较好。”我说，然后转身看本尼。他背对着窗户，我怀疑他有没有好好看过窗外的景色，这么近距离坐拥美景，对他有任何意义吗？我问道：“你呢？”

“结婚了。有个三个月大的儿子。”他微笑，然后笑容变得犹疑且尴尬，好像想到他襁褓中的孩子就觉得自己不配拥有这一切。笑容后面的恐惧并未消失：他害怕我追踪到他，是想抢走生命塞给他的种种福气，并在短短几秒内就把它们抹消。我真想狂笑尖叫说：*嘿，老兄，你想不透啊？你有的一切，我都有！它们不过是些基本要素，我可以透过一百万种不同的方法得到*。我站在那儿嘲笑本尼的恐惧，却有两件事让我分心：（1）本尼有的一切，我并没有。（2）他是对的。

因此我没有对他尖声呐喊，反而想起艾丽斯。这是我几乎从来不准自己干的事——我只容许自己想着*不去想*艾丽斯，后者是我经常干的事。一想到艾丽斯，我整个人好像被敲开了，我允许她的模样在我的脑海中慢慢散开，直到我看见阳光下她的金发——是的，她有一头金发——然后我闻到她经常用滴管滴在手腕上的精油的味道。广藿香？麝香？我不记得名字了。我看见她的脸蛋仍然充满爱意，没有愤怒，没有恐惧——没有那些我故意让她哀伤的事。她的脸在说，*请进来*，我照办。那一分钟，我进到里面。

我低头看这个城市。它的奢侈与华美像是一种浪费，就像不断喷涌的油，或者其他被本尼悄悄窖藏、独自享用、别人一滴也分不到的好东西。我在想：如果我每天都能俯瞰这样的美景，我就有精力与灵感，可以征服全世界。问题是，当你最需要的是美景时，没有人会给你。

我深深吸了口气，转身面对本尼：“老兄，祝你身体健康，快乐。”我对他微笑，这是第一次也是唯一一次：我张开嘴，扯出笑脸。我很少这样，因为我两边内侧的牙都没了。我的牙齿又大又白，所以缺了牙的黑洞就显得十分令人吃惊。我看见本尼脸上的惊色。那一瞬间，我觉得自己是强大的，仿佛房间里的气氛突然失衡了，本尼所拥有的权力——办公桌、窗外美景、让人有漂浮感的椅子——瞬间全部都移交给了我。本尼也感觉到了。这就是权力。人人都能立刻感知。

我转身朝门走去，仍带着笑容。我觉得全身轻松，好像穿了本尼的白衬衫，身体里涌出了光华。

“哎，斯科蒂，等等。”本尼语气颤抖地说。他转身回到办公桌，但是我继续走，笑容带领我穿过走廊，回到萨莎所在的接待区，每踏出缓慢又有尊严的一步，我的鞋子便在地毯上踩出轻轻的声音。本尼赶上来，递了名片给我：纸张昂贵，还有浮雕印刷的那种。看起来很珍贵。我小心翼翼地接过来。那上面写着——“总裁”。

“常联络，斯科蒂。”本尼说。他的声音有点困惑，好像忘记我为何置身于此，好像我是他邀请来的，却要提早离开。“你如果有任何作品想让我听，就送过来。”

我忍不住又看了萨莎最后一眼。她的眼神严肃，近乎哀伤，依然保持着那种漂亮笑容。她说：“保重啊，斯科蒂。”

走出大楼，我直接走向前几天丢信给本尼的那个信箱。我身体后仰，眯眼看向这栋绿色玻璃高塔，想要数到第四十五层。这时我才发现我双手空空——我把鱼留在本尼的办公室了！我顿时觉得荒谬，大声笑了出来，想象那两个大公司的白领坐到本尼办公桌前面那两张会让人漂浮起来的椅子上，其中一人从地上捡起潮湿沉重的包裹，发现——天哪，这是那家伙的鱼——连忙扔下，一阵恶心。我朝地铁走去，一边想本尼会怎么做？他会当场就把鱼给扔了，还是他会放进办公室的冰箱，晚上拿回老婆与小儿子正在等候他的家，跟他们聊起我的到访？如果他真的如此，会不会把纸包打开看看里面究竟是个啥玩意儿？

我希望如此。他一定会吃惊的，因为那是一条闪亮又漂亮的鱼。

接下来的一天，我整个人都废了。头痛到要命，小时候受过伤的眼睛，剧痛到冒金星，折磨人的明亮画面在我眼前爆开。那天下午，我躺在床上，闭上双眼，看见半空中有一颗燃烧的心，朝四面八方发射出光芒。那不是个梦，因为啥事也没发生。那颗心就是悬在那儿而已。

临近黄昏时我就上了床，所以第二天太阳尚未露脸，我就已经起床，离开公寓，坐在威廉斯堡大桥下，将钓竿线伸入东河水。稍后，萨米跟戴夫也来了。戴夫不在乎钓鱼——他是来看东村女孩晨跑的。跑完后，她们有的去纽约大学上课，有的去精品店上班，或者到其他东村女孩打发白天时间的地方去。戴夫对运动胸罩很有意见，抱怨都是因为那玩意儿导致晃动幅度不如他的意。我跟萨米懒得听他说话。

这个上午戴夫又老调重弹，我突然想评论两句。我说："戴夫，你知道的，这就是运动胸罩的目的。"

"什么目的？"

"不让乳房跳动，"我说，"乳房晃动太厉害会疼，所以她们慢跑时才会穿上运动胸罩。"

他警惕地瞧着我说："你何时变成专家的啊？"

"我老婆以前也慢跑。"我说。

“以前？你是说她放弃慢跑了？”

“她放弃做我老婆了。可能还在持续慢跑。”

这个早晨很安静。我听见大桥后方网球场传来的嘭嘭的声音。除了晨跑者、打网球的，一大早，河边通常还会有一些瘾君子。我总是特别注意其中一对情侣，他们穿长及膝的皮衣，腿瘦削，毒品摧毁了他们的脸庞。他们铁定是乐手，我虽然离开这个圈子已久，依然可以一眼就认出乐手。

太阳升起，又亮又圆，就像天使抬起了头。我从未见过太阳这么美。它向河水洒下一片银光。我真想跳下去游泳。我心想，污染？多一点更好。然后我注意到那女孩。是不小心瞥见的，因为她身材瘦小，正用一种奇特的跳跃式步伐跑步，跟旁人都不一样。她那淡棕色的头发，一接触到阳光就产生一种让你无法忽视的变化。我想，她就像侏儒妖。戴夫张大嘴瞧她，就连萨米都转头看，但是我紧盯河水，看钓鱼线有无动静，不用瞧，我就能看见那女孩。

“哎，斯科蒂，”戴夫说，“我想刚刚跑过去的那个是你老婆。”

“我离婚了。”我说。

“没错，就是她。”

“不是，”我说，“她住在旧金山。”

“说不定是你下一任老婆。”萨米说。

“她是**我的**下一任老婆啦，”戴夫说，“你知道我要教她的第一件事是什么吗？别压抑它们，让它们跳动。”

我看见钓鱼线在阳光下闪烁。我的运气跑光了。我知道，今天啥也钓不到。待会儿我就得上班。因此我收起钓鱼线，沿着河岸朝北走。那女孩已经离我有一段距离，头发随着步伐跳动。我跟在她后面，保持足够的距离，称不上跟踪，真的，只是同一个方向。我的眼睛紧盯着她，没注意到那对瘾君子情侣跟我同路线，直到他们几乎超越我，我才看见。他们紧紧相拥，模样憔悴却性感，你知道的，年轻人有段时期就是这副模样，直到他们只剩憔悴为止。我挡住他们的路，说："嘿。"

我们在这河边打过不止二十次照面，那男的在墨镜后面瞧我，仿佛我们素未谋面，女孩则根本不看我。我说："你们是搞音乐的吗？"

那男人转过身，想摆脱我。女孩却抬头看了过来。她的眼睛看起来红肿，像被剥过皮似的，我想，不知道是不是被太阳晒伤了，她的那个男友，或者老公，还是不知道什么身份的男子，干吗不把墨镜让给她戴。那女孩说："他超棒。"用的是滑板男孩的那种惯用语。也可能不是。有可能她真的觉得他超棒。

我从衬衫口袋里掏出本尼的名片。我用面纸将它从昨日的夹克移到今天这件衬衫的口袋里，确保它不会被弄弯、折到或者污损。它的浮雕印刷让我联想到罗马硬币。"打电话给这个人，"我说，"他是唱片公司负责人，跟他说你们是斯科蒂介绍的。"

在一抹斜阳下，这两人眯着眼看名片。

"打电话给他，"我说，"他是我哥们儿。"

男的说："当然。"语气令人难以信服。

我说："希望你真的会打。"我觉得无力可施，只有这一次机会。名片出手就不会再回来。

那男的研究着名片，女孩看着我说："他会打的。"然后她笑了：整齐的小贝齿，是那种戴过矫正器才有的牙齿。“我会叫他打的。”

我点点头，转身，离开这对瘾君子，向北走，猛地向前望。在我没注意时，那个慢跑女孩已经不见人影了。

“嘿！”我听到背后传来两声沙哑的声音。我转过身，是他们在对我大叫。“谢谢。”两人异口同声道。

许久没有人对我说谢谢了。我对自己说：“谢谢。”一次又一次，我希望牢记他们的声音，能再次感受胸膛里的那股惊喜与刺激之情。

当我踏上横越罗斯福大道的天桥，前往东六街时，我问自己，是春日的暖和空气里有某种东西让鸟儿叫得更大声吗？树梢的花朵刚刚绽放。我在树下小跑，嗅闻着花粉的味道，匆匆赶回公寓。我想上班时顺路把夹克送去干洗，我从昨天起就盼望着这件事。我让夹克皱巴巴地躺在床边的地板上，我就要这个样子——穿过、用过——把它拎去洗衣店，随手扔在柜台上，等着那女孩挑战我。但是，她怎么能呢？

我会跟其他人一样，说，*这夹克我穿着出门了，需要洗一洗*。她会让它焕然一新。

B

时 间 里 的 痴 人

第七章　从A到B

I

斯蒂芬妮与本尼在克兰黛儿住了一整年，才有人邀请他们参加派对。这里可不是那么容易就对陌生人亲近的。他们搬进来前就知道如此，但他们并不在乎，他们有自己的朋友。斯蒂芬妮却没想到打击远比想象的大，送克里斯去幼儿园，对着刚从悍马轿车或者SUV里放出一堆金发后代的金发妈妈们挥手或微笑，对方却是一脸困惑与苦恼，似乎应该翻译为：*你是哪位啊*？数个月来，她们天天这样打照面，她们怎么可能不知道？斯蒂芬妮对自己说，她们不是势利眼就是白痴，或者两者兼是，但她们的冷漠却让她莫名痛苦。

第一年冬天，在本尼旗下某位艺人的姐姐做保证人的情况下，他们加入了克兰黛儿乡村俱乐部。经过只比移民入籍更费劲一点的程序后，他们在六月底成为会员。第一次去，他们拎着泳衣、毛巾，到了才知道CCC（这是俱乐部的简称）提供单色毛巾，免得池畔五颜六色。在女更衣室，斯蒂芬妮跟某个金发女士擦身而过，她的小孩跟克里斯同校，这一次，斯蒂芬妮得到一声扎扎实实的“你好”。斯蒂芬妮能够出现在学校与俱乐部两地，显然符合凯西的人格测量标准。那是她的名字：凯西。斯蒂芬妮搬来第一天就知道了。

凯西拎着网球拍，穿着迷你的白洋装，只比内裤稍大一点的白色网球短裤若隐若现。连生好几个孩子并未在她的纤腰与古铜色二头肌上留下痕迹。闪亮的头发绑成马尾紧紧地竖在脑后，散落的刘海则用金色发夹固定住。

斯蒂芬妮换上泳装，在小吃吧那儿跟本尼、克里斯会合。当他们拎着彩色毛巾，有点不知所措时，斯蒂芬妮听到远处传来嘭嘭的网球声，让她一阵怀念。她跟本尼都出身于鸟不拉屎的地方，但是类型不一样——本尼是在加州戴利城，父母卖命工作到没机会跟他打照面，他跟四个姐妹由疲惫的祖母带大。斯蒂芬妮则来自鸟不拉屎的中西部郊区，那儿也有乡村俱乐部，小吃吧提供的是油腻的薄片汉堡，不像这里，提供拌了新鲜烧烤金枪鱼的尼斯沙拉。她家乡俱乐部的网球场是被太阳晒得龟裂的场地，斯蒂芬妮的球技大约在十三岁时达到巅峰。后来就再没打过了。

混了一天后，他们被太阳晒得晕晕的，冲完澡，换上衣服，坐在铺了石板的露台上。钢琴师正在一台闪亮的直立式钢琴上弹奏些不痛不痒的歌曲。太阳快下山了。克里斯和幼儿园班上的两个女孩在草坪上打闹。本尼与斯蒂芬妮啜饮着金汤力，看着萤火虫。本尼说：“原来就是这种滋味。”

对此，斯蒂芬妮的脑海中冒出几个可能的回应：暗示本尼他们至今一个人都不认识，她还怀疑一个人都不值得认识。不过，她让这念头闪过，没提。是本尼选择搬来克兰黛儿的，在斯蒂芬妮的内心深处，她明白是为什么：他们曾搭私人飞机，去拜访某些摇滚巨星拥有的小岛，但是对本尼来说，这个乡村俱乐部才是他跟住在戴利城、拥有一双疲惫的黑色眼睛的祖母，两者之间最远的距离。他去年卖掉了唱片公司。还有什么比跻身你原先不配去的地方更能标志着成功?

斯蒂芬妮抓起本尼的手，亲吻他的指节。她说："或许我会买个网球拍。"

三个星期后，他们收到派对邀请。主人是避险基金经理人杜克，他听说是本尼发掘了"导电"并替他们发行唱片，那是他最爱的摇滚乐队。斯蒂芬妮第一次上完网球课回来，看见本尼与杜克在池畔热切地讨论。"我希望他们能复合，"杜克若有所思地说，"那个疯狂的吉他手后来怎么样了？"

"博斯科？他还在录唱片，"本尼圆滑地回答，"新专辑再过几个月就要上市了，叫《从A到B》。他的个人专辑比较内敛。"本尼省略了博斯科现在酗酒、罹患癌症，还是个超级大胖子的现状。这是他们相交最久的朋友了。

斯蒂芬妮坐在本尼躺椅的边边上，满面红光，因为她打得不错，上旋球的功夫没荒废，发球切削得漂亮。她注意到一两个金发女士停在场边观战，这时她自豪自己跟她们没一点相似：她留黑色短发，克里特文明的章鱼[1]刺青盘绕在一边的小腿肚上，还戴着几只大戒指。不过她也的确为了这个场合穿了紧身白色网球装，里面是白色短裤：这是她成年以来的第一套白色衣服。

鸡尾酒会上，她瞧见凯西——还有谁？——在宽大拥挤的露台

[1] 克里特文明晚期的花瓶经常以八爪章鱼为图饰。

那一头。斯蒂芬妮怀疑她是有幸再得到一句“你好”，还是贬低人的那种*你是谁啊*的狗屎笑容。凯西看见了她，然后走向她。双方先自我介绍。凯西的老公克莱穿泡泡纱质地的短裤跟粉红色牛津布料衬衫，这种搭配如果出现在别人身上，铁定颇具讽刺效果。凯西穿着经典海军蓝的衣服，衬托出她晶亮的蓝眼珠。斯蒂芬妮感觉本尼的眼神在凯西身上游走，心里紧张起来——不过，就如同本尼注意力的短暂停留（他转为跟克莱说话了），斯蒂芬妮残余的不安感也迅速消失了。凯西金发垂肩，依然用发夹固定两边。斯蒂芬妮闲闲地猜想这女人一星期要用掉多少发夹啊。

凯西说：“我在网球场见过你。”

“许久没打了，”斯蒂芬妮说，“刚刚重拾球拍。”

“哪天我们搭档一次。”

“好啊。”斯蒂芬妮的口气随意，却觉得心脏都要跳到嘴边了。克莱与凯西走远了，她还在陶然其中，真是丢脸。这是她人生中最愚蠢的胜利。

II

不到几个月，每个人都说斯蒂芬妮与凯西是朋友。她们每星期固定在两个早上打球，成为俱乐部联盟的双打搭档，出战邻近城镇那些同样穿迷你网球装的金发女士。她跟凯西的生活有许多共同点，连名字都能对应上——凯芙与史黛芙[1]。她们的儿子是同一年级又同班的同学。克里斯与科林，科林与克里斯。怀孕时，她跟本尼想过仙那

[1] 此处应为两人的昵称。

度、皮可波、雷纳尔多、克西特等一大堆名字，为什么就选了这个唯一能无间隙地融入克兰黛儿姓名光谱的克里斯呢？

凯西在本地金发女中位阶甚高，这让斯蒂芬妮得以不受偏见的影响轻易融入，因为受到保护，她的黑色短发与刺青也一并被接受了。她跟众人不一样，但是还可以，由此幸免了某些人所承受的凶猛撕抓。斯蒂芬妮绝对不会说她*喜欢*凯西，凯西是共和党员，是那类喜欢把“注定如此”（不可饶恕的字眼）挂在嘴边的人，以此来形容自己的好运，或者厄运临头的人。她对斯蒂芬妮所知无几——譬如，她要是知道斯蒂芬妮的老哥德鲁斯是专门采访名流的记者，就是那个几年前替《细节》杂志采访年轻电影明星姬蒂·杰克逊时，突然攻击她，因而登上媒体头条的人，她可能会吓呆了吧。偶尔斯蒂芬妮也会狐疑自己小瞧了这位朋友对她的了解，她揣想凯西心里头可能在想：*我知道你恨我们，我们也讨厌你，既然这事已经解决了，现在让咱们去痛宰斯卡斯代尔小区那些贱货*。斯蒂芬妮对网球的热爱强烈到自己都有点不好意思，她做梦都会梦见线审的判球还有反手拍。凯西还是打得比她好，但是差距越来越小，这个事实让她们都又惊又喜。史黛芙与凯芙既是网球拍档又是对手，同为人母又是邻居，配合得天衣无缝。唯一的问题是本尼。

911事件之后的那个夏天（是他们在克兰黛儿的第二个），本尼说他觉得泳池畔的人看他的眼神都怪怪的，斯蒂芬妮不相信，认为本尼是在说那些女人用仰慕的眼神望着他泳裤上方的结实棕色胸膛，还有深色眼睛，所以她简短回应道：“什么时候开始，你不习惯被人看了？”

本尼讲的不是这个，没多久，斯蒂芬妮也感觉到了：众人对她的丈夫有点犹豫或者说质疑。本尼不会觉得很困扰，这辈子他被问过不知道多少次“萨拉查是什么姓”，人们对他的出身与种族背景的质疑，他早已免疫，还练就一身魅力，可以抹掉众人的怀疑，尤其是女性。

第二个夏天过了一半，避险基金经理人又办了一次鸡尾酒会。本尼、斯蒂芬妮、凯西、克莱（人们背后叫他肤浅莱），还有几个人，正在跟比尔·达夫聊天，他是本地选出来的国会议员，刚刚跟外交关系委员会开完会。议题是纽约地区有没有基地组织成员。达夫承认的确有基地情报员出没，尤其是纽约郊区，此刻搞不好就正在彼此联络（斯蒂芬妮发现克莱苍白的眉毛突然往上一挑，脑袋奇怪地扭了一下，好像要甩出耳朵内的积水），重点是：他们跟基地之间的联系有多强。讲到此处，达夫笑了，说，任何皮肤较黑的人都可以自称基地成员，但是他如果没资金援助、没训练、没支持的人手，政府就犯不着把资源浪费在他身上……克莱的脑袋又摇了一下，眼神转向右边的本尼。

达夫讲到一半就停了，显然越讲越迷糊。另一对夫妻插了进来，本尼抓住斯蒂芬妮的手离开了。他的眼神看似宁静甚至昏昏欲睡，却抓痛了她的手腕。

没过多久，他们便离开了派对。本尼付钱给绰号“滑板车”的十六岁保姆，然后开车送她回家。斯蒂芬妮都还没瞄一眼时钟，回想下“滑板车”长得有多漂亮，本尼就已经返家。她听见本尼设定了防盗系统，重步上了楼，声音大到家猫精灵被吓得一溜烟躲到了床底下。斯蒂芬妮奔出卧室，站在楼梯口迎接本尼。他大叫：“我在这个鬼地方干吗？”

“嘘。你会吵醒克里斯。”

“那是恐怖秀！”

“很难看，没错，”她说，“虽然克莱是个——”

“你替他们说好话？”

“当然不是。他只算个例。”

“你以为那圈人不知道这场面是在干吗？”

斯蒂芬妮也担心如此——他们都知道吗？她不希望本尼这么想。“你这是偏执。就连凯西都说——”

“又来了。瞧瞧你！”

他紧握双拳，站在楼梯顶。斯蒂芬妮走过去抱住他，本尼整个人一松，往她身上一靠，她差点被撞翻在地。他们紧紧相拥，直到本尼呼吸缓和下来。斯蒂芬妮柔声说道：“我们搬家吧。”

本尼吃惊地挺直身体。

“我说真的，”她说，“我根本不在乎这些人，他们算个屁。本来搬到这种地方来，就只是个实验，对不对？”

本尼没回答。他瞧了瞧身旁的玫瑰拼花地板，他不信任花钱请来的人能够胜任这么细的活，所以这都是他自己趴在地上完成的。他又看了看卧室门上方的窗子，那是他花了好几个星期，用刀挖穿层层的油漆做出来的。还有楼梯转角凹处的照明灯，他自己摆放好一个个的饰品，再一一调整灯光。他老爸是电气工，本尼什么照明灯都能做。

“让他们搬好了，”他说，“这他妈的是我的家。”

“好！但是如果走到那一步，我还是说我们可以搬家。不管是明天，下个月，或者一年后。”

“我要死在这里。”本尼说。

“天哪！”斯蒂芬妮说，突然间，笑意突袭，瞬间转为歇斯底里。他们倒在拼花地板上，抱住肚皮猛笑，还嘘嘘嘘要对方小声点。

因此，他们继续住下来。只是现在本尼瞧见斯蒂芬妮清晨穿上网球装，就会说：“去跟法西斯分子打球？”她知道本尼不想她再打球了，不要她跟凯西搭档，以此抗议肤浅莱的白痴与种族偏见。斯蒂芬妮不想停止。如果他们要住在一个社交生活全绕着乡村俱乐部打转的地方，她当然得跟那个能保证她轻松融入的女人维持良好关系。她可不想跟右边的邻居诺琳一样，因为讲话像罹患了声音联想症[1]、爱戴超大的太阳眼镜、双手剧烈颤抖（斯蒂芬妮猜想是服药的缘故），而成为放逐者。诺琳有三个可爱又焦虑的小孩，但是小区的女人都不跟她说话。她就像幽灵。斯蒂芬妮心想：不，谢了。

秋天，天气转凉，她把打球时间安排到下午，那时本尼不在家，不会看到她换装。现在她在拉多尔公关公司做自由职业，可以随意安排到曼哈顿开会，简单得很。当然，这算是小欺骗，但省略不说是为了保护本尼，不让他沮丧。如果他问，斯蒂芬妮绝对不会隐瞒。更何况，这些年来他的欺骗也够多了吧？是否也欠她一点呢？

III

春天时，斯蒂芬妮的哥哥德鲁斯获得假释，离开阿提卡监狱，搬来跟他们住。他蹲了五年监狱，先是在赖克斯岛监狱待了一年，等待强暴姬蒂·杰克逊未遂案开审，后来，姬蒂·杰克逊主动撤销强暴控诉，他却被判绑架与重伤害罪，又坐了四年牢——简直荒谬，这位女

[1] 一种神经疾病，讲话时不依意义连字，而依声韵连字。

明星可是自愿跟德鲁斯进中央公园的，浑身上下没一处伤。她后来反而为辩方做证。但是检察官说服陪审团——姬蒂支持德鲁斯的行为是一种斯德哥尔摩症候群的表现。“她坚持保护这个男人，正足以证明她受到的伤害有多深……”斯蒂芬妮仍记得他宛如吟诵般的声音。那场审判，她足足在法庭待了痛苦无比的十天，还要试图表现得积极乐观。

在监狱中的岁月似乎让德鲁斯重拾了攻击事件前几个月他大幅痛失的镇静。他继续服用抗躁郁症药物，也能平静接受婚约的解除。他编辑监狱周报，写了一篇针对911事件对狱友冲击的报道，这让他得到了笔会监狱写作计划的特别表扬。狱方甚至允许他到纽约领奖。结结巴巴的得奖感言让斯蒂芬妮、本尼和她的爸妈都哭了。他迷上篮球，涤清五脏六腑，连湿疹都神奇地好了。终于，他看起来可以重拾二十年前初到纽约时所追求的“严肃新闻写作”的事业了。假释委员会核准他提早出狱，本尼与斯蒂芬妮兴高采烈地把他迎回家，让他有重新开始的立足之地。

现在，德鲁斯来了两个月，不祥的滞怠感悄然来袭。他有过几次工作面谈，恐惧得浑身大汗去面试，都没了下文。德鲁斯溺爱克里斯，克里斯上学后，他会花好几个小时用小小的乐高搭建大城市，为了放学后给他一个惊喜。但是德鲁斯对斯蒂芬妮始终保持讥讽的距离，似乎在冷眼笑看她的瞎忙活（譬如今天早上，三人都得急匆匆地出门上班或上学）。他的头发散乱，脸蛋憔悴且丧气，这让斯蒂芬妮心痛。

“你今天要进城？”本尼问。她正忙着把早餐碗碟丢进水槽。

还不会。天气暖了，她又恢复为上午跟凯西打球的作息时间。但是她找到了一个聪明的方法不让本尼瞧见。她把白色网球装放在俱乐部，早上穿上班的衣服，跟他吻别，然后到俱乐部换衣服打球。斯蒂芬妮为了降低谎言的程度，只是调整了下时间顺序。如果本尼问她要去哪儿，她就说要去开会，而那个会议其实安排在下午，如此，晚上本尼问起开会状况，她便可如实相告。

“我跟博斯科约了十点。”她说。她现在还帮忙做公关的摇滚歌手仅剩博斯科一人。实际约会时间是下午三点。

“博斯科，中午以前？”本尼问，“是他提议的吗？”

斯蒂芬妮马上发现出错了。博斯科的夜晚都是沉迷于酒池，上午十点已经清醒的概率等于零。“好像是。”她说。当面跟本尼说谎让她一阵晕眩。“不过你讲的没错，这真的很奇怪。”

“是恐怖，”本尼跟斯蒂芬妮吻别，跟克里斯忙着出门，“见了面之后，打电话给我吧。”

就在那刻，斯蒂芬妮知道她得取消跟凯西的活动，也就是说要放凯西鸽子了，然后开车到曼哈顿，跟博斯科十点见面。没别的法子。

他们出门后，斯蒂芬妮再次感受到与德鲁斯独处时就会产生的紧张感。她对德鲁斯的未来计划以及时间表充满无法说出口的疑问，德鲁斯对这两个问题却是高举盾牌，两者只能以沉默碰撞。除了搞乐高，很难知道德鲁斯整天都在干什么。有两次，斯蒂芬妮发现主卧室的电视被放到A片频道上，这让她很困扰，只好请本尼再买来一台电视放到德鲁斯睡觉的客房。

她上楼，给凯西的手机发语音信息取消了活动。当她回到厨房，德鲁斯正在早餐桌旁朝窗户外窥视。他问：“你这位邻居是怎么回事？”

“诺琳？”她说，“我们认为她是疯子。”

“她在靠近我们的篱笆那儿不知在搞什么鬼。”

斯蒂芬妮走向窗户。没错，她看见诺琳漂染过度的马尾在篱笆那一边跳上跳下（相较于旁人较为细腻的挑染，她的头发简直像讽刺漫画）。巨大的太阳眼镜让她的卡通脸像苍蝇，或者外星人。斯蒂芬妮耸耸肩，不耐烦德鲁斯居然在诺琳身上浪费时间。她说：“我得出门了。”

“我可以搭便车进城吗？”

斯蒂芬妮胸口一跳。“当然，”她说，“你跟人有约？”

“不是。我只是想出去。”

他们走向车子，德鲁斯回头望，说：“我认为那个诺琳，在透过篱笆偷看我们。”

“不意外。”

“你就容忍她这么干？”

“你能怎么样？她又没伤害我们。她甚至不是站在我们家的土地上。”

“她可能很危险。”

“同类相知啊。”

“你过分了。”德鲁斯说。

坐进沃尔沃车内，斯蒂芬妮把博斯科的新专辑《从A到B》的样片CD放进音响，仿佛此举可以强化她的谎言。博斯科的新专辑全是粗糙的小调，搭配夏威夷四弦琴。本尼纯是看在老朋友的分上才帮他发行的。

“可以关掉吗？”德鲁斯听了两首后说，没等斯蒂芬妮的回应，就关掉了音响，“这就是我们要去见的家伙？”

“我们？我以为你只是要搭便车。”

“我可以跟着去吗？拜托。”

他语气谦卑且伤感：一个无处可去、无事可做的男人。斯蒂芬妮只想尖叫，这是跟本尼说谎的惩罚吗？过去半小时里，她被迫取消一场想打得要命的网球，惹毛凯西，踏上一个虚构的任务，去拜访一个现在铁定还昏迷不醒的人，还得带着她这个没有方向又吹毛求疵的老哥来见证她的谎言被打破。她说：“我不确定这能有多好玩。”

“没关系，”德鲁斯说，“我早就习惯乏味无趣了。”

他紧张地看着斯蒂芬妮从贺金森河快速道路并入布朗克斯十字高速公路。坐车似乎让他很紧张。当他们完全并入车流后，他问：“你是不是有外遇了？”

斯蒂芬妮瞪大眼睛：“你疯了啊？”

“你开车看路啊！”

“你干吗这么问？”

“你们有点焦躁，你跟本尼。不像我记忆中的你们。”

斯蒂芬妮吓坏了。“本尼显得焦躁？”昔日的恐惧瞬间涌上心头，直掐她的喉咙，尽管本尼两年前（四十岁时）就发誓不再拈花惹草，况且，她也没有理由怀疑他。

“我不知道该怎么说，你们显得相敬如宾。”

“跟监狱里的人比？”

德鲁斯笑了。“好吧，”他说，“或许是你们这个小区的关系，纽约克兰黛儿。”他故意拉长音说道：“打赌，爬满了共和党员。”

“一半一半。”

德鲁斯转头看她，不敢置信：“你们跟共和党员往来？”

“难免。”

“你跟本尼？跟共和党员交朋友？”

“你知不知道你在大吼大叫啊？”

“开车看路！”德鲁斯咆哮。

斯蒂芬妮照办，方向盘上的双手颤抖着。她真想掉头，把老哥送回家，如此一来，却会错过本不存在的约会。

“我才离开几年，世界就颠倒了，”德鲁斯愤怒地说，“建筑不见了。要进入人家的办公室就要被搜身。人们一边跟你讲话一边发电子邮件，整个像吸毒吸蒙了似的。汤姆跟妮科尔分别有了新对象——现在，我搞摇滚乐的妹妹与妹夫居然跟**共和党人**来往。搞什么搞！”

斯蒂芬妮深呼吸，让自己平静：“你有什么计划，德鲁斯？”

“都跟你说了，要跟你去见这个……”

“我是说你打算做些什么？”

长时间的沉默后，德鲁斯终于说：“我不知道。”

斯蒂芬妮瞥了他一眼。车子现在转入亨利哈德逊公园路，德鲁斯盯着河水，脸上既无生气也无希望。她感觉心脏一紧，充满恐惧。“你好多年前刚到纽约时，”她说，“充满想法。”

德鲁斯哼了一声：“二十四岁时，谁不是充满想法啊？”

“我是说当时你有方向。”

在那之前，德鲁斯已经从密歇根大学毕业几年了。斯蒂芬妮在纽约大学读一年级，室友辍学住院治疗厌食症，德鲁斯就在她的房间住了三个月，带着笔记本到处乱逛，闯进《巴黎评论》的派对。厌食症女孩回来时，他已经在《哈珀》杂志找到工作，跟三个室友合住在八十一街与约克街转角的公寓里——其中有两人现在已经荣升为杂志总编辑，另一个得了普利策奖。

“我不明白，德鲁斯，”斯蒂芬妮说，“我不明白你是怎么了。”

德鲁斯望着下曼哈顿区的闪亮天际线，一脸茫然说：“我变得跟美国一样。”

斯蒂芬妮转过身来看他，气馁万分。“你说什么？”她说，“你疯了吗？”

德鲁斯：“我们都双手沾满血腥味。”

IV

斯蒂芬妮把车停在第六大道的停车场，跟德鲁斯往苏活区走去，路上人群拥挤，许多人提着大如房间的“板箱与木桶家具店”的纸袋。德鲁斯说：“所以，博斯科这个家伙是谁？”

“还记得‘导电乐队’吗？他是吉他手。”

德鲁斯停下脚步说：“我们要去见的人就是他？‘导电乐队’的博斯科？那个红头发的瘦小子？”

“没错。呃，他的模样变了一点。”

他们朝南进入伍斯特街，往运河街方向走去。阳光在鹅卵石上跳跃，记忆仿如白色气球般在斯蒂芬妮的脑海中升起：“导电乐队”的首张专辑封面就是在这条街拍的，摄影师忙东忙西，博斯科紧张得发笑，朝脸上扑粉遮雀斑。记忆让她出神，她伸手按门铃，心中默祷：*拜托，别让他在家，别让他应门*。这样的话，这一天的鬼打墙部分就可以结束了。

对讲机没人应答，门却“吱呀”一声开了。斯蒂芬妮推开门，有些茫然，搞不好她真是约了十点跟博斯科见面。还是她按错门铃了？

他们按了电梯，电梯很久才嘎嘎地下来。德鲁斯问：“这玩意儿还‘健全’吗？”

“你大可以在楼下等我。”

“别老想摆脱我。”

博斯科早已不是那个骨瘦如柴、穿窄筒裤、玩80年代末那种介于朋克与斯卡[1]的乐风、顶着红色蜂窝头、在舞台上能让伊基·波普都变得不算什么的疯子。当年，“导电”表演时，场地老板不止一次打电话叫119，以为博斯科癫痫发作了。

现在的博斯科很胖，没有朋友，据他的说法是癌症药物与抗抑郁药物造成的结果，但是瞧瞧他的垃圾桶，几乎每次都能看到一加仑的醉尔斯巧克力脆片冰激凌空筒。他的红发已经“退化”，变成黏答答的一束灰白马尾。一次失败的髋骨置换手术让他走路时身体倾斜，挺着个大肚子，好像放在手拉车上的电冰箱。尽管如此，他不但已经起床，梳洗完毕，还刮了胡子。屋内的百叶窗已拉起，沐浴的湿气悬浮于空气中，夹杂了一股愉快的冲泡咖啡的香味。

“我以为你三点才来。”博斯科说。

“我以为我们约了十点，”斯蒂芬妮说，她避开了他的视线，看着自己的皮包，“我搞错了吗？”

博斯科不是笨蛋，他知道斯蒂芬妮在说谎。他很好奇，好奇心自然落在德鲁斯身上。斯蒂芬妮连忙介绍。

[1] 斯卡是20世纪50年代末兴起于牙买加的乐风，融合加勒比海地区的门特、卡利普索、美国爵士、R&B，是洛克斯代迪与雷鬼音乐的前身。

德鲁斯严肃地说：“我的荣幸！”

博斯科仔细检查他的表情是否在表达讽刺，之后才握手。

斯蒂芬妮窝在折叠椅上，旁边是博斯科消耗了大部分时间在上面的黑色皮制大躺椅，就放在积灰的窗户下，从那儿可以眺望哈德孙河与一小部分的霍博肯。博斯科为她端来咖啡，然后沉重地摇晃着跌入躺椅，整个人好像被凝胶裹住。此次碰头是为了讨论《从A到B》专辑的宣传。现在本尼得向公司老板负责，除了录音制作费用与发行费用，多一毛钱都没有。因此博斯科按时薪聘请斯蒂芬妮，当他的公关与演出经纪人。这两个头衔的象征意味居多，他病得厉害，上两张专辑根本没做什么宣传，他的困乏无力与世界对他的漠不关心正好旗鼓相当。

“这次完全不一样，”博斯科说，“我会让你忙死，史黛芙宝贝。这将是我的东山再起之作。”

斯蒂芬妮以为他在说笑。博斯科虽陷入沙发中，但还是直视着斯蒂芬妮的双眼。

“东山再起？”她说。

德鲁斯在阁楼内闲晃，观赏一整个墙壁镶着框的导电乐队的金唱片与白金唱片，还有几把博斯科没卖掉的吉他，以及他收藏的前哥伦布时代的文物——放在崭新的玻璃盒里，舍不得卖。听到“东山再起”，斯蒂芬妮发现他老哥突然感兴趣了。

“这张专辑叫《从A到B》，对吧？”博斯科说，“正是我想主打的重点：我如何从一个摇滚巨星变成一个没人理的胖屎蛋。别假装这不是事实。”

斯蒂芬妮吃惊到没法回话。

“我要专访、特写，什么都做，”博斯科继续说，“让我的日子排满这些狗屎，记录下所有的混账羞辱。这是现实，是吧？二十年过去了，谁都会变老变丑，更何况我大半的内脏都被切除了。不是有这么一个说法：岁月是个恶棍，对吧？”

德鲁斯从房间那头飘过来。“我从未听过这个说法，”他说，“岁月是个恶棍？”

“不同意吗？”博斯科问，微带挑战的口吻。

德鲁斯沉默了一下，回答：“同意。”

“我说啊，”斯蒂芬妮说，“博斯科，我欣赏你的诚实——”

“少来这一套，‘博斯科，我欣赏你的诚实’，”博斯科说，“别来公关这一套。”

“我的确是你的公关啊。”斯蒂芬妮提醒他。

“没错，但是你别对这一套信以为真，”博斯科说，“你也老大不小了。”

“我只是想圆滑点，”斯蒂芬妮说，“重点是，没有人在乎你的人生坠入地狱，博斯科。如果你认为这个点有趣，那是笑话。如果你还是个摇滚巨星，或许还可以，你不是——你是前朝遗老。”

“这太尖刻了。”德鲁斯说。

博斯科笑了：“因为我说她老大不小，她生气了。”

“没错。”斯蒂芬妮承认。

德鲁斯瞧瞧这个，又瞧瞧那个。一丝丝的冲突似乎都会让他心惊。

“我说，”斯蒂芬妮说，“我可以跟你说这点子多棒，多有创意，然后让它自生自灭，我也可以老实说这点子蠢透了，没有人在乎的。”

“你还没听我的点子呢。”博斯科说。

德鲁斯拉过来一张折叠椅，坐下。“我要巡回演出，”博斯科说，“就像以前一样，表演我以前那些活儿。我的动作都还在，搞不好会更多。”

斯蒂芬妮放下杯子。她真希望本尼在这儿，只有本尼才能体会到她目睹了怎样的深度妄想。“我整理一下，”她说，“你要我帮你排一堆采访与媒体曝光，告诉大家你病得多厉害，告诉他们现在的你是昔日的你衰老的影子。然后你要开演唱会——”

“全国巡演。”

“全国巡演，像昔日的你一样表演。”

“没错。”

斯蒂芬妮深呼吸：“博斯科，有几个困难。”

“我就知道，”他对德鲁斯眨眨眼，“讲吧。”

“首先，很难找到写手对这个题材感兴趣。”

“我有兴趣，”德鲁斯说，“我是写手。”

斯蒂芬妮几乎脱口而出，*老天救救我啊*，不过她忍住了。好多年没听过她老哥自称写手了。

“好吧，你找到一个写手对你有兴趣——”

“我什么都配合。”博斯科说。他转头对德鲁斯说：“什么都配合，完全不设限。如果你愿意，还可以看我拉大便。”

德鲁斯咽了口口水说：“这我要想一想。”

“只是打个比方，完全不设限。”

“好，”斯蒂芬妮继续说，“所以，你——”

“你还可以拍我，”博斯科对德鲁斯说，“如果你想，还可以拍成纪录片。”

德鲁斯开始怕了。

“妈的，你们能让我说完吗？”斯蒂芬妮问，“虽然你有写手，但不会有人想看——”

“你相信这是我的公关吗？”博斯科问德鲁斯，“是不是该开除她？”

“祝你早日找到别人，”斯蒂芬妮说，“现在，有关巡回演出。”

博斯科坐在那张大到称得上沙发的躺椅里，整个人似乎被粘在了上面，露出笑容。斯蒂芬妮突然觉得他很可怜。“要安排演出并不容易，”她温柔地说，“我的意思是你已经很久没开演唱会了，你不……你说你要跟以前一样表演，但是……”博斯科当着她的面就笑了，斯蒂芬妮勇敢地说下去：“体能上，你没法——我的意思是，你的健康状况……”她绕着圈子想点出博斯科根本不可能跟以前一样表演，这会让他翘辫子——只会提早上西天。

“你不明白吗，史黛芙？”博斯科连珠炮式地说，“这就是重点。我们都知道结局，只是不知道何时、何地，发生时会有谁在场。这是一场自杀式巡回演出。”

斯蒂芬妮笑了。这念头简直是荒谬好笑。但是博斯科突然严肃起来。“我已经没救了，”他说，“我又老又悲哀，这还是状况好的时候。我要挣脱这团烂泥。我不想默默地死去，我要燃烧而尽——我要我的死亡成为吸引人的事件，一个奇观，一个谜题，一个艺术作品。现在，公关女士，”他撑起松垮的身体，倾身向前，庞然大脸上眼睛晶亮，跟她说，“你敢说没人对这个感兴趣。真人实景秀，妈的——也不可能比这个更真实。自杀是武器，我们都知道。它可以是艺术吗？”

他焦急地看着斯蒂芬妮。一个肥胖垂死的男人，满怀燃烧的渴望，希望斯蒂芬妮会喜欢他仅剩的最后一个狂想点子。长时间的沉默，斯蒂芬妮正在整理想法。

德鲁斯先开口：“天才。”

博斯科温柔地看着他，被自己的演讲感动，也感动于德鲁斯的感动。

“我说，两位。”斯蒂芬妮能够感觉到脑海里掠过一丝变态的想法：如果这点子有搞头（她确信应该没有——这点子很疯狂，搞不好还违法，品味恶劣到近乎丑恶荒诞），那她可要找个真正的写手。

“哦，不不不。”博斯科朝她摇摇手指，仿佛她刚刚大声说出了自己的强烈质疑。博斯科拒绝他们的协助，喘气、呻吟，硬是把自己从躺椅上拉了起来，椅子随即发出卸下重担后的幽咽声。他蹒跚地穿过房间，走向凌乱的书桌，靠着它，大声喘着气。然后开始翻找纸笔。

“你说你叫什么？”博斯科大声问。

“德鲁斯，德鲁斯·琼斯。”

博斯科写了几分钟。

然后他费劲地走回来，把纸条递给德鲁斯说：“就这样。”德鲁斯大声朗诵字条：“我，博斯科，在身体健全、神志清醒的状态下，授权德鲁斯·琼斯独家采访我的自杀与衰亡巡回演出。”

这番费力的举动让博斯科筋疲力尽。他倒回躺椅，喘个不停，闭上了双眼。斯蒂芬妮的脑海不受管束，当年那个瘦瘦巴巴如稻草人的疯狂乐手鬼魅般浮起，掩盖了眼前这个阴郁的庞然怪物。哀伤之感油然而生。

博斯科睁开眼，瞧着德鲁斯说：“喏，就这样，全给你了。”

在纽约现代美术馆中庭的雕塑花园里吃中饭时，德鲁斯如获新生，在刚刚重新装潢过的美术馆里兴奋雀跃，思绪奔腾。他直奔美术馆礼品店，买了一本记事本与一支钢笔（上面都有马格里特绘制的云彩），记录下他明日上午十点与博斯科的会面。

斯蒂芬妮吃着火鸡肉卷，凝视着毕加索的《母山羊》雕像，真的希望能分享老哥的狂喜，却觉得不可能，德鲁斯的兴奋似乎汲取自她的体内，分量恰好足以让他生气勃勃，而她为之干涸。她愚蠢地希望上午没错过网球该多好！

“怎么啦？”德鲁斯终于问，咕噜咕噜地大灌他的第三杯小红莓苏打水，“你看起来有点沮丧。”

“不知道。”斯蒂芬妮说。

他倾身靠近她。这是她的大哥哥。斯蒂芬妮突然回想起童年，那是近乎生理性的反应，德鲁斯是她的保护者与看守人。他会来看她的网球比赛，如果她小腿肚抽筋，他就帮她按摩。过去那么多年，因为德鲁斯的混乱人生，这些记忆被深埋了，现在它又涌上来，温暖且有生气，斯蒂芬妮泪眼盈眶。

她老哥呆住了。“史黛芙，”抓起她的手说，“怎么啦？”

“我觉得一切都结束了。”她说。

她说的是本尼跟她口中的“昔日”——不是搬来克兰黛儿之前，而是尚未结婚、尚未为人父母、尚未发财、尚未戒毒、尚未有责任感的时代，那时他们还会跟博斯科在下东城区鬼混，天亮才上床，闯进陌生人的公寓，在几近大庭广众下做爱，不止一次大胆冒险（包括她注射海洛因）。他们不把这些当一回事，他们还年轻，身体健壮，受幸运女神眷顾，有什么好担心的？如果他们不喜欢结局，大可回头，重新来过。现在博斯科重病，行动都困难，狂热地策划着自己的死亡。这种结局是脱离常轨的疯狂，还是正常——一种他们早该预知的结果？这一切是不是他们自找的？

德鲁斯揽住她。“如果你今天早晨问我，我会说我们完蛋了，”他说，“我们全部，包括这个国家，整个狗屁世界。现在我的感觉正好相反。”

斯蒂芬妮知道，她几乎可以听见希望在她老哥体内奔腾。她问：“答案呢？”

“当然，一切终将完蛋，”德鲁斯说，“但是尚未。”

V

斯蒂芬妮去开第二个会，跟一个专门设计漆皮小皮包的设计师碰头，之后，她漠视自己的直觉，回家前先到办公室转了一下。她的老板拉多尔跟平常一样，正在讲电话，但是她按住话筒，在办公室大吼：“怎么啦？”

“没事。”斯蒂芬妮吓了一跳，她人还在大厅呢。

“你跟那个做皮包的还顺利吗？”拉多尔毫不费力就可以掌握所有员工的行踪，就连斯蒂芬妮这种自由职业者的也一样。

“还好。”

拉多尔讲完电话，用克鲁伯咖啡机煮了一点意大利浓缩咖啡，倒到没有杯座、小如顶针的杯子里，大声叫道："斯蒂芬妮，你来一下。"

斯蒂芬妮进入老板那间位于角落的很高很气派的办公室。拉多尔是那种连熟人都会觉得她是用电脑修过图的女人：亮金色的波波头，血红如动物猎食后的嘴唇，时刻都在流转且算计的眼睛。"下一次，"她的眼神短暂地戳刺了斯蒂芬妮一下后说，"取消约会。"

"你说什么？"

"你还在大厅，我就感觉到了你的沮丧，"拉多尔说，"好像流行性感冒一样。可别传染了我们的客户。"

斯蒂芬妮笑了。她认识拉多尔太久太久，知道她是认真的。她说："天，你真是个狠货！"

拉多尔咯咯地笑，已经开始拨电话了，说："这是一种负担。"

斯蒂芬妮开车回克兰黛儿（德鲁斯搭地铁回去了），顺道去接练足球的克里斯。她的儿子才七岁，还愿意在一整天没看到老妈后，一把搂着她的脖子。她抱抱克里斯，嗅闻他头发里的麦草味儿。"德鲁斯舅舅在家吗？"克里斯问，"他有在盖什么东西吗？"

"其实哦，德鲁斯舅舅今天有工作，"她说着，一股自豪感油然而生，"他今天进城工作。"

一整天的变化无常，最后化为单纯的欲望，就是跟本尼说说话。斯蒂芬妮跟他的助理萨莎通了电话，以前她不信任萨莎，认为她是看门狗，帮忙掩饰本尼的不轨行为，自从本尼改了性子后，她开始慢慢喜欢萨莎了。本尼在回家路上回电话给她，说他堵车，斯蒂芬妮这时却转而想跟他面对面地讲博斯科的事。她能想象跟本尼一起嘲笑博斯科，然后本尼也感受到了那股莫名其妙的不爽的画面。她只知道一件事：她以后不再遮掩打网球的事了。

她跟克里斯到家时，本尼还没回来。德鲁斯抱着篮球现身，挑战克里斯。他们跑到车道上，篮球的撞击让车库门阵阵摇晃。太阳快下山了。

本尼终于回来了，到家后直接上楼去洗澡。斯蒂芬妮拿出冷冻的鸡大腿放到温水里解冻，跟着本尼上了楼。水汽从敞开的浴室门里渗入到卧室中，搅动着最后一抹阳光。斯蒂芬妮也想淋浴——他们的浴室有双淋浴设备，龙头都是手工制作，斯蒂芬妮嫌它们贵到离谱，本尼却非要不可。

她踢掉鞋子，解开衬衫纽扣，扔到床上那堆本尼脱下的衣物上。本尼口袋里的东西散放在一张小古董桌上，他一向如此。斯蒂芬妮瞄了一眼看有些什么，这是那些年活在猜忌阴影下的老习惯。铜板、口香糖包装纸、停车票。她转身离开，有个东西黏在她赤裸的脚底板上。她扯下来，是一个发夹，她走向垃圾桶。还没扔进去前，她又看了一眼那个发夹，普通的淡金色，就跟这小区每个女主人家中角落都能找到的发夹一样。只有她们家没有。

斯蒂芬妮握着发夹，停住了。它可能有千百种理由出现在这里——他们举办派对，朋友上来用浴室，或者是那个清洁妇的——不过，斯蒂芬妮心知肚明那是谁的，就好像她一直都知道，她不是发现事实，而是忆起。她只穿着裙子与胸罩，跌坐在床上，浑身发烫，颤抖着，因震惊而不停地眨眼。当然是这样。无须太多想象力便知道他们是怎么凑到一起的：痛苦、报复、权力、欲望。他跟凯西有一腿。当然是这样。

斯蒂芬妮穿回衬衫，细心地扣好纽扣，仍拿着那个发夹。她进入浴室，视线穿过雾气与哗哗的流水，搜索本尼瘦削的棕色身体。他没看见她。斯蒂芬妮突然停住了，一种恐怖的熟悉感阻止了她，她知道接下来的每一句对白：本尼从矢口否认到撕心裂肺地道歉，她呢，会从盛怒到饱受伤害地接受，这是一条弯曲的路。她以为他们永远不会再踏上。真的相信。

她离开浴室，把发夹丢进垃圾桶，赤着脚无声地走下前厅的楼梯。德鲁斯跟克里斯在厨房，咕噜咕噜地狂灌碧然德滤水壶里的水。她只想跑开，仿佛她从屋内抱着一颗手榴弹跑出来，一旦爆炸，也只会杀了她自己。

树梢上的天空是晶亮的蓝，但是院子有点暗。斯蒂芬妮走向草坪边坐下，头埋在膝盖里。绿草与泥土依然保有白天的热气。她想哭，却无泪。这感觉太深刻了。

她躺下来，在草地上侧窝着身体，好像在保护自己已损毁的部分，或者隐忍损毁带来的痛楚。每个转念都加深她的恐惧，她相信自己不会恢复了，因为她已失去所有力量来源。为什么这一次比以往都痛苦？它确实如此。

她听到本尼的声音从厨房传来：“史黛芙？”

她站起来，蹒跚地走入花圃。这是她跟本尼共同种植的，有唐菖蒲、玉簪花、黑心菊。她听到自己踩扁花梗的声音，她没朝下看。她一路走到篱笆那儿，跪在泥土上。

“妈？”克里斯的声音从楼上传来。斯蒂芬妮捂住耳朵。

接着她听到另一个声音，很近，近到可以从她的指缝溜进耳朵。它呢喃着说：“嘿，你好啊。”

好一会儿，她才将这个靠近她的新声音与屋里传来的声音区分开来。她并不害怕，只是麻木、好奇。“是谁？”

“我啦。”

斯蒂芬妮这才注意到自己紧闭着眼。她睁开眼，透过篱笆缝隙看过去。阴影里，她看到诺琳的白色脸庞从篱笆另一头往这边看。她摘掉了太阳眼镜；斯蒂芬妮看到一双怯生生的眼睛。她说：“嘿，诺琳。”

“我喜欢坐在这个角落。”诺琳说。

“我知道。”

斯蒂芬妮想离开，却好像无法动弹。她再度闭上眼。诺琳没说话，随着时间流逝，她似乎消失于轻拂的微风与昆虫的鸣叫声中，好像夜晚是活的。斯蒂芬妮在泥地里跪了许久，又或者只是感觉很久，其实只有一会儿。她跪着，直到听见家人又在叫她，包括德鲁斯惊恐的声音倾斜着穿过夜色。最后她蹒跚地起身。站直身体时，她感觉痛苦在体内下沉。这个崭新的奇怪的重量让她双膝直发抖。

“晚安，诺琳。”她说，举步穿过花圃与灌木丛，向屋子走去。

她隐约听到了回应：“晚安。”

第八章　推销将军

多莉的第一个好主意是帽子。一顶蓝绿色毛帽，两片耳盖正好遮住将军状似枯干的牛油果的大耳朵。多莉认为那对耳朵不上相到极点，遮起来最好。

几天后，当她看见《时代》里的将军照片，差点没被水煮蛋噎住：他看起来像一个病恹恹的巨大婴儿，浓密的胡子加上双下巴。标题更是惨不忍睹：

B将军的奇怪帽子引发癌症揣测

地方不安渐增

多莉一下子弹了起来，在寒酸的厨房里疯狂打转，把茶水泼在了浴袍上。她盯着将军的照片猛看，明白了。是蝴蝶结。他们没照她的指示剪掉，将军的双下巴下面是个毛茸茸的蝴蝶结，简直惨不忍睹。多莉赤脚冲进卧室兼办公室，开始翻找传真，想找出她可以与阿尔克联络上的最新一组号码。阿尔克是将军的宣传负责人。为了躲避暗杀，将军经常变换住处，但是细心的阿尔克每次都记得传真最新的联络方式给多莉。这些传真通常半夜三点传过来，吵醒多莉，有时还会吵醒她的女儿露露。多莉从未提及这是干扰，将军跟他的团队可能以为她还是纽约首屈一指的公关宣传，传真机一定放在可以俯瞰纽约全景的办公室一角（许多年前，的确如此），而不是放在离折叠式沙发床不到十英寸的地方。这种“错爱”，多莉只能想象是某篇《名利场》《优家画板》或者《人物》杂志的报道不小心漂洋过海到了将军那儿，在那些有关多莉的专访文章里，记者亲昵地称呼她的绰号“拉多尔”。

将军营地的第一通电话来得正是时候，多莉刚刚典当了最后一件珠宝。她编审教科书到深夜两点，睡到五点，然后跟东京那头想要学英文的人电话聊天，直到该叫露露起床，替她准备早餐为止。但这些都不够支付露露在拉特格斯小姐女校的学费。有时想到下一学期恐怖惊人的学费账单，多莉仅有的三小时睡眠也全消耗在了惊恐无度之中。

然后她接到阿尔克的电话。将军想要聘请独家公关，他想要污名昭雪，他想要美国的同情，他想要中情局停止暗杀行动。如果卡扎菲可以，为什么他不行？多莉十分怀疑她是不是操劳过度加上睡眠不足，产生幻觉了，但她还是报了一个价。阿尔克抄下她的银行账号，说：“这价钱比将军想象的低很多。”如果多莉当时讲得出话，她会说，*先生，这是我这位家臣的周薪，不是月薪*，或者，*嘿，我还没给你计算确切价码的公式*，或者，*这只是两星期的试用价，之后我才会决定要不要跟你们合作*。但是多莉没法说话。她在啜泣。

第一笔款项出现在她的户头上后，多莉如释重负，几乎淹没了她心头那焦虑的呢喃声：*你的客户是个种族大屠杀的独裁者*。老天为证，她跟不少王八蛋合作过。如果她不接这个案子，别人马上就会抢着接。身为公关，就是要不批判客户——上述借口列队而站，蓄势待发，就等着她心中那微弱的持有异议的声音突然鼓足勇气，放大音量。但是近来，她连那一丁点声音都听不见了。

现在，她匆匆地跑过破烂的波斯地毯，去翻找将军的最新联络号码，突然电话响了。此时是早上六点。多莉扑向电话。希望露露别被吵醒。

“你好？”她已经知道是谁了。

“我们很不高兴。”阿尔克说。

“我也是，”多莉说，“你没剪掉——”

“将军不高兴了。”

“阿尔克，你听我说。你必须剪掉——”

“将军不高兴，皮尔小姐。”

“你听我说，阿尔克。”

“他不高兴了。”

“那是因为——听着，拿把剪刀——”

“他不高兴，皮尔小姐。”

多莉不说话了。好多次，她听着阿尔克用那种单调又柔滑的声音，宣布将军给她的指示，她几乎可以确定那个语调里有股嘲讽的意味，好像阿尔克是在用暗语跟她说话。沉默的时间被拉长。多莉细声说道：“阿尔克，拿把剪刀，剪掉帽绳。将军的下巴也不该有他妈的蝴蝶结。”

“他不会再戴那顶帽子了。”

“他一定得戴。”

“他不会戴。他拒绝。”

“阿尔克，剪掉帽绳。”

“皮尔小姐，我们听到传言。”

她的胃紧缩了一下。“传言？”

“说你已经不如从前，不再首屈一指。帽子这一招也不成功。”

多莉感觉负面能量紧紧地包围着她。第八大道的车流灯光在她窗户底下流转而过，她站在屋内，手指插进她已不再漂染、任其变灰变长的头发里，感受到一股危机感直逼而来。

“阿尔克，我跟将军一样，”她说，“我也有敌人。”

他没回话。

“如果你听信我的敌人，我便无法做事。现在，拿出我每次在报纸照片上都会看到的那支豪华钢笔，插在你上衣口袋的那一支，写下：**剪掉帽绳。不要蝴蝶结。帽檐往后推一点，将军的头发才能松松地露一点出来。**阿尔克，你照办，我们看看结果如何。”

穿着粉红色睡衣的露露走进房间，揉着双眼。多莉看看表，她的宝贝女儿损失了半小时的睡眠时间，想到她在课堂上疲惫的模样，多莉的心就有些崩溃了。她搂住女儿的肩头，露露回以尊贵的仪态，那是她的惯常风格。

多莉忘了阿尔克的存在，这时他的声音从她架在肩头的电话里传来：“皮尔小姐，我会照办。”

数星期后，将军的照片又出现在媒体上。帽檐向后推，蝴蝶结也不见了。标题写着：

新证据显示
B将军的战争罪行被夸大了

这要归功于那顶帽子，把他衬托得面容甜美。戴了这么一顶毛茸茸帽子的人怎么可能干出用死人骨头为自己铺路的事？

两年前的除夕，拉多尔与败亡面对面。那场派对受到了疯狂的期待，在有幸被纳入拉多尔邀请名单并且深具文化史观的“博学者”眼中，它还是足以和卡波特的“黑白舞会”[1]相提并论的盛宴。人们称拉多尔的盛会为“那个派对”或者“名单”。亦即*你在邀请名单上吗*？回想起来，拉多尔甚至不记得那个派对的召开是为了什么。庆祝当时美国空前的富有，而世界纷扰不断、痛苦不堪吗？派对有几个名誉主持人，都是名流，但是大家都知道实际的主持人是拉多尔，她手上的人脉、关系，以及她所能施展的魔力，比上述名誉主持人加起来都多。每逢记忆在夜里涌上心头，她的败亡有如拨火棍滚过她的身体，让她在沙发床上辗转难安，大口吞咽着白兰地，她就这样安慰自己——我只是个凡人，犯了错误，以为自己在某方面非常、非常在行（基本上，就是有本事让最棒的人齐聚一堂），在其他方面也该非常拿手才对，譬如设计装潢。拉多尔有个想法：透明的巨大托盘上面注入油与水，悬吊在小小的彩色探照灯下，探照灯的热气会让不相容的

[1] 作家杜鲁门·卡波特在1966年为《华盛顿邮报》发行人举办了一场面具舞会，称为“黑与白”，在纽约市广场饭店的舞会厅举行，被许多人誉为当年盛事，德博拉·戴维斯甚至写了一本专著，赞誉它为“世纪派对”。

两种液体起泡、旋转、翻滚。她想象与会人士歪着脖子看这些托盘，沉迷于不断变化形状的液体。他们的确如此。拉多尔特地在场边搭建了一个小包厢，得以从高处俯瞰她的胜利全景。午夜逼近，拉多尔在包厢里第一个注意到承载油与水的透明托盘有点不对劲：似乎稍稍倾斜了——有吗？它们像挂在链子上的麻袋，歪向一边，换言之，就是开始融化了。接着它们整个崩碎，翻转，掉落下来，滚烫的油倾倒在每一个国内名流以及部分国外名流身上。他们都被烫伤，留下疤痕，从某种程度上而言，称得上伤残。譬如某个电影明星的额头留下了泪状的烧伤疤痕，另一个艺术品经销商的脑袋秃了一块，这对模特与其他光鲜亮丽的人物而言，已经构成“伤残”。拉多尔虽远离烫油，身体却仿佛断了电一般，呆呆地站在那里，没叫119。她僵直着身体张大嘴，不敢置信地看着宾客们尖叫着、踉跄着，用手遮着头脸，撕扯着被热油浸烫的衣服，像中世纪圣坛画像里的人物一样遍地爬行，因尘世间的奢华享受而坠入地狱。

老实讲，事后她所承受的指控（譬如她是故意的，她是个虐待狂，站在那里冷眼旁观，以众人的痛苦为乐），比目睹热油无情地泼在五百名宾客身上，还要恐怖。当时，惊吓像个茧裹住了她，也保护了她。之后的一切，她却必须神志清明以对：这些人恨她。他们恨不得铲除她。好像她不是人，而是虫或者老鼠。他们成功了。在她尚未因过失伤人罪服刑六个月，尚未因集体诉讼散尽家财（她没有人们想象的那么富有），让每个受害者都分到小额补偿前，她已自人间消失，被铲除了。出狱后，她足足胖了三十磅，老了五十岁，白发蓬乱。没有人认识她，她曾使之蓬勃发展的那个世界也已经瞬间蒸发——现在，即使富人也觉得自己很穷。除了几篇幸灾乐祸的报道，几张见证她衰败现状的照片外，人们忘了她。

现在只剩拉多尔自己一人深思错误——不只是误算塑料容器燃点以及链子的载重这类明显过失。她其实早在派对之前就犯了更深层次的错误——她忽略了巨大的改变——她设计了一个大型活动，却在彰显已经过去的时代。身为公关，这是最大的失误。她被世人遗忘，活该。有时，拉多尔会想哪种活动与聚会，可以像卡波特的派对，或者像伍德斯托克音乐节[1]、福布斯[2]七十岁生日宴，又或者像替《清谈》[3]杂志办的派对那样，精准定义她现在所处的新世界。她毫无概念。她已经失去判断能力。该交棒给露露这一代人来决定了。

当有关B将军的报道渐趋缓和，数个不利于他的证人被揭露收受过对手贿赂时，阿尔克又打来了电话："将军每个月付钱给你，不是只要一个点子。"

"你不能否认那是个很棒的点子。"

他说："将军不耐烦了，皮尔小姐。帽子已经不新鲜了。"多莉在脑海中想象他的笑容。

那晚，多莉梦见了将军，帽子已经不见了，他在旋转门外与某个

[1] 1969年在美国纽约州乡下小镇贝塞尔举办的音乐表演活动。贝塞尔距离阿尔斯特县的伍德斯托克四十三公里。为期三天的音乐节，共有四十万名音乐爱好者涌入贝塞尔，使得伍德斯托克音乐节成为史上最成功的摇滚音乐节之一。三十名当时最著名的音乐人现身伍德斯托克音乐节，被《滚石》杂志誉为流行音乐史上"改变摇滚音乐的五十个历史时刻"之一。

[2] 马尔科姆·福布斯，《福布斯》杂志创办人之一。

[3] 创刊于1999年的杂志，由米拉麦克斯影业公司与赫斯特报业集团合资，由担任过《纽约客》《名利场》的总编辑蒂娜·布朗掌舵，创刊时举办了一场号称"传奇"的开幕酒会，但是杂志本身始终没赚钱，2002年停刊。

漂亮的金发女郎碰面。金发女郎挽住他的手，两人身躯紧贴，步入旋转门内。这时，多莉知道这是梦，梦里她坐在椅子上，瞧着将军与他的爱人，心想这两人角色扮演真成功啊。她突然惊醒，好像有人摇醒了她。那梦差点溜走，她努力抓住它，深深地印在心中。她顿悟：将军的名字应该跟电影女明星连在一起。

多莉连忙从沙发床上爬起来，街灯从破裂的百叶窗的缝隙间照进来，在她苍白的双腿上闪闪发光。电影明星，家喻户晓，具有吸引力——还有什么方法更好？更能让一个“非人”显得“有人性”？最简单的思维逻辑如下——*如果他配得上她*……另一个想法会是：*他跟我品味相同：都喜欢她*。或者：*她铁定认为将军那颗三角形脑袋很性感*。甚至：*不知道将军跳起舞来是什么模样？*如果多莉能激发人们这些揣测，将军的形象问题就解决了。众人对他的集体印象如果包含了“舞池”，那么他到底屠杀了几千人，就不重要了，一切都可抛诸脑后。

可供差遣的过气女星一大堆，多莉却已有人选：姬蒂·杰克逊，她十年前在《哦，宝贝，哦》中初登银幕，饰演一名身手矫捷、斗志旺盛的犯罪打击者。但是一年后，她的名气才到达顶点，因为《细节》杂志的德鲁斯·琼斯访问她时攻击了她，德鲁斯是多莉旗下员工的哥哥。那次攻击与审判为姬蒂镀上一层朦胧的烈女光彩。因此当那层迷雾散尽，人们发现这位女星形象大变，也就更加吃惊了，她不再是毫无头绪的纯真女角，而是“一丝丝气都不能受”的那种类型。八卦小报毫不留情地记录她的点滴恶行与堕落过程：她在某个西部片的片场朝偶像级男演员的脑袋倾倒一大袋的马粪；拍摄迪士尼的电影时，放生了数千只狐猴。当某个权势熏天的制作人企图把她弄上床，她竟打电话给他太太。现在已经没人要找她拍片了，但是人们并未忘记她——对多莉来说，这才是重点。何况，她才二十八岁。

姬蒂不难找，没人浪费精力去把她藏起来。中午，多莉便联络上她：充满睡意的声音，听得出在抽烟。姬蒂听完多莉的说辞，又要她重复了一次丰厚的报酬，陷入静默。在那段沉默里，多莉能够察觉姬蒂的走投无路与审慎，那是她再熟悉不过的感觉。她对这位女星产生了不安的怜悯之情，因为她的选择仅剩下这个。姬蒂说："好的。"

多莉用那台旧克鲁伯咖啡机煮浓缩咖啡，唱着歌，给自己打气，然后打电话给阿尔克说明她的计划。

"将军不喜欢美国电影。"这是阿尔克的回答。

"谁管啊？美国人都知道她是谁。"

"将军的品味很特殊，"阿尔克说，"不轻易折中。"

"他不需要碰她，阿尔克，甚至不需要跟她说话。只要站在她旁边，拍照。还必须得笑。"

"……笑？"

"他必须看起来很快乐。"

"将军很少笑，皮尔小姐。"

"他戴了那顶帽子，不是吗？"

长长的静默。阿尔克终于说："你得陪这位女星过来。然后我们再看看。"

"陪她去哪里？"

"到这里，找我们。"

"拜托，阿尔克。"

"这是必要条件。"他说。

进入露露的卧室，多莉觉得这里就像是《绿野仙踪》里的多萝西一觉醒来所置身的奥兹国：每样东西都色彩缤纷。粉红色的遮帘罩住头顶的灯。粉红色的薄纱从天花板垂下。墙壁上有粉红色的长了翅膀的公主镂花图案，那是多莉在监狱里的艺术班学来的印模技术，她趁露露上课时，花了好几天为她布置卧室。长长的粉红色珠串从天花板垂下。露露在家时，只有吃饭时才会走出卧室。

她在拉特格斯小姐女校有自己的朋友，都是经过细密筛选，关系亲密到吓人，就连老妈失势与坐牢都无法瓦解她们的友情。（那段时间，露露的外婆从明尼苏达州过来照顾她。）联系这些女孩的不是“线”，而是“铁丝”，露露就是盘铁丝的那根轴。多莉有时听见露露跟朋友讲电话，总是吃惊于她的权威：她该强硬的时候就强硬，却又不失温柔与善良。她才九岁。

露露坐在一张粉红色懒人沙发上，用笔记本电脑做功课，跟朋友在线聊天（接了将军的案子后，多莉装了无线网络）。露露说：“嘿，多莉。”多莉出狱后，露露就不肯再叫她妈妈。露露眯着眼看她，仿佛看不清她的模样。多莉也的确觉得自己就像一块黑白阴影闯进了这个色彩缤纷的闺房，外面是一片寒酸之地，而她就是来自那片寒酸之地的难民。

“我得出差，”她跟露露说，“拜访客户。或许你想去朋友家待着，以免错过上课。”

学校里的生活才是露露的人生。多莉虽曾是拉特格斯小姐女校的常客，但是露露非常坚持老妈的“丢脸新身份”不可以破坏她在学校的地位。现在，多莉送露露上学，得在远处的街角就放下她，然后多莉会站在上东城区潮湿的石子路上，远远目送女儿是否安全抵达校门。放学时，多莉得待在同一个地点，等候露露跟朋友悠闲地走出校园，边走边踢修剪整齐的灌木丛或者郁金香花圃（春天时），完成她跟朋友的重要交流，巩固她的势力。每逢小朋友相约去玩的日子，她只准妈妈到大厅接她，她会脸红红地从电梯出来，飘散着香水味或者烤布朗尼蛋糕的香味，握住妈妈的手，经过门房，踏入夜色。并非表示歉意——露露没什么好抱歉的——而是同情她俩处境如此艰难。

露露歪着头，好奇地问道："出差。是好事，对不对？"

"好事，当然。"多莉微微有些紧张。她没让露露知道将军的事。

"你要去多久？"

"几天，或许四天。"

停顿许久后，露露终于开口："我可以去吗？"

"跟我去？"多莉吓了一大跳，"这样，你就会缺课。"

再次停顿。露露表现出正在脑海里盘算的模样，是在考虑缺课会不会让她在朋友间的影响力降低？与去他人家做客相比哪个好？还是在考虑借住同学家太多天，她们的爸妈会不会想跟她老妈联络？多莉没法判断她在想什么。或许露露自己也不知道。

"去哪里？"露露问。

多莉慌了，她一向不擅长拒绝露露。但是想到女儿与将军同在一个场合，她的喉咙就紧缩起来。"我——不能告诉你地点。"

露露没有抗议，只是说："不过多莉啊……"

"什么事，甜心？"

"你可以把头发染回金色吗？"

她们在肯尼迪机场私人跑道的贵宾室等候姬蒂·杰克逊。当这位女星终于露面，身穿牛仔裤与褪色的黄色长袖运动衫时，多莉懊恼极了——她应该先跟姬蒂见个面的！这女孩整个走样了，搞不好大众都认不出她。头发还是金色（不过，蓬乱未梳，故意显得很叛逆，另外看起来好像根本没洗头），眼睛仍然大而蓝，但是嘲讽的神色占据脸庞，使得那双蓝眼睛就算是瞪着你瞧，也像是鼻孔朝天。比起她眼角与嘴角的小细纹，那副神情才使她看起来不再真正年轻，差得远呢。她根本不再是姬蒂·杰克逊。

趁露露去上厕所，多莉连忙告知姬蒂她的计划：姬蒂要尽量看起来光鲜亮丽（多莉忧虑地看了看姬蒂的小皮箱），要跟将军拉近乎，努力表演当众亲热的镜头，而多莉会用隐藏的照相机偷拍。她有真正的相机，不过，那只是道具。姬蒂点点头，嘴角扭出嘲讽的阴影。

“你带女儿来了？”这是她的唯一反应，“去见将军？”

多莉连忙嘘声说：“她不会见到将军。”多莉扭头看了眼露露是不是已经从厕所出来了。“她根本不知道将军！拜托，不要在她面前提到将军的名字。”

姬蒂狐疑地看着多莉，说：“好命的女孩。”

黄昏时，她们登上将军的飞机。起飞后，姬蒂跟将军的空乘小姐点了一杯马丁尼，一口吞下，就把座椅摇成平躺，拿出眼罩（这是她身上看起来唯一一个新的东西），遮住眼睛，开始打呼。露露倾身研究这位女星，姬蒂睡眠状态中的脸看起来还算年轻，没受摧残。

“她病了吗？”

“没，”多莉叹气道，“也有可能。我不知道。”

露露说：“我觉得她需要休假。”

进入将军的营地前，要大约经过二十个检查哨，每个检查哨都有两个手持冲锋枪的士兵朝黑色奔驰轿车探头查看。多莉、露露、姬蒂坐在后座。其中四次，她们被迫下车，走入晃眼的阳光下，在枪杆子底下接受搜身。每一次，多莉都仔细研究女儿那张故作镇定的脸，寻找心灵受创的痕迹。露露在车里坐得挺直，粉红色的凯特丝蓓书包放在大腿上。她平静地直视手持冲锋枪的士兵，过去几年，她想必也以同样的眼神震慑住了那些妄想夺位的女孩。

路两旁是高大的白墙。墙上站着数百只排成一排的羽毛闪亮蓬松的黑鸟，紫色的长喙弯曲如镰刀。多莉从未见过这样的鸟。看起来像是会尖叫的鸟，但是每次车窗摇下，又一个背着枪的士兵过来眯着眼检查时，多莉总是吃惊于鸟的寂静无声。

终于，一小块白墙敞开，车子转弯离开小路，停在一栋豪宅前：里面有绿意盎然的花园、淙淙的流水、一栋大得看不到边的白色大宅。鸟盘踞在屋顶俯瞰着。

司机打开车门，多莉、露露、姬蒂走入艳阳下，太阳直刺多莉最近才露出来的后颈，她刚剪了一个长及下巴的金色短发，是她昔日标志性形象的廉价复制品。姬蒂热得脱掉了长袖运动衫。感谢上帝，里面那件白色T恤是干净的。她的双臂是可爱的古铜色，虽然一只手的手腕上方散布着几个长出新肉后留下的粉色伤疤。是烧伤。多莉盯着它们。“姬蒂，这是……”她结巴了，“你手臂上的是……”

“烧伤。”姬蒂说。然后她瞪了多莉一眼，多莉的胃部为之一紧，她依稀记起某事，好像蒙了一层雾，又似童年往事，有人拜托她——几近恳求——把姬蒂放入宾客名单，被她否决了。绝对不可以，想都别想——姬蒂的档次太低了。

“我自己弄的。”姬蒂说。

多莉不解地看着她。姬蒂微笑，那一刹那，她看起来既淘气又甜美，就像《哦，宝贝，哦》里的那个女星。“很多人都有，”她说，“你不知道吗？”

多莉猜她是在说笑。她可不想在露露面前上当。

“你找不到没参加过那场派对的人，”姬蒂说，“而且他们都有证据。我们都有证据——谁会说我们扯谎啊？”

“我知道谁在场，”多莉说，“宾客名单还在我脑海里。”

“但是……你现在又算哪根葱呢？”姬蒂依然满面笑容。

多莉不说话。她能感觉露露的灰色双眼正盯在她身上。

接着姬蒂干了件不可思议的事。她的手穿过阳光，握住多莉的手，温暖又结实，多莉的眼睛顿时一热。

“让他们见鬼去吧，是吧？”姬蒂温柔地说。

一个身穿剪裁漂亮的西装、身材结实的小个子从院落里走出来迎接她们。那是阿尔克。

“皮尔小姐，终于见面了，”他微笑地说，“还有杰克逊小姐”——他转身对姬蒂说——“真是太荣幸、太高兴了。”然后亲吻姬蒂的手，多莉觉得他的态度微带嘲讽。“我看过你的电影，将军跟我一起看的。”

多莉全身戒备，不知道姬蒂的回应会是什么，谁知她却是以近乎小孩的银铃般声音混合一点点挑逗的味道回答：“哦，你们铁定看过更好的电影。”

“将军印象深刻。”

“哦，备感荣幸。真荣幸将军认为我的电影值得一看。”

多莉惊恐地注视着这位女星，只盼望她惯常的嘲讽面容此刻不是明显到灼人。但是她大吃一惊，姬蒂的脸上并无嘲讽—— 一丝都没有。姬蒂看起来很谦虚，万分诚恳，好像十年岁月瞬间抹消，她又是那个优雅的、渴望成名的女星。

“不幸的是，我有个坏消息，”阿尔克说，“将军突然得离开。”她们瞪着他。“非常遗憾，”他继续说，“将军让我传达他诚挚的歉意。”

“但是我们……我们能去他那里吗？”多莉问。

“或许可以，”阿尔克说，“如果你们不介意再多跋涉一下。”

“哦，”她转头瞧露露，“这得看——”

“一点都不介意，”姬蒂打断她说，“将军要我们去哪里，我们就去哪里。该怎么做就怎么做，小鬼，对吧？”

露露一时间无法把“小鬼”这个昵称跟自己联想在一起。这是姬蒂首度直接对她说话。露露瞥了眼这位女星，笑着说：“对！”

第二天她们就得出发去另一个地点。那晚，阿尔克提议开车载她们进城逛逛，姬蒂不想去。她们住的是双卧室的套房，窗外就是私人游泳池。姬蒂一住下来后就说：“我得放弃这趟豪华的观光之旅，我宁可享受这个住所。以前啊，他们都招待我住这样的地方。”她发出一声苦笑。

“别太过火啊。”多莉说，注意到姬蒂往小酒吧走去。

姬蒂转身，眯着眼说：“喂，我刚刚表现如何？到目前为止，你有何怨言？”

“你表现得很好，”多莉说，然后她放低音量，不让露露听见，“只是你别忘了我们面对的是何种人物。”

“但是我想忘掉，”姬蒂说，给自己倒了一杯金汤力，“我努力忘记。我想跟露露一样——天真无邪。”她举杯朝多莉致意，啜饮了一口。

多莉跟露露坐上阿尔克的深灰色捷豹轿车，司机沿着小巷向山下急驰而去，行人连忙扑向墙边，或者冲进屋内，免得被撞死。山下的城市闪烁着点点微光，数百万栋白色的倾斜建筑浸泡在烟霾中。没多久，他们就被烟霾包围。这座城市主要的色彩似乎来自居民晒在阳台上、随风飘荡的衣服。

司机在户外市集停了车。这里有成堆的水分饱满欲滴的水果、香气四溢的坚果，还有假皮皮包。多莉与露露跟在阿尔克身后穿梭于摊子间，以挑剔的眼光看着那些蔬果。那真是她见过的最大的香蕉与柳橙，肉类看起来有点危险。从摊贩与顾客那种小心翼翼、故作冷淡的表情来看，多莉知道他们都认得阿尔克。

“想要什么吗？”阿尔克问。

“是的，拜托，”露露说，“我想要那个。”那是阳桃，她曾在迪安&德卢卡超市[1]见过。在这里却近乎暴殄天物，随意堆放，苍蝇乱飞。阿尔克拿起一颗，对小贩稍稍点了个头，那个瘦骨嶙峋、和善又焦虑的年迈小贩马上对多莉、露露热切地点头，双眼却免不了流露出恐惧。

露露拿起那颗灰扑扑、没洗过的水果，在短袖运动衫上仔细擦拭，一口咬进翠绿色的外皮。汁液喷到她的领口。她忍不住笑了，拿手腕擦嘴。“妈，你得试试看。”她说。多莉尝了一口。她跟露露分享了那颗阳桃，就在阿尔克的眼皮底下舔手指。多莉觉得分外开心。

[1] 一家号称是超市界LV的高档超市。

之后她发现了原因：妈。露露已经快一年没这样叫她了。

阿尔克带路，他们进了一家拥挤的茶店。角落那桌的男人们连忙四散让座，店里努力营造着先前的欢乐气氛。一名侍者手颤抖着给他们添薄荷甜茶。多莉想给他鼓励的眼神，他却避开了。

“你经常如此吗？”她问阿尔克，“在城里逛。”

“将军习惯接近人民，”阿尔克说，“他希望百姓能感受并目睹他的亲民。当然，必须非常小心。”

“因为他的敌人。”

阿尔克点头说：“不幸的是，将军有许多仇人。譬如今天便有人威胁要侵入他的住所，所以他必须换地点。经常如此。你知道的。”

多莉点点头。住所遭到威胁？

阿尔克微笑说：“他的敌人以为他在这儿，其实他远在别处。”

多莉看了看露露。她的嘴角有一圈鲜亮的阳桃汁印。“但是……我们在啊。”她说。

“没错，”阿尔克说，“只有我们。”

那天晚上，多莉多数时间是清醒的，聆听着窗外咕咕、沙沙与嘎嘎等各种声响，那是杀手在草地上匍匐前进时刻意模仿的声音，他们来搜捕将军跟他的同伙，也就是“她”。因为这块土地的恐怖与焦虑正源自B将军，她为虎作伥，所以一同被列为暗杀目标。

事情怎么会沦落到这一步？跟以往一样，多莉的思绪飘回塑料托盘倾斜的那一刹那，就在那一刻，她多年来珍爱的生活也随之一同消逝了。无数个夜晚，多莉被瀑布般的回忆击倒在地，今晚却不同，露露就沉睡在这张超大尺寸的床铺的另一头，身穿镶边睡袍，小鹿般的膝盖窝在她的身体下面。多莉感觉得到女儿的温暖体温。多莉中年得女，是她与某男星客户的露水情缘后的意外结晶。多莉曾拿前男友的照片给露露看，她以为爸爸已经死了。

她轻轻往床那边移，亲吻露露温暖的脸颊。多莉支持妇女堕胎权，全身心扑在工作上，根本没想过生孩子。她的决定一直很明确，行动却很迟疑——在害喜呕吐、情绪动荡、身心疲惫的状态下，她一天天拖过去，直到发现已经过了可以堕胎的月份。如释重负的感觉让她大吃一惊，喜悦也让她害怕。

露露动了动，多莉靠得更近，她双手抱住女儿。跟清醒时不同，睡梦中的露露不抗拒母亲的接触。多莉突然对将军大为感激，因为他提供了这么一张大床——让她能够抱住女儿，感受女儿的心脏轻轻地跳动，这是少有的奢侈时间。

“我会永远保护你，甜心，”多莉对着女儿的耳朵低语，“我不会让坏事发生在你身上——你知道，对不对？”

露露继续沉睡。

第二天，她们爬进两辆看起来像吉普车，只是重得多的黑色装甲车里。阿尔克跟部分士兵上了第一辆，多莉、露露跟姬蒂坐第二辆的后座，多莉能感觉到车子重得压进了路面。她累极了，满心恐惧。

姬蒂的改变简直是脱胎换骨。她洗了头，化了妆，穿了一件皱质丝绒料、鼠尾草色的无袖洋装。这让她的蓝眼珠多了点绿色，看起来像绿松石。肩膀晒成了运动员的金铜色，嘴唇上轻点了些粉红唇蜜，鼻子上有淡淡的雀斑。她的变化远远超乎多莉的想象。她觉得姬蒂美得难以直视，于是尽量不去看她。

他们极速穿越检查哨，没过多久，便到了那条环绕、俯瞰着苍白城市的开敞道路。装甲车经过时，多莉注意到路边有小贩。只不过这些小贩都是小孩，高举满手的水果，或者纸箱做成的标志。车子奔驰而过时，小孩连忙跳回去，背部紧靠堤防，可能是被车速吓到了。多莉第一次看到时惊叫出声，探身向前，想告诉司机什么。但是要说什么呢？她迟疑了一下，靠回座椅，尽量不朝窗外看。露露则望着那些小孩，同时将数学课本摊在大腿上。

离开城市后，他们如释重负。车子奔驰于宛如沙漠般的空旷大地，羚羊跟牛啃食着少得可怜的植物。姬蒂没问大家可不可以，就开始抽起烟，从车窗缝向外喷出。多莉勉强压下斥责她的冲动：她怎么可以用二手烟污染露露的肺。

“我说啊，”姬蒂转头对露露说，“你在酝酿什么大计划？”

露露把问题抛回去，说：“你是说……我的人生？”

“是啊。”

“我还没决定，”露露深思后说，“我才九岁。”

“嗯，合理。”

多莉说：“露露脑筋很清楚。”

“我是说你有没有**想象**过。”姬蒂问。她有点不安，不停摆弄着她精心修剪过的指甲，好像渴望再抽一根烟，但勉强按捺住了自己。“还是现今的小孩不再想象了？”

露露以她幼稚的心灵判定姬蒂只是想纯聊天，便说：“你呢，当你九岁时，幻想做什么？”

姬蒂想了一下，笑了，又点了一根烟后说：“我想做赛马师，或者电影明星。”

“你达成了其中一个愿望。”

“没错，”姬蒂闭上双眼，朝窗外吐烟圈，说，“我的确愿望成真。”

露露转头严肃地看着她：“没有你想象的好玩？”

姬蒂睁开眼。“表演？”她说，“哦，我很爱表演，现在仍是——很怀念。但是这圈子里的人都是怪物。”

“哪一种？”

“骗子，”姬蒂说，“一开始他们看起来都很友善，却是在演戏。也有真的看起来恐怖、很想杀死你的那一种，至少他们还算诚实。”

露露点点头，似乎她也有相同的困扰。“你是不是也说谎？”

“是的。经常。但是我没法忘记自己是在说谎，但当我说真话，又一定会被惩罚。这就好像发现圣诞老人是假的——你真想回到过去，希望自己能相信一切，但是太晚了。”

她突然转头看向露露，有些无措地说：“我的意思是——我希望——”

露露笑了：“我从来就不相信有圣诞老人。”

车子一直开啊开。露露做了会儿数学，又做社会课作业，写了一篇有关猫头鹰的文章。她们好像穿越了数百英里的沙漠，然后便一直往山上开，中途只在有士兵巡逻的岗哨上厕所时停下来过。植被越来越密，阳光显得稀疏。

毫无预警，车子突然转下道路，停了下来。数十名穿着迷彩服的士兵猛地从密林里冒了出来。多莉、露露、姬蒂下车，进入充满鸟啼的丛林。

阿尔克走过来，小心地踩着高档皮鞋。“将军已经在等了，”他说，“他等不及要见你们。”

众人一起穿越丛林。脚下是鲜红色的柔软泥地。猴子在树间嬉闹。终于她们来到沿着山丘边搭建的粗石台阶。这里出现了更多的士兵，他们爬台阶时，皮靴会发出吱嘎的摩擦声。多莉的手揽住露露的肩头。她听见姬蒂在她身后哼唱——不是歌，只是两个音符重复来，重复去。

相机已经隐藏在多莉的皮包里。攀爬台阶时，她悄悄摸出启动器，握在手掌。

台阶的尽头是一片垦伐过的丛林地，铺了水泥，应该是直升机停机坪。太阳穿透潮湿的丛林空气，使他们脚下的土地冒出一丝蒸汽。将军站在水泥地的中间，两旁都是士兵。他看起来有点矮，名流本人总是显得比较矮。他没戴那顶蓝帽子，根本没戴帽子，冷酷的三角形脸蛋顶着古怪又浓密的“爆炸头”。他照例穿军服配勋章，不过，好像有什么东西不对劲，也许是他该好好梳洗一番？将军看起来很疲惫——有眼袋，一脸不悦，好像被人刚刚从床上拖下来，被告知：**她们到了**，同时还得提醒他来的究竟是谁。

一阵静默，大家都不知道下一步该怎么做。

然后姬蒂攀上台阶顶。多莉听见背后的哼唱声，但并未转身看，相反，她专注地看着将军，看见他认出了姬蒂，看到欲望与犹豫的神色闪过将军的脸庞。姬蒂慢慢走过去——就像涟漪般轻轻泛到将军面前，真的，她在鼠尾草色洋装下的身体就是如此轻柔地滑动，仿佛她从来不像常人走路那样笨拙、踉跄。她整个人滑向将军，抓起他的手，似乎要握手致意，满脸笑意，眼睛在将军身上打了一个转，害羞到忍不住要笑，好像他们实在熟到不需要握手。这奇怪的场面让多莉整个人都愣住了，一开始都没想到要按下快门。直到姬蒂将绿色洋装下的纤细胴体轻轻地压向将军军服下的胸膛，闭上双眼待了一会儿后，多莉这才清醒过来——咔嚓——将军有点不安，有些不知所措，基于礼貌，他轻拍了拍姬蒂的背——咔嚓——这时，姬蒂纤柔的双手握住了将军的双手（那双手翘曲而有力，是身材高大者才有的大手），身体朝后微仰，对将军一笑——咔嚓——害羞地笑了一会儿，头朝后仰，好像这景象对他们俩都太刻意，太愚蠢了。就在这时，将军笑了。毫无预警：他的嘴唇朝两旁一拉，露出两排小小的黄牙——咔嚓——笑容让他显露出脆弱，想要取悦他人的一面。咔嚓，咔嚓，咔嚓——多莉完全没移动手，就这样一张接一张拼命拍，她要的就是这个——没人见过的笑容，深埋在将军灵魂内的人性将让全世界为之愕然。

这一切不过一分钟。两人没说话。他们双手相握，都微微红了脸，此刻多莉只能压住自己的尖叫，任务达成了！她取得了所要的东西，还一个字都不必说。她对姬蒂充满爱与钦佩——这个奇迹、这个天才，不仅跟将军合照成功，根本就是驯服了他。这是多莉的感受——将军与姬蒂之间好像有一扇只能往一面推开的门，这位女星轻轻带领他，不知不觉中跨过了这扇门。现在他回不去了！而多莉是推手——生平第一次，她干了一件有益于他人的事。而露露在一旁目睹了这一切。

姬蒂的脸上依然挂着针对将军的迷人笑容。多莉看到她用兴奋的闪亮脸庞、光彩满溢的双眸环视四周，打量着数十个扛着自动武器的士兵、阿尔克、露露跟她。姬蒂显然是知道她搞定了，拯救了自己，在无人问津的荒烟中劈出一条道路，艰苦地爬了回去，即将重获她钟爱的工作。这全归功于站在她左边的这位专制暴君的小小协助。

“所以，”姬蒂问，“这就是你埋葬尸体的地方？”

将军看着她，表示不明白。阿尔克迅速向前，多莉、露露也是。

“你是把他们埋在这里，这个冢里面，”姬蒂以最友善的闲聊口气问将军，“还是先烧了他们的尸体？”

“杰克逊小姐，”阿尔克的眼神紧张且意味深长，他说，“将军听不懂你的话。”

将军的笑容不见了。他不是那种可以忍受“被蒙在鼓里”的人。他放开姬蒂的手，跟阿尔克说话，语气严肃。

露露拉了拉老妈的手，细声说道：“妈，你叫她住嘴！”

她的声音让多莉从“暂时性麻痹”中惊醒。她说：“姬蒂，你马上给我停止。”

“还是你吃了他们，”姬蒂问将军，“或者把尸体扔到外面给秃鹫吃。”

多莉提高音量：“姬蒂，闭嘴。少要把戏。”

将军对阿尔克说话的语气变得更为严厉，后者转向多莉，平滑的额头冒出汗珠。他说：“皮尔小姐，将军很不高兴。”这是暗号，多莉清楚是什么意思。她走向姬蒂，抓住她晒成古铜色的手臂，靠近她的脸。

“你再继续乱来，”多莉轻声说，“我们都会没命的。”

但是当她看到姬蒂狂热且自我毁灭的眼神，她知道完了，姬蒂不会罢手的。姬蒂故作讶异，大声说：“哦，我不该提起种族屠杀的事吗？”

这可是将军听得懂的英文字，他迅速跳开姬蒂的身边，好像她身上着火了，然后用紧绷的声音命令士兵。他们推开多莉，将其撞翻在地。多莉转头看姬蒂，她已经被士兵包围，看不见人影了。

露露尖叫着，想要拉起多莉："妈，你赶快想办法，想办法啊！叫他们不要这样！"

"阿尔克！"多莉大声叫道，他没理会。他站在愤怒狂叫的将军身旁。士兵扛起姬蒂，多莉看到她在踢腿挣扎，听见她还在高声尖叫："你喝了他们的血，还是拿来拖地板了？"

"你有拿他们的牙齿串成项链吗？"

多莉听见拳头的声音，然后是尖叫，她连忙跳起来。姬蒂已经不见了。士兵将她抬到隐藏在停机坪树丛里的建筑里。将军与阿尔克跟着进去，关上了门。丛林寂静得恐怖，只有鹦鹉的叫声与露露的啜泣声。

将军发飙时，阿尔克小声吩咐了两名士兵，他们等到将军不见人影，便连忙领着露露、多莉冲下山，穿越丛林，上车。司机已经在那里，正在抽烟。车子火速往回奔，经过丛林与沙漠，全程，露露都趴在多莉的大腿上哭泣。多莉揉搓着女儿的柔发，木然猜想她们是不是要被送去监狱。一直到太阳跳出地平线，她们才发现已经置身机场，将军的私人飞机正在等候。露露也挺直身体，坐回自己的位置。

飞行途中，露露睡得很沉，紧抓着凯特丝蓓牌书包。多莉没睡，直直地盯着那个属于姬蒂的空座位。

一大早，天色还黑，她们从肯尼迪机场搭出租车回地狱厨房[1]。两人都没说话。多莉很讶异他们那栋楼还完整地健在，她的公寓仍在

[1] 曼哈顿的一区，位于三十四街与五十九街间，从第八大道一直延伸到哈德孙河。

顶楼，钥匙在她的皮包里。

露露直接回了卧室，关上门。多莉坐在书房角落里，因缺觉而头脑混沌，但不得不努力整理思绪。她该先联络大使馆还是国会？得花多少时间才能联系上能帮助她的人？她到底该说些什么？

露露穿着制服从卧室现身，头发梳理整齐。多莉根本没注意到天亮了。露露斜眼看向老妈，她妈妈还穿着昨天的衣服，说："该走了。"

"你要去上学？"

"当然要去。我又能干吗？"

她们搭地铁去学校。两人间的沉默变成不可侵犯的存在，多莉担心它永远不会结束。望着露露那张苍白又憔悴的脸，一股冰冷的感觉让她深信：姬蒂·杰克逊如果死了，她也会永远失去女儿。

露露绕过平日那个转角，没说再见。

列克星敦大道的商家刚开始陆续升起铁门。多莉买了一杯咖啡。她不想离露露太远，决定在角落等女儿下课——还有五个半小时。她可以利用这段时间打电话。但是她的思绪屡屡飘向身穿绿洋装、手腕上有点点被热油烫伤而留下疤痕的姬蒂，以及她可憎的傲慢，她自以为已经驯服了将军，可以让世界变得更美好。

手机躺在掌心。她根本不知道该怎么打这类电话。

当她背后的铁门嘎啦啦地升起，多莉发现那是相片冲印店。隐藏式相机仍在皮包里。这倒是一件可以做的事。进到店里，交出相机，要求冲印，并请他们把相机里可下载的东西都刻录到光盘上。

她在店门外站了一小时，店员拿着她的照片出来。那时她已经打了好几通电话讨论姬蒂的事，似乎没人在乎。多莉心想，能怪他们吗？

“这些照片……你是用图像处理软件做的还是……”

“这是真的，”她说，“我拍的。”

那人笑了，说：“少来。”多莉的脑海深处突然一震。想起露露今早说的：**我又能干吗？**

她冲回家，打电话给《国家询问报》《明星报》[1]的旧人脉，好几个还在那里，让这条新闻从小报往上蹿。她干过好几次，都很成功。

几分钟后，她开始电邮那些照片。数小时内，B将军跟姬蒂·杰克逊耳鬓厮磨的影像已在网络上发酵。到了傍晚，全世界各大报的记者纷纷打来电话。他们也打电话给B将军，将军的公关负责人强烈驳斥这些谣言。

那晚，露露在房间做功课，多莉吃着芝麻酱冷面，开始打电话找阿尔克。拨了大约十四次才接通。

他说：“我们不能再通话了，皮尔小姐。”

“阿尔克。”

“我们不能通话，将军很生气。”

“你听我说。”

“将军很生气，皮尔小姐。”

“她还活着吗？我只想知道这点。”

“还活着。”

“谢谢，”多莉的泪水涌了出来，“她——他们——有善待

[1] 美国两大著名八卦娱乐周刊。

她吗？”

“她毫发无伤，皮尔小姐，”阿尔克说，“我们以后不能再通话了。”

两人沉默下来，多莉聆听着越洋电话里的杂音声。阿尔克说：“真是遗憾。”然后挂了电话。

不过多莉与阿尔克还是再次通话了。那是好几个月以后的事（几乎快一年了），将军应联合国邀请来到纽约，出席说明该国的民主进程。多莉和露露早就搬离了纽约。那晚她们开车到曼哈顿跟阿尔克在餐厅碰面。他身穿黑色西装配酒红色领带，跟他倒给多莉和自己的红葡萄酒交相辉映。他似乎很爱讲这个故事，特地为多莉记下了某些细节：她跟露露离开将军的藏身处三四天后，大批摄影师涌入，前几个躲在丛林里，被士兵抓到后送进了大牢，后来人数越来越多，抓都抓不完，连数都数不清——他们很会藏，有的像猴子似的藏在树上，有的窝在浅坑里，利用树叶掩护。刺客都没法这么精准地找到将军的藏身处，摄影师却轻而易举地办到了：大批摄影师偷渡边界，连签证都没有，他们躲在大木桶与葡萄酒桶内，或者隐藏在卷起的地毯里，躲在卡车厢里，颠簸着穿越没铺柏油的路，终于包围了将军不敢离开的藏身处。

他花了十天才说服将军必须面对这些一探究竟的人。将军身穿军服大衣，配上勋章与肩章，戴上那顶蓝色帽子，挽着姬蒂的手，走向摄影机方阵。多莉想起那些照片里，柔软的蓝色帽子下，将军的面容有多么困惑，就像个新生儿，不知所措。姬蒂在他身旁微笑，剪裁合身的黑色洋装，显然是阿尔克费劲找来的，明智极了：随意又亲密，简单又曲线毕露，正是女人跟情人独处时会穿的那种衣服。她的神情则难以解读，每次多莉看到这些报道，揉着双眼盯着这些照片时，耳边便隐约传来了姬蒂的笑声。

“你看了杰克逊小姐的最新电影没？”阿尔克说，“应该是她最好的作品了。”

多莉看了：浪漫喜剧，姬蒂的角色是赛马师，她在马背上毫不吃力。多莉跟露露已经搬到北部，是在那儿的小镇电影院看的。B将军事件后，有许多将军打来电话：先是G将军，然后是L将军，还有P将军跟Y将军。传言四起，这些屠夫都要聘请她，想靠她翻身。她说：“我已经退出这行了。”把这些案子都转给了她的昔日对手。

一开始，露露抗拒搬家，但是多莉很坚持。露露很快就适应了当地的公立小学，加入了足球队，依旧被女孩们追随，成立了另一个小集团。这小镇没人听过拉多尔，露露无须隐瞒。

将军跟那些摄影师碰面后，就给多莉转账了一大笔钱，阿尔克在电话中说：“这是礼物，表达我们对你的无价指导的无限感激，皮尔小姐。”多莉从电话里就能感觉到他的笑意，明白那是“封口费”。她拿那笔钱在商业大街上开了一家小小的美食店，只卖最好的农产品跟各种特殊的奶酪。店内的产品都经过精心的摆设，她自己设计了聚光灯打光，使店内充满艺术感。周末，纽约客来到他们的乡间度假屋时，就会光顾她的店，最常说的赞美就是：“感觉好巴黎啊。”

偶尔多莉会订购一批阳桃，总记得留几颗给露露跟自己，带回她们位于安静的小街尽头的小窝。晚餐后，她会打开收音机与窗户，迎着昏昏欲睡的夜色，好好享受这种奇异而又甜蜜的果肉。

第九章　四十分钟的午餐：姬蒂·杰克逊畅谈爱情、名气与尼克松！

记者：德鲁斯·琼斯

与明星初次见面，他们看起来总是比你想象中的小一号，姬蒂·杰克逊也不例外，虽然其他方面，她堪称非凡。

其实，“小”还不是正确的形容词，她是“迷你”——像株小小的人形盆景，穿一件无袖白色洋装，坐在麦迪逊大道一家餐厅最里面的桌子旁打电话。我坐下时，她朝我一笑，脸蛋贴着手机，翻了个白眼。她的头发就是到处可见的那种金发，我的前未婚妻所谓的“挑染”，只不过姬蒂·杰克逊的是金、棕两色杂混，显得比珍妮特·格林的自然又昂贵。至于她（姬蒂）的五官，你只能说她大概就像高中教室里的漂亮女生：鼻头微翘，嘴唇丰满，蓝色的大眼睛。但是我说不出为什么——就像她的挑染硬是比一般人（珍妮特·格林）来得漂亮——这张毫不出奇的脸也硬是显得不凡。

她还在讲电话，五分钟已经过去了。

终于她挂断了电话，折叠后收入一个小如餐后薄荷糖般的圆形碟内，塞入白色的漆皮皮包里。然后她开始道歉。瞬间，你就能将姬蒂归类为善良型明星（如马特·达蒙），而不是难搞型明星（如拉尔夫·费因斯）。善良型明星会表现得跟一般人没两样（此处指我），所以你会喜欢他们，写出吹捧式文章，这是十拿九稳的策略，尽管每个记者都自认是老手，不会误以为布拉德·皮特想请他去参观住所，和让他登上《名利场》的封面这两件事纯属巧合。为了采访姬蒂，我得跳过十二个火圈，冲刺跑过数英里长的炙热煤炭，才让她的公司赏赐我四十分钟与她独处的特权，对此，姬蒂深感抱歉。同时也对四十分钟里的头六分钟被她讲电话讲掉了而感到抱歉。她的连番致歉让我想起我为什么比较喜欢难搞的明星，那种会拿明星身份当屏障，从缝隙朝你吐口水的那一型。难搞型明星会控制不住脾气，采访对象的自制力匮乏恰恰是名流报道的必要条件。

侍者来点菜。由于我与姬蒂的前十分钟互动纯属扯淡，根本不值得跟各位报告，所以我改为报道下面这个事实（采用尾注形式，为流行文化观察植入一点点古老精装书的细腻感）：假如你是个年轻影星，一头金发，面容具有高度辨识度，你最近一部电影的票房，只能解释为每个美国人平均看了至少两次。那么人们对待你的态度就会有所不同，跟他们对待一个秃头、驼背、有轻微湿疹的中年男子的方式——其实是大不相同的。当然表面看起来并无不同——“可以点菜了吗？”——波涛汹涌之下的是侍者认出我的采访对象是个名人而引发的歇斯底里。同时间发生的事唯有量子力学的定律能解释，特别是所谓的粒子处于纠缠态的特性，一股认出名人的波动同时间传到了餐厅的各个角落，甚至传到离我们超远、绝无可能看到我们的餐桌[1]。四面八方的用餐客人转动身体、伸长脖子、绷紧肌肉、面容扭曲，不由自主地从椅子上稍稍抬高身体，努力压制着扑向姬蒂，拔下她一撮头发、撕下她一片衣裳的欲望。

[1] 作者注：此处，我用了点诡辩术，暗示粒子处于纠缠态可以解释上述一切，其实，粒子处于纠缠态是什么，本身都没有得到完美解释。所谓的粒子处于纠缠态是孪生亚原子：用晶体分裂一个光子，切成两粒，这两个粒子无论相隔多远，对同样的刺激都会产生完全一样的反应。

物理学家困惑地问：怎么会这样？一个粒子怎么可能“知道”另一个粒子发生什么事？靠近姬蒂·杰克逊这桌的客人当然会认出她，为什么视线远远无法触及姬蒂、理论上完全看不到她的人，也能同时间认出她呢？

理论上的解释：

（1）粒子会互相沟通。

不可能，它们要沟通，除非速度比光速还快，这样就违反了相对论。换言之，由于远处桌子的客人完全看不到她，靠近我们这一桌的客人必须透过比光速还快的速度，以语言或者手势传达，“姬蒂·杰克逊在此”的信息才能同时间横扫全餐厅。

（2）这两粒光子都是针对它们还是同一粒光子时的“局部因素”产生反应——这是爱因斯坦对粒子处于纠缠态的现象的解释，他所谓的“幽灵般的超距作用”。

不是。因为我们已经确定餐厅客人不是对彼此有所反应，而是同时间对姬蒂·杰克逊有反应，而其中只有少数是真的看见姬蒂！

（3）这是量子力学的谜题之一。

显然是。唯一能肯定的是姬蒂的出现让我们其余人变成“处于纠缠态的粒子”，只因为我们体认到自己不是姬蒂·杰克逊。由于这个事实“统一”到出奇的地步，一时间磨灭了我们众人之间的差异性——譬如游行时忍不住要没头没脑地大喊，譬如从未学过法语，譬如要努力不让女人知道我们极度畏惧昆虫，譬如小时候爱吃图画纸——在姬蒂·杰克逊面前，我们不再拥有这些特性；事实是我们与身旁其他“非姬蒂·杰克逊者”是如此毫无区别，以至其中一人见到她，我们便同时产生反应。

我问姬蒂，众人的焦点一直在她的身上，这滋味如何。

“很怪，”她说，“名气来得太快了，你会觉得自己根本不配。”

你瞧瞧？善良派。

“哦，少来了。”我说。给她吊一记高球，赞美她在《哦，宝贝，哦》里的表现。她饰演一个从吸毒女孩转变成挥舞着手枪、特技高超的联邦调查局女探员。诸如此类的不要脸奉承让我经常思考是不是宁可死于注射药物的死刑，也不要继续待在“名流记者”这个行业里。她不感到骄傲吗？

“我很骄傲，”她说，“不过，从某方面来说，我当时根本不知道自己在干吗。但是这部新电影，我觉得比较——”

我大声说：“你先暂停一下！”虽然侍者还未走到我们的桌子，高举的托盘里也可能不是我们点的餐，但是我不想听姬蒂的新电影；我根本不在乎，阁下也是，我知道；我也不想听她无聊地唠叨这个颇具挑战性的角色，以及她跟导演彼此之间是多么信任，能够与资深的汤姆·克鲁斯合作，又是多么荣幸。这是我跟她都必须吞下的苦药，才能获得她所属公司的恩准，有幸跟她单独相处。但是，这剂苦药当然是能拖就拖！

侥幸的是，那是我们的托盘（如果你跟明星进餐，上菜总是比较快）：姬蒂的科布沙拉，我的起司汉堡、薯条，以及恺撒沙拉。

我们开始进餐，跟各位分享一个理论：侍者对待姬蒂的态度算是一种“三明治”，最下面一层的面包是他对待一般客人的乏味感与些微疲惫，中间那一层是他靠近这位十九岁著名女孩时所感到的狂热与异常，最上面一层是他企图以接近底层的那种乏味与疲惫的惯常行为模式，来控制并隐藏中间层的异常。姬蒂跟他一样也有底层面包，那才是真正的她，或者是她还在得梅因郊区家乡时的行为模式——骑脚踏车、参加毕业舞会、拿下不错的学业成绩。最妙的是，还有马术障碍赛，她赢得了不少奖杯与绶带，也曾短暂快乐地幻想过做个职业赛马师。三明治的中间层是她对爆红的异常反应，甚至带着些微的精神病态，三明治的表层则是她企图模仿正常的自己，也就是以前的自己。

十六分钟过去了。

“传言，”我满嘴都是咀嚼到一半的汉堡，这是精心设计过的策略，让采访对象感到恶心，才能戳破她以“善良”筑起的防御盾，让她开始与自我控制痛苦地纠缠，“你跟同剧演员搞暧昧。”

她总算注意到了。相较于迂回地贴近隐私问题，我宁可出其不意直指命门。过去的痛苦经验教会我，迂回手段给那些难搞型明星太多的时间梳理情绪，也让善良型明星有充裕的机会温柔地脸红着闪躲。

“绝对不是事实！”姬蒂大声说，“汤姆跟我只是相处得很好。我爱妮可。她是我的偶像。我还做保姆，帮他们带过小孩。”

我的“扯嘴大笑”招出鞘了。此招在战略上没什么意义，纯粹想让受访对象焦躁狼狈。如果我的方法看似毫无必要的残酷，我恳请各位想想我分配到的四十分钟，已经过去了快一半。容我在此加个关于我自己的尾注——要是这篇文章再度砸锅，不能揭露姬蒂不为大众所知的某些面貌（譬如，我写过莱昂纳多·迪卡普里奥猎麋鹿、莎朗·斯通读荷马、杰里米·艾奥斯挖蛤蛎，这些就是所谓的不为人知的一面）——我很可能会被总编辑炒掉，让我在纽约与洛杉矶更加贬值，继续延长我“一连串的奇怪失败”（这是我的朋友兼总编辑阿提克斯·利瓦伊在上个月午餐时对我说的）。

“你为什么这样笑？”姬蒂带着敌意问道。

你瞧？不再友善？

“我有笑吗？”

她专心地吃她的科布沙拉。我也专心吃饭。因为我无以为继，可以穿透姬蒂内心密室的通道太少，只好退而求其次，观察并报告此次午餐的内容与过程。她吃掉了全部的莴苣，咬了大约两口半的鸡肉、几片西红柿，完全没碰橄榄、蓝纹奶酪、水煮蛋、培根跟牛油果，换言之，就是科布沙拉之所以为科布沙拉的东西。至于沙拉酱呢，照她吩咐的，放在碟子旁，她只用食指沾了一下，舔掉，就再也没碰过了[1]。

“告诉你我在想什么，”我终于开口，舒缓我们之间越发尖锐的紧张感，“我在想你才十九岁，就有一部超高票房的电影，全世界的人都巴

[1] 作者注：偶尔，生命会提供给你一些东西，譬如时间、静谧，以及悠闲无事的快乐时光，让你有机会提出那些你在匆促的正常人生里无暇验证的问题：譬如你还记得光合作用究竟是怎么回事吗？你曾在一般对话里使用过“存在论”这个词吗？你一向都很喜欢自己堪称正常的生活，究竟在哪个确切的时刻，你微微偏离了准线，往左边或右边倾斜了极小极小的一点，就不幸掉入另一个抛物线，最终掉到了你目前的所处的位置——以本人的例子来说，就是赖克斯岛监狱？

我连续数个月仔细剖析我与姬蒂·杰克逊的午餐约会，将它拆解成细线与十亿分之一秒，这份分析的精细程度能让犹太法典的研究者都自叹不如，认为他们对所赞美的安息日的分析实是过于草率。我的结论就是，在姬蒂·杰克逊将手指伸入她吩咐要摆在盘子边的沙拉蘸酱里，而后吸吮手指的那一刻，我人生的准线产生了极细微却具绝对性的偏离。

让我们依据时间顺序仔细疏离与重建，以下应该是我当日当时脑海中所酝酿的思绪与冲动。

思绪1：（看到姬蒂的手指伸入沙拉酱而后吸吮手指）有可能这位迷死人的年轻女孩在挑逗我吗？

思绪2：不，不可能。

思绪3：为什么不可能？（下转172页）

不得在你的窗外跳祈雨舞，你的下一步能怎么走呢？能怎么做呢？”

我在姬蒂脸上看出几件事：松了一口气，因为我没有进一步出难题，因为我没再提汤姆·克鲁斯，或许因为如此，她脸上除了如释重负的表情，还混合了飞逝而过的欲望，希望我跟其他拿着录音机的王八蛋不一样，希望我能理解她的世界有多么诡异。我还真希望这样！我真想了解她的诡异世界，深入其中，不再走出来。但是，我最多只能期望我能隐藏一个赤裸裸的事实，那就是我跟姬蒂不可能有真正的交流，过去二十分钟，我能勉强隐瞒住，已经是一大胜利。

为什么我在这个故事里不断提到自己（所谓的“插入”）？因为我拼命地想从这个非常善良的十九岁女孩身上挤出一些值得一读的材料，我想建构出一则故事，不仅剖析这位少女内心的柔软秘密，也包括动作、发展，还有——老天帮帮忙吧——一丝丝类似“意义”的东西。我的麻烦是：姬蒂根本乏味到爆炸。她最有趣的特质来自她对他

（上接171页）

思绪4：因为她是著名的十九岁电影明星，而你有皮肤问题，还“突然变胖许多”（这是跟珍妮特·格林最后一次做爱，不举后她所说的话——“你是突然变胖许多——还是只有我注意到你变胖？”）。你跟姬蒂之间天差地远。

思绪5：不过她刚刚才把手指伸入沙拉酱碟，当着我的面吸吮手指！怎么可能有其他意思？

思绪6：这代表你根本不在姬蒂的性对象考虑范围内，并且远得很，通常她的内在传感器会阻止她做出过度鼓励对方、有煽动对方之嫌的举动，譬如在男性面前把手指伸入沙拉酱，然后吸吮手指，因为这样的举动通常会被解读为对对方有“性”趣，但是她的内在传感器那天没启动。

思绪7：为什么没有？

思绪8：因为对姬蒂来说，你称不上“男人”，你就跟德国短腿猎犬没两样，不会让她过度自觉与在意。

人的影响力，而此刻，所谓的“他人”中，最能马上供大众集体检验其内在的就是“我”，因此，上面指称的那则报道，必然是在描述午餐过程中，姬蒂对我造成的无数影响（这也是高层的要求。在此插入一下，最近，我跟阿提克斯·利瓦伊通电话时说，一直写名流报道让我沮丧得要命。他说：“我拜托你，这篇报道一定要成功，我把这个任务分配给你，你别让我看起来像个大笨蛋。”）。要想理解姬蒂为什么对我能有这些影响，你必须知道我的前女友珍妮特·格林跟我交往了三年，订婚了一个月又十三天，于两星期前抛弃了我，投入了一个传记作家的怀抱，他的最新作品描述的是少年时期的荒唐事。最近一次跟珍妮特通电话，我想说服她这个选择是个重大错误，她回说：“至少他在自己身上下了功夫。”

“我也常思索——下一步该是什么，”姬蒂说，“有时我会想象当自己回首过往时，我会对现在的自己有什么想法，我的意思是说，这是我的美妙人生的起点……或者？”

在姬蒂·杰克逊的字典里，“美妙的人生”究竟代表什么？

“哦，你知道的。”她咯咯地笑了，脸红了。我们回到友善的状态，跟一开始不同。这是小争执之后的言归于好。

“名气，财富？”我刺探道。

“大约是这样。不过，当然还包括幸福。我要找到真爱，不管它听起来多么陈腔滥调。我想要小孩。这也是为什么在这部新电影里，我会跟我的代理孕母关系如此密切……”

就像巴甫洛夫在条件反射实验里所做的努力那样，这顿饭只要出现“公关”元素，我就压制它，这招显然奏效，姬蒂默不作声了。我才刚开始庆祝自己的胜利，就逮到姬蒂正在偷瞄她的手表（爱马仕）。这个动作对我产生了什么影响？一种混合了愤怒、恐惧与欲望的爆炸性感觉在我体内迸发：愤怒，是因为这个未经世事的女孩，基于明显的不公平原因，在这个世界上所拥有的权力远远超过我，四十分钟一结束，除非我采取构成违法的跟踪手段，否则，她的高贵人生与我的低下人生不可能再有相逢之日；恐惧是因为我看了眼自己的手表（天美时）后，发现四十分钟已过了三十分钟，我还没找到任何“事件”足以支撑我的人物特写；欲望来自她细长的脖子，还戴了一条非常纤细、几近透明的金项链。她穿了一件吊带裙，白色吊带下露出小小的肩膀——晒成了古铜色，非常精致，好像两只小雏鸟。这听起来可能不是很吸引人，实际上却是迷人到不可思议的程度。“雏鸟”两字代表它们（她的肩膀）看起来超棒，我能短暂想象自己扯开它们的细小骨头，一根根啃舔上面的肉[1]。

[1] 作者注：毫无疑问，我的反复无常将会被你们解读为“白痴”“鬼鬼祟祟的变态”“疯狂的好色之徒”的进一步证据（以上形容词摘自我在狱中收到的陌生人来信），我只能以一例事件来进行反驳：四年前的某个春日，我注意到一个女孩，双腿粗短，上身细长，穿粉红色扎染T恤，正拿着杜恩·里德药妆店的塑料袋捡狗屎。她是那种肌肉发达的女孩，高中时不是游泳选手就是跳水选手（后来我才发现都不是），她的小狗是那种浑身湿漉漉的癞皮狗，就算用最中立最客观的标准，都只能说它“不可爱”。但是她爱那只狗，细声叫着：“来啊，小胡须，来啊，女孩。”我一眼就看穿她的一切：闷热的公寓小房间，球鞋与紧身裤到处乱扔，每两星期去跟父母吃一次晚饭，嘴唇上方的细胡须每星期都得用甜饼味儿的漂白膏漂白。我对她的感觉与其说是“要她”，还不如说是被她整个人包围，一动也不动，便一头栽入她的人生。当她跟“小胡须”站在那儿，装满大便的杜恩·里德药妆店塑料袋滑到地上，我走入阳光里，跟她说：“要我帮忙吗？”

珍妮特露出微笑，好像有人向她投降。她说：“你疯了吗？”

我问姬蒂，作为性感女神的滋味如何？

“一点感觉也没有，”她的神色乏味且困扰，“那只是人们对我的感觉。”

“你是指男人。”

“我想是吧。”她说，一种新表情在她的脸上闪现，那表情，我只能称之为突如其来的厌烦。

我也有同感：突如其来的厌烦。事实上是全身倦怠。我说：“天哪，这真是一场闹剧。”这种自我表白与放下心防并无任何战略目的，因此，无疑，数秒内我就会后悔。“我们何必参与？”

姬蒂微歪着头看我。我认为她似乎察觉到了我的倦怠，或许还知道来源为何。换言之，她开始怜悯我了。现在我快要跌入名流报道最危险的处境：那就是容许采访对象反转轴线，变成她在审视我。处于这种状态下，我就再也看不清楚她了。我头发稀疏到可怕的额头开始冒汗，为瞬间而至的压力打前锋，我拿起一大片面包抹擦沙拉盆的底部，一口塞进嘴里，活像牙医在填补牙齿。就在那时——哦，没错——我突然有麻烦了，要打喷嚏了。圣母玛利亚啊，我就要喷了，不管嘴里有没有面包，什么也挡不住我这张脸上的每一个孔洞同时兴奋地尖叫，喷发。姬蒂恐惧极了，当我清理残局时，她猛地往后退。

灾难转向。或者，至少推延了。

当我终于咽下面包，擤完鼻涕，至少花掉宝贵的三分钟后，我说：“你猜怎么着，我想带你去散步。意下如何？”

姬蒂想到可以逃出去放风，立刻从椅子上弹了起来。毕竟今天天气很棒，阳光从餐馆窗户外跳跃进来。但是她的兴奋马上被相同程度的谨慎给中和了。“杰克怎么办？”她指的是她的宣传，四十分钟访问结束，他马上就会现身，挥舞魔杖，把我打回南瓜原形。

“不能等他打电话叫他来跟我们会合吗？”我问。

“好！”她说，努力模仿她一开始感受到的真诚的热情，尽管忧虑已经入侵了她的三明治夹层。“好啊，走吧。”

我匆匆结完账。安排这个“出走”，基于下面几个理由：首先，我想从姬蒂那儿窃取点时间，挽救这次采访，放大来说，就是拯救我一度看似颇有前途、现在却一落千丈的文学声誉（比阿特丽斯·格林说：“我想她很失望，你在第一本小说失败后，没有继续写。”这是我跑去她位于斯卡斯代尔区的住所门口哭泣，恳求她深入分析她女儿背叛我的原因时，她边喝热茶边这么告诉我的）。其次，我想看姬蒂站起身，走动。因为这个目的，我让她走在前面，我跟在后面。她低头穿梭于桌子间，带着那种名人或者超级美女才有的态度（不用说，姬蒂当然是两者兼有）。她的姿态与步伐可以翻译为：*我知道我很有名而且魅力无法阻挡——这两种特质加起来接近辐射线——我知道这里所有人都无法抗拒我。如果我们彼此对视，彼此又都明了我的魅力如辐射线而你们对此都无力抵抗，那就会很尴尬，所以我才低下头，让你们可以平静地盯着我。*以上过程里，我都在注视姬蒂的腿，她身高普通，相比之下，双腿显得很长，还是棕色，不是那种在美容沙龙里照出来的棕中带橘，而是浓浓的茶褐色加栗色，让我联想到——哦，马腿。

中央公园离这儿只有一条街。四十一分钟已经过去，时钟继续嘀嗒向前。我们走进公园。满眼绿意，阳光与阴影之下，我们好像一头栽进了平静的深潭。“我忘记我们什么时候开始的，”姬蒂看看手表，“还有几分钟？”

我喃喃地说：“哦，还好。”仿佛置身梦。沿路，我一直在看姬蒂的腿（努力抑制自己不要趴到她的脚边——这念头还真的从我心头闪过），发现她膝盖上方点缀着超级漂亮的金色细毛。我一直看她的腿，因为她是如此年轻，备受滋育与呵护，不会遭他人毫无缘由的残酷对待，毫不自知她也会变成中年人，终究也会死（还很可能是孤独地死去），因为她还未对自己失望，只是跟全世界一样惊讶自己的盛名来得如此之早。姬蒂的皮肤十分完美，是平滑、丰腴，散发着甜蜜香气的皮囊，生命尚未爬上它，烙刻出失败与疲惫的痕迹。“完美”在此是指她的皮肤完全没有松弛、下垂、横纹、皱纹、波状纹与小瘤子。我的意思是她的皮肤就像树叶，只差不是绿色。我无法想象这样的肌肤会有令人不悦的气味、纹理或者口感。甚至（应该说完全无法想象）微微有点湿疹。

我们坐在一个绿地斜坡上。姬蒂继续尽责地讲她的新电影，宣传人员的幽魂不散，无疑提醒着她，这次与我见面的唯一目的就是推销上述电影。

“哦，姬蒂，”我说，“忘掉电影。天气这么好，我们待在公园。我们把那两个家伙抛诸脑后。来聊聊……马吧。”

哇，那个表情！那种凝视！你想象得到的所有陈腐比喻立刻涌现在脑海里：阳光穿透阴霾，花朵伸展绽放，彩虹神秘突现。搞定了。我终于穿过表层、绕过正面，抵达内在——我终于碰触到真正的姬蒂。基于我无法理解并且铁定高居量子力学难解谜题排行榜的某个原因，这个接触对我来说就像天启，来得快而急，填补了我与这位年轻演员之间的裂缝，黑暗虽悄然来袭，但是我被高高提起。

姬蒂打开小小的白色皮包，拿出一张照片。照片里是一匹马！鼻头上有颗小白星。名叫尼克松。“尼克松总统的尼克松？”我问。

姬蒂一脸茫然，不明白我的联想。“我只是喜欢这个名字的发音。”她开始形容喂尼克松吃苹果的感觉。——它是怎么样用上下颚一口咬碎苹果，白色果汁如何像瀑布般喷射而出。“我现在都没什么机会见到它。”姬蒂说。哀伤的表情是真的。“我得雇人骑它，因为我都不在家。”

“没有你，它一定很寂寞。”我说。

姬蒂转头看向我，我猜她已经忘了我是谁。我突然有股欲望，想将她扑倒在草地上，我真这么做了。

“喂！”我的采访对象大叫道，声音闷闷的，吃惊却不害怕。

“假装你是在骑尼克松。”我说。

“喂！”她大叫，我捂住她的嘴。姬蒂在我的身体下扭动，但是我身高六英尺三英寸，体重（两百六十磅）约莫有三分之一集中于我的“备胎”（这是我跟珍妮特·格林最后一次亲热不举时，她所用的形容词），两者相加，将她牢牢压制在地，像个沙袋。我一手捂住她的嘴，另一手伸进两个不停扭动的身体之间，终于——太棒啦！——摸到了我的裤子拉链。这一切，我有什么感觉？嗯，我们躺在中央公园的草坡上，这里虽然隐蔽，基本上还是光天化日，人们视线可及。所以我觉得焦虑，隐约知道这个罪行将一举毁灭我的事业与声誉。但是另一种感觉更强烈，那就是——什么？——狂怒，是的，除此之外，还有什么能解释我渴望把姬蒂当成鱼，一刀划开她的身体，让她的五脏内腑都掉出来，同时，我还有另一股同样强烈却又完全不同的欲望，就是将她劈成两半，双手伸进里面，感受在她体内流动着的带有芳香的纯净体液。然后将它抹到我粗糙、“堕落”（理由如上所述）、处处疮疤的皮肤，希望它能治愈我。我想要干她（毋庸置疑），然后杀掉她，或许边干边杀（“干死她”与“干得她脑袋开花”都是不离主旨、可以接受的变奏）。唯一不感兴趣的是杀了她，然后奸尸，因为我极端想要的是她的生命力——她的内在生命。

结果，我两者都没做成。

让我们重回现场：我一只手捂住姬蒂的嘴，努力压制她那颗勇猛不驯的脑袋，另一只手摸索我的拉链，拉下来有点困难，可能是我的受访对象不断在我身体下扭动所致。不幸的是，我完全没法控制的是姬蒂的手，其中一只已经伸向她的白色皮包，里面有些东西已经掉落在外面：马的照片，过去几分钟里响个不停、小如薯片的手机，还有一罐我只能猜想是催泪或者喷雾剂的东西，结论源自它直接喷到我脸上所产生的效应：我感觉我的眼睛立刻变得又热又辣，眼前一片漆黑，眼泪不断地涌出，喉头就像被人掐住了一般，抽筋般猛咳，并伴随严重的恶心感，这让我立即弹起身来，又马上因几近晕厥的痛苦而弯下腰（一只脚仍压住姬蒂）。这时她又自皮包找出另一样利器：附有小把瑞士刀的钥匙串，刀刃又小又钝，她还是设法戳穿了我的卡其色裤子，刺进了我的小腿肚。

此刻，我像只被捕的水牛般呻吟鬼叫着，姬蒂拼命逃跑，虽然我因为太痛苦，已经无法抬头看，但是无疑阳光会从树梢的缝隙间斑斑洒落于她的茶棕色四肢上。

我想，午餐应该就此结束了。简简单单，我就争取到配额外的二十分钟。

是的，午餐的落幕，却是许多事的序幕：检方起诉我强暴未遂、绑架与加重攻击，并已提交证据给大陪审团。我目前被收押在监（虽然阿提克斯·利瓦伊很“英勇”地帮我筹了五十万美元保释金），这个月即将开始接受审判。有如天助，姬蒂的新电影《三声夜鹰瀑布》刚好那天要全国公映。

姬蒂寄了一封信到监狱给我。“不管你的精神崩溃是因我哪一点而起，我都向你道歉，”她写道，“也抱歉次（原文如此）了你。”她圈起小写的i，还在信尾附上一个笑脸图案。

我不是说过了吗？善良。

当然，我们之间的小小“不测”对姬蒂有极大帮助。头版头条，紧跟着一堆匆匆完成的随访报道、社论、读者投稿，论及一大堆相关的议题：“名流越来越容易受伤害”（《纽约时报》）；“某些男人无法接受拒绝导致暴力相向”（《今日美国》）；“杂志总编辑必须更严谨地筛选自由撰稿人”（《新共和》），还有探讨中央公园白天安保不够周密的文章[1]。姬蒂在这一波神像崇拜的潮流里成为头牌烈女，已经被吹嘘成这一代的玛丽莲·梦露，虽然她还没

[1] 总编辑钧鉴：

在本人“残酷地攻击”了一位“过度信任他人的年轻女星”后，贵报最近刊登了一篇社论《公共场所的危险性》（八月九日），鉴于贵报迫不及待要将“精神状态不稳定因而危及大众”的人彻底逐出公共场所，本人足以作为代表，请容许我本着贵报社论的恳切精神，敬呈一个至少能保证让朱利安尼市长龙心大悦的提案：何不干脆取消中央公园的入口检查哨，改成要求入园市民提供身份证明？

如此一来，你们可以拿到该市民的纪录，评估他们的人生成败——结婚与否，有孩子与否，事业成功与否，银行往来纪录良好与否，跟童年朋友往来与否，安稳一觉到天明与否，年轻时漫无边际的傻气梦想实现与否，还有，能否击退不时涌上出来的恐惧与沮丧感？——有了这些数据，你们可以推算市民“因个人失败而对功成名就者产生爆炸性嫉妒”的可能性有多高，据此为他们排列高下。（下转181页）

死呢。

不管她的新片主题为何，看来铁定是要大卖了。

（上接180页）

接下来就简单多了：市民入园时，把他们的排名转译成编码，输入电子手链，要求他们戴上，然后在雷达屏幕上追踪这些编码的光点，并派安保人员随时准备介入，以防侦测中的排名低下的无名小辈，突然侵袭“那些跟平凡人一样有权享受安全与心灵宁静的名人”。

我只有一个要求：请本着我们神圣文化传统的精神，对“恶名昭彰者”与“名人”一视同仁，因此，当大众对我的苛责结束（包括《名利场》的记者小姐继采访了我的整脊师与大厦管理员后，两天前又大驾光临访问我，然后跟那些所谓的“电视杂志”报道一起狠狠地剥了我的皮之后；也包括我的审判与刑期结束，允许回到外面的世界之后），我也可以站在公共场所的树下，抚摸粗粝的树干——然后，拥有跟姬蒂小姐一样的安全保护。

谁知道？或许有一天我们在中央公园散步时会不期而遇。应该不会有对话。我宁可远远地看着她，挥挥手。

德鲁斯·琼斯敬上

第十章 灵魂出窍

你的朋友假装自己是这种或者那种人，你的特殊任务就是提出异议。譬如，德鲁说他要去读法学院，执业一段时间后就要从政，竞选州议员，接着是国会参议员，最后竞选总统。他讲这话的口气好像你在说：**上完“当代中国绘画”课，你要去健身房，之后到波斯特图书馆用功，直到吃晚饭为止。**前提是你还在计划事情，前提是你还在上学，然而两者皆非，虽然理论上，当初辍学只是暂时性的。

大麻烟雾在阳光下层层叠叠，你透过迷雾看德鲁。他已经靠回沙发床，搂着萨莎。他有那种“欢迎，请进”的笑脸，一头黑发，身材壮硕——不是你这种在健身房举重练出来的，基本上，比较接近猛兽，应该是因为他经常游泳。

我说：“你到时可别说你抽了但是没吸进去。”[1]

[1] 此处是在讽刺克林顿总统，因为他承认抽过大麻，却强调没吸进去。德鲁的未来志向是当美国总统，又是克林顿的坚定支持者。

除了坐在电脑前的比克斯，大家都笑了，有那么一下子，你认为自己很幽默，直到你想起他们之所以笑，是因为他们看出来你在努力搞笑，他们担心你会跳出窗户，摔在东七街上，即使是“搞笑”失败这么小的事。

德鲁吸了长长一口烟。你听见他的胸部发出吸烟后的嘎吱声。他将烟管递给萨莎，她没吸，传给了丽姿。

德鲁屏气不让烟冒出，哑着嗓子说道：“罗布，我跟你保证，如果有人问起，我会说我跟罗伯特·弗里曼二世一起抽的那管大麻棒透了。”

那个“二世”是嘲讽吗？大麻并没发挥你预计中的效果，抽或没抽，你都一样偏执。不，德鲁不是个会嘲讽朋友的人，他是个坚持信念的人——秋天时，他是在华盛顿广场散发传单、鼓励学生登记为选民的顽固分子之一。自从他跟萨莎谈起恋爱，你也成为他的帮手——你要说服的对象多数是那种狂热健身派，因为你知道怎么跟他们对话。弗里曼教练（也就是你爸）说德鲁这类人是“死木头”、独行侠，不玩团队比赛，而是搞滑雪，伐木头。球队的事啊，你超懂，你可以去说服那些校队球员（只有萨莎知道你选择纽约大学，是因为这学校三十年来都没有美式足球队）。业绩好的时候，你一天能搞到十二个球队学生登记为民主党选民。你把文件交给德鲁时，他惊喜叫道：“罗布，你好厉害。”但是，你自己始终没去登记选民，事情就是这样，你拖得越久，就越不好意思。一直拖到来不及。就连知道你所有秘密的萨莎也不知道你根本没去投票给克林顿。

德鲁靠过来，跟萨莎嘴对嘴亲了一口，看得出来大麻让他起了色心，因为你也有同样的感觉——这欲望强大到令你牙齿都疼，只有别人狠揍你一顿，或者你狠揍别人一顿，才有可能消减。高中时期，只要陷入这种感觉，你就去找人干架，可现在没人要跟你打架——因为三个月前，你用割纸箱的美工刀划破了自己的手腕，差点流血而死。这件事简直就像力场，让在其范围之内的所有人都瘫痪了，嘴角凝固着鼓励的微笑。你很想拿起一面镜子对着他们问：**这笑容要怎么帮我啊？**

“没有人抽大麻还能当上总统的，德鲁，”你说，“永远不可能。”

“现在是我年少时期的实验阶段。”他说，那种真诚的笑容只有摆在威斯康星州人的脸上，才不会显得荒谬。他说：“何况，谁会去公之于众？”

“我会。”你说。

“我也爱你，罗布。”德鲁笑着说。

你差点脱口问，**谁说我爱你？**

德鲁拉起萨莎的头发，绑成绳子模样。他亲吻萨莎下颌的肌肤。你站起身，内心沸腾。比克斯与丽姿的公寓很小，就像娃娃屋，到处是盆栽，以及植物的味道（潮湿的植物味），因为丽姿很爱植物。墙壁贴满比克斯收集的关于末日审判的海报——赤裸如婴儿的人类被分成好人和坏人两堆，好人往上升，进入绿色田野或者金色光芒里，坏人消失于怪兽的嘴巴里。窗户大开，你可以爬出去，到防火梯上，三月的冷空气简直要冻裂你的鼻窦。

一秒后，萨莎跑到防火梯陪你，她问：“你在干吗？”

“不知道，”你说，“空气新鲜。”你怀疑这种简约式回答能维持多久。“天气不错。”

东七街的对面，两个老太太正站在窗台边折毛巾，手肘靠在窗台上朝下望。你说："瞧瞧，两个间谍。"

"博比，你这样跑到外面，我会很紧张。"只有萨莎能这样叫你。十岁以前，大家都叫你"博比"，之后，你老爸说这是个女孩名。

"怎么会？"你说，"才三楼，最多断手，或断腿。"

"拜托，你进来吧。"

"放轻松点，萨莎。"你停在爬往四楼窗户的铁格状梯子上。

"派对转到这儿了？"德鲁弯下身体，挤出客厅的窗子，也到防火梯上来了，靠着栏杆看下面的街道。你能听见丽姿在屋里接电话的声音："嘿，妈咪！"——企图冲淡声音里的大麻味。她的爸妈从得克萨斯来访，这代表比克斯（黑人）必须住到电机系的实验室去，他正在攻读博士学位。丽姿的爸妈根本不住这里——而是住在旅馆！但是如果丽姿在她父母所在的城市跟黑人睡觉，他们就是会*知道*。

丽姿上半身探出窗户。她穿着小小的蓝色短裙，棕色漆皮及膝长筒靴。她自认为已是够格的服装造型设计师。

"那个有种族偏见的家伙可好？"你问，当场便懊恼自己使用了长句。

丽姿转身看向你，脸上涨红："你是说我妈吗？"

"不是指我自己。"

"罗布，不准你在我的公寓里这样讲话。"她用冷静的口吻说道。你从佛罗里达回来后，他们都用这种语气跟你说话，让你毫无选择，只能测试他们的底线。

"我不在你的公寓里。"我指着防火梯。

“防火梯也不可以。”

“防火梯不是你的，”我纠正她，“是你跟比克斯的。不，严格说，是市政府的。”

“你他妈的，罗布。”丽姿说。

“彼此彼此。”你露出满意的笑容，因为你好久没看见一个人的脸上表露出真正愤怒的表情了。

“冷静点。”萨莎对丽姿说。

“你说什么？我该冷静？”丽姿说，“他从回来以后，表现得就像个大浑蛋。”

“才两个星期而已。”萨莎说。

“我真喜欢她们讨论我时，完全当我不在场，”我告诉德鲁我的观察，“她们以为我死了吗？”

“她们认为你吸毒吸蒙了。”

“没错。”

“我也是。”德鲁继续爬防火梯，爬到比你高几阶的地方，窝在那里。他深呼吸，享受着空气的滋味，你也深吸了一口。德鲁在威斯康星州时曾用弓箭射死一头麋鹿，剥皮，把肉切成块状，装在背包里带回家，而他全程穿着雪地靴。或许他是开玩笑的。他们家兄弟也曾赤手搭建木屋。他在湖边长大，每天清晨（即使是冬天）都到湖里游泳。现在他在纽约大学游泳池游，但是氯让他眼睛痛，他说，在室内游泳就是不一样。尽管如此，他还是常去游，尤其是沮丧、紧张，或者跟萨莎闹别扭时。当他第一次听说你在佛罗里达长大，他说：“你一定是从小游到大。”你说：“当然。”事实是你向来讨厌水——只有萨莎知道。

你从阶梯转往防火梯平台的另一头，从那里的窗户望进去是一个小小的角落，那里是比克斯放电脑的地方。他正顶着粗如雪茄的牙买加发绺在电脑前打字，跟其他研究生在线聊天，他的信息会出现在对方的电脑上，对方的回信也会出现在他的电脑上。根据比克斯的说法，这种通过电脑实时发送信息的方式将来会大为流行，比电话还普遍。他很敢预测未来，你没挑战他——或许是因为他年纪比你大，又或许是因为他是黑人。

比克斯看到你穿着松垮的牛仔裤与长袖美式足球运动衫（因为某种原因，你又重拾这种穿搭风格）的身影闪现在窗口，吓得跳了起来。“妈的，罗布，”他说，“你在那儿干吗？”

“看你。”

“你给丽姿太大压力了。”

“对不起。”

“那你就进来，自己去跟她说。”

你爬进比克斯的窗子。电脑桌的上方挂着一幅末日审判图，法国阿尔比大教堂的。去年的“艺术史入门”课上教过，你还记得。你超爱那门课，所以把艺术史加入你的企业管理专业主修课里。你怀疑比克斯真的信教吗？

萨莎跟丽姿坐在客厅的沙发床上，脸色阴沉。德鲁还待在防火梯那儿。

“对不起。”你跟丽姿说。

“没关系。”她说。你知道自己该就此打住——没事了，不要再提了，但是你体内似乎有一个疯狂的引擎不肯就此打住：“我很遗憾你妈有种族偏见，我很遗憾比克斯交了得州女友。我很抱歉我是个大浑蛋。我很抱歉因为我搞自杀，让你压力很大。我很抱歉毁了你的美好下午……”你的喉咙发紧，眼睛湿了，她们的脸孔从漠然转为哀伤，此景很感人很甜蜜，只是你的魂儿不在那儿——一部分的你在数英尺之外，或者飘在半空，正在想，很好，她们会原谅你，不会抛弃你了，问题是，哪个才是真正的“你”，在说话，在动着的那个，还是在一旁冷眼旁观的这个？

你离开比克斯与丽姿的公寓，跟萨莎、德鲁向西走到了华盛顿广场。寒气让你手腕上的疤痕发疼。萨莎、德鲁的手肘、肩膀、口袋像两根麻花似的卷在一起，看起来，应该比你暖和许多。你回佛罗里达坦帕湾的家中疗养时，他们搭灰狗巴士到华盛顿特区参加就职典礼，彻夜没睡，看着太阳从国家广场升起，他们都说那个时刻，他们觉得世界就从他们脚下的土地开始改变。你对萨莎的说法嗤之以鼻，可是自此，你在街上会研究陌生人的脸，不知道他们是否也感觉到这个跟克林顿有关的、甚或更大的改变，正飘散在地铁与空气里，无处不在——人人都感觉到了，只有你例外。

你与萨莎在华盛顿广场跟德鲁告别，他要去游泳，洗掉头上的大麻味。萨莎背着背包，要去图书馆。

“谢天谢地，”你说，“他终于走了。”你好像无法停止使用简单的句子，尽管想，也没办法。

“你讲话很客气呀！”萨莎评价道。

“我开玩笑的。他很棒。”

“我知道。”

药效逐渐退去，原本该是你脑袋的地方现在是一团烂棉乱絮。吸毒是新鲜的体验。**不吸毒**正是萨莎去年挑上你的原因，那是新生训练第一天，地点在华盛顿广场。她的红褐色头发遮住了阳光，灵动的眼睛从旁观察，而非直视你。她说：“我需要一个假男友，你有意愿吗？”

“真男友，如何？”你说。

她坐到你身旁，开诚布公：她在洛杉矶读高中时，跟一个你没听过的乐队鼓手私奔，离开美国，独自到欧洲、亚洲旅行——根本没读完高中。二十一岁才成为大学新生。她的继父使尽各种关系才把她弄进这个学校。上星期，他跟萨莎说他雇了一名私家侦探，确保她在纽约独自生活也可以循规蹈矩。“现在可能就有人在偷看我，”她说，左看看右瞧瞧广场上熙来攘往、似乎彼此都很熟悉的年轻人，“我觉得有人在看我。”

“我要搂着你吗？”

“拜托。”

你听说过展开笑颜会让人快乐，搂住萨莎则让你想保护她。“为什么是我？”你问，“纯属好奇问一问。”

“你很可爱，”她说，“而且看起来不吸毒。”

“我是美式足球运动员，”你说，“曾经是。”

你跟萨莎都得买书，就一起去买了。你造访她的寝室，偷偷瞧见她的室友丽姿趁你转身，对她打出“赞”的手势。五点三十分，你们的自助餐盆堆得老高，你大口吃菠菜，因为大家都说足球运动员的肌肉一旦缺乏练习，就会变成果冻般软绵绵的。你们一起去申请图书馆证，回去你的宿舍，约了八点在“苹果吧”喝一杯。那里挤满学生，萨莎不断张望，你认为她是在想私家侦探那码子事，因此你搂住她的肩头，亲吻她的脸颊边缘与头发。她的头发有股烧焦的味道，这种不真实的感觉让你异常放松，你跟家乡的其他女孩都没法这样。这时萨莎跟你解释第二步：你们得彼此告白一件事，让自己无法从这个关系里脱身。

“你以前干过？”你不可置信地问。

她喝了两杯白酒（你则用两杯啤酒对她一杯白酒），正开始喝第三杯，她说：“当然没有。”

“所以……如果我说我以前虐待小猫，会让你不想‘上’我吗？”

“你有吗？”

“妈的，没有。”

“我先讲。”萨莎说。

她十三岁起就跟要好的女孩开始偷东西，偷偷把镶了珠子的梳子或者闪亮的耳环藏到袖子里，比赛谁偷得多，不过，萨莎不同——偷窃让她整个人亮了起来。之后，她会在学校回味偷窃时那些越轨行为的每一个细节，暗数还有几天才能再去偷。偷东西对其他女孩来说，紧张刺激，充满竞争，萨莎尽力表现出偷窃对她而言也仅只是如此。

在那不勒斯时，她钱花光了，就到店里偷东西，卖给瑞典佬拉尔斯，跟其他拿着观光客钱包、人造珠宝、美国护照的饥饿小孩一起排排坐在拉尔斯厨房的地板上，依序等候。他们喃喃地抱怨拉尔斯总是开价不合理。据说，他以前在瑞典是音乐会的长笛手，不过此说法的源头也可能来自他自己。他们不准踏进厨房以外的地方，不过有人趁关门时偷瞥了一眼，里面有钢琴，萨莎则常听见娃娃的哭声。她第一次来报到时，手上拎着刚从高级服装店偷来的镶珠片面包鞋，拉尔斯让她等候得比任何人都久。其他人都拿钱走人后，拉尔斯走过来坐在地板上，靠近萨莎，拉下裤子拉链。

她跟拉尔斯做了好几个月的生意，有时两手空空也来，因为她需要钱。“我认为他算是我的男朋友，”她说，“不过，我那时并没有考虑这个问题。”她现在好多了，已经两年没偷东西了。“那不勒斯的那个我不是我，”她眺望着拥挤的酒吧，这样跟你说，“我不知道她是谁。我替她难过。”

或许是她在挑战你玩真心话，或许是这个你与萨莎共同创造出的、无话不可说的告解室使然，也可能是她吹出了一条“真空”地带，依据物理定律，你得填满它。你跟她说了队友詹姆斯的事：一天晚上，你们带了两个女孩开你老爸的车出去兜风，送她们回家后（那时还算很早——那晚应该是猎艳夜），你跟詹姆斯开车到偏僻的地方，在车里单独相处了约莫一小时。就这么一次，没有讨论，也无协议。之后，你跟他就很少说话了。有时你甚至怀疑那是自己的幻想。

“我不是同性恋。”你告诉萨莎。

跟詹姆斯在车上的不是你。你置于身体之外，往下看，思考着，这个同性恋在跟男人鬼混。他怎能如此？他怎么可能想要？他还怎么活得下去？

萨莎在图书馆，花两小时打了一份有关莫扎特早年生活的报告，一边偷偷啜饮健怡可乐。因为年纪较大，她自觉落后于同学——她一个学期修六门课，外加暑期班，这样才能三年就毕业。她跟你一样是商业与艺术双主修，不过，她第二个主修是音乐。你靠着手臂趴在桌上睡觉，直到她打完报告。然后你们在黑夜里一起步行到你位于第三大道的宿舍。才进电梯就闻到了爆米花的香味——果然没错，三个室友都在，还有皮拉尔。萨莎跟德鲁配对后，你为了转移注意力，秋天时，跟皮拉尔约会过一阵子。你一走进房间，涅槃乐队[1]的音乐马上转为小声，窗户大开。你现在的地位跟教授或者警察同等级：你让人们马上紧张起来。这种状况下，你绝对可以得到乐子。

你跟着萨莎到她的寝室。多数学生的房间都像鼠窝，堆满从家里带来的琐碎物品——枕头、毛绒玩具狗、电水壶、毛茸茸的拖鞋——但是萨莎的房间几近空荡荡。去年，她只带一只手提箱就来了。房间一角是她租来的竖琴，正在学。你仰躺于她的床上，她拿着绿色日式浴衣与盥洗袋，开门出去了。她很快又回来了（你觉得似乎是不想丢下你一个人），穿着浴衣，头上包着毛巾。你躺在床上看着她抖落一头长发，用宽齿大梳子梳开纠缠的头发。然后她脱下浴衣，穿衣服和鞋子：黑色蕾丝胸罩与内裤，破牛仔裤，褪色的黑T恤，马丁靴。自从比克斯与丽姿去年开始交往后，你也开始在萨莎的房间过夜，睡丽姿的空床，离萨莎只有三英尺远。你知道她左脚踝上的伤疤来自骨折，手术后愈合不良。你知道她的肚脐附近有几颗连起来像北斗七星的淡红色小痣，还有她早晨起床时，口气像樟脑丸。大家都以为你们是一对——你们之间的联结就有这么深。她有时会在睡梦中哭泣，你爬上她的床，抱住她，直到她呼吸和缓平顺。你把她抱在怀里，她好轻。有时你抱着她睡着，醒来时勃起，只好躺在那里，感觉那个你已熟悉无比的身体，她的肌肤，她的气味，以及你的生理需要，等待这两股感觉合流，变成一股单纯的冲动。**快点吧，加把劲，偶尔像个正**

[1] 涅槃乐队（Nirvana）是20世纪80年代末崛起于美国西雅图的垃圾摇滚的代表。此处描写室友一看到罗布进来，就切掉了涅槃的音乐，是因为此乐队的队长科特·唐纳德·柯本在1994年自杀而亡，室友担心他联想到那件事，或者觉得是室友故意影射。

常人，拜托了，但是你太害怕，不敢让你的欲望接受考验，怕万一搞砸会毁了跟萨莎的关系。没跟萨莎发生性关系是你人生中最大的错误——当她爱上德鲁，你才明白这个残忍却清晰的事实，悔恨狂击你，惨烈到你以为自己活不下去。你还是有机会拉住萨莎，变成正常人，但是你根本没试——你放弃了上帝丢给你的唯一的机会，现在悔之已晚。

你们一起公开现身时，萨莎会抓住你的手，抱住你，亲吻你——做给私家侦探看。他可能置身任何地方，在华盛顿广场看你与萨莎扔雪球，看萨莎跳到你的背上，毛茸茸的手套在你嘴里留下线头。你和萨莎在道场餐馆就着水煮蔬菜举杯庆祝时，他是隐形的第三者（“我要他看到我饮食健康。”萨莎说。）。有时你会问些关于这位侦探的实际问题——她的继父有再提起这个人吗？她确定这侦探是男的？她认为监视会维持多久？——不过此类思考似乎会激怒萨莎，所以你放弃了。她说：“我要他知道我很快乐。我要他看到我已经好了——虽然经历了那么多事，我毕竟还是正常的。”你也希望如此。

当她遇见德鲁，就完全忘了私家侦探那回事。德鲁对私家侦探免疫，就连她的继父都喜欢德鲁。

你与萨莎跟德鲁在第三大道与圣马可街转角碰头时，已经是晚上十点。他刚游完泳，一头湿发，双眼充血，亲吻萨莎的模样好像他们已经一星期没见面。他有时会称呼萨莎为“我的熟女”，喜欢她已经独自闯荡过世面的样子。当然，德鲁不知道萨莎在那不勒斯的状况有多糟，近来，你觉得似乎连萨莎自己都忘了，为德鲁变成了另外一个人。这让你吃味不已。为什么你无法让萨莎如此？谁又能让你变成另一个人呢？

走在东七街时，你们经过比克斯与丽姿的公寓，但是屋内漆黑——丽姿跟她爸妈出去了。街头挤满人，大部分人似乎都在笑，你又开始揣想萨莎在华盛顿特区广场看到旭日上升时所感到的改变——这些人是不是也感觉到了，所以他们才会笑。

到了A大道，你们三个站在金字塔俱乐部前聆听。萨莎说："还只是第二支乐队在热场。"所以你们往前走到俄罗斯人开的报摊前买了杯蛋奶，到汤普金斯广场公园的长椅上喝，这公园今年夏天才又重新开放。

"瞧。"你张开手掌。三颗黄色药丸。萨莎叹气，她快没耐心了。

"是什么？"德鲁问。

"快乐丸。"

德鲁是个对任何新事物都抱有乐观期待的人——深信这些经验只会丰富他的人生，不会有害。近来，你发现自己开始利用德鲁这个特质，用一片片面包屑来引诱他。"我想跟你一起尝尝这个。"他跟萨莎说，不过萨莎摇摇头。他用渴望的声音说："可惜我没赶上你吸毒的时候。"

"感谢老天。"萨莎说。

你吞下一颗，把剩下两颗收到口袋。一踏进俱乐部，你马上就感觉到快乐丸起了作用。金字塔今天挤满人。"导电乐队"在大学校园已经红了好几年，萨莎认为他们的新专辑是"天才之作"，铁定可以出白金唱片。她喜欢直奔舞台前，看乐队在她面前表演，你则需要保持一点距离。德鲁跟紧萨莎，但是当"导电乐队"的疯狂主吉他手博斯科开始像个抓狂的稻草人般在台上蹦跳，你注意到德鲁稍稍往后退了。

你进入一种状态，胃里兴起刺激的快乐感，正是你小时候期待的长大后会有的状态：一种模糊的无羁感，从吃饭、做功课、上教堂，以及**小罗伯特，你不可以这样跟你妹妹说话**的沉滞感中解放出来。你想要一个兄弟，你希望德鲁是你的兄弟。你们应该一起盖木屋，一起睡在里面，让雪堆在窗棂上。你们可以联手杀了那只麋鹿，之后，浑身沾满毛和血，一起在壁炉前脱掉衣服。如果你能看到德鲁裸体，即使仅有一次，也能缓和你现有的深层又恐怖的内在压力。

观众正抬起博斯科传送，经过你的头顶，他的衬衫不见了，瘦削的躯体上啤酒与汗水淋漓。你的手滑过他坚硬的背部肌肉。他还在弹吉他，没有麦克风却依然大声嘶吼。德鲁瞧见你，走过来，猛摇头。认识萨莎之前，他从未参加过演唱会。你从口袋掏出一颗剩下的黄色药丸，塞到他的手里。

刚刚发生了好玩的事，但是你想不起来是什么。德鲁也一样，虽然你们都情不自禁歇斯底里地笑到抽筋。

萨莎还以为表演结束，你们会在里面等她，好一会儿才在人行道找到你们。她的眼睛在冰冷的街灯下来回打量着你们。“哦，”她说，“我明白了。”

“别生气。”德鲁说。他努力不看你——要是你们对视，你就完了。但是你就是没法不看德鲁。

“我没生气，”萨莎说，“我是觉得乏味。”有人给她介绍认识了“导电乐队”的制作人本尼·萨拉查，他邀请她参加派对。“我以为我们可以一起去，”萨莎对德鲁说，“不过，你太兴奋了。”

“他不想跟你去，”你低吼，从鼻子喷出冷笑与鼻涕，“他想跟我走。”

“这话不假。”德鲁说。

“随便，”萨莎生气了，“这样大家都高兴。”

你们转身离开萨莎。连走了好几条街，狂喜而亢奋，但这里面有种病态，就像你身体某处发痒，拼命地挠、拼命地挠，它就开始钻进你的皮肤、肌肉与骨头，撕扯你的心。一度你们得停下脚步，在人家门口的台阶上休息，两人身体紧挨着，笑到几乎啜泣。你们买了半加仑的柳橙汁，在街角牛饮，果汁流淌至下巴，浸湿蓬松的夹克。你举着果汁盒仰天朝嘴里灌，直到最后一滴滚进喉咙深处。你抛掉果汁盒，整个城市自黑暗处升起，包围住你。你站在第二街与B大道的路口，看着人们借握手传递毒品管剂。但是德鲁张开双臂，连指尖都能感受到快乐丸的作用。德鲁从来不害怕，他只有好奇。

“我觉得有点对不起萨莎。”我说。

“别担心，”德鲁说，“她会原谅我们的。”

他们缝合并包扎你的手腕，别人的血开始在你的体内奔流后，你的父母还在坦帕机场等候第一班飞机，萨莎推开了输液管，爬上圣文森特医院的病床，与你共卧。虽然用了止痛药，你的手腕还是突突地疼。

“博比？”她低声说。她的脸几乎贴上了你的脸。你们呼吸的是彼此吐出来的空气，而她的呼吸因为恐惧与无眠而略带酒味。是萨莎发现你的。他们说，要是晚十分钟，你就死定了。

“博比，你听我说。”

萨莎的绿色双眸就在你的眼睛上方，睫毛交缠。“在那不勒斯时，”她说，“有些小孩真的迷失了。你知道他们永远不可能回到旧时，或者拥有正常的生活。然后有些小孩，你想他们大概可以做到。”

你想问那个瑞典人拉尔斯是哪一种，话出口，却支离破碎。

“我跟你说，”萨莎说，“博比，再过一分钟，他们就要把我赶出去。”

你睁开眼睛，此刻才发现自己原来是闭着眼的。萨莎说：“我想说的是，**你我都是经历了创伤还能活下来的人**。”

她的说法拨开了原本在你脑袋中翻滚的云雾：好像她拆开信封，读出了你迫切需要的答案。好像你踏入了岔路，现在需要拨正。

“不是人人都可以。但是我们可以。知道吗？”

“知道。”

她躺在你身边，身体紧贴着身体，就跟她尚未认识德鲁之前的无数夜晚一样。你感觉萨莎的力量渗透到你的肌肤里。你想抱住她，但是你的手像毛绒玩具的残肢，无法动弹。

“这代表你不会再干这种事，”她说，“永远，永远，永永远远。能答应我吗，博比？”

“我答应。”你是认真的。你不会撕毁对萨莎的承诺。

“比克斯！”德鲁大叫。他从B大道冲上来，靴子敲击着人行道。比克斯一个人，双手插在绿色军用夹克的口袋里。

“哇。”当他瞧见德鲁的眼睛，知道他正兴奋到最高点，便笑了出来。你的药效已经开始退了。原本你打算吃掉最后一颗，现在决定送给比克斯。

“我现在不用药了，”比克斯说，“不过，规矩就是用来打破的，对不对？”管理员把他赶出实验室，他已经在街上晃了两个小时。

你说："而丽姿在你的公寓里睡觉？"

比克斯赏你一个冷眼，你的好情绪被一扫而空。他说："别开始扯这个。"

你们一起漫步，等着比克斯的快乐丸药效上来。已经深夜两点，正是一般人上床睡觉，而醉酒的、疯狂的、混吃等死的人还在外游荡的时刻。你不想跟这等人为伍。你想回宿舍，敲萨莎的门，德鲁不在那边过夜时，她就不锁门。

"地球呼叫罗布。"比克斯说。他的脸上的表情十分柔和，双眼发亮，一脸陶醉。

"我想我还是回家好了。"你说。

"你不可以！"比克斯大叫。他全身散发出一种"吾爱吾类"的光环[1]，你的皮肤都能感受到它的光芒。"你是我们的行动中枢。"

"好吧。"你喃喃地回答。

德鲁搂着你。他的笑容就是威斯康星——森林、篝火与池塘——虽然你从未去过威斯康星。"这是事实，罗布，"他说，"你是我们那颗痛苦但跃动的心。"

你们跑去拉德洛街上一家过了营业时段还开着的俱乐部，那是比克斯熟识的店，里面塞满吸到兴奋了以至于不宜回家的人。你们一起跳舞，你们切割又细分此刻到明日的距离，直到时间似乎在往后倒

[1] 快乐丸的一大作用是让人敞开心扉，觉得身边所有人都美好。因此早年使用快乐丸的狂欢派对才会有PLUR这个口号——和平、爱、团结和尊重（Peace, Love, Unity and Respect）。

流。你跟一个刘海短到几乎整个额头都裸露的女孩合抽一根效力很强的大麻。她紧贴着你跳舞，双手绕住你的脖子，德鲁的声音压过音乐，在你耳边说："罗布，她想跟你回家。"那女孩最后放弃了，或者忘记了——还是你忘记了——总之，她消失无踪。

离开夜店时，天色已渐亮。你们往北到A大道上的莱什科餐厅吃炒蛋，还有堆得高高的薯条，之后腆着饱到撑的肚子，蹒跚地踏上酒后的街头。比克斯走在你跟德鲁的中间，一手搂着一个。防火梯悬吊于楼房外侧。教堂钟声咆哮着，你想起今天是星期日。

乍一看，你们像是有人带领着前往第六街的天桥，往东河去，实际呢，你们只是列成纵队，像在通灵板上面移动一样。太阳亮晃晃地浮现于地表，耀眼如金属，在你的眼球上跳跃旋转，让河面离子化。你看不到河水中的一丝污染与沉渣。它看起来神秘、古老如《圣经》，你喉头为之紧缩。

比克斯捏捏你的肩膀。"各位先生，"他说，"早安。"

你们并肩站在河岸边，眺望，脚边是残存的最后一堆雪。"瞧瞧那河水，"德鲁说，"真希望能在里面游泳。"一分钟后，他说："让我们牢记这一天，就算我们将来变成陌生人。"

你转头看向德鲁，阳光让你眯起了眼，那个刹那，未来就像个隧道，未来的"你"站在隧道尽头，回首张望。那一瞬间，你终于感觉到了——就是你之前在来往行人脸上看到的东西——一股力量突然涌出，像股暗流，把你推向某个看不太清楚的东西。

"哦，我们永远不会忘记彼此，"比克斯说，"失联的时代即将结束。"

德鲁问："什么意思？"

“我们将在另一个地方聚首，”比克斯说，“我们曾经失去的人，必将寻获。或者他们会找到我们。”

“哪里？如何？”德鲁问。

比克斯迟疑了一会儿，好像一个秘密隐瞒已久，一旦公开，他不知道会有什么灾难。“那是我想象中的最后审判日，”他注视着河水，终于说出口，“我们将脱离自己的身体，以灵魂的形式再度聚首。那会是一个新的地方，我们都在那里，一开始我们可能觉得奇怪，不久后，就明白‘失去对方’或者‘迷失自我’才是奇怪的想法。”

你认为比克斯一向知道真理，就算是成日坐在电脑前，他也是个明白人。现在，他正在传递知识。不过，你开口说的却是：“所以，你终于能拜见丽姿的爸妈喽。”

出其不意的一招正中比克斯的笑点，他发出响亮的隆隆的笑声。“我不知道，罗布，”他摇摇头说，“或许不会——或许这个部分永远不会改变。不过，我希望能在那里跟他们相逢。”他揉揉突然变得很疲倦的眼睛，说：“就讲到这里。我该回家了。”

比克斯双手插进夹克口袋，走了，过了好一会儿，你才感觉到他真的离开了。你掏出口袋里最后一根大麻，跟德鲁分着抽。河水静谧，看不到船只，几个缺牙怪老头在威廉斯堡桥下钓鱼。

“德鲁。”你说。

他正在看河水，这是药后的副作用，觉得任何东西都有趣，都值得细细观察。你紧张地笑了。他转头说：“什么？”

“希望我们能住在那个木屋。你跟我。”

“什么木屋？”

“就是你在威斯康星州盖的那个木屋，”看到德鲁一脸茫然，你加上一句，“要是真的有那个木屋的话。”

“当然有那个木屋。”

你的亢奋散成粒子，飘散在空气中，然后德鲁的表情重组，出现了令你害怕的忧惧神色。他慢慢地说：“那我会想念萨莎，你不会吗？”

“你并不真正了解萨莎，”你喘着气说，微带绝望，“你根本不知道你思念的是谁。”

一个大型飞机库挡在马路与东河间，你们绕道而行。“我哪里不了解萨莎？”德鲁的语气跟往常一样友善，却不同——你感觉到他已经开始排斥你，于是你惊恐了。

“她干过妓女，”你说，“妓女兼小偷——这就是她在那不勒斯的生存方式。”

你说这些话的同时，耳朵里响起咆哮声。德鲁停下脚步。你很确定他要揍你。你已有心理准备。

“这是疯话，”他说，“你他妈，你竟然说出这种话。”

“你问她呀，”你大声喊道，压过了咆哮声，“问她那个以前当过长笛手的瑞典人拉尔斯。”

德鲁继续走，低着头。你走在他身旁，你的脚步声传达出内心的慌乱：*你干了什么好事？你干了什么好事？你干了什么好事？你干了什么好事？*罗斯福东河快速道在你的上方，车子隆隆地驶过，你的肺里都是汽油味。

德鲁又停步了。他透过阴暗且油气浓稠的空气看着你，你从未见过他这种眼神。“哇，罗布，”他说，“你还真是个彻彻底底的浑蛋。”

“众人皆知，你算最后一个。”

“我不是。萨莎才是。”

他转身，快速走开，抛下你一人。你急步追赶，一股疯狂的信念抓住你——只要能拦住德鲁，你就能封住自己闯下的大祸。你告诉自己，她不知道，她还不知道。只要德鲁还在你的视线里，她就不知道。

你沿着东河边缘，步步紧跟，你们之间约莫相距二十英尺，你必须小跑才能跟上。他一度转身说：“走开！我不要你靠近我！”不过你感觉他似乎思绪混乱，不知该往哪儿走，该做什么，而这让你更加肯定——惨剧还没发生！

在曼哈顿与布鲁科林桥之间，德鲁在一个大约可以称之为沙滩的地方止步。这里全是由垃圾组成：旧轮胎、垃圾、碎木头、玻璃、肮脏的纸屑、旧塑料袋，而后沙滩逐渐缩减，伸入东河。德鲁站在这堆破玩意儿上，朝前看，你站在他身后数英尺的地方等待。然后他开始脱衣服。一开始，你不敢置信——先是夹克，接着是毛衣、两件T恤、内衣。德鲁赤裸的上身出现在你眼前，一如你想象般的强壮紧实，只是比较瘦，胸前的黑毛形成一个黑桃心的形状。

身上只剩牛仔裤与靴子，德鲁细心选路，走到垃圾与河水的交接处。一块多角形水泥地，应该是某个东西的基石，早已被人遗忘。他攀爬上去，解开鞋带，脱掉鞋子，踢掉牛仔裤与四角裤。你虽然处于惊恐的状态，但看到男性宽衣解带，还是能微微感受到其中的美丽与粗野。

他回头看你，然后你看到他赤裸的正面，黑色阴毛与强健的双腿。他语气平淡地说："我总想这么干一次。"然后长长地纵身浅跳，撞击东河水面，发出介乎尖叫与惊呼的声音。他浮出水面，你听见他努力换气的声音。水温最多只有华氏四十五度。[1]

你也爬上那块水泥地，开始脱衣服，恐慌淹没了你，而你却又恍惚感觉如果能控制住这个恐慌，它必定有它的意义，必定能证明你的某些东西。冷冽的空气让手腕上的伤疤剧痛。你的阴茎被冻得缩成胡桃大小，练过足球的身材已经开始走样，但是德鲁根本没在看你。他在游泳：游泳选手的那种强劲利落的划水姿势。

你拙劣地跳进水中，整个身体撞击在水面上，膝盖撞上水底的硬东西。冰冷把你整个裹住，让你窒息。你拼命往前划，要划离那堆垃圾，你想象下面应该遍布生锈的钩子与爪子，正朝上伸展，准备撕裂你的生殖器与脚丫子。你的膝盖因刚刚撞到不明物体而剧痛。

你抬起头，看见德鲁在仰泳。你大声叫道："我们可以游出这里，对吧？"

"是的，罗布，"他以一种新的平淡口吻说，"怎么来的，怎么出去。"

你没再说话。因为你全身的力量都用来踩水与呼吸。最后，冰冷的河水贴在你身上，几乎有种热带的温暖感觉。你耳内的尖声号叫慢慢安静下来，你又能呼吸了。你张望着，惊讶地发现你周遭的景色有种神秘的美感：河水包围着岛屿，远处的拖船伸出橡皮制的尖板，自由女神像，布鲁科林桥上轰然驶过的车流，而桥本身又多么像竖琴的内部，教堂钟声蜿蜒又走调，就像你母亲挂在前廊的风铃。你划得

[1] 约等于七摄氏度。

很快，抬头寻找德鲁，却看不见他的踪影。岸边似乎很远。有一个人在那里游泳，但是距离太远，因此当他停下来疯狂朝你挥舞双手，你看不清他是谁。你隐约听到了叫声——罗布！——你这时才发现这个叫声其实已经持续了一段时间。惊恐像剪刀一样划开你的身体，让你与外界的现实面对面，清晰无比：你被暗流卷走了，你知道这河里有暗流——不知在哪儿听说过，却忘了——你大声叫喊，却感觉声音很小，周遭只有河水的漠然震荡。这一切不过是一转眼的事。

“救命啊！德鲁！”

你大力地划水，知道你不该慌张——慌张只会让你力竭——跟以往一样，你的灵魂在你毫无意识的情况下，轻易就飘离了，抛下小罗伯特·弗里曼独自与水流奋斗，而你退入宽广的风景里，河水、建筑、街道，大马路就像没有尽头的长廊，宿舍里学生熟睡，浓浊的气息散布在空气中。你飘入萨莎敞开的窗户，飘浮于她摆满旅游纪念品的窗台：一个白色的贝壳，一个金色小宝塔，一对红色骰子。她的竖琴摆在角落里，还有小木头矮凳。她睡在窄床上，床单把她的焦红色的头发衬托成近乎黑色。你跪在她身旁，呼吸着萨莎睡觉时的那股熟悉的气味，对着她的耳朵颠倒呢喃着这几句话：我很抱歉，我相信你，我会永远在你身边，保护你，永远不会离开你，只要你活着，我就永远缠绕在你的心房。直到河水压迫我的肩头，有人猛压我的胸膛，让我惊醒，然后我听到萨莎对着我的脸大喊：你加油啊！你加油啊！加油啊。

第十一章　再见，我的爱

特德·霍兰德同意到那不勒斯寻找失踪的外甥女，他跟出钱的姐夫解释了他的计划，包括到漫无目标、吸毒酗酒的年轻人经常聚集之处——譬如车站——打探外甥女的下落。他打算问："萨莎，美国人。Capelli rossi（红头发）。"他甚至还勤练发音，直到他能把rossi的卷舌音念得很标准为止。但是，他来那不勒斯已经一个星期了，还没机会说上一次。

今天，寻找萨莎的决心再度被忽略，他跑去参观了庞贝遗址，观察早期的罗马壁画，注视高柱耸立的中庭。四散的人群有如复活节彩蛋。他坐在橄榄树下吃掉一罐金枪鱼，聆听惊人的空旷与肃静之声。黄昏时他回到旅馆，酸疼的身体颓倒于超大号双人床上，然后他打电话给姐姐贝丝，也就是萨莎的妈妈，跟她报告辛苦一日又是一事无成。

"好吧。"贝丝在洛杉矶那头叹气，一如过去的每一天。她的失望如此强烈，强烈到似乎赋予了一种类似良心的东西在其上，让特德觉得他们的电话对谈有第三者在场。

“很抱歉。”他说。一滴毒药落在他的心头。明天，他一定会去找萨莎。他一边发誓，心里却更加确定另一个完全相反的计划，他要去国家博物馆，那里典藏了他仰慕多年的作品，拷贝自希腊原版的俄耳甫斯与欧律狄克的浮雕像。他一直想去看。

幸好啊，贝丝的第二任丈夫哈默今天不在电话旁，有可能是选择了不参与，平日他的问题一大堆，全部指向“我花这个钱值得吗？”这个简单的问题上，这让特德因怠忽职守而产生的焦虑感更加严重。挂掉电话后，他到房间的小冰箱里拿出冰块，倒进伏特加。拿着酒跟电话到阳台，坐在白色塑料椅上，俯瞰帕尔泰诺佩街跟那不勒斯湾。海岸崎岖，海水纯净度颇值得怀疑，但是惊人的湛蓝，雀跃的那不勒斯人（多数颇肥胖）站在岩石上，在行人、观光旅馆与车流前坦坦荡荡地宽衣，跃入海中。他拨电话给老婆。

“哦，嘿，亲爱的。”苏珊很讶异这么早就接到他的电话。通常，特德在上床前才会打电话给她，那时比较接近美国东岸的晚餐时分。“你都没事吧？”

“很好。”

苏珊快乐爽朗的语气让他沮丧。在那不勒斯这段时间，苏珊经常萦绕他的心头，不过是一个版本略微不同的苏珊：体贴又会意，无须言语就能沟通的苏珊。是这个版本的苏珊陪伴他在庞贝古城聆听寂静，她能敏锐察知伴随寂静的是回荡不绝的尖声、呐喊声与灰烬。那么大规模的毁灭怎么可能寂静无声？最近一个星期的独处，此类问题不断盘踞在特德的脑海中，而这个星期感觉像是过了一年，又像仅仅只过了一分钟。

“那栋苏斯金的房子，有人感兴趣了。”苏珊显然希望这则房地产的实时消息能鼓舞老公的士气。

然而，特德每次对妻子感到失望，逐渐累积丧气时，都伴随着揪心狂涌的内疚。许多年前，他就开始把他对苏珊的热情对折减半，因此当他瞥见妻子躺在身旁，看到她的健壮的双臂与柔软宽大的屁股时，就不会再涌起近乎灭顶的无助感。然后他把热情继续对折，此后只要他对苏珊产生欲望，害怕失望的尖锐恐惧就不会随之而至。然后，他继续对折，欲望产生后也无须立即行动。再对折，他几乎不再对苏珊有任何欲望。他的欲望小到他可以扔进抽屉或口袋，完全遗忘，这给他一种安全感与成就感，仿佛他拆解了一个有可能压碎他们俩的危险装置。苏珊初时不解，继而烦恼。她曾两度甩他耳光，也曾像一阵狂风般离开家，住进汽车旅馆，还曾仅着黑色性感内裤与特德在卧室地板上厮打。最后，遗忘攻占了苏珊，她的反抗与伤痛消融，转化成一种甜蜜且永不消退的开朗，简直像没有死亡的人生一样恐怖。特德认为有了死亡，人生才得以塑型，赋予庄严。一开始，特德认为苏珊那种源源不绝的快乐是故意嘲讽，是另一种阶段的反抗，后来他才明白苏珊早就忘记以前的事了，不记得在特德封存欲望之前，他们的生活是什么模样。她很快乐，根本就没有不快乐过，这一切让特德更加吃惊于人类心灵的柔韧性与极强的适应力，简直跟体操选手的身体一样，不过这也让他觉得苏珊好像被洗脑了，被他洗脑了。

“甜心，”苏珊说，“艾尔弗雷德要跟你说话。”

特德上紧发条，来面对这个阴晴难测的忧郁儿子。“嗨呀，艾尔弗雷德！”

“老爸，不要用这种口气说话。”

“什么口气？”

“假惺惺的老爸口气。”

“你究竟要我怎么做呢？艾尔弗雷德？我们就不能好好说话吗？”

“我们输了。”

“哦，这样啊，五比八？”

“四比九。”

“没关系，还有时间。”

“没时间了，”艾尔弗雷德说，“来不及了。”

“你老妈还在吗？”特德感觉有点沮丧，“可以叫她听电话吗？”

“迈尔斯要跟你说话。”

特德跟另外两个儿子说话，他们有更多比分要报告。特德觉得自己像是在赌马。他的儿子们什么运动都参加，还包括特德认为称不上运动的活动：足球、曲棍球、棒球、长曲棍球、篮球、美式足球、击剑、摔跤、网球、滑板（这称不上运动吧！）、高尔夫、乒乓、巫毒电脑游戏（绝对不算，特德绝不同意这是一种运动）、攀岩、轮滑、蹦极（这是老大迈尔斯在玩的，特德察觉到他在其中得到了自我毁灭的快乐）、西洋双陆棋（不算运动！）、排球、威浮球[1]、橄榄球、板球（哪个国家的运动？）、壁球、水球、芭蕾舞（还用说吗？当然是艾尔弗雷德），最近还加上跆拳道。有时特德觉得他的儿子们参加了那么多种运动，目的就是让他现身于各地的运动场，越多越好，他也尽责地出现，或者踩着纽约州北部的秋日落叶堆、嗅着木头燃烧时

[1] 从棒球蜕变而来、规则类似棒球的运动。

的气味，或者春日里站在亮晶晶的三叶草草地上，又或者夏日时忍受着闷热与蚊虫乱飞，在观礼台上尽力地嘶吼加油。

跟老婆和儿子说完话后，特德觉得醉了，急着想离开旅馆。他很少喝酒，酒精会让疲惫席卷他的脑袋，剥夺他每晚两小时——如果从他与苏珊、孩子吃完晚饭算起，还可能是三小时——思索艺术和写作与艺术有关的主题的珍贵时光。理想的情况是，他应该时时刻刻都在思索艺术与写作，但是几个因素的汇流，让思索与写作变成多此一举（他在三流大学任教，已取得终身教职，发表论文的压力很小），而且不可能（他每学期教三门艺术史课，还兼职了一大堆行政工作——他需要钱）。他用来思索与写作的地方是杂乱的住所里的一个小角落，一间小小的书房，他加了锁，不让儿子闯进来。他们围在门口，渴望着、祈求着，一脸心碎的表情。他甚至不准他们敲门，但是他无法阻止他的儿子在门外流连，他们就像月光下到水塘饮水的鬼魅野兽，赤裸的双足抠弄着地毯，汗湿的手指在墙上留下油渍的痕迹，特德每个星期都得指给清洁妇埃尔莎去清除。他坐在书房里，聆听儿子们的举动，幻想自己闻到他们温热且好奇的呼吸。他跟自己说，我不会让他们进来，我要坐在这里思索艺术。但是他沮丧地发现多数时候，他无法思索艺术。根本什么也没想。

黄昏时，特德从帕尔泰诺佩街漫步至维多利亚广场。广场挤满合家出游的人，到处都可以看到小孩踢足球，还不时爆发出音量刺耳的意大利文，互相叫喊着。暗淡的天色下，广场上还出现了另一类人：漫无目的、脏乱不堪、微微令人感到威胁的年轻族群，他们是被剥夺的一代，在这个失业率高达百分之三十三的城市里游荡，15世纪时，他们的祖先曾在此奢华度日，而如今广场破败，成了他们鬼鬼祟祟游荡的所在地，他们在教堂前的台阶上注射毒品，教堂下的地窖里就躺着他们的祖先，小小的棺木如柴火般堆垒在一起。特德有点畏惧这些年轻人，虽然他身高六英尺四英寸，体重两百三十磅，一张脸在浴室的镜子里看起来天真无害，却常让同事忍不住问他为什么不高兴。他担心萨莎混迹于这些孩子中——是她在天黑后，在弥漫整个那不勒斯街头的色如黄疸的街灯下偷瞄着他。他早就清空钱包，里面只有一张信用卡与少数现金。他快步离开广场，去找餐厅。

萨莎是在两年前她十七岁时失踪的。跟她老爸安迪·格雷迪一样不告而别。安迪从事金融业，有一双紫罗兰色眼睛，性格狂烈。他跟贝丝离婚后一年，一桩生意失败了，他就此人间蒸发。萨莎则偶尔会露个脸，要求老妈汇钱到遥远的地方给她，贝丝与哈默曾两次飞到女儿的落脚处，却没能拦截到她。萨莎是在逃离惨淡的青春期，她的辉煌纪录包括：吸毒，无数次偷窃被捕，跟摇滚乐手鬼混（她老妈无助地说），换过四个心理咨询师，进行多次家庭治疗、团体治疗，还有三次自杀未遂。特德远观萨莎的这些经历，深感恐怖，渐渐地，恐怖与萨莎合为一体。特德还记得萨莎小时候是个可爱的小女孩，甚至称得上迷人，记忆来自某一年夏天，他跟安迪、贝丝一起住在密歇根湖边的房子里。但是萨莎慢慢变成了一个怒火四射的人，偶尔他在圣诞节、感恩节聚会上瞧见她，便忙不迭把儿子带开，生怕她那种自残倾向会污染他的孩子。他不想跟萨莎有任何关系。她整个人都迷失了。

第二天，特德起了个大早，搭出租车去国家博物馆，馆内凉爽，回声激荡，尽管是春天，却门可罗雀。他穿梭于积灰的恺撒与哈德良的半身雕像间，被那么多几近情色的大理石雕像包围，他的脉动因此而加快。在还没看到俄耳甫斯与欧律狄克之前，他就能感觉它在附近，隔着房间，都能感受到它的重量，他刻意延迟面对它，回忆着这座浮雕所描述的场景中的种种因缘际会：俄耳甫斯与欧律狄克相爱，新婚不久，欧律狄克在逃避牧羊人性骚扰的路上遭蛇咬而亡。俄耳甫斯遁入地府，弹着里拉琴，吟唱他对妻子的思念，歌声回荡于潮湿阴冷的廊道。冥王答应让欧律狄克重返阳世，条件是途中俄耳甫斯不能回头看她。当欧律狄克在走廊内摔了一跤，俄耳甫斯忘记了诺言，因恐惧而转头，造成了那个倒霉的时刻。

特德走向浮雕。他觉得自己仿佛是步入浮雕里，被其彻底地包围，万分感动。这座浮雕表现的是欧律狄克不得不返回地府的前一刻，正与俄耳甫斯告别。他们互动时的那种默然无语让特德特别感动，觉得自己的一颗心好像精致的玻璃般碎裂了。欧律狄克与俄耳甫斯彼此凝视，没有眼泪，也无激动的演出，只是温柔地碰触。特德能感觉他们对彼此的了解之深，非言语能描述：无须言语，他们了然，一切都错失了。

特德呆呆地注视着浮雕，足足半个小时。他走开，又回来。走出房间，又再走回来。每一次，都激动依旧：那是心室纤维性颤动，面对艺术作品，他已经多年没有这种反应了，一想到还能如此，他就更加兴奋。

接下来，他都在楼上欣赏庞贝时期的马赛克镶嵌，但是他的心从未远离俄耳甫斯与欧律狄克。离开博物馆前，他又去看了一次。

此刻已经下午。特德依旧处于迷醉状态，开始漫步，直到他发现自己身处在一条狭窄的后街小巷，狭窄到显得阴暗。他经过满布尘埃的教堂时，腐朽寒酸的宫廷式建筑里传来猫与小孩的叫声。巨大的门楣上刻着纹章，满是污秽，早已被人遗忘，这种种景象都令特德心惊：这么具有定义性而且全球普遍性的象征物，居然也会因为时间而失去它的意义。他想象另一个稍微不同的苏珊就站在他身旁，分享他的惊讶。

俄耳甫斯与欧律狄克不再那么占据他的思维后，特德开始意识到周遭有点隐秘的骚动，从站在教堂门口的浑身穿着黑袍的老太婆，到穿绿色T恤、骑着伟士牌摩托车不断贴着特德身旁穿过的男孩，好像每个人都在眼神交会，吹口哨，打暗号，步步紧逼。一个老太婆探出窗户，用绳子垂下装满万宝路香烟的篮子。特德心想，黑市买卖。他不安地看着某个满头乱发、手臂晒伤的女孩从篮子里拿走烟，丢了几个铜板进去。篮子慢慢往上升到窗户，特德突然认出买烟的女孩正是他的外甥女。

他对这个相逢惧之甚深，以至如此惊人的偶遇发生时，他反而感觉不到惊奇。萨莎皱起眉头，点起万宝路，特德放慢脚步，假装在欣赏油渍渍的宫廷式建筑墙壁。当萨莎离开，特德尾随于后。她身穿褪色的黑牛仔裤、脏灰色的T恤。她脚步摇晃，微跛，有时步伐很慢，忽而又加快，特德得专心跟踪，才不至于超前或者跟丢人。

他这是进入了罗马城盘根错节的内脏地区，贫困，没有观光客。晒衣绳上的衣服啪啪地翻飞，混合着鸽子的振翅声。出其不意，萨莎转身面对他。她满脸迷惑地瞪着他的脸，结巴着说："这是？舅舅——"

"我的天！萨莎！"特德大叫，装出疯狂惊喜的模样，但演技很差。

"你吓我一跳，"萨莎依旧不敢置信，"我感觉有人——"

"你也吓了我一跳。"特德回应道，然后他们都笑了，有点紧张。他应该马上拥抱她才对。现在太晚了。

为了避免显而易见的问题（他在那不勒斯干什么？），特德继续说：“你要去哪里啊？”

“去——拜访朋友，”萨莎说，“你呢？”

“就是……走走逛逛！”他们的对话开始步调一致了，“你瘸了？”

“我在丹吉尔摔断了脚踝，”她说，“很长的台阶。”

“我希望你去看过医生。”

萨莎用可怜兮兮的表情望着他：“我打了三个半月的石膏。”

“那为什么瘸了？”

“不知道。”

萨莎长大了。毋庸置疑的成人体态，胸部与屁股十分饱满，腰窝处凹陷，弹掉烟屁股的姿态很老练。这诸种改变，特德能够一次看足，还真是奇迹。她的头发不像以前那么红。脸蛋细致脆弱，带有一丝淘气的表情，皮肤白到似乎可以吸收周遭的色彩——紫色、绿色、粉红色——就像卢西安·弗洛伊德画笔下的脸蛋。她是那种如果活在20世纪，就注定不长命的女孩，会死于难产。一个女孩如果骨头轻如羽毛，碎了就难以愈合。

“你住这里？”他问，“那不勒斯？”

“一个比较高级的区域，”她以一丝丝势利的口吻说道，“你呢，特德舅舅？还住在纽约格雷山那儿？”

“是啊。”特德被萨莎的记性吓一跳。

“你的房子很大，对吧？有很多树？还有一个轮胎做成的秋千？”

“是树的装饰。一个没人用的吊床。”

萨莎停了一下，闭上眼想象：“你有三个男孩，迈尔斯、埃姆斯跟艾尔弗雷德。”

没错，甚至连出生顺序都对。特德说：“我真惊讶你都记得。”

“我什么都记得。”萨莎说。

她伫步于一栋破烂的宫廷式建筑前，原本的纹章被涂成黄色的笑脸，特德觉得恐怖极了。“我的朋友住这里，”她说，“拜拜，特德舅舅。真高兴碰到你。”她汗湿黏滑的手指握住他的手。

突如其来的告别令特德猝不及防，说话都结巴了：“等等，但是——我可以请你吃顿晚餐吗？”

萨莎歪歪头，打量着他的眼睛，抱歉地说：“我超级忙的。”接着，礼貌像一股深不可移的意志软化了她，她说：“好吧。我今晚有空。”

推开旅馆的门，迎接他的是20世纪50年代风格的各种浅褐色色调，这是过去几天他假装出门找萨莎，回来后，天天都能看到的景象，直到此时，刚才的事才排山倒海般扑面而来，让他震撼不已。该打电话给贝丝了，他想象姐姐听到昨日至今所发生的这一连串好消息，一定狂喜到说不出话来：他不仅找到了她的女儿，萨莎看起来似乎也没沾毒品，还算身体健康，神志清晰，还交了朋友。简言之，远比他们想象中的好。但是特德却快乐不起来。为什么？他躺在床上，双手抱胸，闭上双眼。为什么他怀念起昨日，甚至今早——渴望那种他应该去找萨莎却没去找的平静？他不知道。他不知道。

特德与贝丝、安迪住在密歇根湖的那年夏天，他们婚姻破裂，过程惊人。当时，特德在密歇根湖再往北一点的工地做包工头。夏日结束时，除了破裂的婚姻，连带碎裂的还包括特德送给贝丝的生日礼物——一个马略尔卡陶盘、各式损毁的家具、贝丝脱臼了两次的左肩膀，以及被安迪打裂的锁骨。他们吵架时，特德会带萨莎出去，穿过尖刺的草丛，去海滩。那时，萨莎留着红色长发，皮肤苍白到泛青。贝丝想尽办法不让她晒伤。特德很重视姐姐所关切的事，带萨莎去海滩时一定会携带防晒霜。黄昏时分，沙滩很烫，萨莎一站上去就会尖叫。特德会抱起萨莎，她轻如小猫，穿着红白条纹泳衣，然后放在大浴巾上，在她的肩膀、后背、脸蛋和小小的鼻尖上抹上防晒霜。那时，萨莎差不多五岁吧，特德总是会想，她在这样暴力的环境下长大，不知会变成什么样。他坚持让萨莎在太阳底下必须戴上白色水手帽，虽然她很不想戴。特德当时还是艺术史研究生，做包工头赚学费。

“包——工头，”萨莎以认真的语气重复念道，“那是什么？”

“哦，就是他要负责找不同的工人，一起来盖房子。”

“有地面打磨工人吗？”

“当然有。你认识地面打磨工？”

“一个，”她说，“他替我们的房子打磨地板，名字叫马克·埃弗里。”

特德马上怀疑起这个马克·埃弗里。

“他送了我一条鱼。”萨莎继续说。

“金鱼？”

“不，”她笑着拍打特德的手臂说，“放在浴缸的那种鱼。”

“它会叫吗？”

“会啊，不过我不喜欢它的叫声。”

这样的闲聊有时长达数小时。特德感觉萨莎抛出话题，主要是为了打发时间，让两人都无暇注意屋子里发生的事。这让萨莎显得远比她的年纪老成，她是个厌世的小女人，对生命的重负极端认命，觉得连提都不必提。她一次都未提及父母，或者她跟特德跑到沙滩是为了躲避什么。

“你要陪我去游泳吗？”

“当然。”他总是如此回答。

只有此刻，特德才肯让她丢掉保护性的帽子。她的长头发如丝般柔软。当他遵照萨莎的意愿，抱着她步入密歇根湖时，长发就会飘散到他的脸上。她会用瘦瘦的腿，以及被太阳晒得热乎乎的双臂环绕着特德，脑袋靠在他的肩头。他们越深入湖水，特德就越能感觉萨莎的恐惧，但是她不允许特德转身回去。“不，没关系，我们走吧。”她会对着特德的脖子幽幽低语，好像浸入密歇根湖水是她为了完成伟大的善行所必须忍受的酷刑。特德试过各种方法减轻她的不适——缓缓沉入水中，或者一口气跃进——无论何种方法，萨莎总是会用手腿夹紧他，痛苦地吸气。一旦进入水里，入水过程结束，她马上恢复正常，用狗刨式划水，尽管他努力地教她自由泳。（“我会游泳啦！”她会不耐烦地说，“我只是不想这样游。”）她紧咬牙关但牙齿还是打战，一边朝他泼水。不过这整个过程让特德非常不安，好像他强迫外甥女入水是在伤害她，其实他想做的是拯救她，幻想用毛毯裹住她，在天亮前，秘密逃离那栋房子，坐在他找到的老旧小船上，划得远远的，带她到沙滩，永远不回头。那年他二十五岁，他谁也不信任。但是他真的无力保护外甥女，日子就这么一星期又一星期地过去，他开始想象暑期的尾声铁定不祥且黑暗。但是时候到了，却远比他想象中轻松简单。当特德把行李弄上车，跟大家告别，萨莎紧紧抓住妈妈，连看都没看他一眼。特德在极端的愤怒中离开，他知道这种受伤害的感觉很幼稚，但是他忍不住，好不容易情绪过去了，他已经累到没法开车。他把车子停在DQ冰激凌店外面，睡着了。

“如果你不游给我看，我怎么知道你会不会游泳？”他有一次坐在沙滩上对萨莎说道。

“我跟蕾切尔·科斯坦萨一起学的游泳。”

“你没有回答我的问题。”

她无助地朝他一笑，似乎想要用孩子气做掩护，却发现来不及了。“她有一只暹罗猫，叫羽毛。”

“你为什么不游？”

“哦，特德舅舅，”她模仿起老妈来真叫人毛骨悚然，“你累不累啊。”

萨莎八点左右抵达他的饭店，身穿红色短洋装，黑色漆皮皮靴，五颜六色的妆容让她的脸变成一张正在尖锐呐喊的小面具。狭长的眼睛弯弯的如钩子。特德的视线横越大厅，停留在她身上，觉得自己万般勉强，几近软瘫。虽说是残忍，但是他真的希望萨莎不要现身。

尽管如此，他还是勒令自己穿越大厅，握住她的手臂说：“街上有一家不错的餐厅，还是你有别的提议。”

她的确有。坐上出租车，萨莎朝窗外喷烟，用磕磕巴巴的意大利文大声跟司机讲话，车子尖声穿过小巷，硬闯单行道，抵达沃梅罗，这是特德没见过的富裕区，位于山顶。他还在晕头转向，付钱下了车，跟萨莎站在两栋大楼的中间。平坦闪亮的城市在他们面前展开，懒洋洋地把它的尖端伸向海洋。特德马上联想起霍克尼、迪本科恩与摩尔的作品。远处，维苏威火山平和地沉睡着。特德想象另一个版本稍微不同的苏珊与他并肩，眺望这一切。

“那不勒斯就属这里视野最棒。”萨莎用挑战的语气说道，但是特德察觉到她正在等待与估量他的赞许。

“景观真的很美。”他跟萨莎保证，当他们踱步到飘满落叶的住宅区街道时，他还补上一句，“这也是我在那不勒斯见过的最漂亮的住宅区。”

“我就住在这里，”萨莎说，“再过去几条街。”

特德有些怀疑。“那我就该来这里跟你会合，省得你跑一趟。”

“我怀疑你能不能找得到，”萨莎说，“外国人在那不勒斯根本无助得很。很多人都被抢。”

“你不也是外国人？”

“理论上是，”萨莎说，“不过我熟门熟路。”

他们来到十字路口，挤在那儿的人铁定都是大学生（真奇怪啊，全世界的大学生都是一个样儿）：穿着黑皮夹克的男男女女，有的骑伟士牌摩托车，有的靠在伟士牌摩托车旁，有的蹲坐甚至站在伟士牌摩托车上。高密度的伟士牌摩托车让这个广场充满活力，喷出的废气让特德有如吞了温和的麻醉剂。暮色里，一排排的棕榈树像合唱队，映衬着贝利尼的天空[1]，即兴表演。萨莎捧着脆弱的自信心穿梭于学生群中，眼睛直直地朝前看。

到了广场的一家餐厅，她要了靠窗的桌子，开始点餐：油炸意大利青瓜花配比萨。一次又一次，她的视线飘向窗外，注视那些学生跟

[1] 此处指乔凡尼·贝利尼，意大利文艺复兴时代著名画家。

他们的伟士牌摩托车。这简直再明白不过了，她想成为他们的一员。特德问：“你认识他们中的谁吗？”

“他们只是学生。”她轻蔑地说。仿佛学生等同于“没什么”。

“他们看起来跟你年纪差不多。”

萨莎耸耸肩。“他们多数还住在家里，”她说，“我想多听听你的事，特德舅舅。你还是艺术史教授吗？现在，你铁定是专家了。”

萨莎的记忆力再度让特德吃惊，每次聊及自己的工作，特德的压力便又一次升腾而起。当初就是在这种混乱心情的驱使下他不顾父母的失望，欠了一屁股债，只为完成以塞尚为题的博士论文。他在论文里以迫切激动的语调（现在想起来还是很丢脸）主张——塞尚的特殊笔法是要表达*声音*，也就是说塞尚的那些夏日景观画作，主要是想表达蝗虫的催眠式齐鸣。

“我正在写一篇关于希腊雕刻对法国印象派的影响的论文。”他想要语气轻松，却重如砖块。

“你的妻子，苏珊，”萨莎说，“她是金发，对吧？”

“没错，苏珊是金发……”

“我的头发以前是红色的。”

“现在还是红色，”他说，“微红。”

“比不上以前了。”她注视特德，等待他的同意。

“是。”

两人间无话。

“你爱她吗？苏珊。”

这个淡漠的询问击中了特德的腹腔神经丛附近。他纠正萨莎：“苏珊*舅妈*。”

萨莎看上去学乖了，说：“舅妈。”

特德平静地回答道：“我当然爱她。”

菜来了：盖满水牛奶酪莫萨里拉起司的比萨，化在特德的喉咙里，浓郁软滑，奶香四溢。第二杯红酒下肚后，萨莎开始说话。她跟韦德私奔离家，就是那个“针头乐队”的鼓手（言下之意，似乎该乐队无须介绍，人尽皆知），当时他们去东京表演。“我们住在大仓旅店，大仓意为奢华，”她说，“那时是四月，日本的樱花季，所有的树都盖满粉红色的花朵，上班族戴了纸帽，在樱花树下唱歌跳舞！”特德从未去过近东，遑论远东，这让他感觉到一丝丝嫉妒。

东京之后，乐队前往中国香港。“我们住在山丘上的一栋白色大楼里，窗外的景观棒极了，”她说，“可以看见岛屿、海水、船只跟飞机……”

“所以，这个韦德现在跟你在一起？在那不勒斯？”

萨莎眨眨眼说：“韦德？没有啊。”

韦德把她丢在中国香港，留在那栋白色摩天大楼里，她在那儿一直窝到房东赶人为止。然后她搬到青年自助旅舍，那栋楼里面有一堆血汗工厂，工人就睡在缝纫机下面的布堆上。萨莎讲起上述经历，语气颇为轻松，仿佛那是一场喧闹游戏。“之后，我交了一些朋友，”萨莎说，“我们就去了中国的内地。”

“就是你昨晚要碰头的那些朋友？”

她笑了。“我每到一处都会认识新朋友，”她说，“四处旅行就是这样，特德舅舅。”

她脸红了——可能是酒，或者回忆的快乐所致。特德挥手要账单，付了钱。他满怀沉重，心情沮丧。

外面的年轻人已经消失于寒冷的黑夜里。萨莎没穿外套。“请穿上我的外套。”特德说，同时脱下破旧厚重的斜纹软呢外套，但是萨莎没理会。特德觉得她只是想展示她的红洋装。长筒靴让她瘦得更加明显。

他们走了好几条街，到了一个模样普通的夜店，门口的保镖懒洋洋地挥手让他们进去。这时已经接近午夜。萨莎说：“这是我朋友开的店。”她带头穿越拥挤的人群、紫色的荧光灯，以及类似电钻的各式速度发出的声音组合在一起的节拍声。就连不熟悉夜店的特德也能感觉此情此景实在陈腔滥调，萨莎却似乎沉迷其中。她指着邻近桌子上面摆着的颜色有些恐怖的调制酒说：“请我喝杯酒好吗，特德舅舅？就是这种，上面再放一把小小的雨伞。”

特德推挤着人群向吧台走去。离开外甥女就好像推开一扇窗，舒缓了窒息的压迫感。问题到底出在哪里呢？萨莎过得开心得很，到处见世面，过去两年她干过的事远超过特德二十年的。他到底为什么想逃离她呢？

萨莎霸占了矮桌的两个位子，那种座位让特德觉得自己像只猿，膝盖直抵下巴。萨莎举起摆了小雨伞的酒杯，紫色荧光闪过她手腕内侧的白色疤痕。当她放下酒杯，特德握住她的手，翻转过来。萨莎没有抗拒，直到她发现特德在看什么，便急忙抽开手。“那是以前的，”萨莎说，“还在洛杉矶的时候。”

“我看看。”

她不肯。特德居然把手伸过桌子，一把抓住萨莎的手，他自己都大吃一惊，他用力扭压外甥女的手，仿佛她的痛苦能带来某种愤怒却愉悦的感觉。他注意到萨莎的指甲鲜红，那是下午才涂的。萨莎不愿看到特德在冰冷诡异的灯光下研究她的手臂，抗拒地移开视线。她的手臂布满割痕，好像破损的家具。

“很多是意外，”萨莎说，“我的平衡感很差。”

“你那段日子很痛苦。”特德希望萨莎能够承认。

一阵沉默。萨莎终于开口：“我一直以为看见了我爸。很疯，对吧？”

“我不知道。”

“不管在中国或者摩洛哥。我只要一抬眼——砰——就看到他的头发出现在房间的那一头，或者他的腿，我还记得他双腿的确切形状。或者他是如何仰头大笑的——你还记得吗，特德舅舅？他的笑声有点像某种呐喊。”

“经你这么一说，我想起来了。”

“我认为他可能在跟踪我，”萨莎说，“确保我平安没事。后来，我发现他并没在照看我，我就变得非常害怕。”

特德放开她的手，她双手交握放在大腿上。“我以为他凭着我这头红发就能追踪到我。但是我的头发现在也不红了。”

“我认得出你啊。”

“说的也是，”萨莎身体前倾，苍白的脸庞贴近特德，满脸因期待而显得专注，“特德舅舅，你究竟到这里来干吗？”

这正是特德畏惧的问题，但是答案从他口中滑出，一如肉从骨头上剥落。“我来参观艺术，”他说，“来看艺术，思索艺术。”

喏，就是如此：一股令人振奋的祥和。特德如释重负。他不是为萨莎而来，实情的确是如此。

“艺术？”

“这是我喜欢做的事，”他笑着说，回想起了今天下午看到的俄耳甫斯与欧律狄克，“我一直想做这个。我真正在乎的就是艺术。”

萨莎露出放松的神情，仿佛某种让她戒备的压力突然解除了。“我还以为你是来找我的。”

特德隔着一定距离看她。平和的距离。

萨莎点燃一根万宝路，只抽了两口，便摁灭了。她说：“我们跳舞吧。”站起身时，她似乎显得有些沉重。“来吧，特德舅舅。”她抓住特德的手，带他往舞池走，液体般扭动的人群身体让特德顿觉羞涩。他犹豫，抗拒，但是萨莎一把拉住他，挤入跳舞的人群里，特德瞬间感觉有些飘飘然，好似浮于半空中。他有多久没这样在夜店跳舞啦？十五年？还是更久？特德开始试探性地扭动身体，感觉斜纹软呢外套下的“教授身材”笨重又拙劣，他试着移动双脚，让它们看似舞步，直到他发现萨莎根本没在动。她站得直直地瞧着他。然后她伸出长长的双臂，环抱特德，攀住他的身体，他能感觉这个新萨莎的中等体型、重量与高度，他的外甥女一度那么娇小，现在已经长成成人，这种不可逆转的改变让特德兴起尖锐的伤感，喉头一紧，鼻腔里涌起一阵痛苦的刺激。他靠近萨莎。但是那个小女孩已经不见。那个曾经深爱过她的热情男孩也不见了。

终于，萨莎放开他。“你在这儿等我，”她说，没看他的眼睛，“我马上回来。”特德晕头转向地跟一大堆意大利人混在舞池里，直到突兀的感觉越来越强，他离开舞池，但仍在附近徘徊。终于，他绕了整间夜店。她提到这里有她的朋友，会不会跑去跟他们聊天了？还是跑到外面去了？他因为喝了酒脑袋昏沉又焦虑，跑去吧台点了杯圣培露矿泉水，伸手掏钱时，才发现钱包失踪了，他被萨莎抢劫了。

阳光撬开他粘滞的眼皮，强迫他醒来。他忘了拉窗帘。清晨五点，他才终于爬上床。连续数小时在巷弄里无助地游荡，经历了一连串糟糕的指路，他终于抵达警察局，对一个头发油腻、对他极端漠不关心的警察报告了他悲哀的故事（隐瞒了小偷的身份），之后他在警察局认识了一对老夫妇让他搭便车回了旅馆（他也只期望这个），这对夫妇是在阿马尔菲的渡轮上被偷了护照。

特德起身，头痛欲裂，心绪紊乱。床头散放着些留言信息：贝丝打了五通，苏珊三通，艾尔弗雷德两通。（其中一通，旅馆前台用奇怪的英文写道：我输了。）特德任由字条扔在原来的地方。他淋浴更衣，没刮胡子，拿出小冰箱里的伏特加，喝了一杯，从房间的保险箱里拿出现金与另一张信用卡。他必须要找到萨莎——今天就得找到——非做不可，相较于先前的逃避，这股不知何时兴起的迫切感与其恰成鲜明的对照。他还有其他事待办——打电话给贝丝与苏珊，吃东西——但此刻，完全不可能去做。他得找到萨莎。

但是去哪里找？特德在旅馆大厅连喝三杯浓缩咖啡，让咖啡因与伏特加在他的脑袋里有如两条斗鱼般面对面，一边仔细思索上述问题。在这个混乱蔓生的恶臭城市，怎么找到萨莎呢？他重新检验他未能实施的策略：到车站与青年自助旅舍接触那些游荡堕落的年轻人，不，不。他一直拖着没这么做，现在做已经太晚了。

缺乏清晰的计划，他搭出租车到国家博物馆，顺着似乎像是他昨日看完俄耳甫斯与欧律狄克后的漫步路线行进。所有东西看起来都不一样了，显然肇因于他的心理状态，他的恐慌就像小小的节拍器般嘀嗒作响。一切看起来都不一样，却很眼熟：污秽的教堂、倾斜粗糙的墙壁、倒刺状的栏杆。他沿着一条狭窄的街道，直走到扭曲的街底，眼前突然出现大道，两旁是长条的破旧宫廷式建筑，一楼被挖开改建成了一间小小的廉价服装店与鞋店。一股熟悉的感觉如风般拂过他的心底。他沿着街道慢慢走，左右张望，直到他瞧见剑与十字架的纹章，上面涂盖了黄色笑脸符号。

巨大弯曲的入口处开了一扇长方形小门，那原本是设计给马车出入的，特德推开小门，就看见中庭里有一条鹅卵石车道，刚晒过太阳，还散发着温热的气息。空气里有烂西瓜的味道。一个穿着蓝色中筒袜的老太婆踩着外八字脚蹒跚走来，包着头巾。

特德瞪着她昏昧濡湿的眼珠说："萨莎，美国人，Capelli rossi。"r发音没发准，再试一次。"Rossi，"他说，这次有卷舌音，"Capelli rossi。"这才想到这个形容词已经不再精确。

那女人喃喃地说："不知道，不知道。"她蹒跚地走开了，特德紧随其后，塞了二十元到她柔软的手里，再问一次，这次r的卷舌音很流畅。那女人啧了一声，歪了一下脖子，然后脸上充满近乎悲伤的表情，要特德跟她走。他照办，却满怀鄙夷，这女人这么简单就被收买了，萨莎的隐私保护简直一文不值。正门一边有宽阔的阶梯，虽是满布灰尘，依然可以看到豪华的那不勒斯大理石上点点闪耀的光辉。那女人抓住扶手，慢慢往上爬。特德跟随其后。

二楼就是所谓的贵族楼层[1]，跟特德多年来在大学部教书时讲的一样，就是宫廷式建筑的主人用来向客人炫富的地方。虽然现如今它饱受鸽毛的污染，墙上满是鸽粪，就像涂了灰泥，但俯视中庭的高大拱顶却依然令人惊叹。那女人瞧见他在看，便说："美极了，对

[1] 此处原用意大利文，"piano nobile"。

吧？这儿，瞧瞧！[1]”她的骄傲让特德深有感触。她推开一扇门，进入灰暗的大房间，墙壁上有一块块污渍，应该是发霉了。那女人打开开关，悬挂在电线上的灯泡将霉块转变成颇具提香与乔尔乔内风格的壁画[2]：结实的裸女抱着水果；一丛丛暗色的树叶，鸟在其中银铃啭啼。这个房间以前应该是个舞厅。

爬到三楼时，特德看到两个男孩站在门口分享一根烟，还有一个男孩躺在挂满凌乱衣物的晒衣绳下睡觉。湿袜子与内裤细心地夹在铁丝上。特德闻到了大麻与回锅橄榄油的味道，暗处传来不可辨识的活动声，这才领悟这栋宫廷式建筑已经变成群居房。此行他尽力躲开放荡的女人，现在却置身暗娼窝，他觉得无比讽刺。不过，终究是找到了萨莎。

他们爬到了五楼，这里是顶楼，也是昔日仆人的住处，这里的门比较小，走道也比较窄。特德的老太婆向导正靠墙休息。他的不屑转为感激：为了区区二十元，她多么卖力啊！她铁定很需要这笔钱。“对不起，”他说，“抱歉让你走这么远。”那女人只是摇摇头，听不懂。她蹒跚地走到过道中间，用力敲打某扇小门。门打开，特德瞧见萨莎，睡眼惺忪，穿着男人的睡衣。萨莎一看见特德，双眼顿时瞪大，面部依然无表情。她温和地说：“嘿，特德舅舅。”

“萨莎，”他说，这才发现自己也爬得气喘吁吁，“我想……跟你说句话。”

[1] 此处原用意大利文，“Bellissima, eh? Ecco, guardate!”

[2] 提香和乔尔乔内是意大利威尼斯画派的代表画家。威尼斯画派是意大利文艺复兴晚期出现的画派，吸收了文艺复兴鼎盛时期画家的精华，但在色彩上大胆创新，使画作更为生动明快，同时人物背景的风景比例更大。

那女人的眼神在两人间跳来跳去，然后她转身走开了。她一转过弯，萨莎就砰地关上了门。“走开，”她说，“我很忙。”

特德靠近门，手掌平贴着有裂痕的木板。隔着木门，他能感觉到外甥女，以及她的恐惧与愤怒。他说：“原来你住在这里。”

“我马上要搬去比较好的地方。”

“等你偷够了钱？”

一阵沉默。“不是我偷的，”她说，“是我一个朋友偷的。”

“你交友广泛，但我一个都没看到过。”

“你走吧！走啊！特德舅舅。”

“我很想走，”特德说，“相信我。”

但是他没法离开，他甚至没法移动身体。他站在那里，直到双腿发痛，然后屈膝滑坐到地板上。此刻已是下午，过道那头在昏黄的光圈中被浸染。特德揉揉双眼，觉得自己快睡着了。

萨莎在门后大吼：“你还在吗？”

“还在。”

门打开一条缝，特德的钱包砸在了他的脑门上，然后弹到了地板上。

“去死吧！”萨莎说，再度关上了门。

特德打开钱包，发现里面的东西原封未动，于是塞进口袋里。他继续坐在地板上。坐了很长一段时间，好几个小时吧（他忘了戴表），四周只有沉默。偶尔，他听见其他房间有走动的声音，虽然他看不见那些房客的身影。他想象自己是这栋宫廷建筑的一部分，一条有知觉的天花板装饰的线脚或者一级台阶，他的宿命就是目睹这里一代代人物的浮沉更迭，感觉这个庞大的中世纪建筑渐渐颓圮到土里。

日复一日，年复一年。他曾两次起身让其他住户通过，背着破旧皮包、双手挥舞着的女孩从他身旁走过，压根没瞧他。

萨莎在门后问：“你还在啊？”

“还在。”

萨莎从房里现身，迅速锁上门。她穿着蓝色牛仔裤、T恤，塑料夹脚拖鞋，拿着一条褪色的粉红色毛巾跟一个小袋子。他问：“你去哪里？”但是她阔步朝前走，没回话。二十分钟后，她回来了，头发濡湿，散发着花香肥皂的味道。她拿出钥匙开门，迟疑了一下说：“我靠拖走道、扫中庭来支付房租，好吧？这样你满意了吗？”

他回问：“你满意吗？”

门被用力关上，防盗链随之晃动。

特德坐在门口，感受着下午时光的推移，他发现自己想起了苏珊。不是版本略有差异的苏珊，而是许多年前的真实的苏珊——他的太太——那时特德还未将自己的欲望一再折叠成今日的模样。他们到纽约旅行，搭渡轮到史丹顿岛，纯是为了好玩，因为他们都没坐过渡轮。苏珊突然转身看着他说：“让我们永远保持现在这样。”那时他们是如此心意相通，特德完全明白她的意思：不是因为那天上午他们做了爱，也不是午餐时喝掉了一瓶普依-富塞白葡萄酒——是因为她感觉到了时光的流逝。棕色的海水翻腾着，船顺风而驶，眼前所见皆是动态与混乱，此时此刻此景，他也感觉到了，他握住苏珊的手说：“我们永远都会像现在这样。永远。”

不久前，他在一次情境完全不同的场合里提起了那次的旅行，苏珊盯着他的脸瞧，爽朗的声音如铃响：“你确定那个人是我？我一点都不记得！”然后她轻快地在特德的脑门上啄吻了一下。特德当时想她得了失忆症，被洗脑了。现在回想起来，苏珊明显是在说谎。他为了保护自己而放走了她——为了保护自己的什么呢？想到自己完全不明白缘由，特德害怕了。是他松了手，因此，她才走了。

“你在吗？”萨莎大声问。特德没回答。

她拉开门往外瞧。“你还在。”那是卸下重负的语气。特德坐在地板上抬头看她，没说话。萨莎说：“我想，你可以进来了。”

他挣扎着起身，走进室内。房间很小：一张窄窄的床，一个书桌，放在塑料杯里的一小撮薄荷让房间里充满香气。那件红色洋装挂在钩子上。太阳开始下山了，从屋顶与教堂的尖塔那里往下沉，浮现在萨莎床边的唯一一扇窗外。窗台上摆满她的旅游纪念品：一个小小的金色宝塔、一个吉他拨片、一个白色的长贝壳。窗户的正中央悬挂着一个由衣架弯成的简陋小圆圈。萨莎坐在床上，看着特德将她少得可怜的家当尽收眼底。昨日他未能看清的事实，今日近乎残酷得一目了然：他的外甥女在国外孑然一人，一无所有。

似乎感受到他的思绪万千，萨莎说：“我认识不少人。但总是不持久。”

书桌上摆着一小叠英文书：《世界史的二十四堂课》《那不勒斯的华丽宝藏》。最上面一本破烂册子是《学会打字》。

特德坐到床上，抱住外甥女的肩膀。隔着外套，她的肩膀窝像鸟巢。他的鼻子又涌上了那种酸痛的感觉。

“你听我说，萨莎，”他说，“你一个人也可以闯。但是会辛苦很多很多。”

她没应话，正在看太阳。特德也看着窗外那团模糊的鲜亮的色彩。他想到了透纳、奥·吉弗与克利的作品。

二十年后的某天，萨莎已经念完大学，住在纽约，通过脸书，她联络上大学时代的男友，之后结婚（贝丝都差点放弃希望了），生了两个小孩，其中一个有轻微自闭症，萨莎这时已经跟所有人一样，被生活搞得团团转，有时担忧，却也充满活力。特德呢，离婚多年，当了爷爷，他跑到加州沙漠探访萨莎的家。他走进丢满儿童杂物的客厅，看见西沉的太阳悬挂于玻璃拉门外，火红耀眼。那一刹那，他想起了那不勒斯：他跟萨莎并肩坐在小小的房间里，当他看到太阳真的落到窗户的正中央，落在铁丝圆圈里时，他是多么讶异又开心。

现在他转头看向萨莎，微笑着。橘色的阳光映衬着她的头发与脸庞，有如火焰。

“看见没，”萨莎对着太阳喃喃地说，“这是属于我的太阳。”

第十二章
停顿很棒的摇滚歌曲

艾莉森·布莱克　著

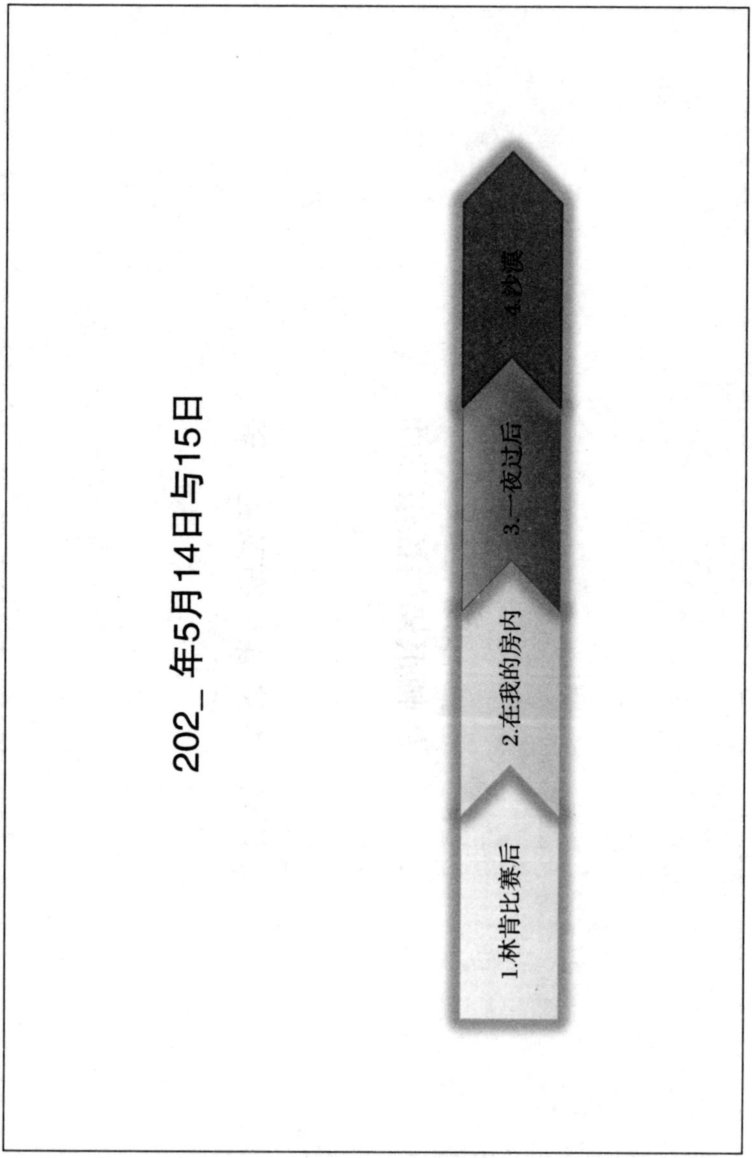
202_ 年5月14日与15日
1.林肯比赛后
2.在我的房内
3.一夜过后
4.沙漠

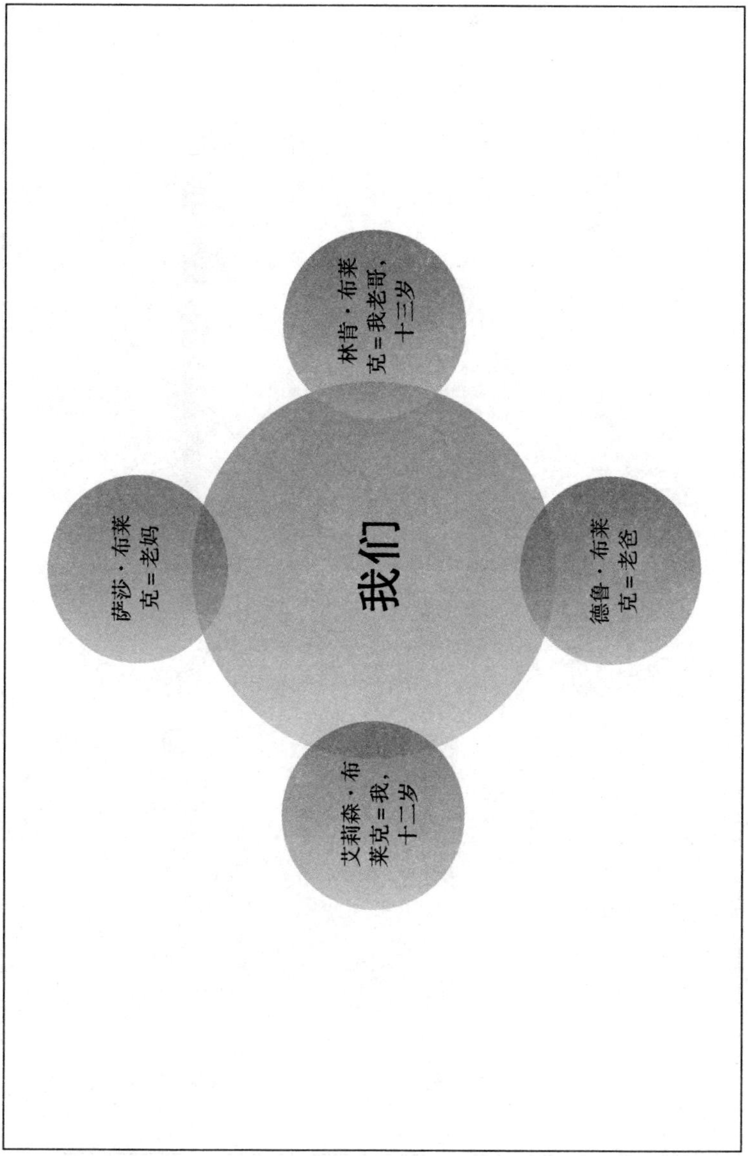
林肯·布莱
克=我老哥，
十三岁
萨莎·布莱
克=老妈
我们
德鲁·布莱
克=老爸
艾莉森·布
莱克=我，
十二岁

林肯比赛后

1

走过去上车

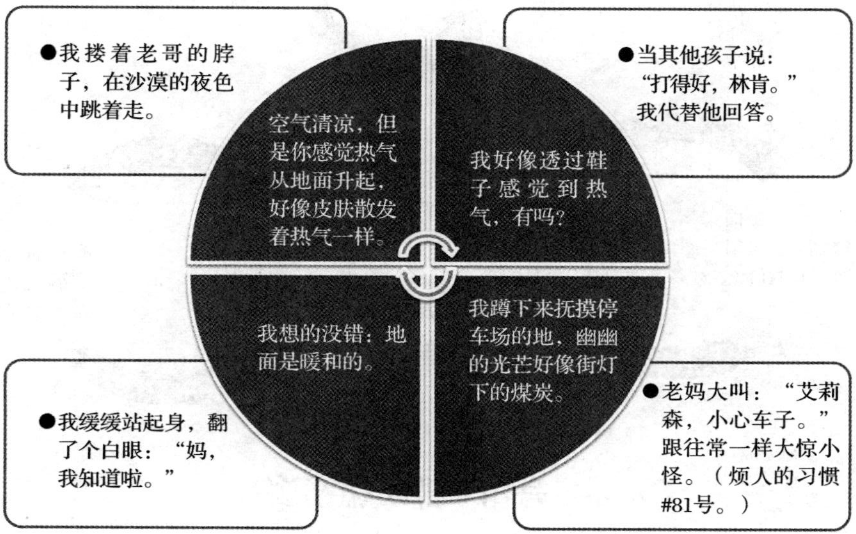
●我搂着老哥的脖子，在沙漠的夜色中跳着走。
空气清凉，但是你感觉热气从地面升起，好像皮肤散发着热气一样。
我好像透过鞋子感觉到热气，有吗？
●当其他孩子说：“打得好，林肯。”我代替他回答。
我想的没错：地面是暖和的。
我蹲下来抚摸停车场的地，幽幽的光芒好像街灯下的煤炭。
●我缓缓站起身，翻了个白眼：“妈，我知道啦。”
●老妈大叫：“艾莉森，小心车子。”跟往常一样大惊小怪。（烦人的习惯#81号。）

烦人的习惯#48号

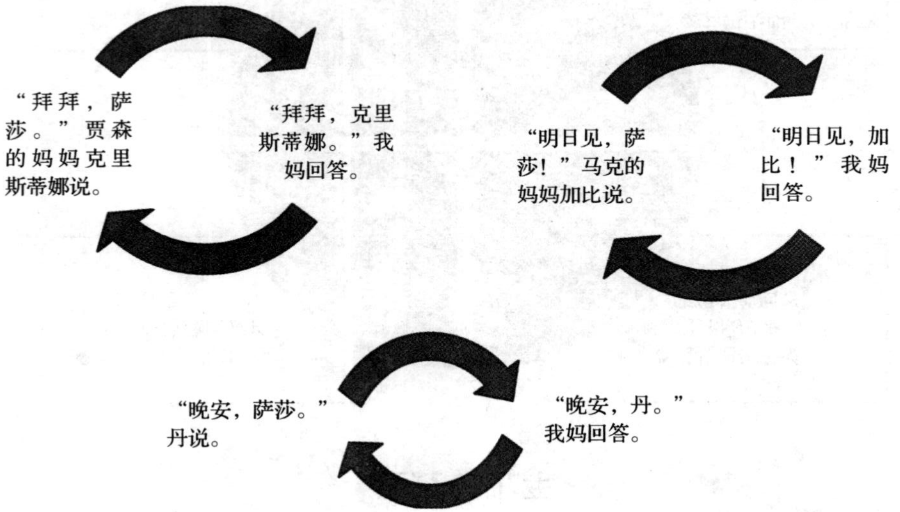
“拜拜，萨莎。”贾森的妈妈克里斯蒂娜说。
“拜拜，克里斯蒂娜。”我妈回答。
“明日见，萨莎！”马克的妈妈加比说。
“明日见，加比！”我妈回答。
“晚安，萨莎。”丹说。
“晚安，丹。”我妈回答。

在车内

我：
“为什么你每次跟人说拜拜时，都要一字不差地重复别人的话？”

↓

老妈：
“你说什么呀？”

↓

我告诉她我究竟在说什么。

↓

老妈：
“艾丽，你有可能松懈对我的监督吗？”

↓

我：
“不可能。”

老爸在上班

沙漠景观

我小的时候，
这里有块草坪。

现在，你需要大笔贷款才能搞到个草坪，或者涡轮机，非常贵。

我们的房子靠近沙漠。两个月前，一只蜥蜴跑到我们家阳台旁的沙地里产卵。

老妈、林肯跟我坐在我家的野餐桌旁，抬头看星星。

老妈用垃圾跟我们的旧玩具做沙漠雕塑。

后来，她的雕塑崩垮了，这也算是“过程的一部分”。

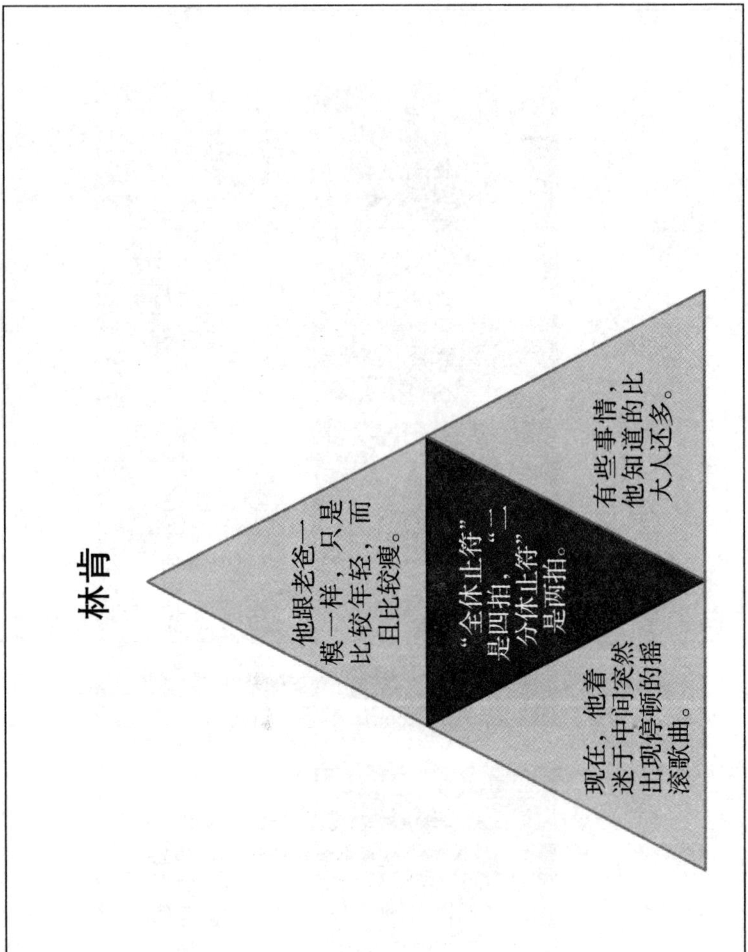
林肯
他跟老爸一模一样，只是比较年轻，而且比较瘦。
“全休止符”是四拍，“二分休止符”是两拍。
有些事情，他知道的比大人还多。
现在，他着迷于中间突然出现停顿的摇滚歌曲。

林肯的歌曲评论

《伯纳黛特》/四顶尖演唱组

“这首歌在很靠前的位置就有个停顿，很棒。唱腔越来越小声，接着从2:38到2:395，足足有1.5秒的寂静无声，然后副歌再度进来。你正在想，哦，这首歌没还结束——但是26.5秒后，它真的结束了。”

《性感女人》/吉米·亨德里克斯

“也是很靠前的位置就有个很棒的停顿，这首歌长度为3:19，停顿从2:23开始，共两秒钟，但不算完全无声，你可以听到背景音中有吉米的呼吸声。”

《年轻的美国人》/大卫·鲍伊

“他错失了机会。妈的，在‘……崩溃哭了……’这句后面，他随便就可以弄个一秒，或者两秒，甚至三秒的停顿，但是鲍伊铁定是因为某个原因，胆怯了。”

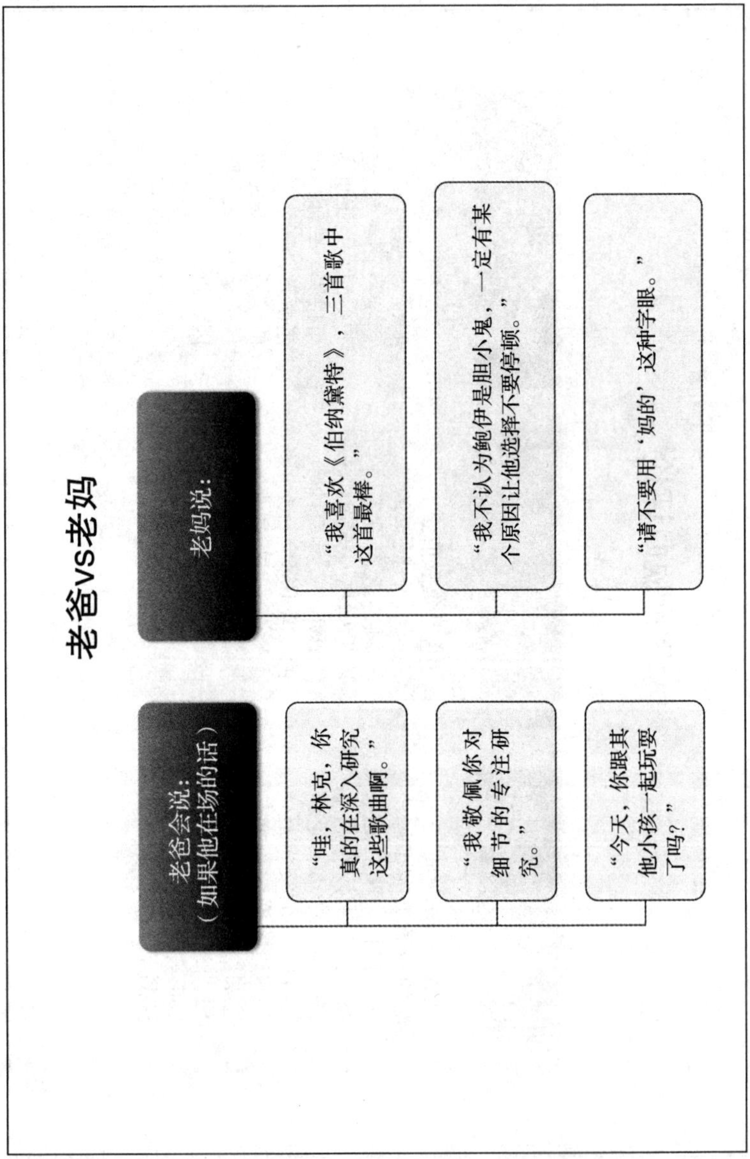
老爸VS老妈
老爸会说：
（如果他在场的话）
“哇，林克，你真的在深入研究这些歌曲啊。”
“我敬佩你对细节的专注研究。”
“今天，你跟其他小孩一起玩耍了吗？”
老妈说：
“我喜欢《伯纳黛特》，三首歌中这首最棒。”
“我不认为鲍伊是胆小鬼，一定有某个原因让他选择不要停顿。”
“请不要用‘妈的’这种字眼。”

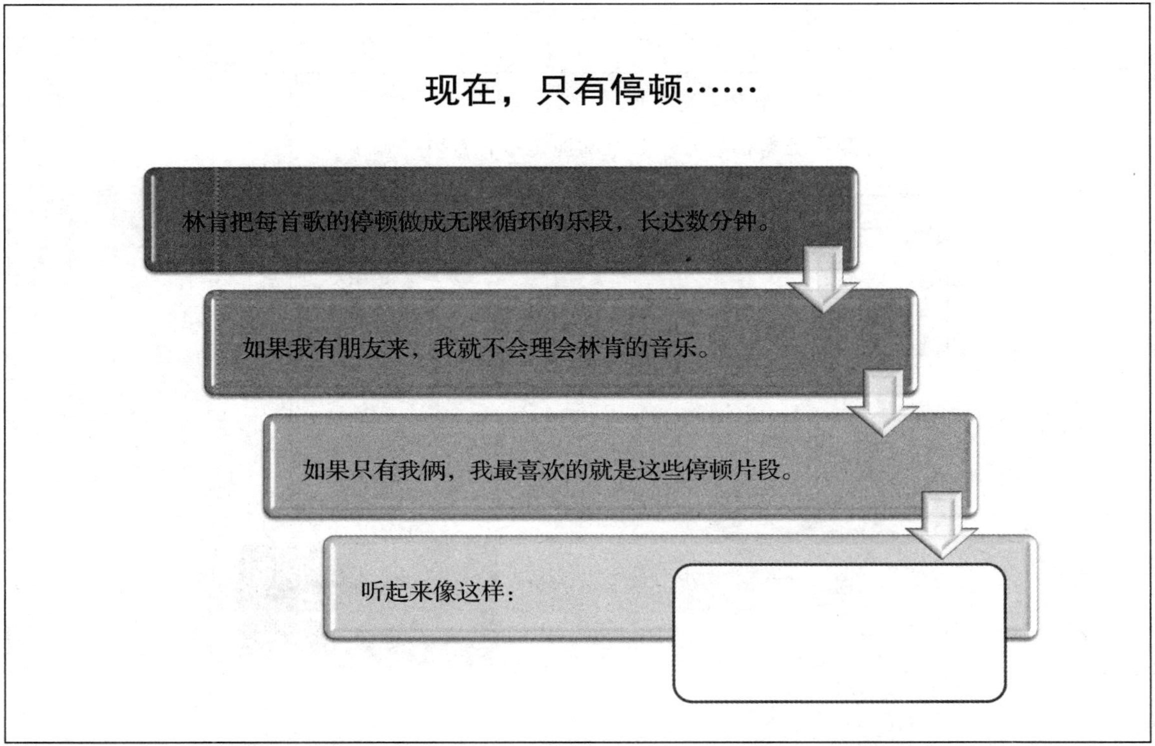
现在，只有停顿……
林肯把每首歌的停顿做成无限循环的乐段，长达数分钟。
如果我有朋友来，我就不会理会林肯的音乐。
如果只有我俩，我最喜欢的就是这些停顿片段。
听起来像这样：

老妈说：

“《伯纳黛特》的停顿有种雾蒙蒙的感觉，可能是匣式录音带的关系。”

“听到吉米·亨德里克斯一直窃笑好诡异——我不确定这构成了停顿。”

“天哪，这真是个美丽的夜晚，真希望你老爸也在这儿。”

老爸为什么不在

因为他是医生	●今天他替一个比我还小的女孩做心脏手术。 ●她的父母都是非法移民。
因为他是“好人”	●这是众人对老爸的评价。 ●因为他开了家诊所。
因为他是老板	●工作时，众人跟在老爸屁股后面问东问西。 ●进了办公室，他会关上门，大大地叹一口气说：“艾丽小猫咪，告诉我你今天做了什么？”
因为他有弱点	●他无法了解林肯。 ●举例来说：

林肯想说的话／真正说出来的话

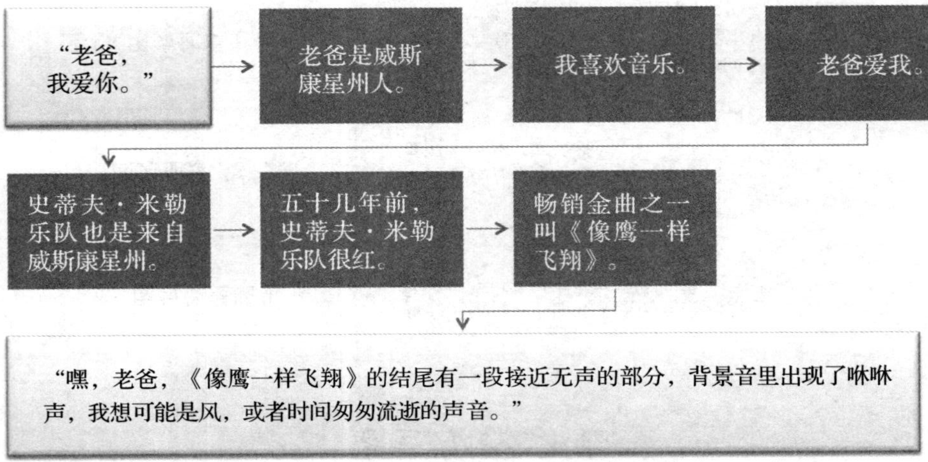
“老爸，
我爱你。”
老爸是威斯
康星州人。
我喜欢音乐。
老爸爱我。
史蒂夫·米勒
乐队也是来自
威斯康星州。
五十几年前，
史蒂夫·米勒
乐队很红。
畅销金曲之一
叫《像鹰一样
飞翔》。
“嘿，老爸，《像鹰一样飞翔》的结尾有一段接近无声的部分，背景音里出现了咻咻
声，我想可能是风，或者时间匆匆流逝的声音。”

“能够知道这些，真好，林克。”老爸说。

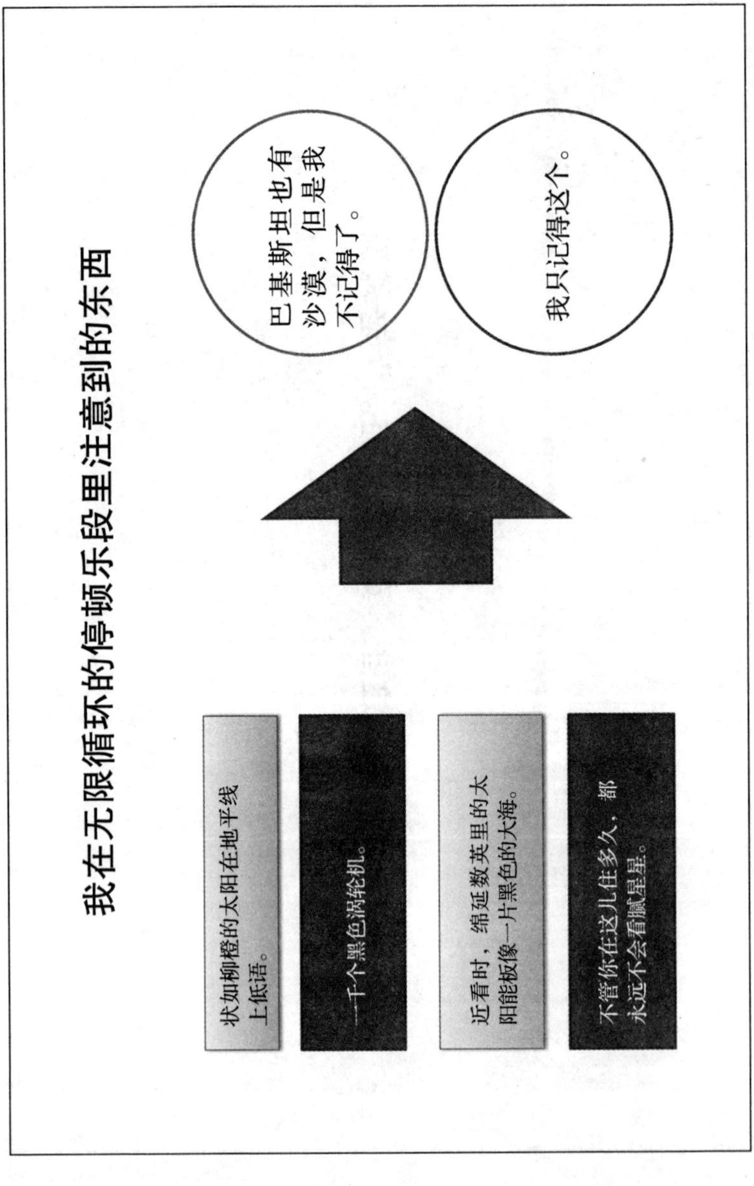
我在无限循环的停顿乐段里注意到的东西
状如柳橙的太阳在地平线上低语。
一个黑色涡轮机。
近看时，绵延数英里的太阳能板像一片黑色的大海。
不管你在这儿住多久，都永远不会看腻星星。
巴基斯坦也有沙漠，但是我不记得了。
我只记得这个。

在我的房内

2

烦人的习惯#92号

老妈（看见我在制作幻灯片）：
“又在做？”

我：
“怎么了？”

老妈：
“为什么不换个花样，改成写作？”

我：
“对不起，但这是我的幻灯片纪实报道。”

老妈：
“我是说写份报纸。”

我：
“妈呀！现在谁还会用这个字眼啊？”

老妈：
“我看到一大堆空白。什么时候才会出现‘字’呢？”

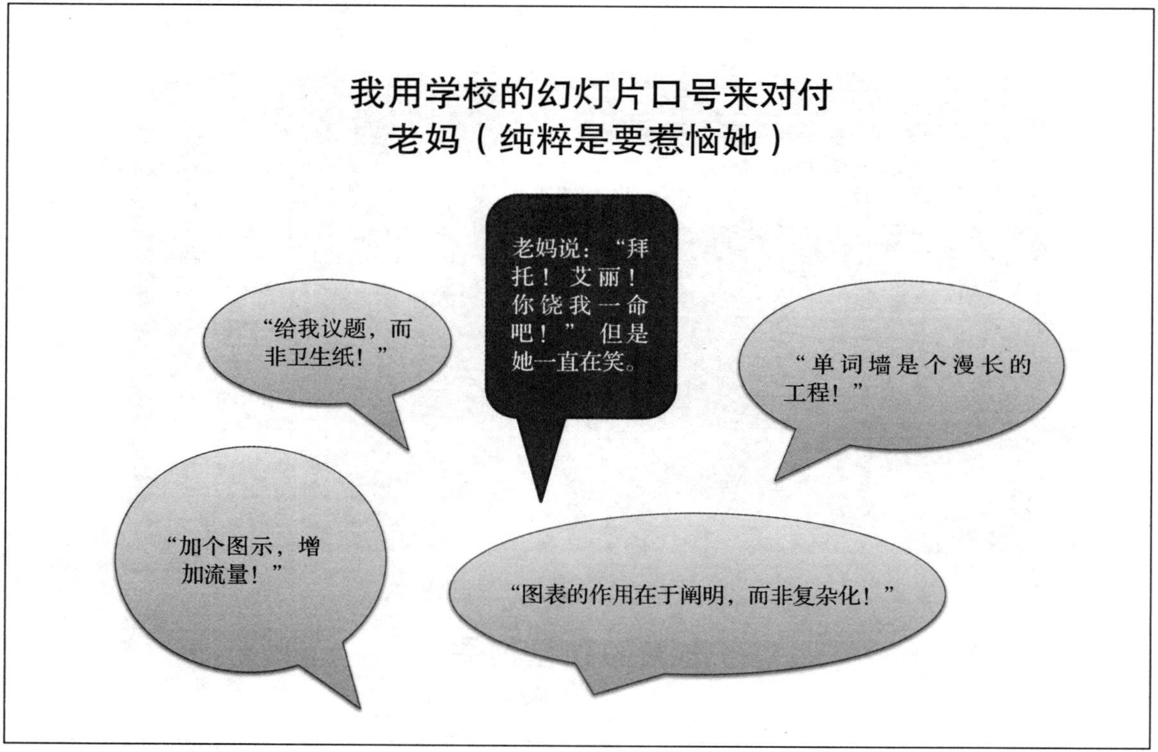
我用学校的幻灯片口号来对付
老妈（纯粹是要惹恼她）
“给我议题，而非卫生纸！”
老妈说：“拜托！艾丽！你饶我一命吧！”但是她一直在笑。
“单词墙是个漫长的工程！”
“加个图示，增加流量！”
“图表的作用在于阐明，而非复杂化！”

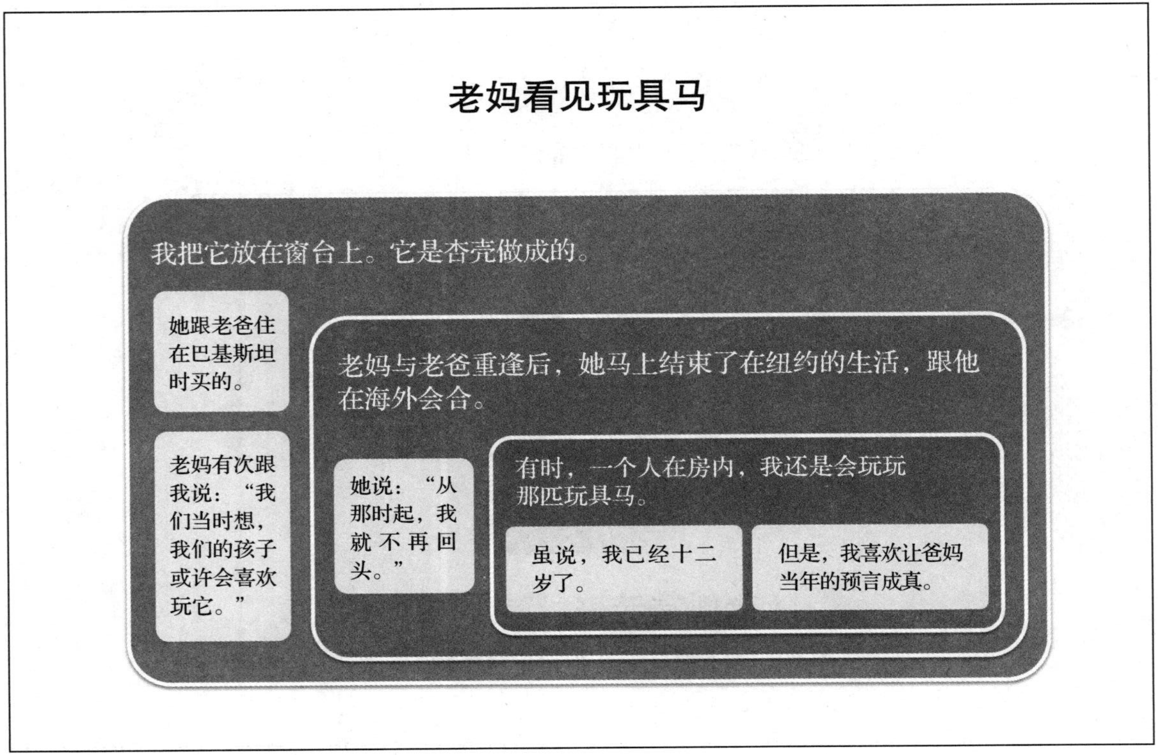
老妈看见玩具马
我把它放在窗台上。它是杏壳做成的。
她跟老爸住在巴基斯坦时买的。
老妈有次跟我说：“我们当时想，我们的孩子或许会喜欢玩它。”
老妈与老爸重逢后，她马上结束了在纽约的生活，跟他在海外会合。
她说：“从那时起，我就不再回头。”
有时，一个人在房内，我还是会玩玩那匹玩具马。
虽说，我已经十二岁了。
但是，我喜欢让爸妈当年的预言成真。

“哦，艾丽，看到这匹马我好开心。”老妈说。

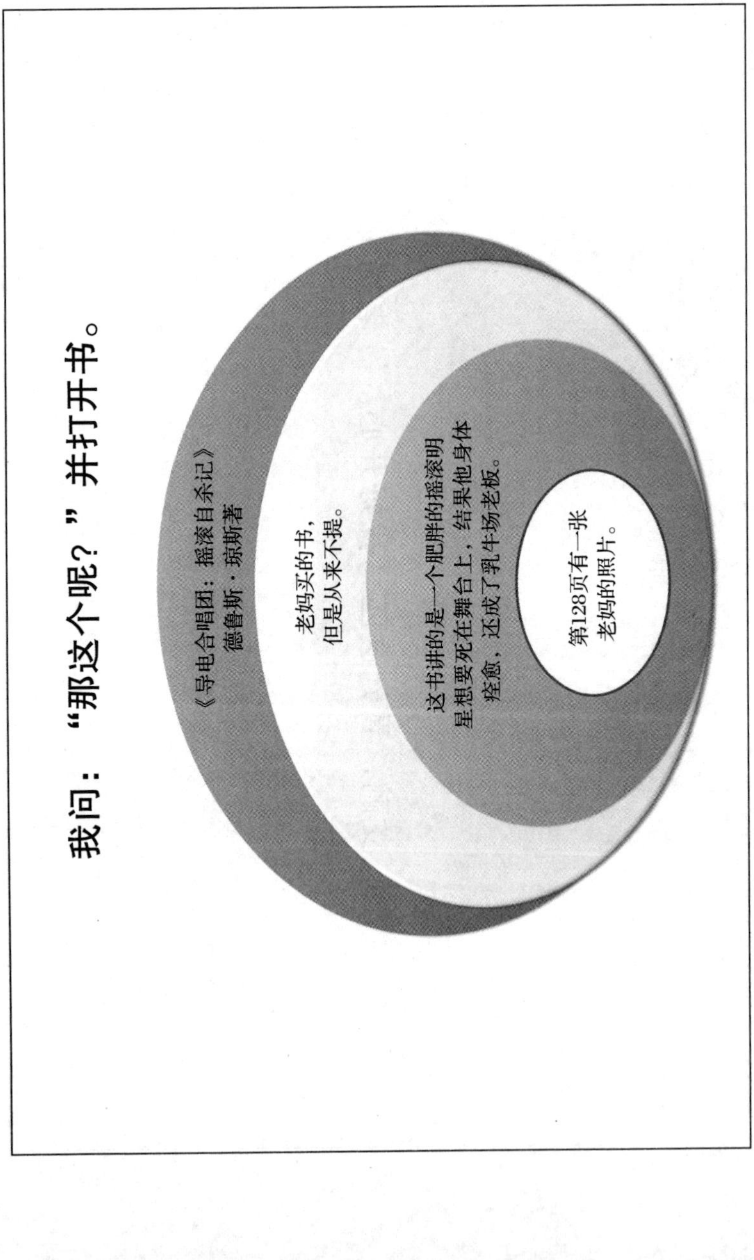
我问：“那这个呢？” 并打开书。
《导电合唱团：摇滚自杀记》
德鲁斯·琼斯著
老妈买的书，
但是从来不提。
这书讲的是一个肥胖的摇滚明
星想要死在舞台上，结果他身体
痊愈，还成了乳牛场老板。
第128页有一张
老妈的照片。

照片中的萨莎

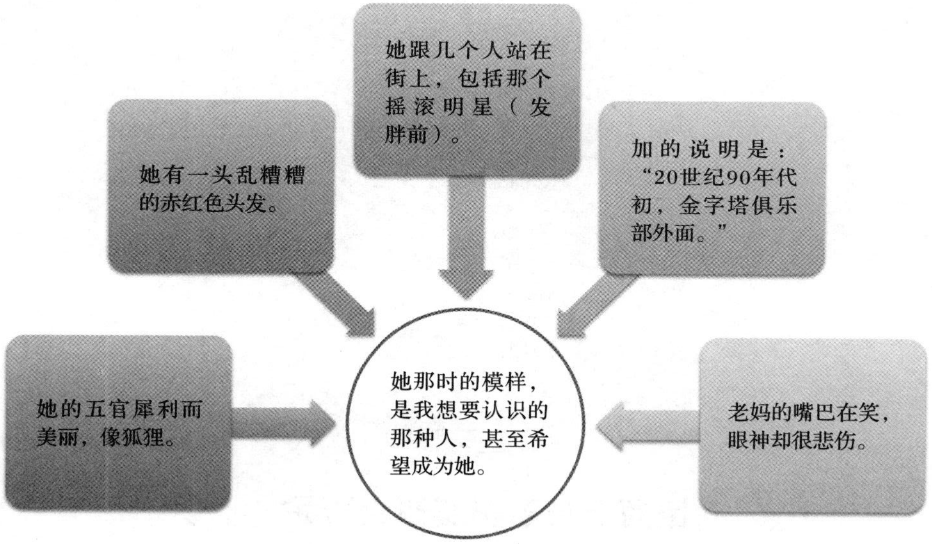
她有一头乱糟糟的赤红色头发。
她跟几个人站在街上，包括那个摇滚明星（发胖前）。
加的说明是：“20世纪90年代初，金字塔俱乐部外面。”
她的五官犀利而美丽，像狐狸。
她那时的模样，是我想要认识的那种人，甚至希望成为她。
老妈的嘴巴在笑，眼神却很悲伤。

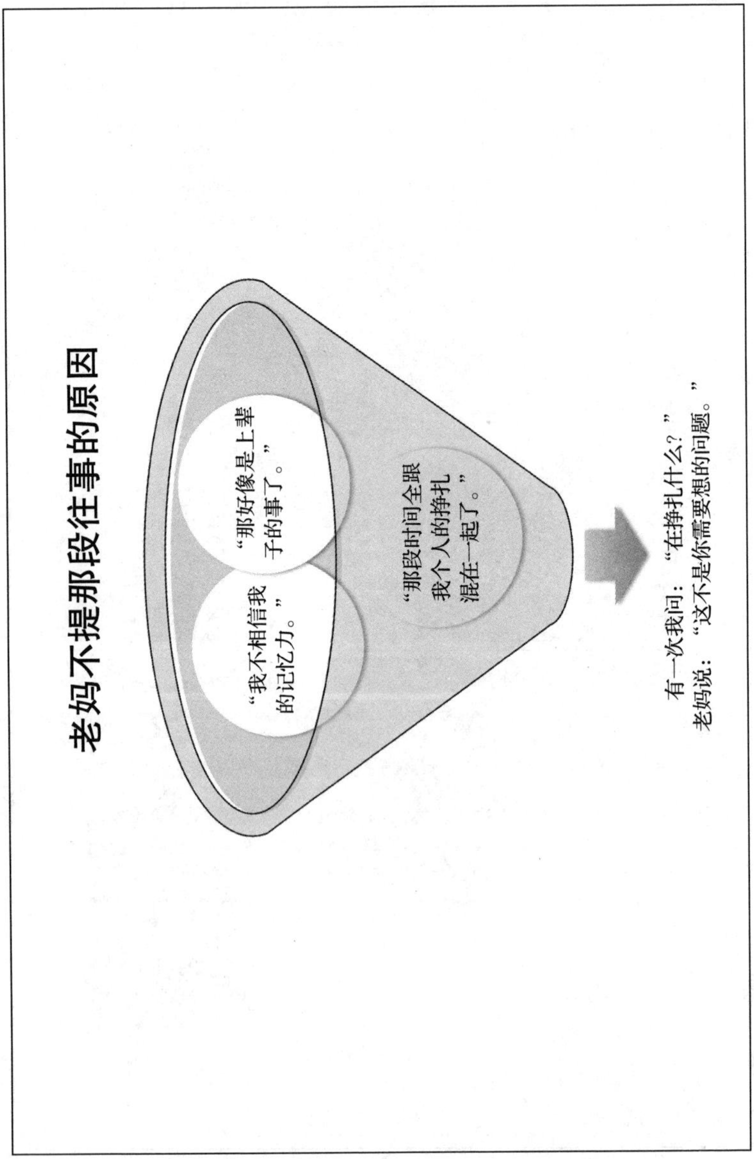
老妈不提那段往事的原因
“我不相信我的记忆力。”
“那好像是上辈子的事了。”
“那段时间全跟我个人的挣扎混在一起了。”
有一次我问：“在挣扎什么？”
老妈说：“这不是你需要想的问题。”

林肯的床跟我的床只有一墙之隔

- 他那边敲墙两下 =
  “晚安，艾丽。”
- 接着，老妈会进他的房间。
- 她陪林肯的时间最久。

- 我这边敲墙两下 =
  “晚安，林克。”
- 隔着墙，我能听见他们说话的声音。
- 不过，她会先来看我。

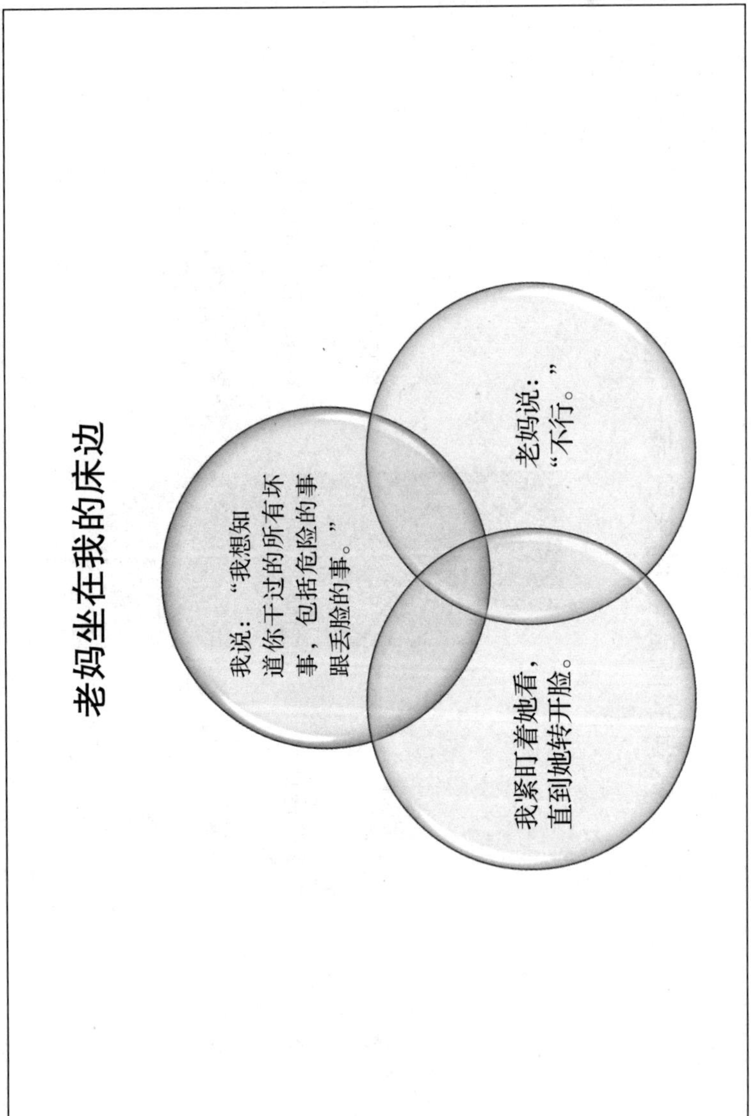
老妈坐在我的床边
我说：“我想知道你干过的所有坏事，包括危险的事跟丢脸的事。”
老妈说：“不行。”
我紧盯着她看，直到她转开脸。

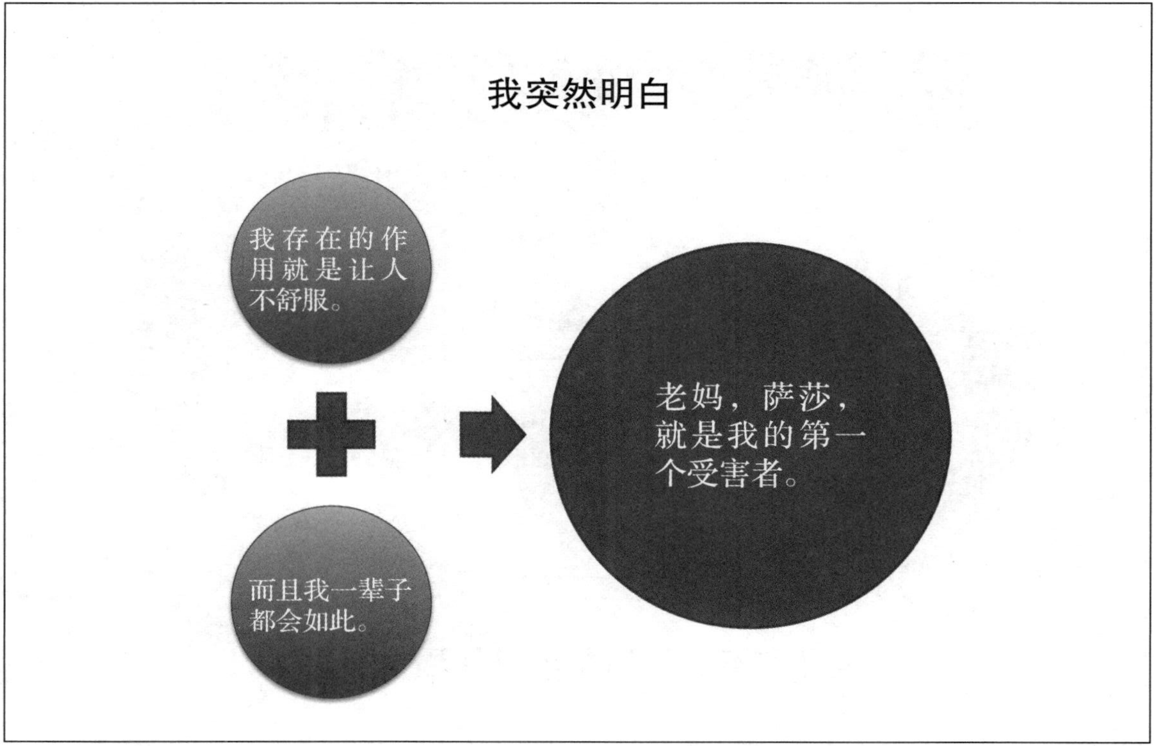
我突然明白
我存在的作用就是让人不舒服。
而且我一辈子都会如此。
老妈，萨莎，就是我的第一个受害者。

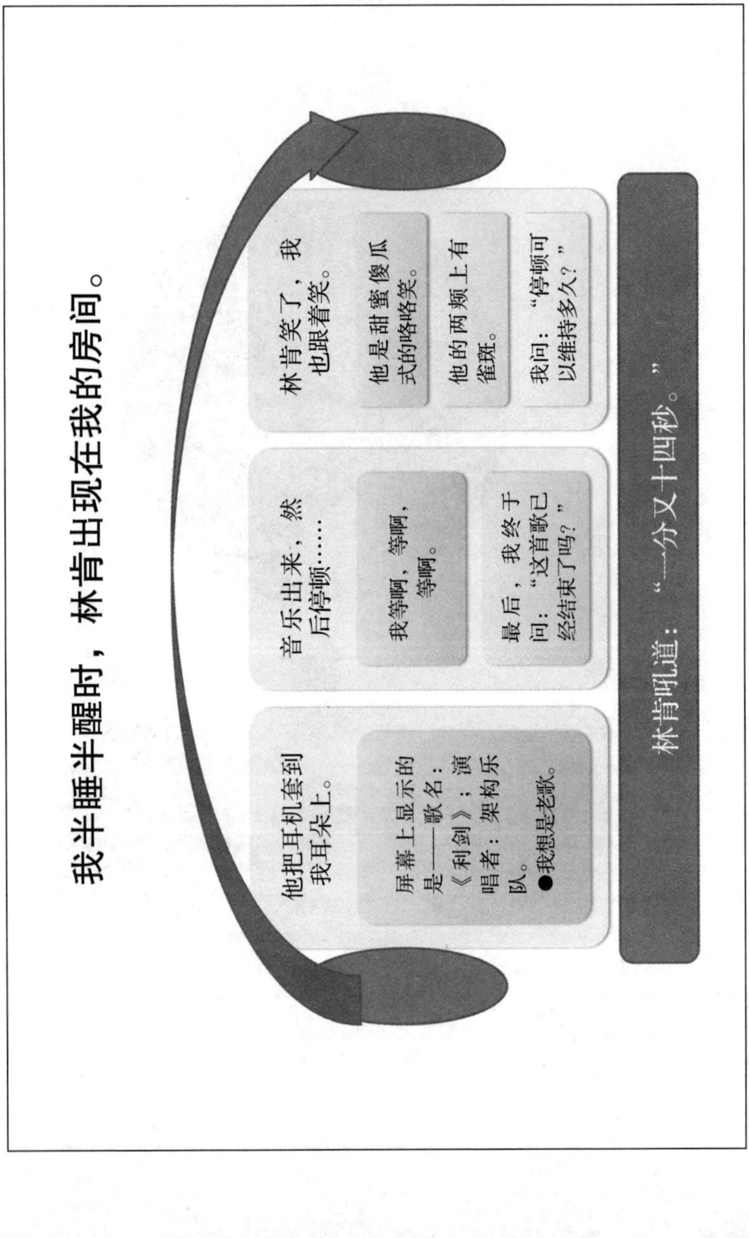
我半睡半醒时，林肯出现在我的房间。
他把耳机套到我耳朵上。
屏幕上显示的是——歌名：《利剑》；演唱者：架构乐队。
●我想是老歌。
音乐出来，然后停顿……
我等啊，等啊，等啊。
最后，我终于问："这首歌已经结束了吗？"
林肯笑了，我也跟着笑。
他是甜蜜傻瓜式的咯咯笑。
他的两颊上有雀斑。
我问："停顿可以维持多久？"
林肯吼道："一分又十四秒。"

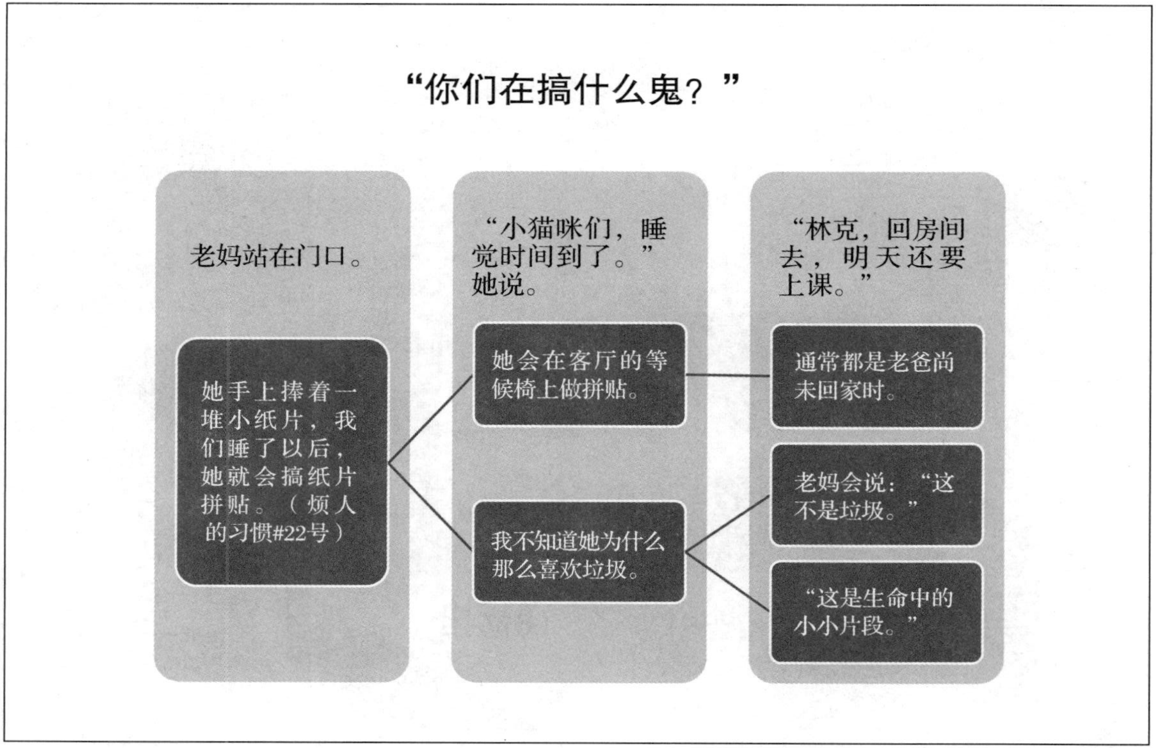
“你们在搞什么鬼？”
老妈站在门口。
她手上捧着一堆小纸片，我们睡了以后，她就会搞纸片拼贴。（烦人的习惯#22号）
“小猫咪们，睡觉时间到了。”她说。
她会在客厅的等候椅上做拼贴。
我不知道她为什么那么喜欢垃圾。
“林克，回房间去，明天还要上课。”
通常都是老爸尚未回家时。
老妈会说：“这不是垃圾。”
“这是生命中的小小片段。”

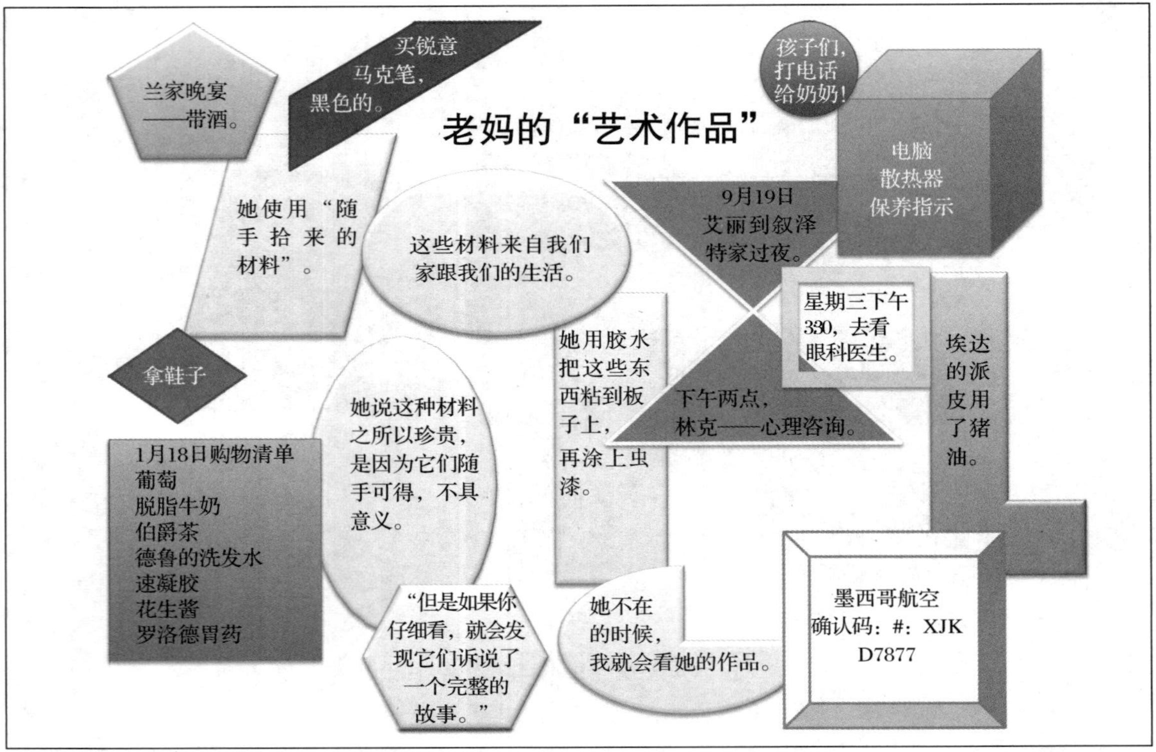
老妈的“艺术作品”
兰家晚宴
——带酒。
买锐意
马克笔，
黑色的。
孩子们，
打电话
给奶奶！
电脑
散热器
保养指示
她使用“随
手拾来的
材料”。
这些材料来自我们
家跟我们的生活。
9月19日
艾丽到叙泽
特家过夜。
星期三下午
330，去看
眼科医生。
埃达
的派
皮用
了猪
油。
拿鞋子
她说这种材料
之所以珍贵，
是因为它们随
手可得，不具
意义。
她用胶水
把这些东
西粘到板
子上，
再涂上虫
漆。
下午两点，
林克——心理咨询。
1月18日购物清单
葡萄
脱脂牛奶
伯爵茶
德鲁的洗发水
速凝胶
花生酱
罗洛德胃药
“但是如果你
仔细看，就会发
现它们诉说了
一个完整的
故事。”
她不在
的时候，
我就会看她的作品。
墨西哥航空
确认码：#：XJK
D7877

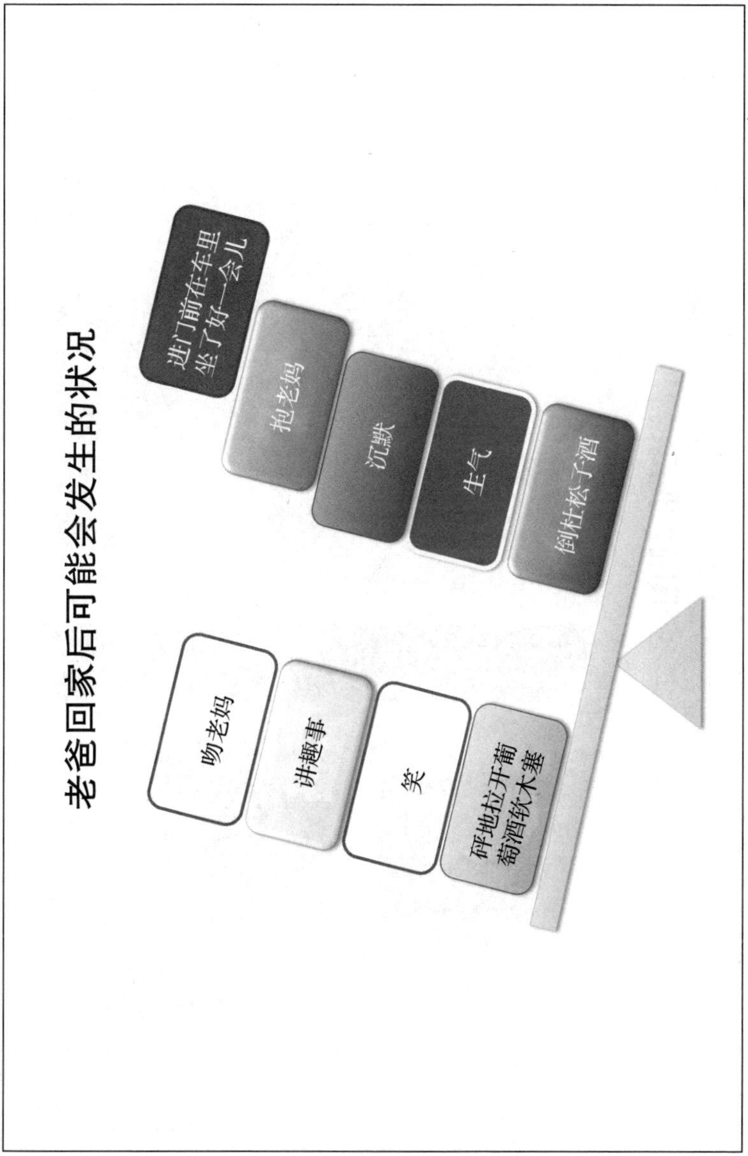
老爸回家后可能会发生的状况
吻老妈
讲趣事
笑
砰地拉开葡萄酒软木塞
进门前在车里坐了好一会儿
抱老妈
沉默
生气
倒杜松子酒

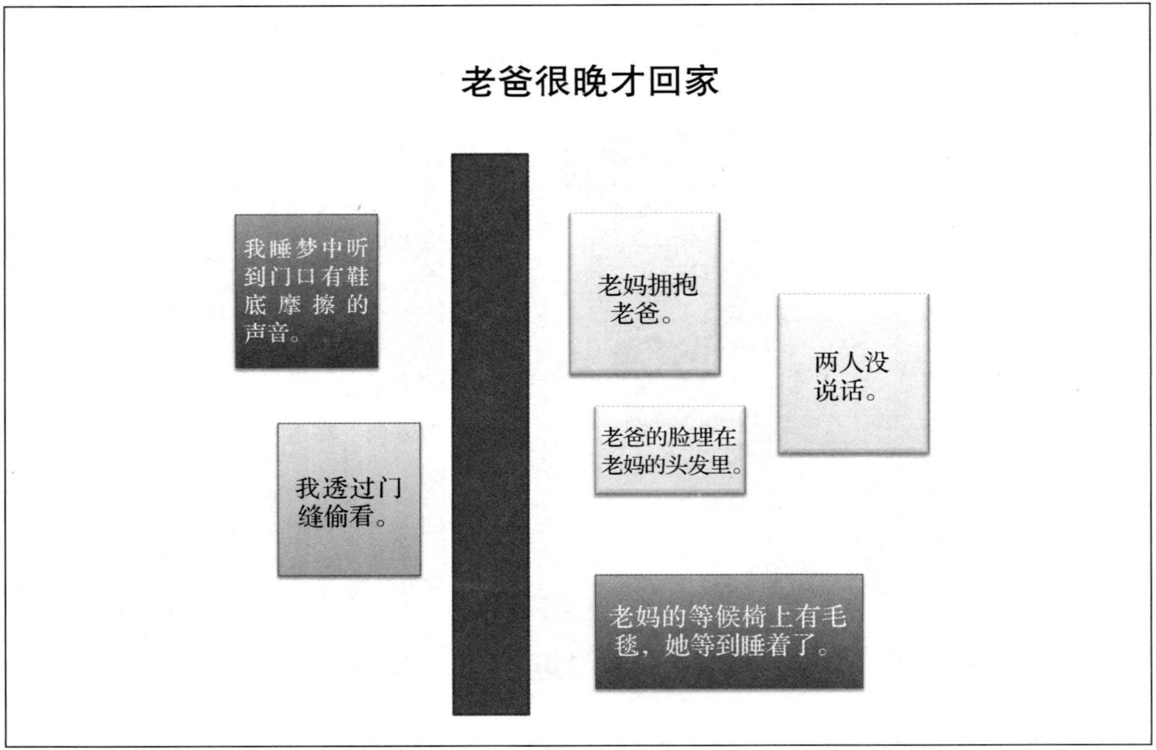
老爸很晚才回家
我睡梦中听到门口有鞋底摩擦的声音。
我透过门缝偷看。
老妈拥抱老爸。
老爸的脸埋在老妈的头发里。
两人没说话。
老妈的等候椅上有毛毯，她等到睡着了。

一夜过后

3

老爸在露台BBQ烤鸡

我们全家在野餐桌吃饭。

老爸询问学校的情况，我跟他说了。

老爸手艺比老妈好，烧同样的菜时也一样。

老妈搂着老爸的脖子，亲吻他的脸颊。
（烦人的习惯#62号）

我想问那个做心脏手术的女孩的事。

有关我老爸的事实

- 他刚刮完脸时，你用手指戳他的脸，他的皮肤会发出“吱”的声音。
- 跟许多老爸不一样，我老爸的头发浓密又有波浪卷。
- 他现在还是可以一把将我举上肩头。
- 当他咀嚼食物，我能听见他的磨牙声。
  ●听到那种磨牙声，你会以为他的牙齿早该裂成碎片了，事实上，他的牙齿又白又坚硬。
- 他失眠时，就会去沙漠散步。
- 他为什么如此爱老妈，实在无法理解。

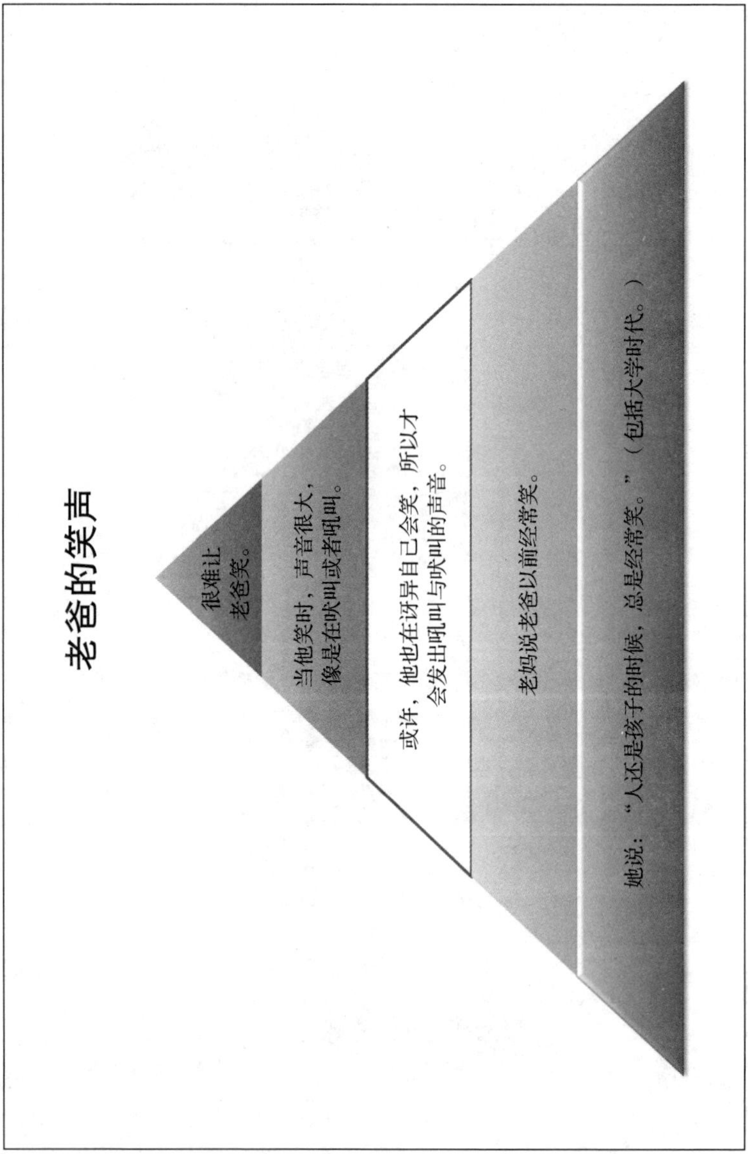
老爸的笑声
很难让
老爸笑。
当他笑时，声音很大，
像是在吠叫或者吼叫。
或许，他也在诧异自己会笑，所以才
会发出吼叫与吠叫的声音。
老妈说老爸以前经常笑。
她说："人还是孩子的时候，总是经常笑。"（包括大学时代。）

事实真相

老爸读大学时，跟一个叫罗布的人去游泳，罗布淹死了。

老爸就是在那时决定要成为医生。

“为什么不做救生员？”有时我会问，“或者做游泳教练。”

“这想法不错，”老爸说，“你认为我还来得及吗？”

在那之前，老爸的志向是当总统。

他会说：“谁不想呢？我那时才十八岁。”

老爸会跟任何人讲这件事。

“死守秘密会扼杀了你自己”是他最爱讲的一句话。

罗布是老妈最要好的朋友

她钱包里总会放着他的照片。

他算是可爱型的，脸上有红色的短胡楂，眼睛漂亮，像登山者。

不过，还是我爸比较英俊。

如果你仔细看，就能看得出来罗布会早逝。

我问老妈：“你爱他吗？”

“他是个什么样的人？”

“他为什么会淹死？”

“为什么老爸没能救他？”

他的长相就像是那种旧时代照片里的人。

“是的。朋友的爱。”

“他是个大好人，也很困惑，当时许多年轻人都这样。”

“他不是很会游泳，碰到了暗流。”

“他试了。”

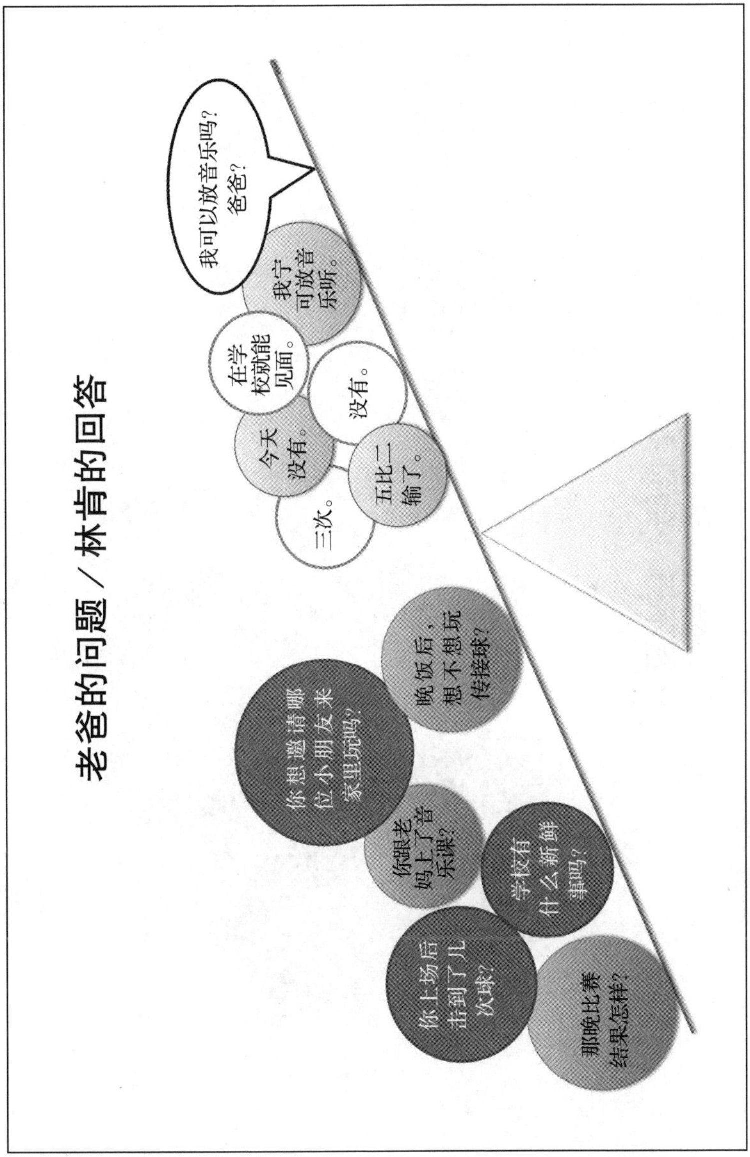
老爸的问题／林肯的回答
你上场后击到了几次球？
那晚比赛结果怎样？
你跟老妈上了音乐课？
学校有什么新鲜事吗？
你想邀请哪位小朋友来家里玩吗？
晚饭后，想不想传接球？
三次。
五比二输了。
今天没有。
没有。
在学校就能见面。
我宁可放音乐听。
我可以放音乐吗？爸爸？

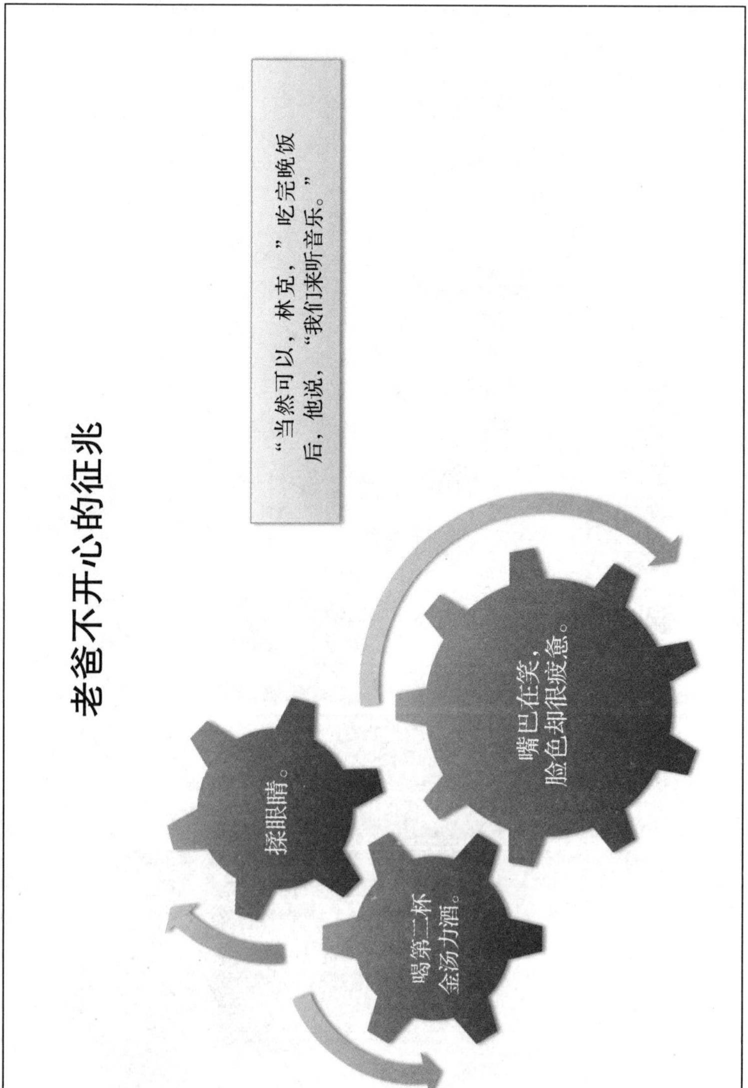
老爸不开心的征兆
“当然可以，林克，”吃完晚饭后，他说，“我们来听音乐。”
揉眼睛。
喝第二杯金汤力酒。
嘴巴在笑，
脸色却很疲惫。

林肯的歌曲评论

杜比兄弟合唱团的《列车奔驰》

“停顿只有两秒，从2:43到2:45，但是基本上十分完美：副歌接进来，歌曲一直延续到3:28——也就是停顿之后，还有足足一分钟的音乐。”

垃圾合唱团的《超级泼妇》

“这首歌很特别，歌里没有休止符，却有停顿。0:14到0:15，3:08到3:09，两次都是一秒，像是受到干扰，在录音时出现了空隙，但却是故意的！”

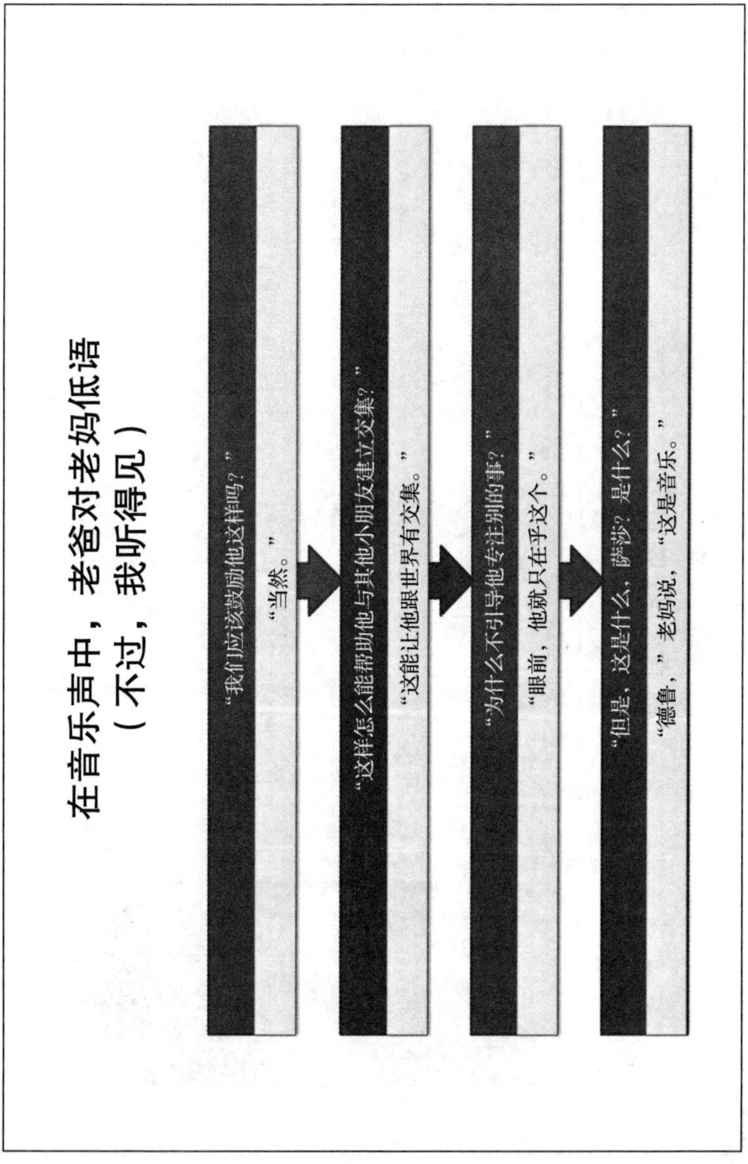
在音乐声中，老爸对老妈低语
（不过，我听得见）
“我们应该鼓励他这样吗？”
“当然。”
“这样怎么能帮助他与其他小朋友建立交集？”
“这能让他跟世界有交集。”
“为什么不引导他专注别的事？”
“眼前，他就只在乎这个。”
“但是，这是什么，萨莎？是什么？”
“德鲁，”老妈说，“这是音乐。”

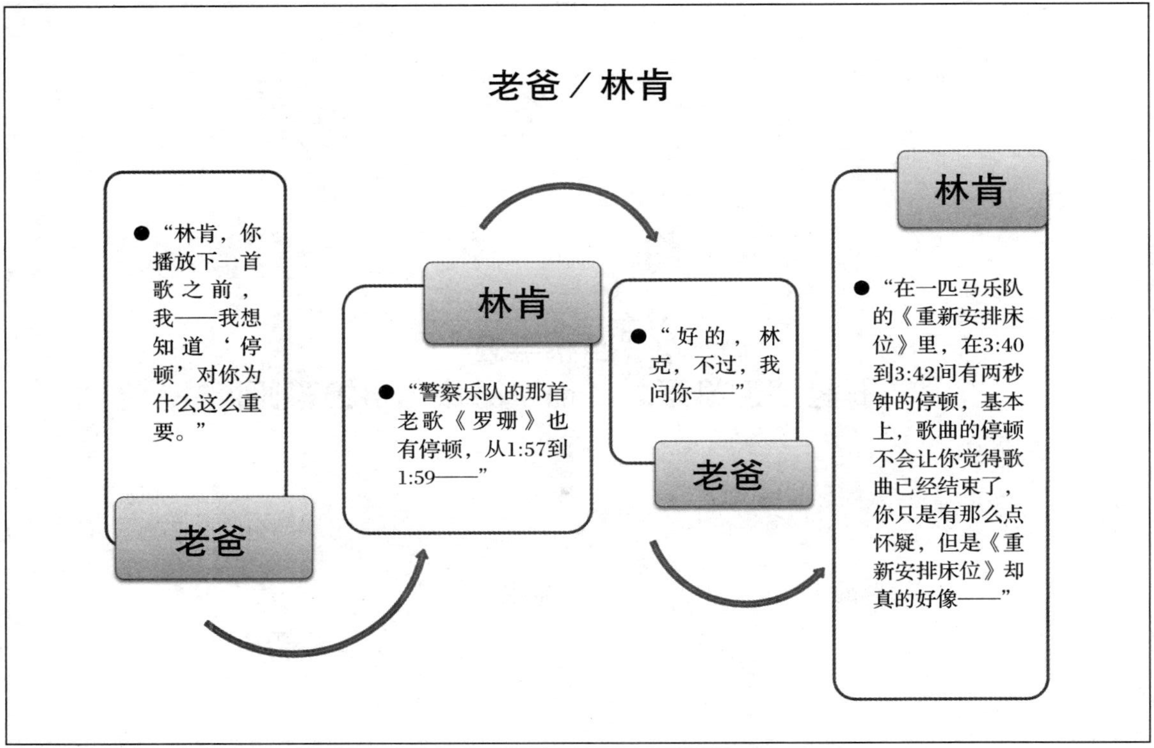
老爸／林肯
老爸
“林肯，你播放下一首歌之前，我——我想知道‘停顿’对你为什么这么重要。”
林肯
“警察乐队的那首老歌《罗珊》也有停顿，从1:57到1:59——”
老爸
“好的，林克，不过，我问你——”
林肯
“在一匹马乐队的《重新安排床位》里，在3:40到3:42间有两秒钟的停顿，基本上，歌曲的停顿不会让你觉得歌曲已经结束了，你只是有那么点怀疑，但是《重新安排床位》却真的好像——”

“别说了！”老爸大叫，“别说了。拜托你。
算我没问。”

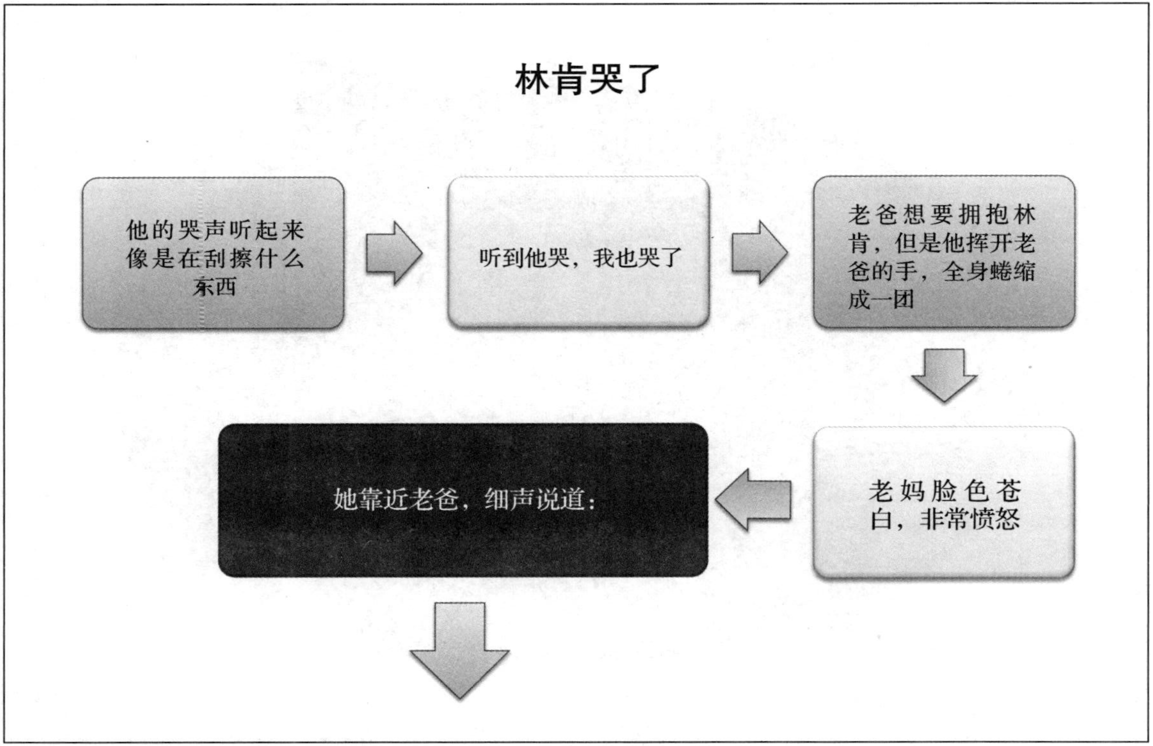
林肯哭了
他的哭声听起来像是在刮擦什么东西
听到他哭，我也哭了
老爸想要拥抱林肯，但是他挥开老爸的手，全身蜷缩成一团
老妈脸色苍白，非常愤怒
她靠近老爸，细声说道：

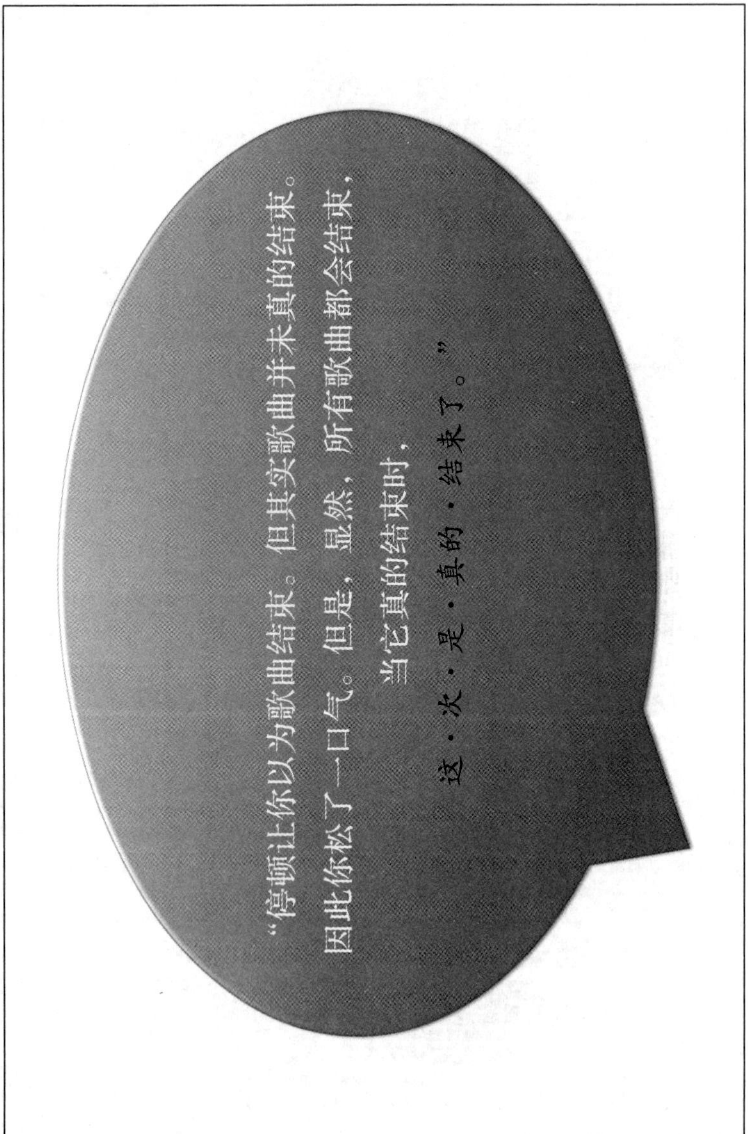
“停顿让你以为歌曲结束。但其实歌曲并未真的结束。
因此你松了一口气。但是，显然，所有歌曲都会结束，
当它真的结束时，
这·是·真·的·结·束·了。”

我们全站在露台上，停顿。

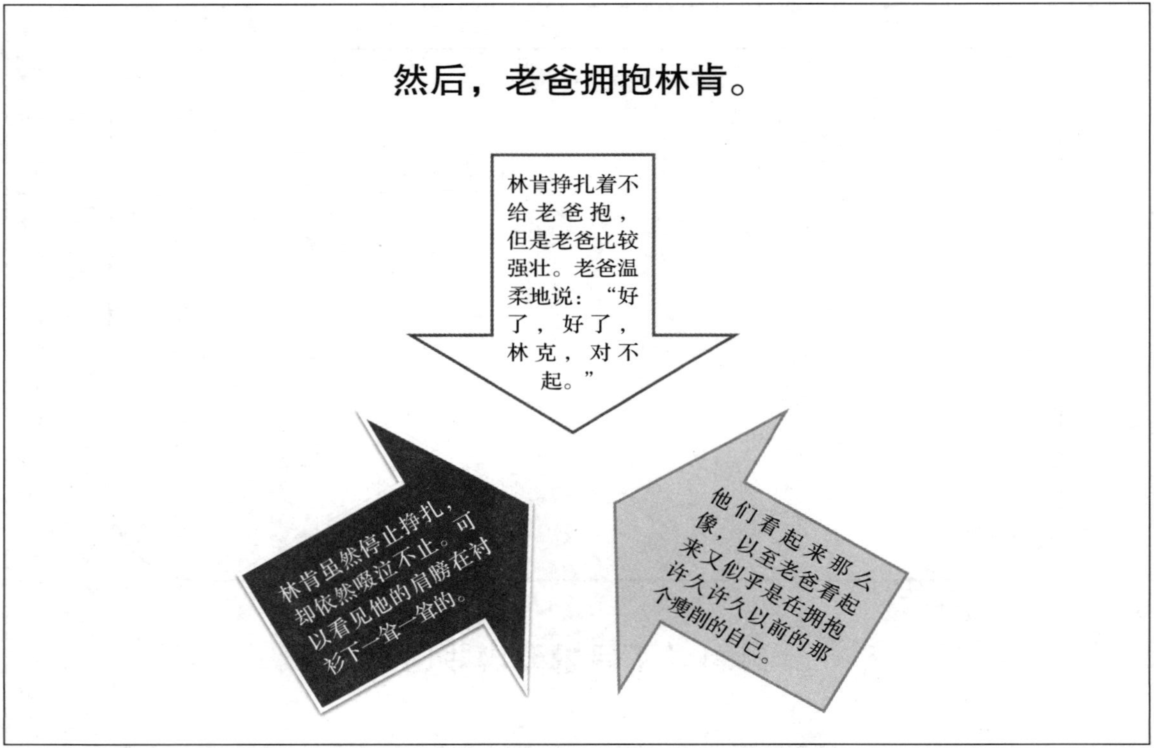
然后，老爸拥抱林肯。
林肯挣扎着不给老爸抱，但是老爸比较强壮。老爸温柔地说：“好了，好了，林克，对不起。”
林肯虽然停止挣扎，却依然啜泣不止。可以看见他的肩膀在衬衫下一耸一耸的。
他们看起来那么像，以至老爸看起来又似乎是在拥抱许久许久以前的那个瘦削的自己。

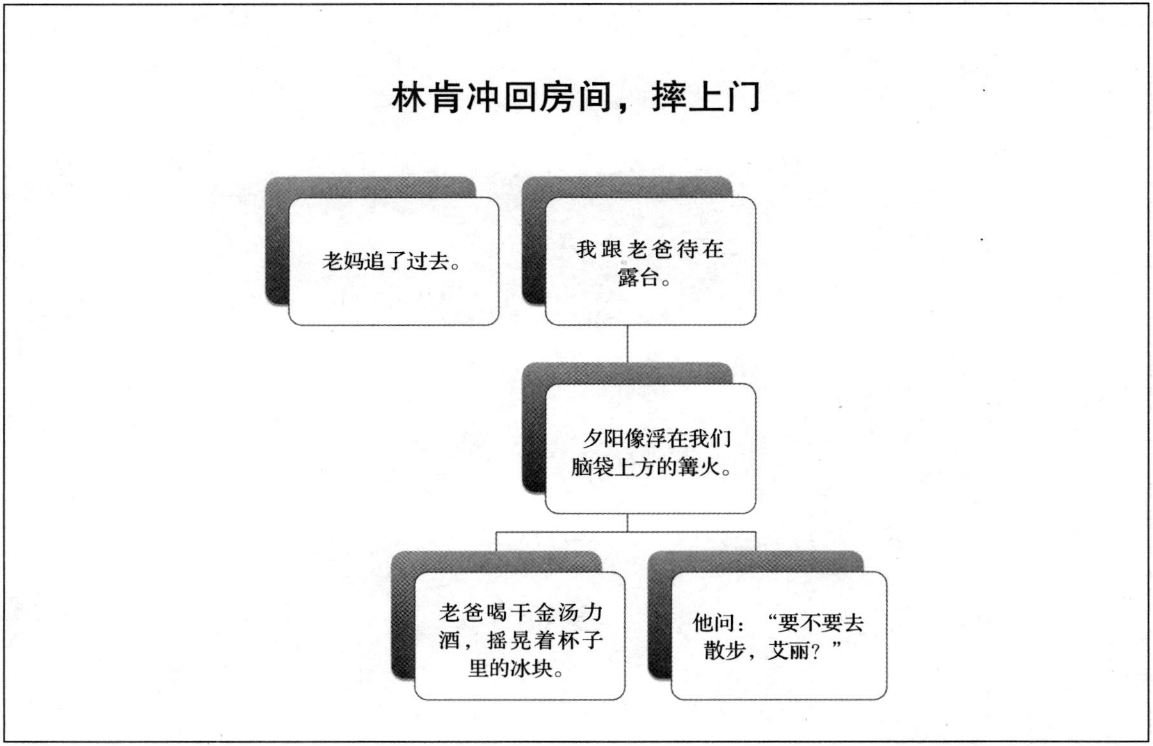
林肯冲回房间，摔上门
老妈追了过去。
我跟老爸待在露台。
夕阳像浮在我们脑袋上方的篝火。
老爸喝干金汤力酒，摇晃着杯子里的冰块。
他问：“要不要去散步，艾丽？”

4

沙漠

沙漠始于我家以前的草坪

- 从露台往下走三步，我们就被沙漠包围。
  - 远山看起来像剪纸。
  - 巨大的天空布满星星。
  - 老妈用玩具铁轨与洋娃娃头做成的雕塑已经被沙尘覆盖，快要看不见了。
- “小心有蛇。”老爸说。
  - “天气太冷，”我说，“它们在睡觉。”
  - 老爸说：“别吵醒它们。”

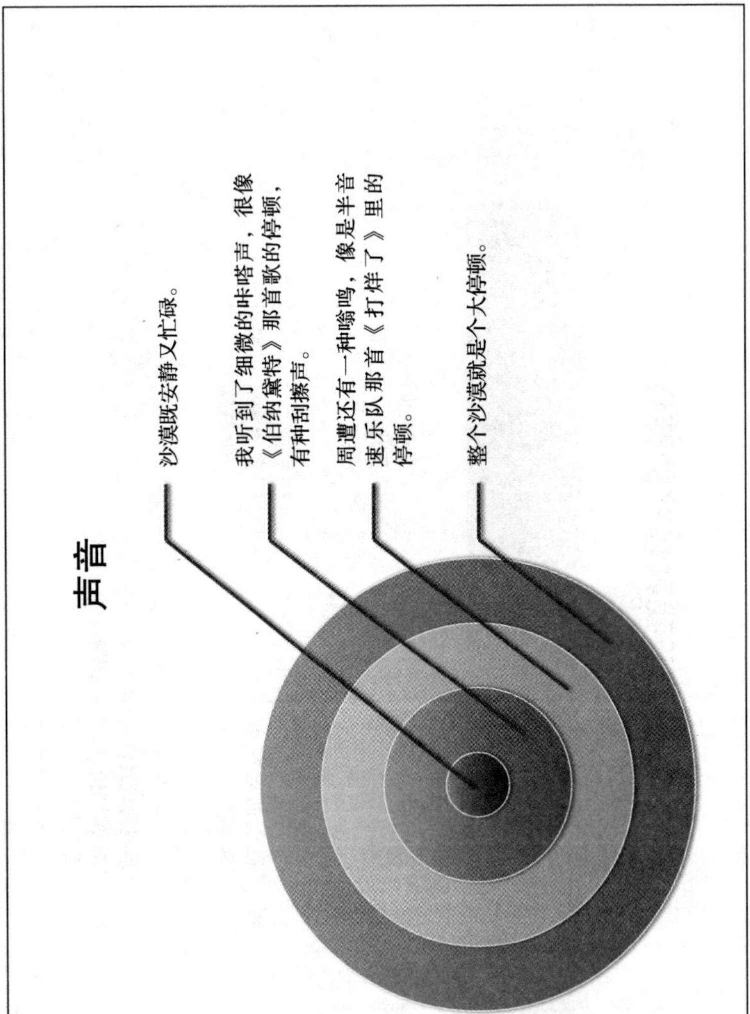
声音
沙漠既安静又忙碌。
我听到了细微的咔嗒声，很像《伯纳黛特》那首歌的停顿，有种刮擦声。
周遭还有一种嗡鸣，像是半音速乐队那首《打烊了》里的停顿。
整个沙漠就是个大停顿。

老爸说："我得跟林肯相处得好一些。"

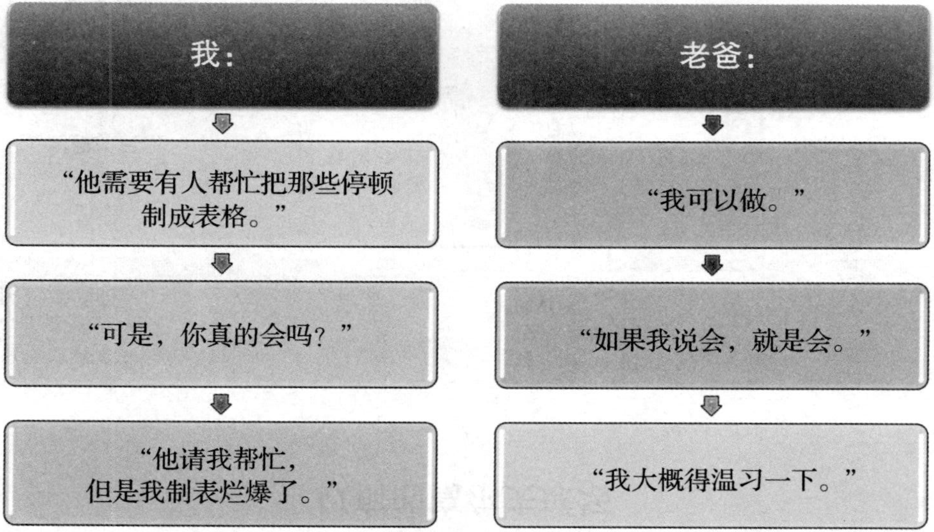
我：
"他需要有人帮忙把那些停顿制成表格。"
"可是，你真的会吗？"
"他请我帮忙，但是我制表烂爆了。"
老爸：
"我可以做。"
"如果我说会，就是会。"
"我大概得温习一下。"

以前的高尔夫球场

这里有许多灰色的高低起伏的坑洞，像月球表面。

高尔夫球俱乐部还在，用绳子围住，任其腐朽。

老爸站在一个浅坑里，对我微笑。

他说：“我还记得这个沙坑”。

我问：“你以前在这里打过球？”

“当然，医生都打高尔夫。”

老爸没时间交朋友。

他会说：“你们是我唯一需要的朋友。”他说的是我、老妈、老哥。

我还记得坐高尔夫球车穿越紫色的花床。

他不喜欢大多数医生，说他们“骄傲自大”。

一段漫长且空旷的散步

我问："老妈抓狂了吗？"

- "应该是。"

"她会原谅你吗？"

- "当然。"

"你怎么知道？"

- "感谢上帝，你老妈就是那种肯原谅别人的人。"

"罗布死时，她原谅你了吗？"

- 老爸停住脚步，转身看向我。月亮刚刚露了脸。"你怎么会突然想到他。"

"有时我就会。"

- 老爸说："我也是。"

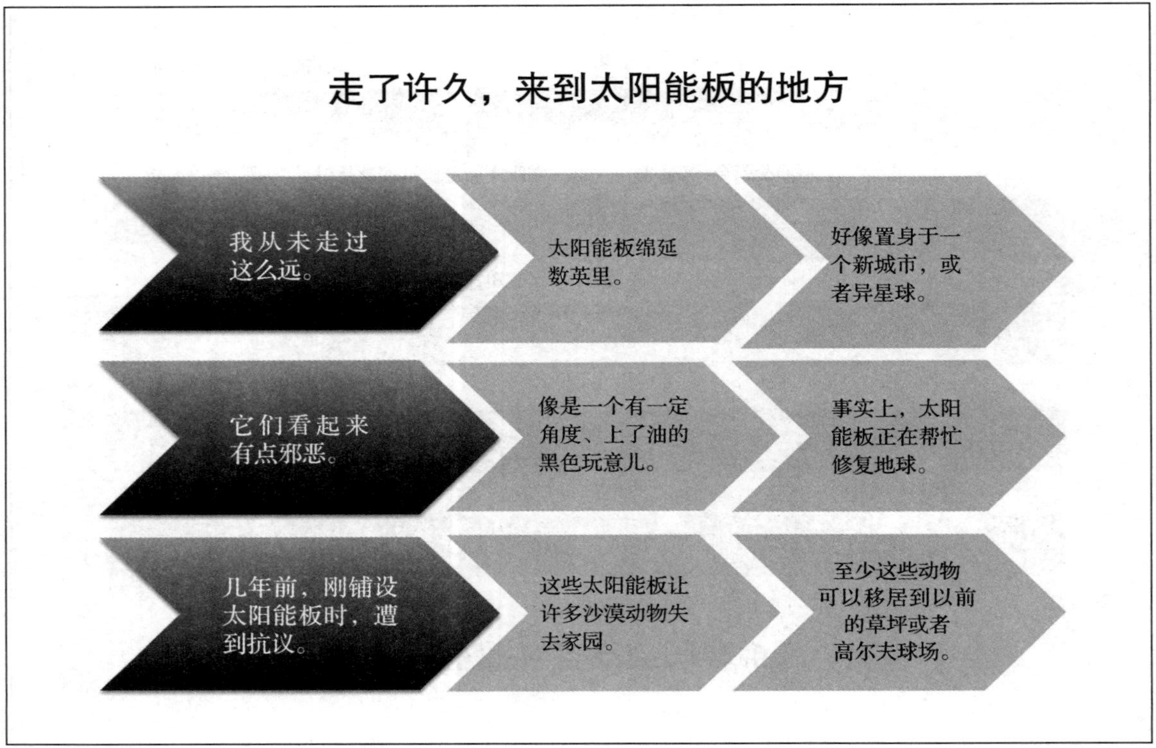
走了许久，来到太阳能板的地方
我从未走过这么远。
太阳能板绵延数英里。
好像置身于一个新城市，或者异星球。
它们看起来有点邪恶。
像是一个有一定角度、上了油的黑色玩意儿。
事实上，太阳能板正在帮忙修复地球。
几年前，刚铺设太阳能板时，遭到抗议。
这些太阳能板让许多沙漠动物失去家园。
至少这些动物可以移居到以前的草坪或者高尔夫球场。

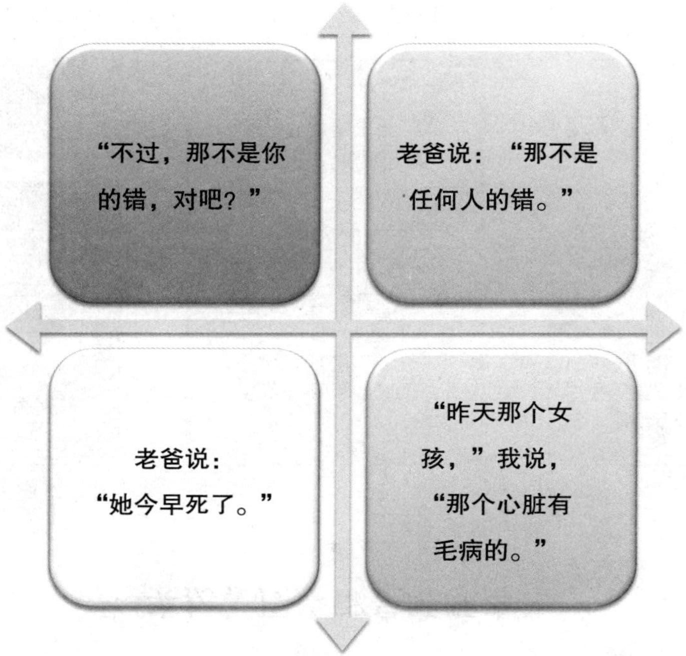
“不过，那不是你的错，对吧？”
老爸说：“那不是任何人的错。”
老爸说：“她今早死了。”
“昨天那个女孩，”我说，“那个心脏有毛病的。”

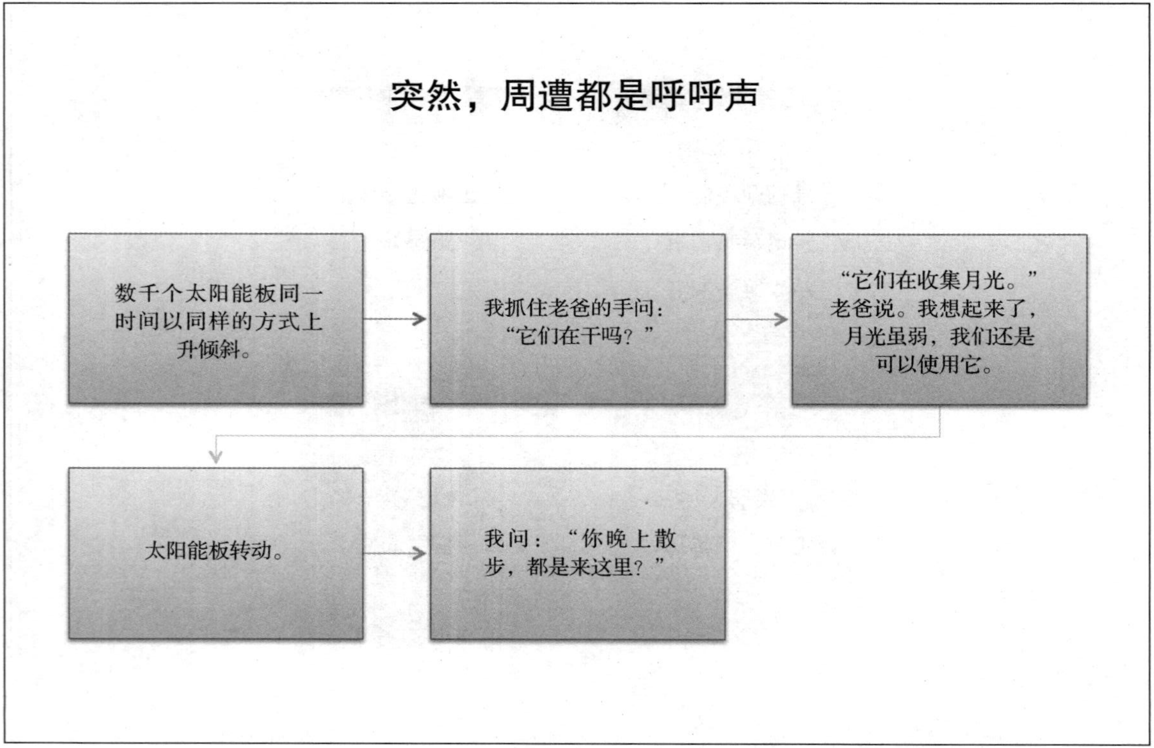
突然，周遭都是呼呼声
数千个太阳能板同一时间以同样的方式上升倾斜。
我抓住老爸的手问：“它们在干吗？”
“它们在收集月光。”老爸说。我想起来了，月光虽弱，我们还是可以使用它。
太阳能板转动。
我问：“你晚上散步，都是来这里？”

我们站了很久，看太阳能板转动

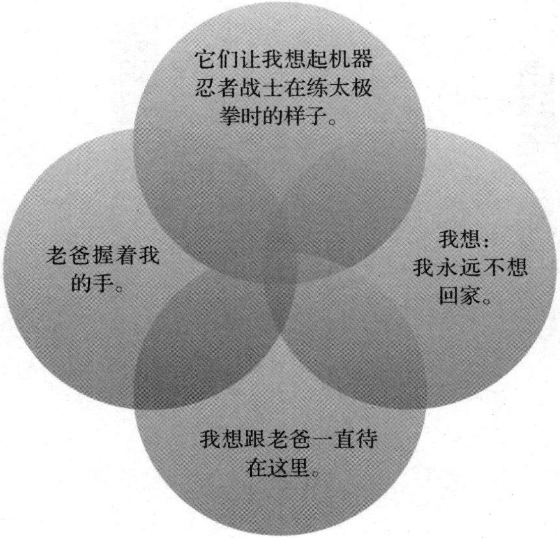
它们让我想起机器忍者战士在练太极拳时的样子。
老爸握着我的手。
我想：我永远不想回家。
我想跟老爸一直待在这里。

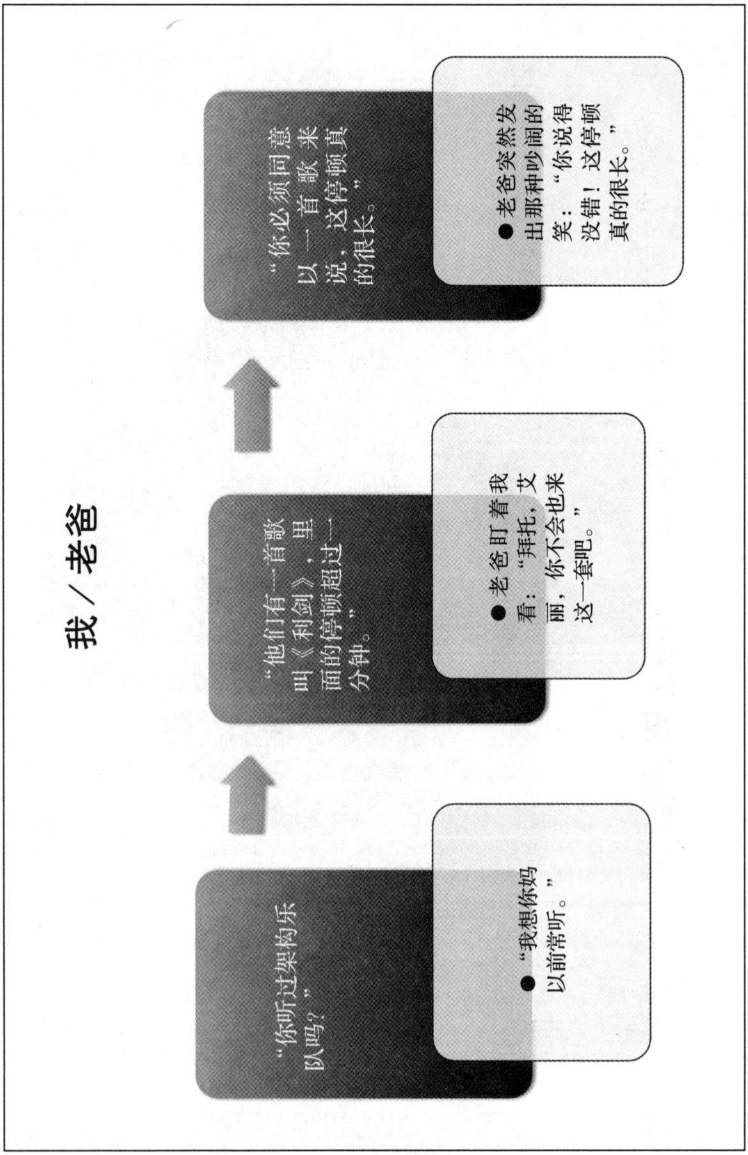
我/老爸
“你听过架构乐队吗？”
●“我想你妈以前常听。”
“他们有一首歌叫《利剑》，里面的停顿超过一分钟。”
●老爸盯着我看：“拜托，艾丽，你不会也来这一套吧。”
“你必须同意以一首歌来说，这停顿真的很长。”
●老爸突然发出那种吵闹的笑：“你说得没错！这停顿真的很长。”

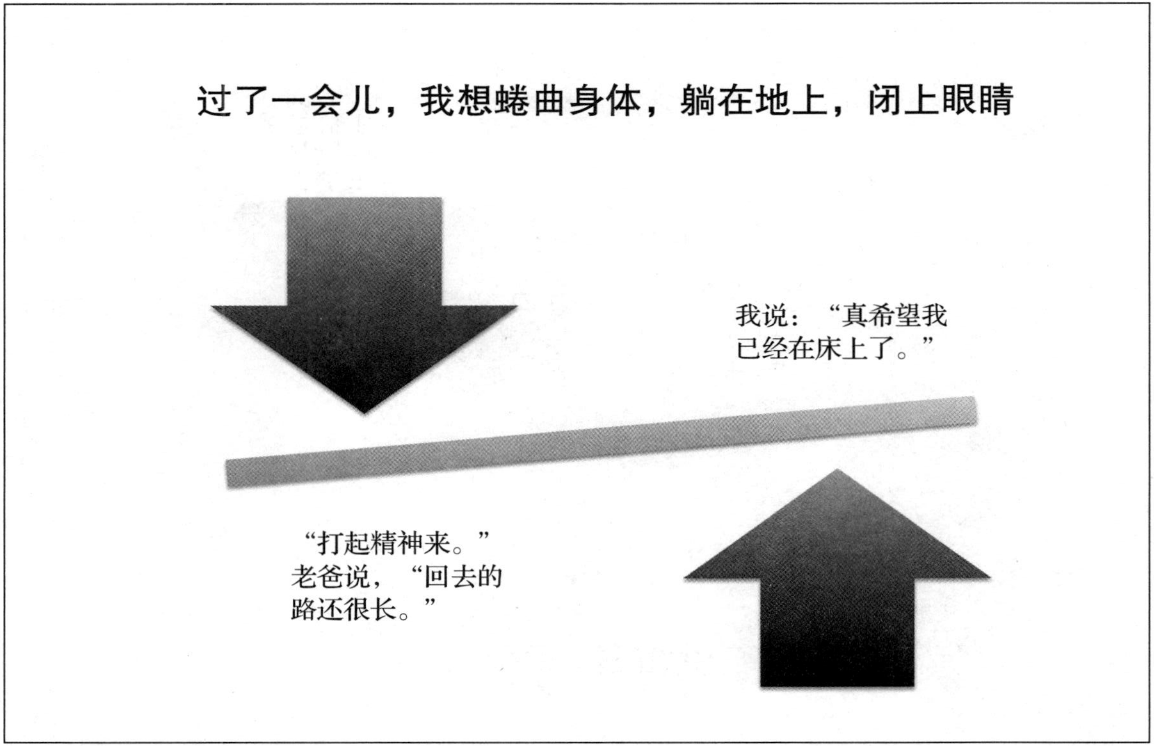
过了一会儿，我想蜷曲身体，躺在地上，闭上眼睛
我说："真希望我已经在床上了。"
"打起精神来。"老爸说，"回去的路还很长。"

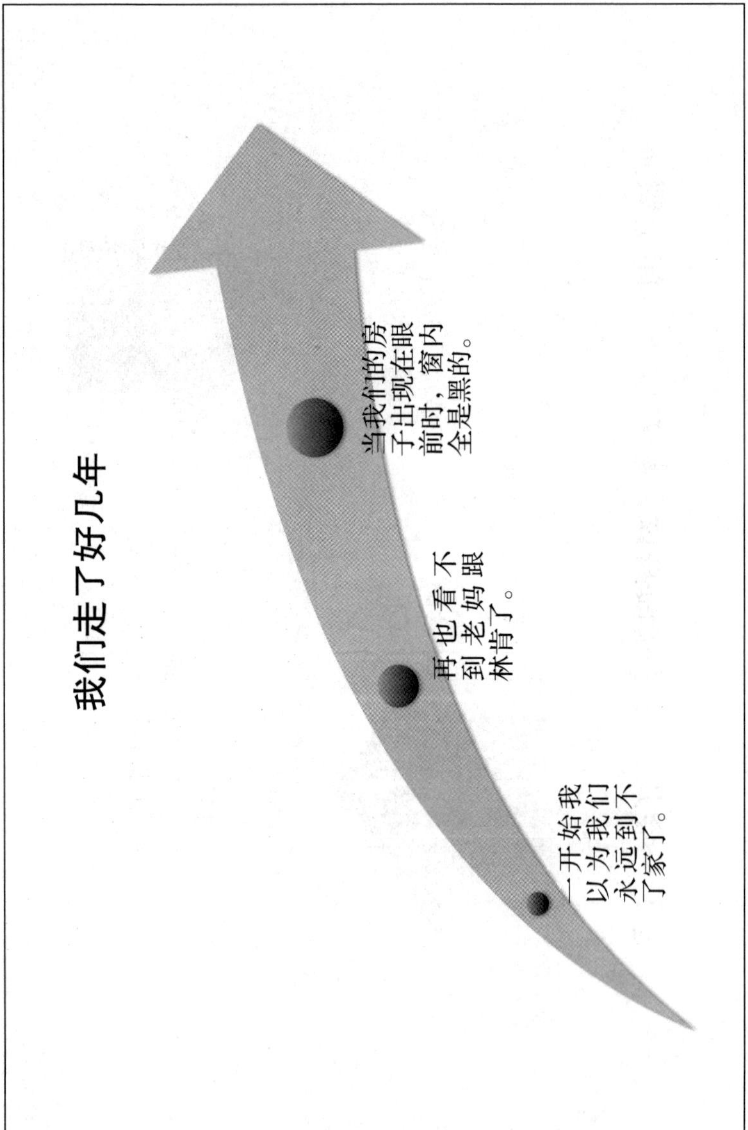
我们走了好几年
一开始我以为我们永远到不了家了。
再也看不到老妈跟林肯了。
当我们的房子出现在眼前时，窗内全是黑的。

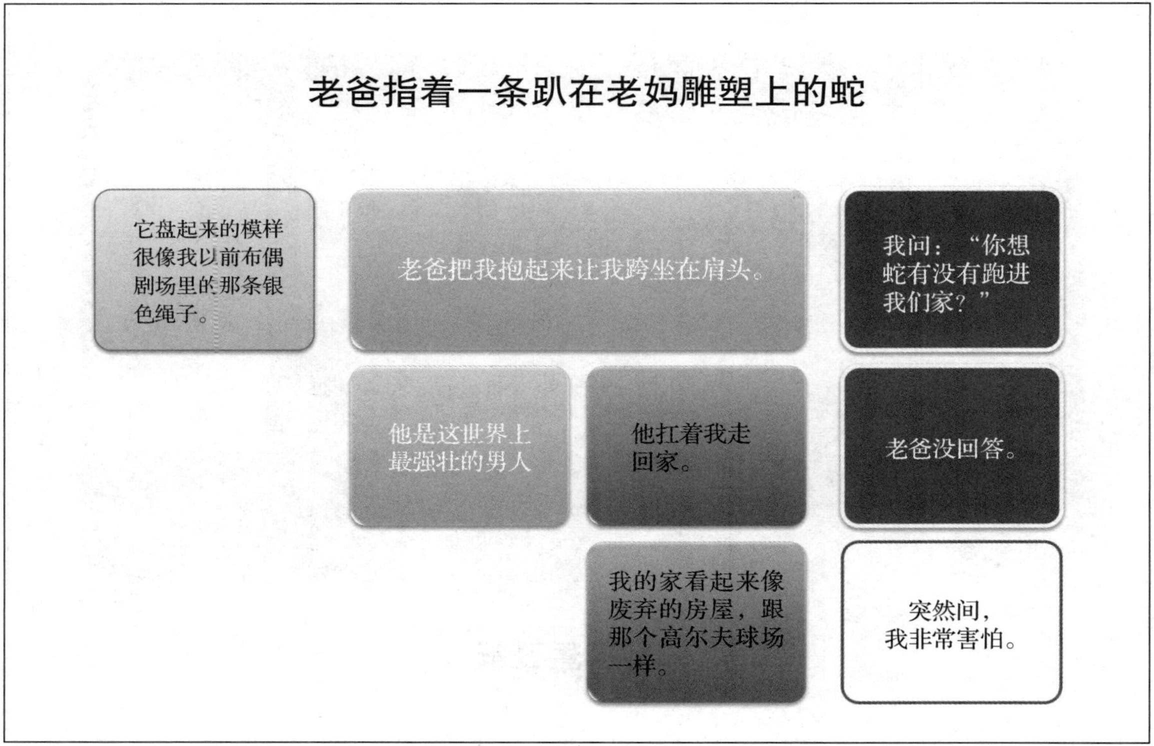
老爸指着一条趴在老妈雕塑上的蛇
它盘起来的模样很像我以前布偶剧场里的那条银色绳子。
老爸把我抱起来让我跨坐在肩头。
我问："你想蛇有没有跑进我们家？"
他是这世界上最强壮的男人
他扛着我走回家。
老爸没回答。
我的家看起来像废弃的房屋，跟那个高尔夫球场一样。
突然间，
我非常害怕。

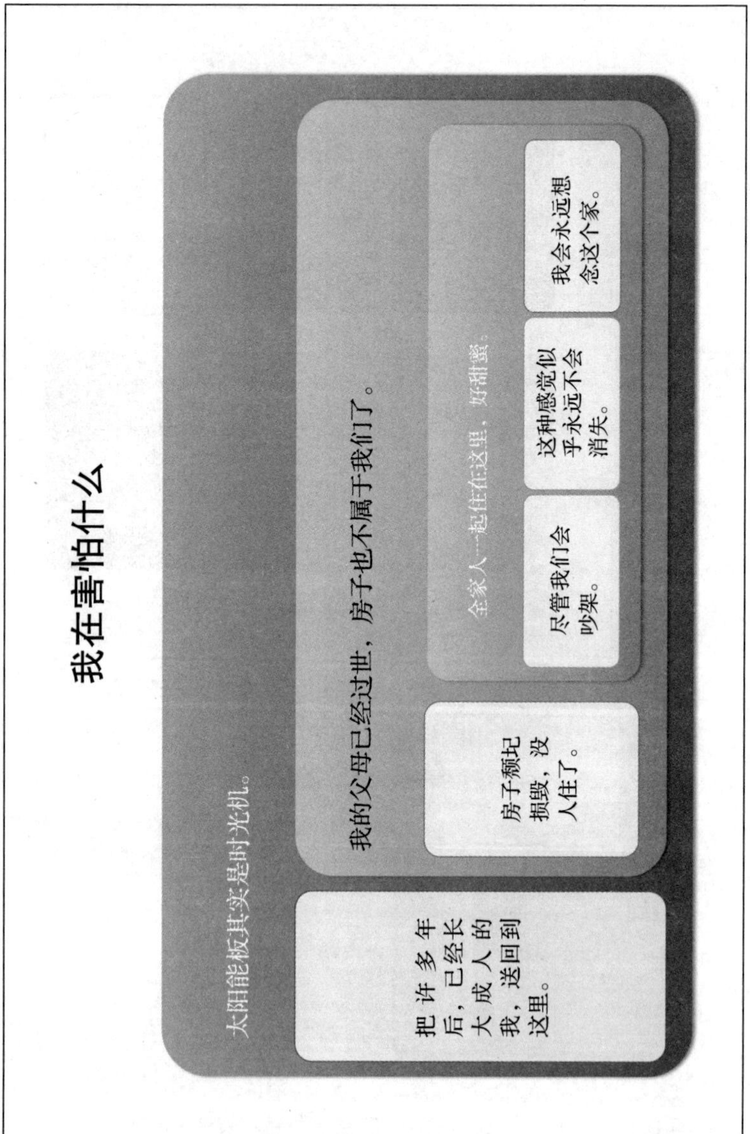
我在害怕什么
太阳能板其实是时光机。
把许多年后，已经长大成人的我，送回到这里。
我的父母已经过世，房子也不属于我们了。
房子颓圮损毁，没人住了。
全家人一起住在这里，好甜蜜。
尽管我们会吵架。
这种感觉似乎永远不会消失。
我会永远想念这个家。

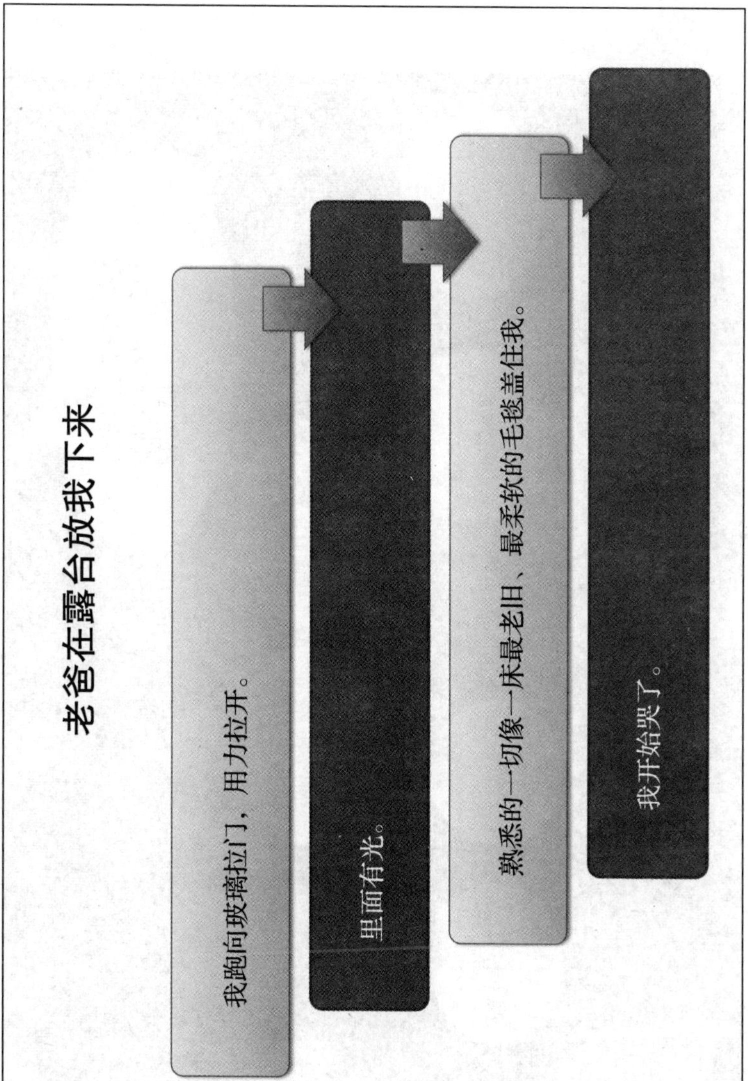
老爸在露台放我下来
我跑向玻璃拉门，用力拉开。
里面有光。
熟悉的一切像一床最老旧、最柔软的毛毯盖住我。
我开始哭了。

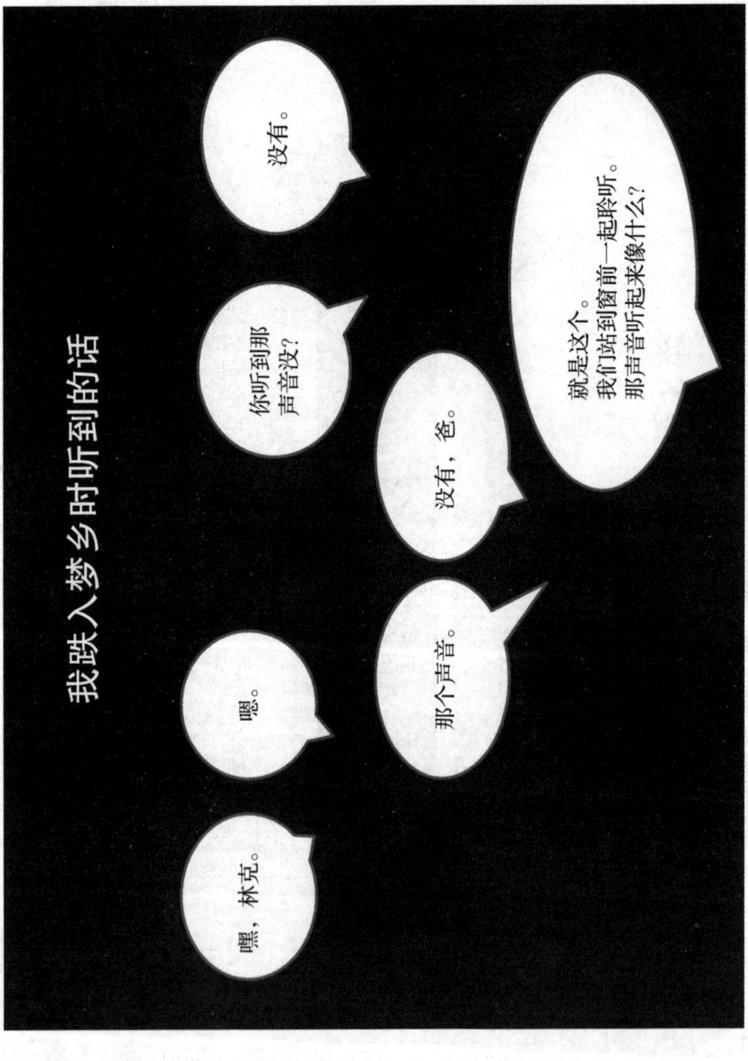
我跌入梦乡时听到的话
嘿，林克。
嗯。
你听到那声音没？
没有。
那个声音。
没有，爸。
就是这个。
我们站到窗前一起聆听。
那声音听起来像什么？

“好的，我知道了。”

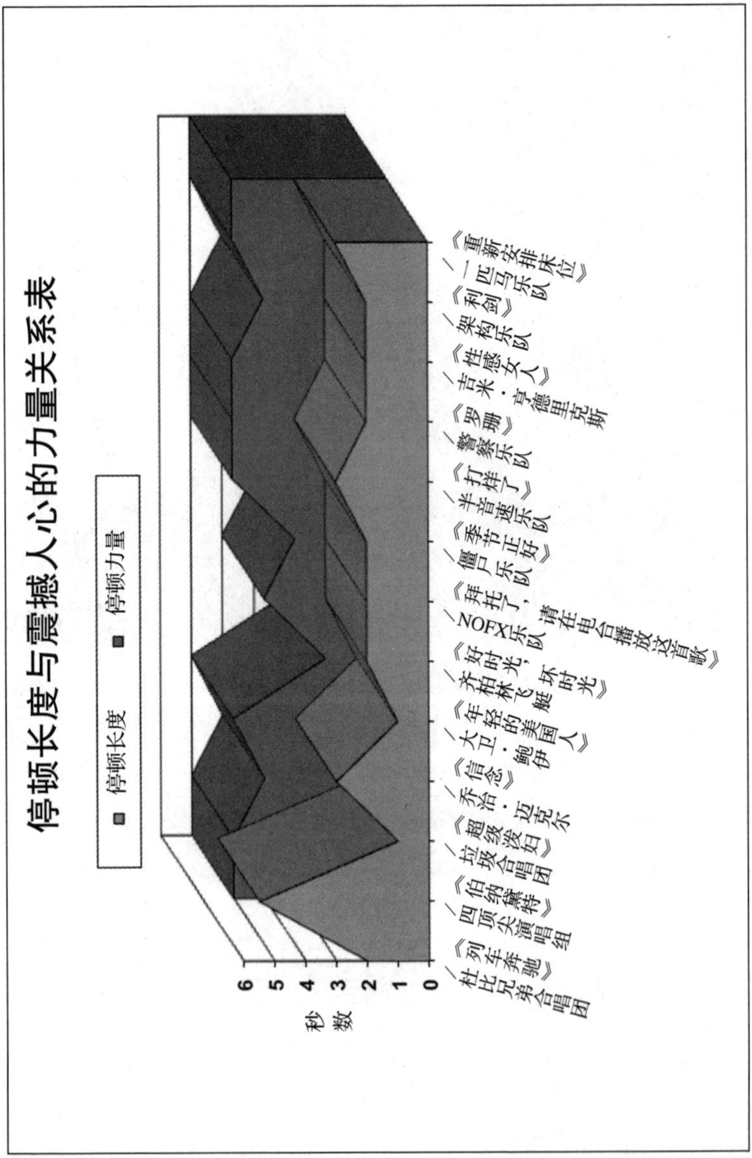
停顿长度与震撼人心的力量关系表
停顿长度
停顿力量
秒数
6
5
4
3
2
1
0
《列车奔驰》/杜比兄弟合唱团
《伯纳黛特》/四顶尖演唱组
《超级泼妇》/垃圾合唱团
《信念》/乔治·迈克尔
《年轻的美国人》/大卫·鲍伊
《好时光，坏时光》/齐柏林飞艇
《拜托了，请在电台播放这首歌》/NOFX乐队
《季节正好》/僵尸乐队
《打烊了》/半音速乐队
《罗珊》/警察乐队
《性感女人》/吉米·亨德里克斯
《利剑》/架构乐队
《重新安排床位》/一匹马乐队

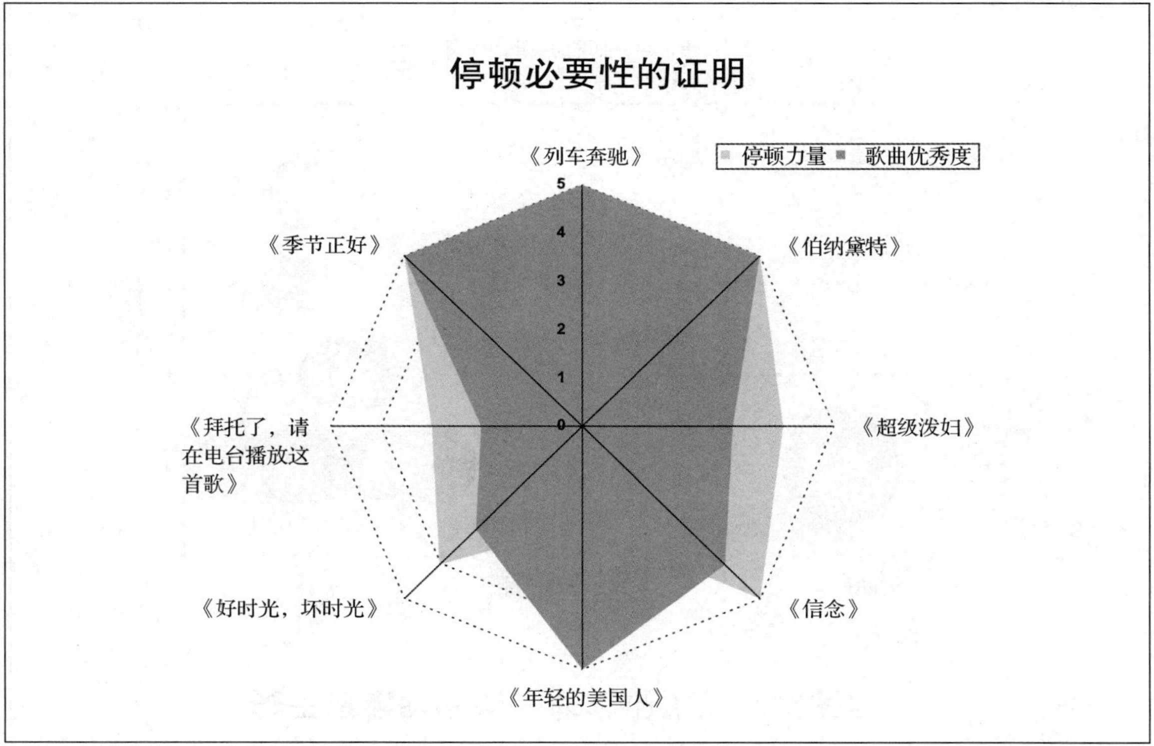
停顿必要性的证明
停顿力量
歌曲优秀度
《列车奔驰》
《伯纳黛特》
《超级泼妇》
《信念》
《年轻的美国人》
《好时光，坏时光》
《拜托了，请在电台播放这首歌》
《季节正好》
5
4
3
2
1
0

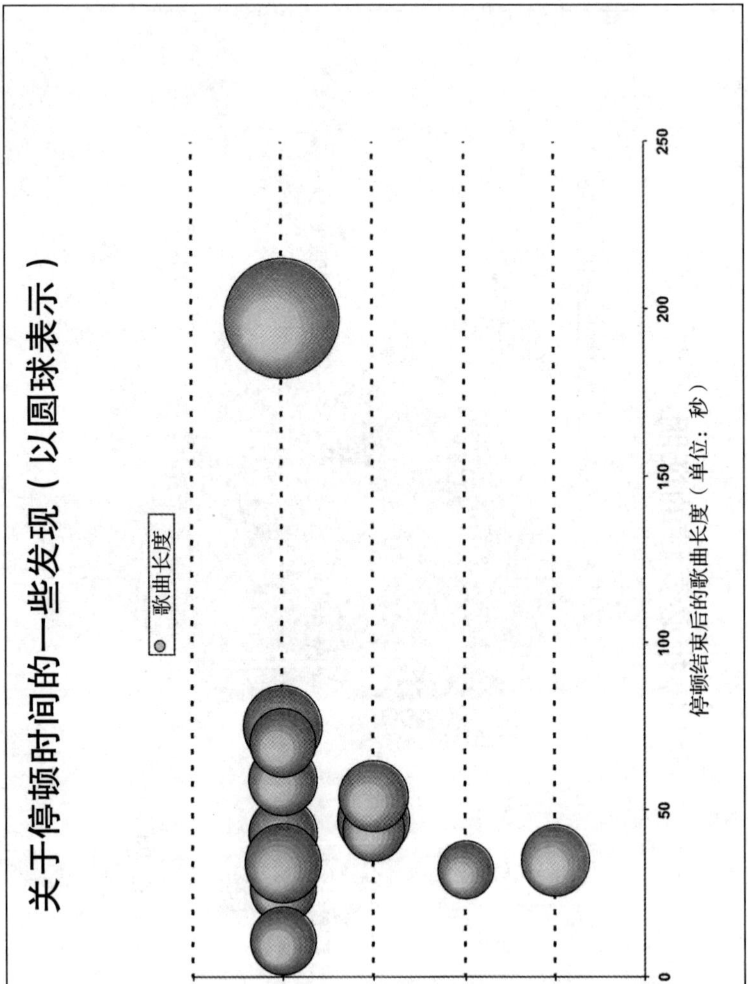
关于停顿时间的一些发现（以圆球表示）
歌曲长度
停顿力量
6
5
4
3
2
1
0
50
100
150
200
250
停顿结束后的歌曲长度（单位：秒）

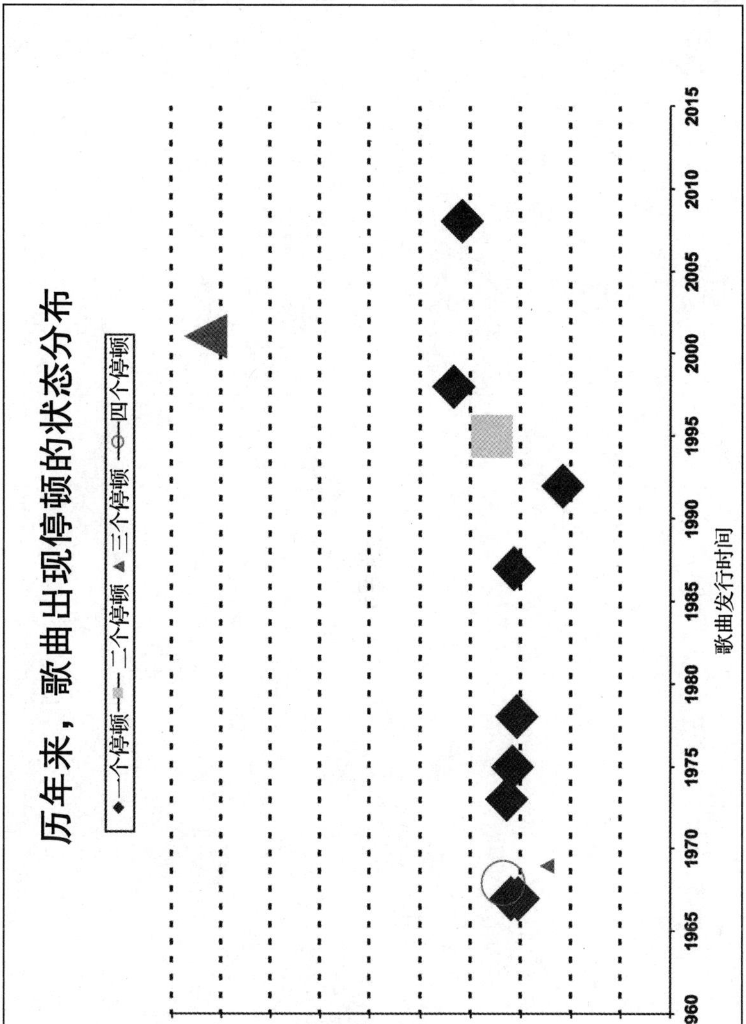
历年来，歌曲出现停顿的状态分布
一个停顿
二个停顿
三个停顿
四个停顿
歌曲长度（单位：分钟）
0
1
2
3
4
5
6
7
8
9
10
1960
1965
1970
1975
1980
1985
1990
1995
2000
2005
2010
2015
歌曲发行时间

结束

第十三章　纯净语言

“你不想干，”本尼喃喃地说，“对吧？”

“百分之百。”亚历克斯说。

“你认为这是在出卖自己。牺牲所有构成‘你’的诸种理念。”

亚历克斯笑了：“我知道这件事的本质就是这样。”

“瞧，你是个纯粹主义者，”本尼说，“因此，这工作百分之百适合你。”

亚历克斯知道这种阿谀手段正逐渐奏效，就像你吸了第一口甜蜜的大麻，明知道继续吸下去就会完蛋但你还是觉得很爽。他期待甚久的这顿早午餐约会即将接近尾声，他反复练习的“希望被雇用为混音师”的推销词已经落空。此刻他们在本尼的翠贝卡区阁楼里，坐在细长的沙发上，浸沐于从天窗那儿洒下的冬日阳光中，互相打量着对方。亚历克斯感觉眼前这位长辈对他突然产生了极大的好奇。他们的妻子待在厨房里，他们的小女儿坐在他俩中间的一块红色波斯地毯上，共享一套厨房用品玩具，谨慎地留意着对方。

“要是我会拒绝，”亚历克斯说，“就代表我不可能是完美的人选。”

“我认为你会接受。”

亚历克斯既懊恼又好奇，问：“怎么说？”

“一种感觉，”本尼说，从深陷的沙发里微微欠身，“你我之间还有尚未缔造的历史。”

亚历克斯从某个只约会过一次的女孩那儿听闻了本尼·萨拉查的名字，那时他初到纽约，本尼也还大有名气。那女孩为本尼工作——这点亚历克斯记得很清楚——大约也只记得这点。她的名字、模样、他们一起干了什么事——这些细节早已抹消。那次约会，亚历克斯仅存的印象是冬天、黑暗，好像还跟钱包有关，是有人丢了钱包吗？有找到吗？还是被偷？是那女孩的钱包，还是他的？他怎么都想不起答案，气疯了——这就像想要记起某首让你特别有感觉的歌，可是想不起歌名、演唱者，甚至能让你召唤出回忆的几小节音符都没有。那女孩在远处徘徊，亚历克斯无法触及，只留下“钱包”在他的脑海里，像一张名片，逗引着他。跟本尼共进早午餐的前几天，亚历克斯发现自己对那女孩异常执迷。

“那哒是我的！[1]”本尼的小女儿阿娃抗议道，让亚历克斯更坚定了新近发现的理论，牙牙学语免不了要经过德语发音阶段。她正从亚历克斯的女儿卡拉-安手中夺过长柄平底锅，后者上前想抢回来，大声吼：“我的锅子！我的锅子！”亚历克斯马上弹起身，却发现本

[1] 此处原文为“Das mine! ”其中“das”是德语的中性定冠词，阿娃口齿不清，把英语“That’s mine!”误读为类似的发音。

尼纹丝不动。他强迫自己坐回去。

“我知道你想当混音师，”本尼并未提高嗓门，却能盖过两个女孩像小猫打架似的嘶吼声，“你喜欢音乐。你想从事跟声音有关的工作。你以为我不明白那种想法吗？”

两个女孩像格斗战士一样在地毯上翻滚、吼叫、厮打，还互扯着对方的一小撮柔发。亚历克斯的老婆丽贝卡的声音从厨房传来：“外面还好吗？”

“没事，”亚历克斯高声回答。他讶异于本尼的冷静，男人离婚再娶、重新经历养儿育女，是否就会有这样的表现？

“问题是，”本尼继续说，“音乐跟声音已经没关系了。音乐也已经跟*音乐*无关，而是你能触及多少人。这就是我必须吞下的苦果。”

“我知道。”

意指：他知道（圈内人统统知道）本尼在好多年前就被他一手创立的废材唱片公司开除，因为某次午餐董事会，本尼给那些实际控股者上了一顿“牛粪餐”。当时，本尼的秘书正替美国八卦网站高客网实时报道此次大斗争，她写道：“我们隔着*热腾腾的餐盘*说话。”据说本尼对那些吓傻的主管大叫：“你们期望我做这种烂东西喂给听众？你们自己吃吃看，看看是什么味道！”之后，本尼重新开始制作那种声音粗糙质朴、用模拟信号录制的东西，但没有任何畅销作品。现在，本尼年近六十，在圈内无足轻重，亚历克斯听到人们提到他时都用“过去式”。

当卡拉-安把新长出来的牙齿咬进阿娃的肩膀，丽贝卡率先从厨房跑出来，拉开她，对亚历克斯投以不解的眼神，后者此刻安详地坐在沙发上，如老僧入定。跟着丽贝卡一起进来的是卢帕，两人的女儿在同一个游戏小组，一开始亚历克斯总是躲着她，因为她实在太漂亮了，直到后来他发现她的老公是本尼·萨拉查。

把伤口包扎好，恢复秩序后，卢帕亲吻了下本尼的脑袋（他标志性的浓密头发已经变成了灰白色），然后说："我一直在等你播斯科蒂的歌。"

本尼对着比他年轻许多的娇妻微笑："我留着这一手呢。"然后他按了几下手机，一个恶狠狠的声音原封不动地从令人震惊的音响（音乐声好像穿透了亚历克斯的每一个毛孔）中传出，搭配有如弹簧极速弹开时嗡嗡作响的滑棒吉他声。"我们几个月前发行了这张唱片，"本尼说，"你可能听过他的音乐。斯科蒂·豪斯曼？他还挺符合指尖族的口味。"[1]

亚历克斯瞄了丽贝卡一眼，她讨厌"指尖族"这个词，只要有人以此形容卡拉-安，她就会用礼貌但坚定的语气纠正对方。幸好，这次她没听见。海星牌儿童手机无处不在，小孩只要会触控，就可以下载音乐——有纪录显示年纪最轻的唱片购买者是亚特兰大市一个三个月大的娃娃，他买了一首九寸钉[2]演唱的《嘎嘎》。十五年的战争之后，迎来新的婴儿潮，这些孩童不仅复兴了濒死的音乐工业，还成了音乐成功与否的仲裁者。搞乐队的没有选择，只能改造自己，迎合这

[1] 此处原文为pointer，意指新一代小孩都用指尖触控屏幕。

[2] 九寸钉（Nine Inch Nails）是美国工业摇滚乐队，真正的灵魂人物只有一个，就是队长特伦特·雷兹纳，他每张唱片都会号召不同乐手参与，被视为让工业摇滚乐广受瞩目的大功臣。

群还在牙牙学语的消费者。就连过世后的声名狼藉先生[1]都再出版了一张唱片，唱片的同名曲就是他的一首标准曲目的重新混音。让“你他妈，贱人”听起来像“你真伟大，酋长”，封面是声名狼藉先生戴着原住民头饰逗弄小孩的照片。海星手机还有其他功能——用指头绘画，专供学步小孩使用的卫星定位系统，以及相片传输——但是卡拉-安没碰过这种手机，丽贝卡跟亚历克斯决定卡拉-安满五岁后才能使用手机。在孩子面前，就连他们也很少使用手机。

“你听听这家伙，”本尼说，“你听听。”

哀伤的颤音，滑棒吉他的喧闹抖音——亚历克斯觉得听起来颇为可怕。但这是本尼许多年前发掘“导电乐队”的人呀！亚历克斯问：“你听到了什么？”

本尼闭上双眼，他身体的每个部分都因聆听而活了过来。“他百分之一百纯净，”他说，“未受污染。”

亚历克斯闭上眼睛。瞬间他耳内的声音变得丰厚：直升机的声音，教堂的钟声，还有远处的电钻声，寻常的喇叭与警笛热闹交织在一起的声音，天花板上轨道探照灯发出的细鸣声，洗碗机的搅水声，丽贝卡帮乏困的卡拉-安套上毛衣时她发出的“不要……”声。他们该走了。一想到要结束与本尼的早午餐约会，却一无所获，他顿时感到恐慌。

他睁开眼睛，发现本尼早已睁开眼，平静的棕色双眼瞪着亚历克斯的脸庞，说：“我想你也听见了我所听见的声音，对吧？”

[1] 此处原文用Biggie，即声名狼藉先生（Notorious B.I.G.，又称Biggie Small），他是美国东岸最有名的嘻哈饶舌歌手，1997年被人枪杀。

那天晚上，等到丽贝卡与卡拉-安熟睡后，亚历克斯爬下挂了蚊帐、热气蒸腾如粥、他们三人共享的温暖被窝，进入客厅兼游戏室兼客房的小书房。他站到中间那扇窗前，抬头朝外望，可以看见帝国大厦的顶端，今晚是金、红两种颜色的灯光在闪耀。丽贝卡的父母之所以在911事件之后在纽约服装区买下这间一居室小公寓，正是看中这块窗景，认为是个卖点。丽贝卡怀孕后，他们原本打算卖掉这公寓，却发现他们俯瞰的那栋矮公寓已被开发商买走，打算夷平，盖摩天大楼，挡住他们的光线与空气。他们的公寓变得乏人问津。现在，两年后，摩天大楼终于开始盖了，亚历克斯觉得既恐惧沮丧，又有一丝丝晕眩——每次温暖的阳光照进他们朝东的三面窗子，他就觉得滋味极美，这一小片闪耀的夜景，他看了许多年，多数时候是拿着靠垫坐在窗台边，同时抽根大麻，现在此情此景美到令人心痛，仿如海市蜃楼。

亚历克斯喜欢深夜。少了建筑工地的巨大噪音，以及时刻不停的直升机的声音，其他声音的隐秘入口被打开了，灌进他的耳朵：茶壶的鸣哨声，桑德拉（她是住在楼上的单亲妈妈）穿了袜子的脚步声；亚历克斯还能听见类似蜂鸟的嗡嗡声，大概是桑德拉的青春期儿子正在隔壁房间拿着手机打手枪。还有街头传来的咳嗽声，以及飘忽的对白“……你这是要我变成另一个人……”与“信不信由你，喝酒可以让我清醒”。

亚历克斯倚着靠垫，点燃一根大麻。他一整个下午都想跟丽贝卡说他接下了本尼的工作，却说不出口。本尼没提“水军”[1]这个词。

[1] 原文中使用的是“parrot”一词，有鹦鹉学舌之意，故引申为“水军”。

自从博客丑闻后，“水军”这两个字已经变成了脏话。大家总认为你的意见不是自己的意见，就连搞政治博客的人都被迫在网上贴出财产清单，却也无法遏止质疑。每当一股热潮兴起，随之而来的反驳必是“你拿了谁的好处啊？”还伴随着笑声——究竟哪些人是可以被收买的？亚历克斯答应帮本尼弄到五十个水军，针对斯科蒂·豪斯曼下个月在下曼哈顿区举办的首场个人演唱会制造口耳相传的“货真价实”的评价。

他拿着手机，开始设计一套系统，从15896个朋友中筛选出可以做水军的人。他选取了三个变项：他们有多需要钱（需求）、他们人脉有多广和受敬重程度（影响力）、他们愿意出卖影响力的公开程度有多少（腐败）。他随机选了几个人，就这三个项目给分，评分为0到10，在手机上制图，三条虚线，看它们的交会点在哪里。但是它们如果其中有两项是高分，那么另一项必定是极低的分：譬如他的朋友芬恩，很穷，很腐败，是失败的演员兼半个瘾君子，他会在博客里贴“快速球”[1]的制作方法，多数时候靠他当年的卫斯理大学同窗接济过日（需求指数9，腐败指数10，但是影响力超低，只有1）。脱衣舞者兼大提琴演奏者罗丝，穷困却有影响力，每次一换发型，东村的部分地区马上就会有人模仿（需求指数9，影响力10，腐败指数0）——事实上，据说罗丝在她的网页里隐藏了一份名单，类似非正式的警用事故登记簿，记录了哪个朋友的男友揍了她，谁借走并搞坏了她的架子鼓，谁把狗绑在收费器旁淋雨数小时。有些人既有影响力又贪腐，譬如他的朋友马克斯，以前是“粉红纽扣乐队”的主唱，现在搞风力

[1] 毒品黑话，指海洛因与可卡因的混合制品。

发电，他在苏活区有栋三层楼的公寓，每年圣诞节还慷慨地举办供应鱼子酱的派对，人们从八月就开始拍他的马屁，盼望能跻身派对邀请名单（影响力10，腐败指数8），但是马克斯之所以大受欢迎，就是因为**他有钱**（需求指数0），没有出卖自己的诱因。

亚历克斯瞪大眼看着手机屏幕。会有人同意干这件事吗？这时他顿时想起——他不就干了？他想象丽贝卡对他是如何评分的：需求指数9，影响力6，腐败指数0。就像本尼说的，亚历克斯是个纯粹主义者，他数度离开烂老板（**音乐圈**），就像他现在也会远离那些看见上班时间居然在照顾宝贝女儿的男人时就忍不住要投怀送抱的女人一样。妈的，他之所以认识丽贝卡，还不是因为万圣节前一天有个戴狼面具的人抢了丽贝卡的皮包，而他奋不顾身地追了上去。但是亚历克斯未经挣扎就向本尼投降了，为什么？因为他的公寓即将被遮住光线并且欠缺新鲜的空气？因为丽贝卡全职教书与写作让他照顾卡拉-安，这使他欠缺安全感？还是他写过的点点滴滴（最喜欢的颜色、蔬菜与做爱体位）都存在跨国公司拥有的数据库里，虽然他们发誓绝对不会使用这些数据，但事实是他被**拥有**了，也就是说，在他最具颠覆精神的年纪，他却在毫无意识的状态下出卖了自己？他初次听见本尼·萨拉查的名字是在他刚到纽约，跟一个已经忘记模样的女孩约会时，她告诉他的。十五年后，他终于见到本尼，却是因为他们的小孩同属一个游戏小组。是这两者的奇怪平行对应让他点头的吗？

亚历克斯不知道。他不需要知道。他只需要再找到五十个跟他一样不知道自己的性格在何年何月何日已经转变了的人。

“物理是必修，三个学期。如果物理不及格，你就得跟学位说拜拜。”

“这是营销学位啊？”亚历克斯不可置信地说。

“以前是必修流行病学，”露露说，“你知道，就是病毒式营销模型还很流行的时候。”

“人们现在还是在讲‘病毒’式营销呀。”亚历克斯真希望自己喝的是真咖啡，而不是这家希腊小馆倒给他的洗碗水，但是本尼的助理露露已经喝了十五还是二十杯了——本性使然？

“没人讲‘病毒’了，”露露说，“我的意思是就算使用，也是无意的，就像我们仍然讲‘连接’与‘传输’，但是这两个跟机械相关的隐喻，已经跟现今信息的散布无关了。就像，传播范围已经不能用因果关系来形容：它是同时发生的。根据测量，它真的比光速还快。所以，现在我们研究粒子物理学。”

“接下来呢？弦论？”

“选项之一。”

露露约莫二十出头，巴纳德学院研究生，本尼的全职助理，恰恰可以作为“手机员工”新风潮的佐证。不用纸张，不用书桌，不必通勤，而且理论上，随时应召，永远都在，虽然她似乎懒得理会那部不时响铃与振动的手机。她个人网页的照片未能忠实呈现她的撼人美貌，一双大眼睛极端对称，头发闪亮发光。整个人干干净净，没有打洞、刺青，或者自残的疤痕。现在的孩子都不来这一套。谁能怪他们。他们可是连看了三个世代的人——死气沉沉的刺青爬在疲软的二头肌跟下垂的屁股上，活像被蛀虫啃过的沙发布套。

卡拉-安在婴儿背带里睡得很沉，脸蛋卡在亚历克斯的下巴与锁骨间，带着水果、饼干味的气息吹入他的鼻孔。他大约还有三十或者四十五分钟，之后，她就会醒来，吵着要吃中午饭。但是亚历克斯觉得有需要探索露露的过去，了解她，才能指出她到底为什么让他不安。

“你是怎么攀上本尼的？”他问。

“他的前妻以前替我妈工作，”露露说，“那是很多年前的事了，那时我还是个小孩。我认识本尼超久的，还有他的儿子克里斯。他大我两岁。”

“哦，”亚历克斯说，“你妈做什么的？”

“她搞公关宣传，不过已经离开这行了，”露露说，“住在北部。”

“什么名字？”

“多莉。”

按照亚历克斯的意思，他想一路追溯到多莉孕育露露的那一天，但是他忍住了。一阵沉默，正好碰到上菜。亚历克斯本来想点汤，但是那看起来会很“娘”，所以他在最后一秒改变心意，点了鲁本三明治，却忘记他如果要嚼三明治，铁定会吵醒卡拉-安。露露点了柠檬蛋白酥派，只用叉子的最顶端挑一点点蛋白酥皮吃。

“所以，”亚历克斯还没来得及说话，露露便说道，“本尼说我们要组一个盲目队伍，你是匿名队长。”

“他真的用了这些词？”

露露笑了：“不，这是营销词汇。学校里教的。”

“其实它们是体育用语，从运动那边来的。”亚历克斯曾做过很多次校队队长，但是面对这么年轻的女孩，讲这个，好像白头宫女话当年。

“从体育用语发展出来的譬喻，到现在都还能用。”露露沉思。

“所以，这是众人皆知的词汇？”他问，“盲目队伍？”亚历克斯还以为这是他的构想——组个团队，队员不知道他们属于某支队伍，也不知道他们有个队长，这样就能减轻身为水军的羞愧与内疚。每个队员都跟露露单独互动，亚历克斯则躲在幕后操纵。

“哦，是啊，”露露说，“盲目——盲目队伍——对上年纪的人特别有效，我是说，”她笑了，“年过三十的。”

“为什么？”

“上年纪的人比较抗拒——”她开始支吾。

“被收买？”

露露笑了。“你瞧，这就是我们所谓的不实比喻，”她说，“广告宣传单看起来只是描述，其实隐含判断。我的意思是卖橘子的人算不算被收买？修家电算不算出卖自己？”

“不，因为他们的营生展现于众人面前，”亚历克斯觉得自己的口气有点纡尊降贵，“公开的。”

“你瞧，这些比喻——展现于众人面前，公开的——只不过是我们所谓的‘返祖纯粹主义’系统的一部分。返祖纯粹主义暗指世间的确有完美境界的伦理，实情是它不仅从未存在过，未来也不会出现，它只不过是价值判断者用来号召偏见的工具罢了。”

亚历克斯感觉卡拉-安在他肩头扭动，于是他把一大片长长的熏牛肉还没嚼就吞下了肚。他们在这里坐了多久？肯定是比他原先预计的久。亚历克斯无法抗拒跟这女孩死命对干的欲望。她那种强大的自信显然不是来自快乐童年，那是渗透在每个细胞里的自信，露露就像个皇后，乔装打扮，不想被认出，也不需要别人的肯定。

“所以，”他说，“你的意思是因为钞票而信仰某个东西，或者宣称如此，本质上并无错误？”

“本质上的错误？”她说，“天，这简直是道德硬化的最佳范例。我一定得说给我以前的当代伦理课老师巴斯蒂先生听，他专门收集这个。我告诉你，”露露伸直脊背，转动她那双严肃（尽管她的表情故作滑稽）的灰色眼眸，看着亚历克斯说，“如果我相信，就是相信。你凭什么论断我的原因？”

“如果钞票就是你的原因，这不是信念，这是狗屎。”

露露扮了个鬼脸。这是这一代的另一个特色：不飙脏话。亚历克斯曾听过年轻孩子说“糟了”跟“天哪”，但其中并无反讽的意思。“这种事我们见多了，”露露审视亚历克斯，说，“我们叫它EA——道德上的矛盾——尤其是面对强力营销时。”

“别告诉我，强力营销叫SMA[1]。”

“没错，”露露说，“对你来说，就是挑选盲目队伍这件事。表面上，这不是你该干的事，所以你感到矛盾，我却认为正好相反：道德矛盾是你的预防针，一个借口，让你去做你根本很想做的事。我没有不敬的意思。”

“就像你嘴里说‘并无不敬’，其实讲的正是非常不敬的话？”

亚历克斯从未见过有人的脸可以红成这样：一股朱砂红热潮瞬间席卷了她整张脸，好像发生了什么凶猛的事，譬如她噎着了，或是即将大出血。亚历克斯本能地坐直身体，查看卡拉-安，结果发现他女儿的眼睛睁得大大的。

[1] 强力营销的英文为strong marketing action，缩写正好是SMA。此处是亚历克斯针对露露前面使用EA（ethical ambivalence）的嘲讽。

“你讲得没错，”露露虚弱地吸了口气说，“我很抱歉。”

“没事。”亚历克斯说。露露的脸红比她的自信更让他吃惊。他看着她红潮渐退，留下一脸惨白，问，“你还好吗？”

“我没事，只是聊天聊得有点累了。”

“我也是。”亚历克斯也累坏了。

“有千百种出错的可能，我们的唯一武器是隐喻，而它们还不见得正确。你永远不可能实——话——实——说。”

卡拉-安紧紧地盯着露露，问：“那哒是谁？”[1]

“她是露露。”

“我可以短信你吗？”[2]露露问。

“你是说——”

“现在。我可以现在短信你吗？”不过，此举纯是出于礼貌，因为她早就开始打字了。立刻，亚历克斯的手机在裤袋里振动，他得稍微推开卡拉-安，才能拿手机。

屏幕上出现：可以丢几个名字给我？（U hav sumn Ams 4 me？）[3]

亚历克斯输入：喏，就这些。（hEr thAr.）他把五十个名单连同备注、切入角度，以及这些对象的禁忌事项一起传到露露的手机里。

棒！立马开工。（GrAt. LL gt 2 wrk.）

他们看着对方。亚历克斯说：“很简单啊。”

[1] 原文“Hoo dat？”模仿小孩子说话不清楚的发音方式，即英文中的“Who’s that？”

[2] “Text”（发短信）一词在原文中被简化为“T”，所以直接使用了短信一词。（下文同）

[3] 此处原文为短信英文缩写，下文同。

露露说："我知道。"松了一口气让她显得昏昏欲睡。"这档子事很单纯——不涉及哲学、修辞隐喻，以及价值判断。"

"要哒个。"[1]卡拉-安指着亚历克斯的手机。他居然毫无察觉，在离卡拉-安脸蛋不到几英寸处使用手机。

"不行，"亚历克斯突然紧张起来，说，"我们——我们得走了。"

"等等，"露露好像第一次注意到卡拉-安，她说，"我来给她短信一条。"

"哦，我们不——"在小孩使用手机这个问题上，亚历克斯夫妇有相同的立场，此刻却觉得难以说明。他的手机又振动了，卡拉-安兴奋地尖叫，肥肥的手指飞快指着屏幕，用命令的语气说："我做哒个。"[2]

亚历克斯只好尽责地大声念出短信"小女孩，你有个好爸爸哦"（Litl grL，U hav a nyc dad），顿时满面通红。卡拉-安狂热无比地猛敲键盘，好像一只饿狗进入肉品储藏室。现在手机又传出声响，出现了一张传给小孩看的照片——阳光下的狮子。卡拉-安开始局部放大狮子的各个部位，熟练得好像一出生就懂得玩手机。露露继续发短信："没见过我爸爸。在我出生前，他就死了。"（Nvr met my dad, Dyd b4 I ws brn.）亚历克斯默读了此句。

"哦，真遗憾。"他抬头看向露露，察觉自己嗓门过大，像是粗鲁的干扰。他低下头，穿过卡拉-安章鱼般舞动的手指，终于传出短

[1] 原文为"Unt dat"，即"Want that"，要那个。

[2] 原文为"I do dot"，即"I do that"，我也做那个（发短信）。

信：难过。

露露回复：800年前的事了。（Ancnt hstry.）

卡拉-安愤怒地粗声呐喊："哒偶的！"[1]她窝在婴儿背带里，手指猛戳亚历克斯的口袋。此刻，他的手机正在里面无声地振动，离开餐馆已经数小时，他的手机振动就没停过。他的女儿真能透过他的身体感觉到手机的振动吗？

"偶的棒[2]—棒糖！"亚历克斯搞不清楚她为什么管手机叫棒棒糖，但是他不打算纠正她。

"你要什么，甜心？"丽贝卡正用那种过于热切（这是亚历克斯的感觉）的语气跟女儿说话，她每次上完一整天班，就会如此。

"爸爸，棒棒糖。"

丽贝卡困惑地看着亚历克斯说："你有棒棒糖啊？"

"当然没有。"

他们忙着往西走，赶在太阳下山前抵达河边。地球绕轨道运转，气温也必须跟着改变调整，冬日白昼缩短，一月份里，太阳大约会在4:23下山。

丽贝卡问："换我抱她，好吗？"

她把卡拉-安从背带中抱出来，让她站在肮脏的人行道上。女孩像稻草人似的蹒跚地走了几步。亚历克斯说："如果让她走路，我们会赶不上。"丽贝卡抱起她，快步向前走。亚历克斯今日又是意外地现身于图书馆门外，给老婆一个惊喜，自从公寓对面的工程开始后，

[1] 原文为"Das mine!"，即"That's mine"，那是我的。
[2] 原文为"Mine lolli-pop!"，即"My lollipop"，我的棒棒糖。

他为了逃避噪音，越来越经常如此。但是今天还有其他理由：他必须跟丽贝卡坦白他与本尼的合作。现在就说，不能再拖了。

他们抵达哈得孙河时，太阳已经落下河面，他们爬上台阶，看到被木板围起、上面欢乐地标着“水上栈道”的墙板时，橘红色蛋黄一样的太阳还悬挂在霍博肯那一头。卡拉-安用命令的口吻说“下来”，丽贝卡便放她下来。她跑向木板墙外的铁丝围栏，每天这个时候，围栏处总是挤满人，多数跟亚历克斯一样，尚未爬上来之前，根本没察觉太阳下山了。现在他们渴望看到落日。亚历克斯挽着丽贝卡的手，跟在卡拉-安后面挤入人群。认识丽贝卡这么久以来，她那副书呆子似的眼镜让她的性感美丽大打折扣，有时像电影《迪克·斯马特》的女主角，有时像猫女。亚历克斯本来超爱她这副眼镜，因为它掩盖不住丽贝卡的性感美丽，近来，他的想法动摇了。那副眼镜加上丽贝卡提早灰白的头发，以及睡眠不足，让书呆子这个假身份快要变成“真身”了：一个备受折磨的学术界奴隶，不仅要教两门课，还要完成一本书，更身兼数个委员会主席。在这幅生动的画面里，亚历克斯对自己的角色最为沮丧：一个年岁渐增的音乐疯子，赚的钱不足以糊口，吸干了老婆的生气（至少是吸干了她的性感与美貌）。

丽贝卡在学术界是颗明星。她的新书讨论“文字的僵固”，这是她发明的词汇，意指那些放到引号外面便失去意义的文字。英文中充斥此类空泛的文字——“朋友”“真实”“故事”“改变”——这些字已经被剥除意义，仅剩空壳。有些字譬如“身份”“搜寻”与“云端”成为网络用语，逐渐失去原本的生命。某些字的僵固原因比较复杂，譬如“美国式”为什么变成了反讽词汇？“民主”又为何多数用在嘲讽的句子里？

跟以往一样，太阳真正滑落到河面之前的几秒，众人无声。就连在丽贝卡臂弯里的卡拉-安也很安静。亚历克斯的脸仍能感觉到太阳的余晖，他闭上双眼，品味微弱的暖意，耳畔是渡船破水而过的哗啦声。太阳一消失，就像魔咒解除，众人立即开始走动。卡拉-安发出命令“下来”，随即她便沿着栈道快走，丽贝卡笑着紧追于后。亚历克斯连忙检查手机。

JD说要想想。　　JD nEds 2 thnk.

桑秋同意。　　Yep frm Sancho.

卡尔说，×的，不！　　Cal：no F-way.

每个回复都让他五味杂陈，经过一个下午，他对这种复杂的情绪越来越熟悉：同意的人让他的胜利感中掺杂了鄙夷，拒绝的人让他在失望之余，敬佩感油然而生。正当他要打字回复时，他听到咚咚的脚步声，以及女儿渴求的大叫声：“棒！棒！糖！”亚历克斯连忙收起手机，但太晚了。卡拉-安不断扯他的裤子口袋，说：“哒偶的。”[1]

丽贝卡轻步走来：“所以，棒棒糖是这个。”

“是的。”

“你让她用手机？”

“一下而已，好吧？”他的心脏快要跳出来了。

“没跟我商量，你一个人改变规则？”

“我没有更改规则，只是犯规。好吧？行了吧，我就不能小小犯规一次？”

丽贝卡竖起眉毛。亚历克斯能感觉到她在研究端详：“为什么是

[1] 原文为“Mine dat”，即“That’s mine”，那是我的。

现在？我们遵守了这么久，为什么是今天——我不明白。”

“没什么好不明白的！”亚历克斯大声吼道，心里却想：她怎么知道？又想：*她知道了什么？*

他们站在即将消失的余晖里，彼此对看。卡拉-安静静地等待着，显然忘了棒棒糖这回事。水上栈道几乎已无行人。正是时候，该跟丽贝卡说他与本尼合作这回事——就是现在，现在！——但是亚历克斯浑身麻痹，仿佛他要透露的事已经掺了毒汁。他超想给丽贝卡发短信，甚至脑海已经开始构思句子：*新工作，钱多位高。勿抱成见。*（Nu job in the urks-big$pos Pls kEp Opn mind.）

“我们走吧。”丽贝卡说。

亚历克斯抱起卡拉-安，放进背带里，他们沿着栈道往下走，没入暮色。走过昏暗的街头，亚历克斯想起了他认识丽贝卡的那一天。他追赶那个戴了狼面具的抢匪但没追上，却成功把丽贝卡哄劝出来跟他喝啤酒吃墨西哥煎饼，之后，他们避开她的三个室友，跑到D大道她所住的公寓屋顶做爱。他甚至还不知道她姓什么。就在那一刻，亚历克斯猛然想起那个替本尼做事的女孩叫萨莎。毫不费劲，一扇门就这样打开了。萨莎。亚历克斯把这个名字小心地锁进心房，果然，他们的第一个亲密回忆轻松闪现：旅馆大厅、一间又小又热的公寓。这仿佛是在追忆一个梦。他们做爱了吗？亚历克斯猜想应该有——那个年代，约会几乎都是以性爱收尾。就像现在他们与卡拉-安共睡一床，空气里都是小娃娃肌肤的味道跟可分解尿片的化学气味，没有性欲也是必然的。但是萨莎坚决不透露他们有没有做爱，她似乎对他眨眨眼（绿色的？），就又溜走了。

某个深夜，亚历克斯照例坐在窗台边的老位置上，手机收到了一条短信："喏，听说了吗？"（U herd thnUs？）

有，听说了。（yup I herd.）

新消息是本尼将斯科蒂·豪斯曼的演唱会从室内移到了世贸遗址[1]，场地的移动需要亚历克斯的水军队伍更大力地散播（却没有加钱），想参加演唱会的人才知道该怎么去。

本尼稍早前才来电告知亚历克斯要更换演出地点："斯科蒂不喜欢封闭的场所。如果唱户外，我想他会比较开心。"来自这方面的特殊要求与需要不断增多，一波波而来，这只是最新一项。"他个性孤僻。"（本尼解释为什么斯科蒂需要个人来拖车。）"他跟人对话有困难。"（解释他为何拒绝专访。）"他跟小孩相处不多。"（解释"指尖族的吵闹"可能会形成困扰。）"他对科技很谨慎。"（解释他为何拒绝献声网络影片，为什么本尼为他特别设计了一个网页，他还是拒绝回应任何歌迷的留言。）亚历克斯每次看到斯科蒂的网页照片——长发、活泼、笑起来满口假牙，被彩色大球团团围住——他就一阵火大。

再来呢？（wat nxt？）他回短信给露露，要提供牡蛎？（oystrs？）

他只吃中国（菜）。	Only Ets chlnEs.
！	!
告诉我，他本人比较可爱。	Tel me hEs betr in prsn.
没见过。	Nevr met.

[1] 此处原文用Footprint，是建筑用语，指一个东西或者一栋建筑所占据的形状与体积。世贸重建，但旧有的遗址上盖了两座水池，用以纪念。Footprints就是指那一大块空地。这是很冷僻的用法。

真的？	4 rEl??
他害羞。	shy.
#@￥★	#@￥★
……	……

这样的对话可以永远延续下去，这空当中，亚历克斯监控他的水军队伍：检查他们的网页以及流量情况，看他们是否在狂推斯科蒂，然后把怠忽职守的水军放到“违规名单”里。三个星期前，他们在餐馆会面后，亚历克斯跟露露没再见过面，她是住在亚历克斯口袋里的人物，他给了露露专属的振动模式。

亚历克斯抬起头。建筑工程现在已经遮住了他半个窗户，各式升降梯与梁木构成了凹凹凸凸的剪影，剪影后面是隐约可见的帝国大厦塔尖。再过几天，这个景观也会被遮住。卡拉-安第一次看到窗户外锯齿状的建筑工程，还有上面的人时，被吓坏了。亚历克斯努力把整件事变成游戏。“大楼，往上升！”他每天都这么说，好像建筑工程的进度值得兴奋，光明无限，卡拉-安随着他的指示，也拍手鼓劲：“往上升！往上升！”

大楼，往上升。（up gOs th bldg.）他正给露露发短信，评论幼童语言如何轻易侵入短信语言里。

大楼？（bldg？）露露回复道。

我家旁边。没空气／没光线了。	nxt 2 myn. no mOr Ar/Lyt.
能阻止吗？	Cn u stp it?
试过。	tryd.
搬家？	Cn u move?
搬不了。	stuk.

露露回，牛极了（nyc）。亚历克斯想，这种嘲讽不像露露的作风。然后他才明白露露不是说“牛极了”，而是“纽约城”[1]。

演唱会那天，完全是不合节气的热，八十九华氏度（32摄氏度），干燥，金黄色的阳光从十字路口斜射向人们的眼睛，把他们的影子拉长到近乎可笑。一月时还在开花的树，现在冒出新芽。丽贝卡把卡拉-安塞进去年的夏装里，衣服胸口上有一只鸭子，他们跟一大堆年轻夫妇走在两旁都是摩天大楼的第六大道上，由亚历克斯背着卡拉-安。最近才买的钛金属背架取代了原先的背带。公众集会场所，婴儿车禁止入内——因为会阻碍疏散。

亚历克斯一再假设、驳回，琢磨着该如何说服丽贝卡来参加演唱会，到头来却发现毫无必要。一个晚上，卡拉-安睡着后，她检查手机，说：“斯科蒂·豪斯曼……不就是本尼放给我们听的那家伙？”

亚历克斯感觉心脏里发生了轻微爆炸：“我想是。怎么了？”

“我不断收到信息，说他星期六要在世贸遗址举办一场合家都可参与的免费演唱会。”

“哦。”

“或许还能帮助你跟本尼重新连上线。”本尼没有雇用亚历克斯，丽贝卡到现在都还为亚历克斯难过。每次提到这件事，亚历克斯就备感内疚。

“说得也是。”他说。

“我们也去吧，”她说，“干吗不去？反正不要钱。”

[1] 原文的“nyc”，亚历克斯先是理解为“nice”，后来发现露露想说的是“New York City”。

穿过第十四街，摩天大楼渐少，斜射的阳光现在笼罩了行人的全身，二月的阳光不算猛烈，不需要戴太阳眼镜，但是相当耀眼，差点让亚历克斯没看见宙斯。他试图躲开他，因为他是亚历克斯的水军之一。但太晚了，丽贝卡已经叫了宙斯的名字。宙斯的俄罗斯女友娜塔莎就站在旁边，六个月大的双胞胎，他们两人胸前各背了一个。

“你要去听斯科蒂的演唱会？”宙斯问，好像斯科蒂·豪斯曼是他们共同的朋友。

“是啊，”亚历克斯问，“你们呢？”

“当然是啊，”宙斯说，“放在膝上弹奏的钢弦滑棒吉他——你看过有谁在现场是这样演奏的？我们讲的还不是山区乡村摇滚[1]。”宙斯在血库上班，空闲时间协助唐氏综合征儿童制作、贩卖彩绘运动衫。亚历克斯仔细研究宙斯的表情，希望能看到“水军”的蛛丝马迹，但是从脸的上半部分一直看到他嘴边那撮早就不流行但宙斯始终不肯放弃的胡子为止，什么异样也没有。

娜塔莎带着浓重的口音说：“听说他现场很棒。”

“我也这么听说，”丽贝卡说，“大约来自八个不同的人，好奇怪啊。”

“不奇怪，”娜塔莎干笑道，“有人拿钱办事。”亚历克斯感觉血液冲上了脸颊，简直没法看娜塔莎。但是，她只是随便说说而已。宙斯保守住了他角色的秘密。

[1] 山区乡村摇滚融合乡村歌曲、西部歌曲，以及早期的R&B，是初期摇滚的最初形态之一，多数乐手是来自南方的白人，只使用简单的乐器，包括电吉他以及直立式大提琴，后者多半是以抓弦方式表现，有时用来取代鼓。

“但他们都是我认识的人呀。”

今天就是那种日子，你每转过一个街口就会碰到熟人、老朋友、朋友的朋友、点头之交，以及看起来很面熟的人。亚历克斯在这个城市待太久了，难以追忆他们相识的过程：是在他曾当过DJ的夜店？在他当过秘书的律师事务所？还是他在汤普金斯广场公园跟人打篮球的那些年认识的？二十四岁那年，他来到纽约，差点就离开了。即便是现在，要是哪个物价较低的地方能够提供一个较好的工作，他跟丽贝卡还是随时可以打包走人。他在这里待了太多年，曼哈顿区的每张面孔，他至少都见过一次。不知道萨莎是否也在人群里。亚历克斯不记得她的模样了，却在人海里寻找那张只有一点点熟悉的面孔，好像经过这么多年，他看到萨莎还是能认出她，就能找出那个问题的答案。

往南走啊？……我们听说……不是只给指尖族听的……唱现场，他应该……

亚历克斯在华盛顿广场附近，与人交换了大约九次还是十次这样的对话，他突然明白这些人，有小孩的，没小孩的，单身的，成双成对的，同性恋、异性恋、皮肤干净的、身体有刺青打洞的，全部都是要去听斯科蒂的演唱会的，*每一个都是*。不敢置信的感觉横扫亚历克斯，紧接着是操控感与权力感——他办到了。天，他还真是这行的天才。紧跟着而来的感觉是恶心（这种胜利并不光荣）与恐惧：万一，斯科蒂·豪斯曼不是个伟大的艺人，怎么办？万一，他只是普通，或者更差呢？紧接着而来的是自我安慰，以脑海短信息形式出现：*没人知道是我，我是隐形的。*（no 1 nOs abt me.Im invysbl.）

“你还好吧？”丽贝卡问。

“好啊，干吗这么问？”

“你看起来很紧张。”

“是吗？”

“你刚刚在捏我的手。”她说。不过，她的双眼在纽扣孔模样的眼镜后面微笑着，“这感觉不错。”

当他们穿过运河街，进入下曼哈顿区（现在，这里的孩童密度肯定居全国之首），加入了拥挤于人行道与道路上的大批人群中。交通停滞，直升机在上空盘旋，隆隆声不断，响彻天际，早年，亚历克斯根本无法忍受这个声音——太吵，太吵了——但是久而久之，他也就听而不闻，习以为常了：这是安全的代价。今日，这种来自军方保护的噪音显得奇异且贴切，亚历克斯环顾四周，见到一片婴儿吊带、婴儿背带与背包，大孩子抱着弟弟妹妹，这难道不是另一种形式的军队？一支由孩童组成的军队，让自认已经失去所有信仰的人重燃信心。

有孩子的地方，就有未来，不是吗？

if thr r childrn，thr mst b afUtr，rt?

他们的前方，新摩天大楼扶摇直上，映衬着天空，比旧大楼要漂亮许多（旧的，亚历克斯只看过照片），看起来比较像雕塑而不像建筑，因为里面没人。越接近那里，人群移动的速度越慢，还被迫后退了一点，因为前面的人要鱼贯进入纪念水池区，突然间，到处都能看见警察与保安（凭统一分配的手机就可以辨认出来），同时随处可见的是装置在建筑飞檐、灯柱与树上的监视器。亚历克斯每次进入世贸遗址，仍能依稀感受到二十年前那件事的重量。对他而言，911事件就像听力范围外的声音，或者旧的困扰重上心头时的颤动。但是今天这股声音显得比以往固执：一种低沉深厚的颤动，原始又熟悉，一直搅和在这些年来他听过的、制造过的、储存下来的声音里——那是隐藏于诸种声音里的脉动。

丽贝卡握住他的手，纤细的手指因汗水而变得湿湿的："我爱你，亚历克斯。"

"别这样说。很不吉祥。"

"我有点紧张，"她说，"现在连我都紧张了。"

"直升机的关系。"亚历克斯说。

"好极了，"本尼低声说，"要是你不介意，亚历克斯，守在这里。就站在门旁边。"

亚历克斯把老婆、小孩、朋友扔在成千上万不断拥进的观众群里，他们还在耐心等待——但是心里有点毛躁了——因为预定开唱的时间到了，又过去了，却只看见四个紧张的演唱会工作人员守着斯科蒂·豪斯曼应该出现的舞台。露露发来短信，说本尼需要协助，亚历克斯便跟蛇一样蜿蜒地穿过一关关安全检查，来到斯科蒂·豪斯曼的拖车旁。

拖车里，本尼与一个上了年纪的工作人员瘫坐在折叠椅上，没瞧见斯科蒂。亚历克斯整个喉咙都干了。他心想，我是隐形的。（Im invsbl.）

"本尼，你听我说，"那个工作人员穿着灯芯绒格子衬衫，露在袖口外的双手直发抖。

"我告诉你，"本尼说，"你办得到的。"

"听我说，本尼。"

本尼再次说道："给我站在门边，亚历克斯。"没错，亚历克斯正打算上前质问本尼，他妈的，他想搞什么鬼？让这个衰老的工作人员假扮斯科蒂？或者代替他演出？这家伙两颊凹陷，一双手红通通的，满是茧，骨节突出，看起来，连玩把扑克都做不到，遑论横在他双膝之间那把奇特又性感的乐器。当亚历克斯的视线落在那把乐器上时，他突然明白了，内脏一阵绞痛：这个衰老的工作人员就是斯科蒂·豪斯曼。

“观众都来了，”本尼说，“箭在弦上。没法叫停。”

“太迟了，我太老了。我就是——办不到。”

斯科蒂的声音听起来像刚刚哭过，或者快要哭了——可能两者皆有。他的及肩长发整齐地往后梳拢，眼神空洞枯萎，尽管胡子刮得很干净，但还是一副“弃民”模样。亚历克斯只认出他的牙齿：白且闪亮——很尴尬的模样，仿佛在说这么一张残破的脸，这一口白牙能加多少分呢？亚历克斯明白斯科蒂·豪斯曼并不存在。他只是一个以“人形模样”存在的名字，一个内里的精华已经消失了的空壳。

“你办得到，斯科蒂——你必须办到，”本尼的语气如往常般平静，但是亚历克斯看到他稀疏的银发下，头皮顶正在冒汗，“时间是个恶棍，对吗？你要让这恶棍整倒你？”

斯科蒂摇摇头说：“恶棍已经赢了。”

本尼深吸了口气，偷瞄了一眼手表，这是他唯一一次显现出了不耐烦的神色。“斯科蒂，记得吗？是你自己来找我的。二十几年前——难以相信居然那么久了。你带了一条鱼来送我。”

“是啊。”

“我以为你要来杀我。”

“我该杀的，”斯科蒂发出一声干笑，“我想杀的。”

“当我跌落谷底——史黛芙离开我，废材唱片公司开除我——我找到你的下落。还记得我怎么说吗？你记得吗？当时你在东河钓鱼？我出其不意出现？我说了什么？”

斯科蒂喃喃地嘀咕了一句。

“我说：‘该是你成为巨星的时候了。’还记得你怎么回我的吗？”本尼靠近斯科蒂，用自己优雅的双手握住斯科蒂颤抖的手腕，“你说‘我赌你办不到’。”

两人陷入长长的沉默。然后，毫无预警，斯科蒂弹身而起，座椅翻倒，他冲向拖车的门。亚历克斯正准备侧身让他过，但是斯科蒂动作比他快，把他向一边挤，打算靠蛮力冲出去，这时亚历克斯才明白他的任务是什么——本尼叫他站在那里，只有一个理由——挡住门，不让这位歌手逃脱。他们在喘息与沉默中扭打成一团，斯科蒂干枯的脸庞与亚历克斯如此贴近，他都能闻到他的呼吸，像啤酒，或者啤酒的余味儿。然后他修正：是野格利口酒的味道。

本尼从背后抓住斯科蒂，但是抓不牢——因为斯科蒂扭转身体，冲着亚历克斯的胸口就来了个头锤。亚历克斯痛到弯腰。他听见本尼对斯科蒂喃喃细语，好像在安慰一匹马。

当亚历克斯能再度呼吸，就跟老板商量：“本尼，既然他不想——”

斯科蒂朝亚历克斯挥拳，他连忙闪躲，斯科蒂的拳头划破纱门。空气里有一股血腥味。

亚历克斯继续说：“本尼，这有点——”

斯科蒂挣脱本尼，膝盖撞向亚历克斯的睾丸，让他痛苦地颓倒在地，卷成胚胎姿态。斯科蒂一脚踢开他，推开纱门。

“嘿，”外面传来清亮的声音，有点熟悉，“我是露露。”

尽管处于剧痛状态，亚历克斯还是转过头，看拖车外发生了什么事。斯科蒂仍站在车门口，朝下看。斜斜的冬日阳光照亮了露露的头发，像一圈光轮罩着她的脸蛋。她挡住斯科蒂的通路，一手各握住纱门的一边。斯科蒂轻易就可以撞翻她，但是他没有。他低头看了看这个挡住路的可爱女孩，就那么一秒，他整个人都迷失了。

露露说："我可以陪你走上台吗？"

本尼连滚带爬起身去拿吉他，从亚历克斯斜躺的身体上方，交给了斯科蒂。斯科蒂拿过吉他，贴在胸口，颤抖地吐出一口长气。他回答："除非你肯让我挽着你，亲爱的。"亚历克斯似乎看到斯科蒂的幽灵在残渣中对他眨眼——性感又放荡。

露露与斯科蒂手挽手，笔直地朝观众走去：一个古怪腐朽的老头挽着模样奇怪的长长的乐器，以及一个足以当他女儿的年轻女孩。本尼拉亚历克斯起身，跟在他们后面，亚历克斯双腿软绵绵的，直发抖。人海像波浪般同时闪开，让出通往舞台的通道，台上只有一把凳子跟十二支已经调好位置的大麦克风。

"露露。"亚历克斯对本尼摇摇头说。

本尼回答："她将主宰全世界。"

斯科蒂爬上台，坐在凳子上。他没瞧观众一眼，也没有自我介绍，就开始弹唱《我是一只小羔羊》，乍听之下，充满童趣，却掩盖不住奔涌的金属铮鸣，以及细腻如金银细工的滑棒吉他演奏。接着他弹唱《山羊喜欢燕麦》《一棵跟我很像的小树》。扩音效果很好，非常强，足以遮盖直升机隆隆的噪音，把音乐传到最远处，散落于大楼间的观众。亚历克斯畏缩地聆听着，期待看到他秘密召集的成千上万的观众，因为善意已经在漫长的等待中被磨光，而随时爆发出喝倒彩的怒吼声。但是并没有。那些指尖族早已熟悉这些歌曲，鼓掌欢叫，以示认同，大人则深深着迷于歌词的一语双关，以及很容易就明白的隐含意义。这很有可能跟第一届伍德斯托克音乐节、蒙特利国际流行音乐节、人类大聚会音乐会[1]一样，一群人处于特定的历史时刻，共同创造一个目标，为自己的参与赋予某种意义。也可能是绵延两个世代的战争与监控，让人们渴望把自身的不安化为一个手握滑棒吉他、孤独、不定的男人。不管原因为何，听众的赞美和认可就像阵雨般清晰可见，从群众的中心扩散滚动到边缘，泼溅到建筑上、水幕墙上，然后以加倍的力量弹回到斯科蒂身上，让他从椅子上站起来（工作人员连忙冲上台调整麦克风位置），炸开了那个几分钟前看起来还很畏缩的斯科蒂躯壳，释放出了某个劲道十足、充满魅力、尖锐无比的东西。那天在场的每一个人都会告诉你，真正的演唱会是斯科蒂从椅子上站起来的那一刻才开始。他开始演唱这几十年来他窝在地下写作的歌曲，这些歌曲从来没有人听过，你也找不到任何类似这样的歌曲：《脑袋上的眼睛》《基本元素》《谁监视你最严》——这些有关偏执与疏离的歌曲全部是从这男人的心窝里撕扯出来的，你只要瞧瞧他，就知道他没有自己的网页，网络个人资料，没有手机，这男人不在任何人的数据库里，这男人数十年来活在网络的空隙里，被世人遗忘，充满怒气，而人们视他的怒火为纯净，未受污染。不过，现在很难说谁参加了斯科蒂的第一场演唱会——宣称亲眼看过现场的人数远超过

[1] 1967年1月14日在旧金山金门公园举办的音乐会，传播60年代的反文化精神，宣扬自我赋权、文化与政治的去核心化、公社生活、关心环境、在药物的协助下拓展个人的感官意识，被视为“爱之夏”的前身。

那个场地的容量，虽然说那场地十分辽阔，而且人山人海。现在斯科蒂已经成为神话，每个人都想拥有他。或许应该如此。神话为众人所共有，不是吗?

亚历克斯站在本尼身旁，看他一边注视着斯科蒂，一边疯狂用手机发短信。亚历克斯觉得周遭的一切似乎早就发生过，他现在只是在回顾。他希望此刻能在丽贝卡与卡拉-安的身边，这股渴望初时很淡，慢慢变得尖锐，近乎刺痛。他可以用手机寻找丽贝卡的位置，不过找到那个区域，还得用手机的拉近功能来过滤群众，才能看到她，得花上几分钟。过程里，他用手机左右扫描那些出神，甚至泪痕斑斑的成年观众的面孔，幼童们牙齿稀疏的狂喜笑容，以及像露露那样的年轻人。露露此刻正跟一个雕像般漂亮的黑人男子手牵手，他们盯着斯科蒂，脸上是狂喜的表情，他们这个世代终于找到了值得尊敬的对象。

他终于找到丽贝卡——抱着卡拉-安，满面笑容。她正在跳舞。但是他们隔得太远，那距离有如无法弥补的鸿沟，会让他永远无法再触摸丽贝卡细致如丝缎的眼皮，或者隔着卡拉-安的肋骨，感受她怦怦的心跳。少了手机的拉近功能，他甚至看不见她们。无计可施，他给丽贝卡发短信：**我美丽的妻子，请等我。**（pls wAt 4 me，my bUtoful wyf.）然后把镜头对准丽贝卡的脸，直到看见她因为感觉到手机的振动，而停下舞步，掏出手机为止。

“如果你是全世界运气最好的人，”本尼说，“这辈子就有可能碰上一次这种场面。”

“你应该看多了吧。”亚历克斯说。

“没有，”本尼说，“没有，亚历克斯，没有——这就是我要说的重点！差得远呢！”本尼正处于狂喜状态的余波中，衣领松开，双手挥舞着。庆功宴早就开始了，他们大口喝着香槟（斯科蒂喝野格利口酒），到唐人街吃水饺，过滤或推掉数千通媒体电话，他们的女儿被开心到爆炸的妈妈们推上出租车，回家了（丽贝卡不断问：“你听他唱歌了吗？你听过有谁比得上他吗？”然后在亚历克斯耳边低语：“再去跟本尼开口要份工作！”）。今晚的闭幕曲是露露介绍她的未婚夫乔，从肯尼亚来的，正在哥伦比亚大学攻读机器人学博士。子夜已过，本尼与亚历克斯在下东城区闲逛，因为本尼想走路。亚历克斯却处于奇怪的沮丧状态，还得压抑自己，不能被本尼看出他的沮丧。

“你超棒的，亚历克斯，”本尼揉揉亚历克斯的头发说，“你是天生好手，说真的。”

亚历克斯差点冲口问*哪种天生好手*？但是他忍住了。停顿了一会儿，他问的居然是：“你是否曾有过一个员工……叫萨莎？”

本尼停住脚步。这名字似乎飘浮在他们之间的空气里，耀眼刺目。萨莎。“是，有的，”本尼说，“她是我的助理。你认识她？”

“很久以前，我见过她一次。”

“她就住在这附近，”本尼继续往前走，说，“萨莎。我好久好久没想过这个名字了。”

“她是什么样的人？”

“棒极了，”本尼说，“我简直迷死她了。结果她居然手脚不干净。”他瞄了亚历克斯一眼说：“偷东西。”

“你在开玩笑！”

本尼摇摇头：“我猜那是一种病。”

亚历克斯的脑海开始串联起点滴往事，却无法完成整幅图像。

他那时就知道萨莎是个小偷吗？那天晚上发现的？“所以……你开除了她？”

“没办法，”本尼说，“她跟了我十二年啊。简直就是我的半颗脑袋。应该说四分之三。”

“你知道她现在去哪儿了？”

“不知道。如果还在这个圈子，我应该会知道。不过，也可能不知道，”他笑了，“我自己都算不上圈内人了。”

他们沉默地走了几分钟。下东区的街头有种月夜寂静。本尼似乎陷入了萨莎勾起的回忆里。他特意转入福赛斯街，走了几步，又停了下来。“喏，那儿。”他瞪着一栋老旧的出租楼房，磨损的树脂玻璃大门后面隐约可见荧光点亮的大厅。“萨莎就住在这里。”

亚历克斯抬头看这栋在薰衣草色天空下显得污黑的建筑，熟悉感猛然涌了上来，似曾相识的震颤，好像他重返到一个已经不存在的地方。

“你记得是哪一间吗？”他问。

“好像是四楼，”本尼说，过了一会儿后，他又说，“想不想看看她在不在家？”

他满面笑容，显得年轻许多。亚历克斯觉得他跟本尼·萨拉查就像一对共犯，潜行于年轻女孩的公寓外。

“她姓泰勒吗？”亚历克斯看着对讲机上的手写名牌问。他也满脸笑容。

“不，可能是室友。”

“我来按。”亚历克斯说。

他靠近对讲机，体内的每一粒电子都渴望冲向公寓里面光线昏暗的盘旋式阶梯，现在他记起来了，清晰得一如他今早才离开萨莎的公寓。他在脑海中步步前行，看见自己进入一间小而隐秘的公寓——里面是紫色与绿色——室内空气湿润，飘浮着蒸腾的热气与芳香蜡烛的味道。暖气的嘶嘶声。窗台上的小玩意儿。厨房里的浴缸——没错，她有那种浴缸！他这辈子只见过这么一个。

本尼靠近亚历克斯，一起等待，两颗心因同样的不安和兴奋而高悬着。亚历克斯发现自己屏住了呼吸。萨莎会按对讲机让他们进去吗？亚历克斯还认得出她的模样吗？她认得他吗？这一瞬间，他对萨莎的渴望终于化为某种清晰的形象——他想象自己走进公寓，然后会看到年轻时代的自己仍在那儿，一脑子计划与崇高道德标准，人生尚未有任何定论。这个狂想让他整个人倾斜沉浸于希望中。他再度按铃，一秒秒过去，失望的感觉渐渐掏干他。整出哑剧就这么崩颓、消散了。

“她不住这儿了，”本尼说，“我打赌啊，她铁定搬得远远的。”然后他仰首看天，说道：“我希望她找到美满人生。那是她应得的。”

他们继续走。亚历克斯觉得喉咙与眼睛发痛。“我不知道我怎么了，”他摇摇头说，“真的不知道。”

这个满头白发乱飞、双眼深沉的中年人看着他，说：“你只是长大了，跟我们所有人一样。”

亚历克斯闭上眼，聆听：一个店家拉下卷帘门，一条狗正粗声狂吠，桥下卡车轰鸣而过。在他的耳中，这是丝绒般的夜。还有那声低鸣，永远存在的低鸣，现在看来应该不是回声，而是时光流逝的声音。

蓝色的夜。	th blu nyt.
看不见的星星。	th stRs u cant c.
永不消失的低鸣。	Th hum tht nevr gOs awy.

人行道上传来规律的鞋跟敲击地面的声音。亚历克斯猛地睁开眼睛，他跟本尼同时转身——应该说是急转，在暗黑的夜色里瞪大双眼等待萨莎现身。但那只是另一个女孩，年轻，纽约新人，正在翻找她的钥匙。

致　谢

我万分感谢乔丹·帕夫林、德博拉·特瑞斯曼、阿曼达·厄本给我灵感、动力，以及绝佳的指导。

感谢艾德丽安·布罗德、约翰·弗里曼、科林·哈里森、大卫·赫斯科维茨、马努·赫斯科维茨、拉乌尔·赫斯科维茨、芭芭拉·琼斯、格拉汉姆·金普顿、唐·李、海伦·舒尔曼、伊列娜·西尔弗曼、罗布·斯皮尔曼、凯·金普顿·沃克、莫尼卡·阿尔德·沃纳、托马斯·亚戈达在编辑方面提供他们的真知灼见与支持，总是在最正确的时机提供最正确的点子。

感谢莉迪娅·比希勒、莱斯莉·莱文、马尔奇·路易斯在完成本书过程中的耐心与专注。

感谢亚历克斯·布桑斯、亚历山德拉·伊根、肯恩·戈德堡、雅各布·斯利克特（特别是他的作品《所以你想成为摇滚明星》）、查克·兹维基针对我不熟悉、所知甚少的领域，提供专业协助。

感谢埃里卡·贝尔西、大卫·赫斯科维茨（再次感谢，永远都要感谢）、爱丽丝·诺多、杰米·沃尔夫、亚历克西·沃恩多年来帮忙细读我的作品。

最后，感谢以下同辈：露丝·达衣、丽莎·富加德、梅丽莎·马克斯韦尔、大卫·罗森斯托克、伊丽莎白·蒂平斯，他们的卓绝才气与慷慨大度，我仰赖至深，他们比任何人都明白，没有他们，就没有《时间里的痴人》一书。

图书在版编目（CIP）数据

时间里的痴人 /（美）珍妮弗·伊根（Jennifer Egan）著；何颖怡译 .—长沙：湖南文艺出版社，2019.3

书名原文：A Visit from the Goon Squad

ISBN 978-7-5404-8906-9

Ⅰ.①时… Ⅱ.①珍… ②何… Ⅲ.①长篇小说—美国—现代 Ⅳ.①I712.45

中国版本图书馆 CIP 数据核字（2018）第 275864 号

著作权合同登记号：图字 18-2018-385

上架建议：外国文学

SHIJIAN LI DE CHIREN
时间里的痴人

作　　者：[美] 珍妮弗·伊根
译　　者：何颖怡
出 版 人：曾赛丰
责任编辑：薛　健　刘诗哲
监　　制：吴文娟
策划编辑：王巨咄
特约编辑：包　玥
营销编辑：徐　燧
版权支持：文赛峰　刘子一
版式设计：李　洁
封面设计：尚燕平
图片来源：站酷海洛
出版发行：湖南文艺出版社
（长沙市雨花区东二环一段 508 号　邮编：410014）
网　　址：www.hnwy.net
印　　刷：北京柏力行彩印有限公司
经　　销：新华书店
开　　本：875mm × 1270mm　1/32
字　　数：253 千字
印　　张：11
版　　次：2019 年 3 月第 1 版
印　　次：2019 年 3 月第 1 次印刷
书　　号：ISBN 978-7-5404-8906-9
定　　价：49.00 元

若有质量问题，请致电质量监督电话：010-59096394
团购电话：010-59320018